Passing Through Paradise
by Susan Wiggs

海風があなたを

スーザン・ウィッグス
伊藤 綺［訳］

ライムブックス

海風があなたを

主要登場人物

サンドラ・バブコック・ウィンスロー……………児童書作家。交通事故で夫ヴィクターを亡くす。
マイク・マロイ…………………………………………建築業者
ヴィクター・ウィンスロー……………………サンドラの夫。州議会議員
メアリー・マーガレット・マロイ………マイクの娘
ケビン・マロイ…………………………………マイクの息子
ルー&ドリー・バブコック…………………サンドラの両親
ロナルド&ウィニフレッド・ウィンスロー……ヴィクターの両親
アンジェラ・ファルコ……………………………マイクの前妻
ジョイス・カーター………………………………サンドラの美容師
バーバラ・ドーソン………………………………サンドラの児童書作家仲間
ミルトン・バンクス………………………………サンドラの弁護士
コートニー・プロクター…………………………ニュースキャスター

わたしがこわしたものを修理してくれるジェイへ

生きるか死ぬかの瀬戸際では、
法的措置など待ってはいられない。
――ダフネ・デュ・モーリア

1

日記——一月四日、金曜日

コートニー・プロクターに与える一〇の拷問

一．〝顔が大きくなったわよ〟と言ってやる。

二．彼女の番組のスポンサーに対して不買同盟を組織する。

三．シリコンのリコール通知を送りつける。

四．服役囚の誰かに獄中からファンレターを送らせる。

五．これまでつきあった相手の名前と捨てられた理由を公表する。

「……公式に事故とする決定が出されましたが、こののどかな海沿いの町パラダイスの住民は今なお、卓越した政治家ヴィクター・ウィンスローの命を奪ったこの悲劇の責任は一人の女性、すなわち彼の若く美しい未亡人サンドラにあると考えており、州の検死官による昨夜の決定にもかかわらず、疑惑は依然として解決されないままです」

カメラがブロンドのテレビレポーターにピントを固定すると、青っぽい映像がちらっと映った。

「二月九日の夜、ウィンスロー州議会議員の元気な姿を最後に目撃した人は、彼が妻と激しく言い争っていたと証言しています。また匿名の通報者によれば、ウィンスロー夫妻の乗った車は猛スピードで疾走した末にシコンセット橋の上でスピンして制御不能となり、そのまま海に転落したということです。

「捜査員らはのちに車のダッシュボードに食いこんだ一発の銃弾を発見しており、ウィンスロー夫人の衣服からは被害者の血痕も検出されています。

「こうした事実がすぐさま殺人を証明するものではありませんが、巨額の生命保険金の唯一の受取人であるウィンスロー夫人に関しては今後も調査を継続していくことを、わたくしプロクターはお約束します……

「そしてサンドラ・ウィンスローは、今や地元では〝ブルームーンビーチの黒後家グモ《ブラックウィドゥ》〟として知られていますが、みずからの良心だけを道連れに孤独のうちに生きているのです。WRIQニュース、コートニー・プロクターがお伝えしました」

サンドラ・ウィンスローは日記と万年筆を置くと、テレビのリモコンを取りあげた。そしてモーニングショー・キャスターの、整形手術でふっくらさせてしわひとつない顔に向けて狙いを定め、「ばん」と言いながらオフのボタンを押した。「あなたは死んだわ。〝事故の決定〟のどこが気に食わないっていうの、コートニー・プロクトロジスト《肛門科医》？」

サンドラは立ちあがると、弓形に張りだした大きな窓に歩み寄り、自分の中に広がる虚空を両腕で抱きしめた。ついに事故の決定が下された、というかすかな勝利感はあったものの、地元のニュース番組はいまだ詮索をやめようとはしない。検死官がどのような決定を下そうと、サンドラに責任を負わせたい人々はけっしていなくなりはしないのだ。

嵐の到来を告げる荒々しい風が砂浜に群生するテンキグサをなぎ倒し、ロードアイランドサウンドの海水を泡立てている。鳥の形をした手作りのサンキャッチャーが揺れて窓ガラスにあたる音が、逃れることのできない記憶を呼び起こす。

サンドラはかつての自分をひどく遠くに感じた。それは退院したあと、この古い夏の別荘に引っ越したという理由だけではない。あれはわずか一年前のことだ。彼女がニューポート・マリーナ・ボールルームの主賓席に座っていたのは……。黒い縁取りのあるピンクのニットスーツとそれにぴったりの靴を身につけ、手袋をはめた両手をひざの上で組みあわせていた。トレードマークの堂々たる態度で、夫は演壇から身を乗りだして、彼を二期目に選出した市民への公約を説得力あふれる言葉で雄弁に語っている。その内容は奉仕と感謝と家族と、愛についてだ。そう、ヴィクターが愛を語れば、どんな熱意を失った心にさえもそれを信じさせることができたのだ。

彼は政治という変わりやすい海での安定した錨として、サンドラを選んだ。彼の家族や友人は彼女を温かな愛情の繭に包み、本当の家族の一員のように扱ってくれた。演説のあと、サンドラはコーヒーをすすり、雑談をし、ほほえみ、別の女性の赤ん坊を抱き、有名人である夫のかたわらに誇らしげに立っていた……。

その夫は行方不明となり、今や死亡が推定されたのだ。

インクで汚れた両手をジーンズの後ろポケットに押しこんで、彼女は窓の外をじっと見つめた。

サンドラにとって、ヴィクターの死は〝推定〟ではなく、事実だった。

どんよりとした朝の空は、真冬そのもののように生気がなく、一日がはじまるにつれ晴れるどころかしだいに曇っていった。灰色に翳る砂浜を見やったとき、彼女を突き刺すような孤独感が襲った。それはあまりに鋭く寒々としたものだったので、彼女はたじろぎ、ぶかぶかのセーターを両腕でぎゅっと抱きしめた。

ヴィクターのセーター。

彼女は目を閉じ、こみあげる感情に身を震わせながら深く息を吸いこんだ。セーターからはまだ彼の匂いがした。かすかにスパイシーで、すがすがしくて、そして……そう、まぎれもない彼の匂いだ。

ああヴィクター、どうしてなの？　あんなことを打ち明けたうえ、こんなふうに死んでしまうなんて。誰かを愛すると、二人は永遠に離れることはないと信じきってしまうけれど、残酷な運命がいつ何時その絆を断ち切るとも限らないのだ。そうして受けた幻滅と打ち砕かれた希望はどこにも行き場がない。

サンドラはノートを再び取りあげ、ページをめくって、執筆中の小説のためのメモを読み返した。担当の編集者はすでに六〇日間締め切りを延ばしてくれていたが、二度目の締め切りもまぢかに迫っていた。原稿をすぐに送らなければ、小説を書く約束で最初に前払いしてもらった原稿料を返金しなければならなくなる。

原稿料（といっても、わずかな金額ではあったが）は、とうの昔に食品や弁護料といった贅沢品に消えてしまっていた。犯罪で訴えられていたわけではなかったにせよ、びっくりするような額の弁護料を負担しなければならなかった。だがようやくこれで、生命保険金を受けとることができる。

ヴィクターの死から利益を得るという考えに、サンドラは気分が悪くなった。だが彼女はなにか行動を起こさないわけにはいかなかった。人生を立て直し、これからどう生きていけばいいのか考えなければならないのだ。パラダイスで夫を崇拝する人々に囲まれて暮らすことは、拷問に等しかった。ときどきウェイクフィールドまでわざわざ用事を足しにいくのは、ヴィクターを知っている人に出くわしたくないというただそれだけの理由からだ。

厄介なのは、誰もがヴィクターを知っていることだった。彼の一族の名と、またたくまに築きあげた光り輝く政界でのキャリア、それに続く劇的な死のおかげで、今では州全体が彼のことを知っている。ヴィクターの影から逃れるには、どこかずっと遠くに行かなければならないだろう。

そして、今ようやく、それを実現するチャンスがめぐってきた。彼女の中で突然、思いもかけない感情があふれだした。そうよ、わたしは自由なんだわ。わたしを縛るものはもうなにもない――ヴィクターの政治日程も、儀礼的な交際も。解放感が、湿地から飛び立つ鳥の群れのようにいっきに胸にわきあがる。

死因捜査が終わったからには、ここ数ヶ月のあいだずっと心から離れなかったある決意をようやく実行に移せる。その決意とは、この家を修理して売り、パラダイスから出ていくことだ。行き先は、ここから逃げだしたいという強い思いほど重要ではなかった。

彼女は郵便局の外の掲示板で見つけたチラシを拾いあげた。〝パラダイス建設――改築、改装承ります。借り入れ可、保証付き。サンプルあり〟気が変わる前に受話器をつかみ、ダイヤルすると（驚くにはあたらないが）聞こえてきたのはボイスメールの応答だった。

どんな伝言を残したらいいものか、サンドラは迷った。とにかく、彼女の家は荒れ放題で、専門家の手を必要としている。結局、住所と電話番号を残すことにした。

外では強風が窓の下に自生しているシーローズをずたずたに引き裂き、トゲがみぞれにまみれて震える窓ガラスをひっかいている。この海の荒れようでは、船が方向を見失ったとしても不思議ではない。遠くのポイントジュディス灯台のゆっくりとした瞬きがかろうじて見える程度だ。

骨まで凍てつくような冷たい冬の嵐は、その見えない手を古家の裂け目や隙間に伸ばしてくる。身震いをして、サンドラはストーブにくべる薪を一本拾いあげた。これが箱に残っている最後の薪だ。ストーブの扉がさびのせいであくびをするようにゆっくりと開くと、彼女は燃えさしの上に薪を置いた。ふいごで風を押しだすと、石炭の輝く中心は赤くなり、やがてぱっと燃えだした炎の小さな舌が薪の下側をちろちろとなめはじめた。つい最近まで、サンドラは薪ストーブの燃やし方などまったく知らなかった。それが今では、歯磨きと同じくらいたやすいことになっていた。

火が燃えあがると、彼女は通風孔を調整し、再び日記を取りあげた。

貧乏の一〇の利点

一．火を起こして暖をとる方法が学べる。

二．電話をかけてくるセールスにこんなふうに言える——

ばかね。一〇個なんてぜったいに思いつかないのに。インクで汚れたノートをかたわらに置くと、サンドラは怒り狂う小さな炎をにらみつけた。

彼女はまるで、手持ちのマッチをすべて燃やしてしまう〝マッチ売りの少女〟のような気分だった。あのハンス・クリスチャン・アンデルセンのヒロインは途方に暮れ、今にも死にかけていた。サンドラは、火が消え、最後の薪の一本も燃えつき、ストーブの前で胎児のように体を丸めている自分の姿を想像した。そうなったら、誰がわたしを見つけてくれるのだろう？　何年も経ったあとに、風化した骨が発見されるさまが心に浮かぶ。その頃には、彼女の記憶は町の歴史のスキャンダラスな汚点にすぎなくなっていることだろう。そして、どこかの不動産屋が解体業者を雇ってこの古い家を取りこわし、その跡に海に面した高層コンドミニアムを建てるに違いない。

薪がなくなると、人はみなこんなことを考えるのだろうか？

地元のティーンエイジャーの中には、避暑客のために薪を割って積みあげるバイトをする者もいた。浜辺でたき火をたいて、あさりを焼くのに使うのだ。だが、事故の決定が下されたとしても、彼女のために進んで薪を割ってくれる人間などこの町にいるはずもない。

凍てつく風はしだいに強さを増し、古い夏の別荘のひさしの下でうなり声をあげながら隙間から入りこみ、ストーブの最後の薪が放つ生ぬるい暖気をあざ笑う。

この大きな家はサンドラの父方の家族が数代にわたって所有してきたもので、一世紀以上も前に夏の別荘として建てられた。それ以来、この古い家は人里離れた場所にうち捨てられた髑髏《されこうべ》のように、見捨てられ、放置されてきた。冬季滞在のための断熱処置も施されてはいなかったが、今の彼女にはここ以外に行き場所がなかった。

少なくとも、雨露をしのぐ屋根はある。しかし夫は死に、その死の真相がいかなるものであろうと、誰もが彼女を非難していた。そして彼女は、死ぬまで明かすつもりのない秘密を胸に秘めていた。

雨が激しく打ちつける窓を再び見つめながら、サンドラは寒気が骨を貫こうとするのを必死でこらえた。嵐は、家のわきの野原にある枯れたイバラの茂みを打ちのめしている。浜辺では、打ちあげられた海草が、波が持ち帰ったがらくたとともに厚く堆積して連なっている。繊細な霧氷があらゆるものを銀色に変えていた――砂丘も、岩も、暖める余裕のないこの家の窓も。

いいかげん、部屋を暖めよう。サンドラは寒さに震えている自分がばからしくなってきた。重たいチェックのコートを着こみ、ゴム長靴に両足を押しこむと、彼女は外に出た。雨は弱まっていたが、風は家に鋭く吹きつけていた。私道を横切ってガレージ兼物置に向かおうとしたとき、道路わきで紙がひらひらとはためいているのが目に入った。

噂が立った頃、車から投げつけられたトイレットペーパーが郵便受けのわきのぼうぼうの生垣からだらりとたれさがっていることがときどきあった。今ではもうそんな侮辱にも慣れっこだったはずなのに、実際はそうではなかった。

サンドラのはよくある田舎の郵便受けで、野バラの生垣から突きでていた——ごくありふれていて、名前も書いていない。家番号が記されているだけだ。

小さな金属の箱はずたずたになって、道路わきの排水溝に落ちていた。湾曲した目印の赤い旗が、歩道の真ん中で南を指している。トタンの箱はねじ曲がり、まるで飛行機事故の残骸をそっくり小さくしたようだ。

「いったい」サンドラの歯は恐怖でがちがちと鳴った。「今度はなんなの?」

爆竹に違いない。おそらく町の若者がかんしゃく玉かM‐八〇爆竹を使ったのだろう。爆発音に気づかなかったのはきっと、ゆうべの嵐に音が飲みこまれたか、車がバックファイアする音と聞き間違えたのだ。

身を切るような寒風にあおられて、郵便物が排水溝や道路わきに散乱していた。その中には、一度も注文したことのない下着の通販カタログや、どっちみち使い忘れて期限切れになるオイル交換のクーポン券、毎日のように届くクレジットカード会社のダイレクトメールがあった。全世界がサンドラに背を向けているときでさえ、クレジットカード会社はなおも彼女に買い物をしてほしがっている。

長靴のつま先で残骸をけちらしていると、見覚えのある淡いブルーの断片が目に入った。拾いあげると、それは出版社からの小切手の色だった。間違いない。郵便受けには小切手が入っていたのだ。

ヴィクターが生きていた頃は、サンドラのささやかな収入はちょっとしたうれしいボーナスだった。だが彼が死んでしまった今は、それに彼女の生存がかかっていた。

心ない破壊者にとって、わたしの生存などどうでもいいことなのだろう。人々は今なおわたしを〝黒後家グモ《ブラックウィドウ》〟だと思っているのだから。

サンドラは手の中の紙切れを握りつぶした。もういや。もうたくさん。彼女の中でなにかがばしっと音をたて、岩に激突した氷山のようにゆっくりと砕け散った。

もう耐えられないわ。

ガレージに差し掛けた小屋で、彼女は太くてよく乾燥した丸太の山をにらみつけた。ほころびたチェックのコートをわきにかなぐり捨て、斧をフックからもぎとると、足で丸太を転がして色のない草の上にまっすぐに立てた。そして、斧の刃を丸太の中心目がけて振りおろし、真っ二つに割った。木の内側は青白く、わずかに湿り気を帯びて、すがすがしい香りがした。二つに割ったそれぞれをさらに割りながら、サンドラはじつに正確に斧を使いこなしている自分に少し驚いた。四つに割り終えると薪を拾いあげ、さびついた手押し車に投げ入れた。これで家まで運ぶのだ。

彼女は次の丸太、また次の丸太と、生まれたばかりの炎のように熱く純粋な目的意識に燃えながら、ただひたすら割り続けた。どのくらい時間が経ったのかもわからなかった。だが、手押し車の薪の山は着実に大きくなっていった。あたかも機械のように、丸太を引っぱりだして割り、さらにまた割っているうちに、サンドラの顔からは汗が涙に混じってとめどなく流れ落ちた。

2

マイク・マロイは、ボイスメールに女性客が残した住所の数ヤード手前でピックアップトラックを道路わきにつけた。郵便受けの支柱は見つかったが――郵便受けがついていない。家番号は郵便受けとともにこわされていた。だがそのとき、ボランティアの消防隊が道路に書いた番号が目に入った。

まさか、このバブコックの古い家が？　きっとなにかの間違いに違いない。携帯電話のボタンを押して、マイクはもう一度メッセージを聞いてみた。「家の修理をお願いします。住所はカールー通り一八七〇七、電話番号は（四〇一）五五五‐四〇〇六、サンドラまでお電話ください」

やっぱりそうだ。ヴィクターの未亡人、あのサンドラだ。ハンドルに前腕をのせると、マイクはその古く孤立した家をしげしげと眺めた。この家のことはもう何年も前から知っていたが、まさかパラダイスじゅうの人間がこぞって憎んでいるあの女性の家だったとは。郵便受けがこうなったわけもおおむね予想がつく。おそらく地元の若者たちが車で沿岸のでこぼこ道を乱暴に走りながら、おなじみの夜の余興にぶちこわしたのだろう。マイク自身もティーンエイジャーの頃にやったことがある。だがヴィクターはそういったドライブにはめったにくわわらなかった。その当時から本能的に、面倒に巻きこまれないことを第一に考えていたらしい。

　ふつうは手当たりしだいに破壊するのだが、サンドラの郵便受けに関しては特別な悪意が感じられた。

　ヴィクター・ウィンスローの故郷の住民はみな彼女に激怒していたからだ。

　マイクはおんぼろの、オイルの足りなくなったエンジンをアイドリングさせながら、パラダイスに吹き荒れているゴシップや噂のことを考えた。この町に戻ってきてまだ数週間にしかならないのに、昨年の悲劇に関しては十数通りの説を耳にしていた。そのどれもすべて、ヴィクターの謎めいた未亡人に非難の矛先が向けられていた。

　マイクはトラックのベンチシートに広げたエリアマップをちらっと見た。ここブルームーンビーチはへんぴな場所で、広大な青い大西洋の端にある緑色の点にすぎなかったが、どう見ても、サンドラ・ウィンスローがメディアの脚光から逃れられるほどへんぴな場所とは言えない。

　この古く大きなヴィクトリア朝様式の家には長いあいだ、生垣をなす低木の列以外に住む者はなかった。子どもの頃、マイクとヴィクターはよくここに来て、夏のあいだしか使われないバブコックの別荘にぱちんこで石を飛ばしたものだ。二人の少年はいつもいっしょで、夏は海で泳ぎ、冬はフロッグ池でスケートをした。一二歳のとき、彼らはおごそかな儀式で兄弟の契りを結んだ。ホースネック洞窟の赤々と燃えるたき火の前で、切れ味の悪いボーイスカウトのナイフを使って互いの血を混ぜあわせ、一ドル紙幣の裏にあるラテン語を読みあげて忠誠を誓いあったのだ。

あの満天の星空の夜から気の遠くなるような長い年月が過ぎたが、マイクは今でも、波が青く光る唇を丸めてせりあがり、月明かりを透かしたかと思うと、二人の少年時代のテーマ音楽である〝さーっ〟というリズムに乗って砂の上をすべっていくさまを思いだすことができた。

大人になるという事実が不治の病のように二人のあいだに割りこんできたとき、親友同士によくあるように、彼らはしだいに疎遠になっていった。

そして、今の二人の境遇はこのとおりだ。

ヴィクターは死に、自分は醜い離婚の後始末に追われたあと、人生を立て直そうと苦労している。

だがヴィクターの身に起こったことに比べれば、自分の境遇もそれほど悪くはないかもしれない。

事故の決定のすぐ翌日にサンドラ・ウィンスローが金を使おうとしているのは、まったくの偶然ではないだろう。おそらくヴィクターのことだから、巨額の生命保険をかけていたに違いない。

「おれはどうすればいい、ヴィク？」そう声に出して言うと、吐息でトラックのフロントガラスが曇った。しかし、彼には答えがもうわかっていた。なんとしても仕事が必要なのだ。

マイク・マロイはかつておおいに成功していた。ニューポートでは、歴史的建造物の修復を専門とする建築会社の経営者だった。だが、離婚がほかのすべてとともにそれをぶちこわした。今は再起を目指し、小規模に建築や改修のビジネスをスタートさせたばかりで、依頼される仕事ならどんなものでも請け負った。この年で再出発することになろうとは、思いもよらないことだったが。

一年のこの時期、まともな仕事を手に入れるのはむずかしかった。せいぜい、空き家になった別荘の補修を依頼してくる避暑客がわずかにいる程度だ。冬の荒れた天候のせいで屋根板がはがれたり、窓が吹き飛んだり、地下室が浸水したりするからだ。この時期、長期の仕事は喉から手が出るほどほしかった。

マイクはハンドルを指でこつこつとたたくと、おんぼろのダッジのギアを入れ、サンドラ・ウィンスローの家の私道に入っていった。

家は雨の中に放置された玩具のように、あらゆる希望を失っているように見えた。一八八〇年代に建てられた典型的なカーペンターゴシック様式の家で、高さがあって幅が狭く、レース状の飾り破風が急勾配の切妻屋根を縁取っている。窓は尖ったアーチ型で、一階は三方向をポーチが取り囲む。

手入れされていない状態にもかかわらず、建物からは優美さがそこはかとなくにじみでていた。あきらかに夏の別荘として建てられた家で、海風が最大限に家の中を吹き抜けるよう設計されていた。冬に備えた設備と言えば、片側にある自然石でできた煙突くらいだろう。

灰色の外壁は何十年も塗装していないらしく、屋根にはコケや地衣類やウルシが生えている。かしいだ正面玄関がむっつりと訪問者を出迎え、屋根上のバルコニーを囲む手すりもこわれていた。

それでもマイクは、一世紀も前に手作業で作られた目板打ちの外壁や、張り出し窓、急勾配の切妻になんとも言えない本物の魅力を感じた。しかし家自体と同様に、本来の魅力はゆがめられ、風化していた。半世紀前まではその役目を果たしていたであろうよろい戸は、さびついた蝶番から曲がってぶらさがり、そのうちの少なくとも一つは、伸びすぎたライラックの茂みに落下していた。

家はぞっとするような姿をさらしていた。ウィンスロー未亡人を刑務所にぶちこみたがっている連中は、この有様を見るといい。殺人を犯した人間が罪滅ぼしをするのはこんな場所に違いない。この家はそんなふうに見えた。

とはいえ、マイクの熟練した目は空高くそびえ立つ家の輪郭や、唐草模様の飾り破風の気取らない美しさや、ドラマチックな背景——砂丘の端に位置する、州でもっとも広大な景観が臨める半エーカーの私有地——に強く惹きつけられた。

しかし家の周囲は荒れはて、芝生は踏みつぶされて枯れ、ぼろぼろのスカートのように家を取り巻いている。芝生の端には古い野バラがあり、そのうちの何本かは一階にまで伸びていた。風と寒気がうっそうとした茂みの葉をすでに取り去り、実がむきだしになっている。

マイクが車のエンジンを切ってトラックから降りると、かつて馬車置き場だったガレージ付近から、ざくっざくっというリズミカルな音が聞こえてきた。

誰かが薪を割っているらしい。彼はガレージの裏にまわってのぞいてみた。

割るリズムから察するに、おそらく体格のいい熟練した人物に違いない。

最初マイクはそれがサンドラ・ウィンスローとはわからなかった。写真で見たことがあるだけだったし、そのときには今のような格好はしていなかったからだ。色あせたジーンズに、ぶかぶかのチェックのハンティングジャケット。茶色の髪を無造作にポニーテールに結び、ひびの入ったゴム長靴をはいている。その顔は風と寒さにさらされてかさかさに荒れていた。

割った薪が周囲に散乱し、小さな死体のように地面に散らかっている。どうやら、一心に割り続けているようだ。斧を頭の上まで振りあげ、丸太に打ちこみ、手馴れた手つきでねじりとると、再び振りあげる。そのとき彼女が急に手をとめて、小さく驚きの声をあげた。その場にしゃがみこむと、小さな茶色の野ネズミが材木の山の後ろに大あわてで逃げこむのを目で追っている。

ネズミが見えなくなると、彼女はそのずっと反対側から次の丸太をとり、再び斧を持ちあげ、振りあげた。

「あの、すみません」マイクが声をかけた。

サンドラは振りあげた腕を途中でとめ、斧を胸のあたりにかまえたまま、彼のほうに向き直った。それはじつに物騒な姿だった――頬は紅潮し、ひどく興奮した目つきで、全身に激しい怒りをみなぎらせている。

「誰？」彼女が尋ねた。

「マイク・マロイです」彼は一呼吸おいて、相手の反応をうかがった。ヴィクターはぼくのことを話したことがあるだろうか？

いや、それはなさそうだ。彼女の警戒したようすと次に発した質問から、それは明らかだった。「な、なんの用なの？」

誘導尋問だということに、彼女は気づいたに違いない。ぼくは仕事を探しにきて、ヴィクター・ウィンスローを殺害したと非難されている女性に偶然出会ったにすぎないのだ。

彼は名刺を差しだした。「建築業者です。今しがた電話にメッセージを入れてくれましたよね」

「直接来るなんて思ってなかったわ」サンドラは家のほうをちらっと見た。「ええ。家をちょっと修理したいと思ったものだから」

「まずはあの郵便受けからはじめましょうか」

彼女が顔をそむけたので、マイクはなにか悪いことでも言ったかと思った。

「この家はどうせぼろぼろよ」サンドラは差し掛け小屋に斧を立てかけた。「そんなこと、通りがかりの便利屋に言われなくてもわかってるわ」

便利屋か。マイクは侮辱されたとは感じなかった。ただの便利屋であったほうがどんなに人生が単純だったことだろう。

「まだほとんどなにも言ってませんよ、お客さん」マイクは彼女が好きになれなかった。ほんのちょっと話しただけで、彼女が気むずかしく、攻撃的で、怒りと不信感を暴動鎮圧用の盾のようにふりかざしているのが見てとれた。

こんなやりとりはまったくの時間の無駄だ。彼は名刺を手押し車の薪の上に置き、その一本で飛ばないように押さえた。「とにかく、ご用のあるときはこちらに連絡してください」彼女のほうはもう見ずに、マイクはきびすを返してトラックのほうへ歩きだした。

彼が車に乗りこみ、走り去ろうとしたとき――ほっとして、次の商談のことを考えていたとき――、サンドラが「待って」と叫んだ。

振り返ると、彼女が手に名刺を持って立っていた。「本当にただの建築業者なのね？」

「修理が仕事です」

「どんなものを修理するの？」

「こわれたものならなんでも」

どういうわけか、この返事が面白かったらしい。だがそれは愉快な面白さではなく、彼女は耳障りな途切れ途切れの笑い声をたてたかと思うと、突然笑うのをやめた。「じつは、この家を売ろうと思っているの」

マイクは驚きを隠せなかった。このような家が売りに出されることはめったにない。とても住める状態ではなかったにしても、このブルームーンビーチの家は潜在的な宝の山だった。

「それで、修理というわけですか。このままでは間違いなく検査は通りませんからね。いつ売ろうと決めたんですか?」

彼女は郵便受けの残骸をにらみつけた。「二〇分ほど前よ」

その顔は真剣だ。

マイクはトラックのドアを閉めて言った。「ちょっと家を見せてもらえるとありがたいんですが、ミス……?」

彼女のことを知らないふりをするのは危険だったが、なにも知らないふりをすれば、とげとげしい態度をやめてくれるのではないかと思った。

「サンドラ・バブコック・ウィンスローよ」そう答えると、彼女は名刺をポケットに押しこんだ。そして探るような目でじっとマイクの顔を見つめたが、彼は名前に聞き覚えがあるようなそぶりをまったく見せなかった。彼女との仕事は最低限必要な情報だけで十分事足りる。長年多くのクライアントと仕事をしてきたが、自分の過去や個人的な生活について話す必要に迫られたことは一度もない。それに、ヴィクターの知り合いであることを打ち明ければ、彼女に即刻退場を命じられる恐れもある。

サンドラは庭の端に向かって歩いていった。そこでは、大きなシダやイバラの茂みが建物と砂丘とを区切る自然の柵になっていた。冬の破壊的な力によって、庭のなだらかな地形はすべすべにすり減っている。

強い風にサンドラ・ウィンスローの茶色の髪が千々に乱れ、落ち着かない不安げな顔をわずかにおおい隠す。「この家は一八八六年に」彼女は切りだした。「曽祖父ハロルド・バブコックが夏の別荘として建てたの。以前は、修復しようという計画も家族の中にあったんだけど」

それを聞いてもマイクは驚かなかった。この家はダイヤモンドの原石で、手を入れればどれほどすばらしくなるか、彼にはよくわかっていたからだ。ニューポートでは、歴史的建造物に関する知識が彼の成功の鍵だった。何層にも重なった年月の層をめくり返し、見当違いの近代化を修正し、当初の建造者の意図を発掘するのはお手の物だ。

ブルームーンビーチのこの家は古い家がしばしばそうであるように、歳月の持つ皮肉や失望や重さといったものをすべて抱えこんだ郷愁をかきたてる。一瞬、マイクの脳裏に修復されたバブコックの家の姿が浮かびあがる。帆船のように美しく、庭には花が咲き乱れ、よじれたヒッコリーの木からはブランコが吊るされ、裏庭では子どもたちが遊んでいる……。

いや、だめだ。この家のありのままの姿を見なければ――荒廃し、顧みられず、朽ちはて、気むずかしい住人のせいで不快な雰囲気を漂わせている、その姿のままに。

とはいっても……。

「で、どうかしら?」サンドラが問いかけた。

「修復するには完璧な物件ですよ」その言葉にまったく嘘はなかった。「今はひどい状態ですが、家の造りも細工もじつにみごとです」

彼女はまた苦々しく笑った。「ずいぶん想像力が豊かなのね、マロイさん」

「見る目があるだけですよ」彼女のあてこすりにうんざりしながら、マイクは続けた。「からかうつもりなど毛頭ありませんよ。この家には修理が必要ですが、骨組みは頑丈だと思いますね。屋根そのものもたぶん問題ないですよ。あれだけ雑草が生い茂っていたとしてもね」

「でも、本当なの。この家はぜんぜん大丈夫じゃないのよ」サンドラは先に立って、ガラス張りのサンルームに案内した。そこははてしなく広がる海に面していた。

　無意識のうちに、マイクは薪を腕いっぱいに拾いあげた。

「そんなことしなくてもいいのよ」

「サービスですよ」そう答えると、ヴィクターの未亡人のあとに続いた。〝ブルームーンビーチの黒後家グモ《ブラックウィドウ》〟――地元のマスコミは彼女のことをこう呼んでいたんだっけ？

　サンドラは玄関のところに立って、ドアを開けていた。

「わたしの部屋へどうぞ」その声にはちょっとした皮肉が感じられた。

「と、クモがハエに言いました」家に入りながら、マイクがあとを引きとった。

　彼女は顔から髪をはらいのけた。「まあ、この短い詩を知っているのね？」驚きを隠せないようだ。人々はたいていそうだ。肉体労働者は教養がなく、ナンセンスな詩の一つも知らないと思っている。

「この詩で発音の練習をしたことがあるんですよ」

　サンドラはゴム長靴を脱いで、ドアのわきに置いた。「じゃあ、子どもさんがいるのね？」

　マイクはうなずいた。子どもがいるという事実は彼にとってすべてだった。「男の子と女の子が一人ずつ」

「それはすてきね」彼女の表情が少しなごんだ。初めて柔和さが顔をのぞかせた。子どもがいることを心からうらやましがっているようだ。

そういえば、どうしてウィンスロー家の子どもたちがその辺を走りまわっていないのだろう？　たしか、ヴィクターは大の子ども好きだったはずだ。高校時代、彼はニューポートのＹＭＣＡで水泳のインストラクターをしていたし、夏にはファーストビーチでセーリングを教えていた。

だが、かえって子どもがいなくてよかったのかもしれない、とマイクは思った。自分の母親が父親を殺したなどと聞かされながら成長しなければならない子どもの不幸は想像にあまりある。

彼はドアのかたわらに薪を積みあげた。

サンドラは礼を言わなかったが、天井の隅を指差した。「あれはきっと屋根のせいだと思うの」

カビの縞が天井と壁を汚している。「直せますよ」彼は言った。「もっと近くで見る必要があるな」

彼女は前で腕組みをした。「わたしはまだ……」

「わかってますよ」マイクがさえぎった。「見るだけです」

「ずいぶん時間の余裕があるのね」

「ええ、まあ、暇な時期ですから」彼はとなりの部屋に歩いていった。そこは天井の高い、細長いキッチンで、古びたリノリウムの床が所々こすれてはがれ、磨かれた古いパイン材のテーブルと大きな鋳鉄製のシンクがあった。窓には、色ガラスでできた鳥が吸盤でくっついている。ぶんぶんうなる冷蔵庫には漫画のキャラクターのマグネットがいくつも、走り書きのメモやリストといっしょに貼りつけてある。あたりにはスパイスと食器洗い洗剤の匂いがかすかに漂っていた。「ここの作り付け戸棚は当時のままですね」マイクは感心して言った。「じつにすばらしいが、こんなひどい塗装は見たことがないな」

サンドラは作り付け戸棚の扉を手でさっとなでた。光沢のあるシーフォームグリーンが分厚く塗られている。「大おばの誰かだわ、たぶん」そう言うとちょっと顔をしかめ、手を裏返して手のひらをしげしげと眺めた。青黒い水ぶくれの列が、いくつか破れて指のつけ根をおおっている。

「薪を割るときは、手袋をはめなくちゃ」マイクが言った。

「そうね……」

無意識に、彼はサンドラの手首をつかんだ。彼女はとっさに抵抗し、手を振りほどこうとする。

「洗ったほうがいいですよ」マイクは彼女をシンクのところに連れていくと、蛇口をひねって冷たい水を出した。握った手の中の、彼女の手首のきゃしゃな骨格や、なめらかできめ細やかな皮膚の感触が彼を妙に落ち着かない気分にさせた。指は青っぽいインクで汚れている。

彼はサンドラの手を冷たい水の流れの下にぐいっと押しこんだ。おそらくしみるに違いないのに、そんなそぶりはまったく見せない。「次はそっちの手を出して」

こっちの手はもっと水ぶくれができている。もう一方も同様にすすぎながら、彼はペーパータオルを数枚とり、洗い終えた手の水分を軽く押さえた。そして手のひらを上にさせると、自分の手でやさしく包みこんで支えた。「救急箱はありますか？」

「それほど大げさな怪我じゃないわ」

「破れた水ぶくれに包帯をしておかないと化膿しますよ」彼女は反論した。

「べつにどうなったってかまわないの」サンドラはシンク下の作り付け戸棚の中をかきまわすと、古ぼけたガールスカウトの救急箱を取りだした。マイクがのぞくと、中には包帯とテープが一巻ずつ、あまりに古すぎてキャップのさびた赤チンが一びん入っていた。

「赤チンはやめて。子どもの頃にトラウマがあるの」

彼は赤チンをシンク下のゴミ箱に投げ捨てた。「どっちみち、もう今じゃ毒に変わってますよ」彼女の手をとり包帯を巻くと、ちょうどよいきつさになるようテープでとめた。

もう一方の手を手当てしてもらっているあいだ、サンドラは済んだほうの手を上にあげてあちこちひっくり返して見ていた。「やっぱりお父さんね。応急手当が上手だわ」そう言って、こぶしを曲げた。「プロボクサーみたい」

彼女のような体格の女性が言うにはなんだか不釣合いな言葉で、マイクは思わず吹きだしそうになった。「今度薪を割るときは手袋をはめるといいですよ」

「そうするわ」

「で、ここにはどのくらい住んでいるんですか？」

サンドラはカウンターに寄りかかった。「一年にもならないわ。この家はこれまでずっと家族が所有していたんだけど、最近は気にかける人もいなくて」彼女はカウンターから離れると、マイクをとなりの部屋に案内した。そこは広々とした居間で、クッションのへこんだソファが、自然石でできた暖炉に据えられた薪ストーブの向かい側に置かれていた。弓形に張りだした大きな窓の下枠にはクッションが並べられ、外にはすばらしい景色が広がっている。図書館以外では見たことのないほど多くの本が暖炉の両側の棚に並び、居間に隣接した小さな書斎にはさらに多くの本があった。

「床がきしむの」彼女はソックスをはいた足で実際に音をたててみせると、ドアを開けて通り抜けた。「地下は水漏れしているし、どの窓もがたがた音がするし、手すりもそう。屋根裏にいたっては見当もつかないわ。引越しの荷物を山ほど押しこんで以来、一度もあがっていないから」

サンドラは二階にあがっていった。手すりがぐらぐらになった歯のように小刻みに揺れ動く。二階には洗濯物の落とし口や、家の全長と同じ長さのまっすぐな廊下、バスルームが一つ、寝室が三部屋あり、そのうちの二部屋は完全に空っぽでクモの巣がたれさがっている。主寝室には海に面して窓が並び、傷のついた黒っぽいクルミ材の古い四柱ベッドが一台、支柱には伝統的な稲の束の図案が彫刻されている。ベッドは整えられていなかったが、サンドラは気にかけていないようだった。カーニバルでもらう景品のような安っぽいくたっとしたクマのぬいぐるみが、乱れた毛布の真ん中に横たわっている。ペーパーバックの小説がナイトテーブルの上に無造作に積み重ねられ、その横には処方薬のびんとリングタイプのノートと万年筆。かすかな花のような匂い――女の匂い――があたりに漂っていた。マイクはそれに気づいたことを後悔した。

雰囲気はまるでゆきずりのいかがわしいホテルの一室といった感じだった。しかしまたしても、裏庭にいたときと同様に、はがれた壁紙やすすけた木造部分の向こうに、改装された美しい部屋の姿が浮かびあがってくる。ベッドからは海面を照らす輝く朝日が見え、窓ガラスの鉛枠に反射した光のプリズムが壁に虹を映しだす……。

「これで全部よ」サンドラが部屋を出るとき、マイクに軽く触れてすれ違った。

彼女はシャンプーと海風となにかほかの――たぶん孤独の――匂いがした。廊下で彼女は一対のドアを指し示した。「一つはリネン収納庫で、もう一つは屋根裏に続く階段よ」

マイクは屋根裏にあがり、つぶれた荷物や段ボール箱が手当たりしだいに積み重ねられているのをよけながら、あたりを見まわした。荷物のいくつかにはマジックマーカーで書きこみがされている。

「箱が邪魔なら、どけてかまわないのよ」サンドラが後ろから呼びかける。「屋根は雨漏りしてる？」

「大丈夫みたいですよ」屋根窓がひどくすすけていたので、十分な光が入らずよく見えない。

窓枠は腐って、粉っぽい茶色いほこりが積もっている。手を伸ばし、マイクは裸電球のひもを引っぱった。一世紀前に手作業で作られた屋根の梁と支柱は、船の骨組に使う木材のように頑丈そうだ。クモの巣をはらって灯りを消すと、彼は階下に下りていった。

サンドラは広々とした家具のまばらな居間にいた。ストーブに背中を向け、包帯を巻いた両手を無意識に火のほうに伸ばしながら、「どう?」と声をかけた。

「この家をどうしたいんですか?」

「さっきも言ったとおり、売りたいと思っているの」彼女は続けた。「それには当然、修理が必要でしょ。こんな状態じゃ、ぜったいに買い手が見つからないもの」

金があれば、その場でマイクが買い取りたいところだった。この海辺に建つヴィクトリア朝様式の古い夏の別荘に、彼は強く惹きつけられていた。だがたいていの人々は、たえまなく修繕を必要とする家に大金を払いたがらない。そして彼にはその金がなかった――それがいいことなのか悪いことなのかはわからないが。

「それで、工事費はいくらかかるの?」サンドラが尋ねた。

金額を言ったが最後、気に食わなければ遠慮なくはっきりと断られるに違いない。

「内容によりけりですね」

彼女はまたユーモアのない笑い方をした。「わたしの選択肢は?」

「歴史的建造物として全面的に修復するか、とりあえずの体裁を整えるにとどめるかのいずれかですね」

「売れてくれれば、なんだっていいのよ」疲れて少しいらだっているような言い方だったが、それはマイクに向けられたものではなかった。

「プランAは、国定歴史的建造物のガイドラインに沿って行なう全面的な修復です」

「その結果は？」

「お金ですよ。修復され指定を受けた年代ものの家は最高の金額で、それも即座に売れるんです。ここは希少価値がありますよ、立地条件も、家そのものも。もし適当に塗装をし直して、配線系統や水まわりを修理し、生垣を刈りこみ、屋根や床にちょっと手をくわえる程度なら、検査は通るでしょうが、国定歴史的建造物に指定されるチャンスは失いますよ」

「その結果は？」サンドラは同じ質問を繰り返した。その声は皮肉っぽくとげとげしかった。

「条件の合う買い手が見つかるまでもっと待つことになるでしょうし、プランAより売値は安くなります」

「期待がはずれるのには慣れてるわ」彼女はつぶやいた。

「あなたのそのけんか腰の態度は、壁を取りこわすことになったときにきっと役に立ちますよ」

「そうね」彼女は言った。「じゃあ、そのときまでこのままでいることにするわ」

サンドラはじっと彼を見つめた。その瞬間、光のいたずらだろうか？　マイクは不思議なことに彼女に対して好意を覚えた。その辛辣な仮面の下に隠されたやわらかな心が垣間見えたのだ。目の前にいるのは、丸太の山でネズミを助け、冷蔵庫に漫画のマグネットをいっぱいくっつけ、夜寝る前に読書する一人の女性にほかならない。彼女はもはや地元のニュース番組を騒がすスキャンダラスな人物でも、弁護士に車に押しこまれる、黒いサングラスをかけたやせて陰気な女性でもなかった。素顔の彼女はまったくの別人だった。茶色にも金色にも見えるその大きな目は、つっけんどんな態度とはまったく正反対にとげとげしさをやわらげていた。

マイクは彼女とヴィクターの写真をロードアイランド・マンスリー誌でときおり目にすることがあった。ウィンスロー夫妻は州の特権階級に属する有名人で、髪の分け方さえニュースになるほどだった。新聞の社交欄にはいつも、彼女がヴィクターにほほえみかけたり、ときには笑ったりしている写真が掲載されていた。それを思うと、今の彼女の姿は痛ましいかぎりだ。

「わたしのためにどんなことをしてくれるの、マロイさん？」サンドラが穏やかな口調で尋ねる。皮肉な感じはもうない。

その質問には途方もなく深い意味が込められていた。

マイクは躊躇した。自分はこの出会いからなにを――仕事の契約以外のなにを――期待しているのだろうか？　この不合理さを理解しようとしたが、それが無駄だともわかっていた。ついに〝ブルームーンビーチの黒後家グモ《ブラックウィドウ》〟の本当の姿を知ってしまったからには。

彼女の第一印象は最悪だったが、この短時間の交流の結果わかったことが二つある。一つは、この女性が自分の感情を抑えこんでいること。そしてもう一つは、噂はどうであれ、彼女がこの厳しい時期におけるもっとも有望な客であるということだ。

　この仕事を引き受ければ、ウィンスロー家の人々――かつてマイクをもう一人の息子のようにかわいがってくれた、ヴィクターの両親――には、おそらく裏切り者だと思われるだろう。いや案外、仕事は仕事と理解してくれるだろうか？　かえって、義理の娘を追っぱらえて喜ぶかもしれない。彼女の家を修理することは、それを早めることになるのだから。

「じゃあ、二通りの企画書を作りましょう」彼は言った。「一つは全面的な修復、そしてもう一つは化粧直し」

「どっちもかなり費用がかかりそうね」

「かかった工事費はすべて家が売れたときの利益から差し引かれるので、国税局に申請する金額は少なくて済みますよ」

「そう」サンドラは手に巻いた包帯を引っぱると、あのバーボン色の目をきらきら輝かせて彼を見た。「企画書をぜひ見てみたいわ」

「二、三日中にお持ちします」彼は約束した。

「わかったわ」彼女は机のところへ行った。そこにはラップトップパソコン、プリンタ、書類の山が置かれていた。マイクはなんということもなく額に入った写真を手にとった。日焼けした脚をした少女のサンドラが、裸足で、一組の男女といっしょにポーチのブランコ椅子に座っている。背景の、太陽に照らされた砂丘から察するに、ブルームーンビーチで撮ったものに違いない。

「ご家族？」

「ええ」彼女はそれ以上なにも言わなかった。

写真の中の三人は平凡なごくふつうの人々で、やさしそうに見えた。わが子の将来にいったいなにが待ち受けているのか、先のことは本当にわからないものだ。

「じゃあ、企画書ができたらいつでも電話して」彼女は言葉をついだ。「たいてい……家にいるわ」

サンドラがすぐそばに立つと、またあの女らしい匂い、香水のような、薬品のような匂いがマイクの鼻をくすぐった。その瞬間、目に見えない熱いかげろうが二人のあいだに揺らめいた。彼はその感覚を懸命に追いはらおうとした。彼女はだめだ。そう自分に言い聞かせる。彼女だけは。

ニューポートにいた頃はこういった仕事柄、年代ものの家に一人取り残され暇をもてあました金持ちの若妻から誘いを受けることもよくあった。しかし彼はつねにビジネスに徹する方針を貫いていたので、そうした誘惑に乗ることはなかった。

だが今は、階上の乱れたベッドが目の前にちらついてしかたがない。サンドラ・ウィンスローがこの家にたった一人きりで、退屈というよりむしろ孤独に暮らしているという事実も頭から離れない。なんにせよ、過去がどのようなものであれ、彼女はもはや誰の妻でもないのだ。

3

日記――一月五日、土曜日

家を売る前にするべき一〇のこと
四九．バブコックのおじいちゃんの旅行用トランクを両親の家に持っていく。
五〇．コインのコレクションを一九七二年にどこに埋めたか見つけだす。
五一．マロイについて調べる。

マロイ。名刺にはマイケル・パトリック・マロイとある。ふくれあがったリストを見直しながら、サンドラは少なくとも十数回彼の名前が登場していることに気づいた。まだ雇ってさえいないというのに、マロイは彼女の心を占領し、かたときも忘れさせてはくれない。それがどうしてなのか、サンドラにもわからない。

二人のあいだに個人的な関係があったわけではない。だが、マロイの存在は彼女がどれほど生身の人間との触れあいを求めていたかを痛切に思いださせた。彼は便利屋で、わたしは家を修理してくれる人間を必要としている。ただ、それだけのこと。変わったことなどなにもない。以前にも修理屋を頼んだことがあったけれど、配管工や配水管修理人に胸をときめかせたことなど一度もなかった。

だがマロイの場合は違っていた。よりによって、彼女がもっとも精神的な危機にあるときに目の前に現れたのだから。さびついたピックアップトラックに乗った、腰のホルスターに巻尺を入れた騎士。もしあのとき彼が現れなかったら、わたしはどうなっていただろう？

サンドラは考えたくもなかった。だが、彼女がなにかとんでもない愚かなことをしでかすのを彼が救ってくれたのだと考えても、けっしてオーバーではないように思える。

しかし、それはマロイにはなんの関係もないことだろう。彼はあくまでビジネスライクに、部屋から部屋を歩きまわりながら、クリップボードにメモを書きつけていた。一つ違うのは、マロイがおよそ、彼女がそれまで知っていたビジネスマンとはまったく異なっていたことだ。ボストン・レッドソックスのキャップに、ワークブーツ、色あせたジーンズ。それに髪もちょっと長めで、態度も……。

突然ドアをどんどんとたたく音がして、サンドラは椅子から跳びあがった。万年筆のインクが飛び散り、ノートが床に落ちる。

彼女はドアのほうに目を走らせた。今は真っ昼間よ。大丈夫、真夜中じゃないんだから。それでも、ストーブのそばの火かき棒に手を伸ばさずにはいられなかった。正面玄関に近づきながら、ドアの横の脇窓から外をのぞければいいのにと思ったが、窓はしばらく前に投石でこわされ、板が張ってあった。

火かき棒の真鍮の柄を握りしめるサンドラの指に力が入る。呼吸が速まってあえぎに変わり、そのせいで軽くめまいがする。ヴィクターが死んで以来ずっと耐えてきた脅迫やいやがらせのおかげで、夜のどんな物音でさえ警戒するようになっていた。それは昼間も同じことだ。

こんなことはもう終わりになるはずだったのに！　彼女は叫びたかった。あれは事故だったのよ！　本当に事故だったのよ！　だが彼女の弁護士は、事故の決定が出てもいやがらせは終わらないだろうと警告していた。ああ、彼の言うことを信用すべきだったわ。

再びドアがどんどんとたたかれた。今度はさらに大きく、しつこかった。深呼吸を一つして、サンドラはドアを少し開けた。ドアチェーンが狭い隙間を横切ってぴんと張る。訪問者の顔を見た瞬間、彼女はほっとしてひざの力がへなへなと抜け落ちた。火かき棒を傘立てに押しこむと、ドアを閉めてチェーンをはずし再び開けた。

冬の風がナイフの刃のように、鋭い寒気を風通しのよい古家の中に投げつけてくる。安堵のあまりめまいを感じながら、サンドラはわきによけて訪問者を家に入れると、急いでドアを閉めた。

まさか母がプロヴィデンスから車を運転してやってくるなど思いもしなかった。しかしどういうわけか、母の顔を見ても驚かなかった。「入って、お母さん」彼女は言った。「火にあたったら。暖かいわよ」

「元気にしてたの？　毛布を持ってきたわ」母はしわの寄ったビニール袋を差しだした。

サンドラは母をすばやく、ぎゅっと抱きしめた。「またドリー・バブコックの手編みね。甘やかしすぎよ」

「そうじゃないの。わたしは風のように編むのが速いのよ」毛布は母のお得意だ。禁煙対策の一つとして編み物をはじめたのだが、今では煙草を吸いながら同時に編み物ができるというまれな人々の仲間入りを果していた。「ところで、昨日はどこに行ってたの？　留守番電話をつけてくれたらいいのに。留守番電話のない人間なんて、この世できっとあなた一人だと思うわ」

じつは、サンドラは留守番電話を持っていた。だが事故後まもなく、いたずら電話のメッセージが録音されるようになるやいなや、片づけてしまったのだ。「ごめんね、お母さん。きっと外で仕事をしていたときにくれたのね。薪を割っていたのよ」彼女は包帯を巻いた両手を差しだした。

「やれやれ」ドリーはちょっとほほえむと帽子をとり、かがんで丈の短いビニール製のブーツの留め金をはずした。このブーツはかれこれ三〇年以上も愛用しているものだ。あいかわらず黒く染めた髪をカールさせスプレーで固めている。染毛剤ミス・クレイロールのおかげでこの髪型は何十年も変わらなかったが、その意志強固な顔に刻まれた深いしわだけが彼女の年齢をあらわにしていた。

「それで」母はコートを玄関ホールの洋服掛けにかけながら言った。「状況はよくなったの、

「ええ、とっても」サンドラは答えた。郵便受けが吹き飛ばされ、家が崩壊寸前だという事実以外は、すべて申し分ない。だが、彼女は母にぐちを言いたくはなかった。この辛い体験を通じて、サンドラは両親を最悪の副産物――執拗なマスコミ、中傷の電話、陰口や疑念――から守るために全力を尽くしてきたのだ。

ドリーとルー・バブコックはサンドラが幼い頃に娘のことでもう十分苦しんでいた。

額に入った親子三人の写真が机の端に飾ってある。これはサンドラが一一歳くらいのときに撮ったものだ。母は父に寄りかかって腕にしがみつき、夫はそんな妻をにっこりと見おろしている。サンドラは父の手をつかんで、笑顔とは言えない表情を浮かべている。子どもの頃、彼女はあまり笑わない子どもだった。

「お茶を入れるわ」サンドラは言った。彼女は習慣の奴隷だった。客が来ると、母親であろうと政党の役員であろうと、涼しいときには紅茶を入れ、暖かいときにはレモネードを作る。紅茶の葉をスプーンで計って欠けたストーンウェアのポットに入れながら、なに一つふつうでなくなっているときに、お茶を入れるというふつうのことをしている自分が奇妙に思えた。だが人生なんてそんなものなのだろう。問題を解決している最中だからといって、観覧車のてっぺんで止まって待っていてくれるものなどこの世には一つもない。すべてはつねにまわり続け、そして進み続けるのだ。

「道はどうだった？」サンドラがキッチンから声をかけた。

「凍ってたわ。でも、それほど混んでなかったわね」

「お母さん、会えるのはいつだってうれしいわ。でも、わざわざ来てくれなくてもいいのよ」サンドラはティーポットを居間に運びながら言った。母がすべりやすい道をプロヴィデンスからグランド・マーキスを運転してくる姿が心に浮かぶ。「訪ねてくれるのはとてもうれしいけど、地元のニュース番組がわたしの寿命を縮めるたびに駆けつけることはないのよ。ヴィクターが死んでからは、自分のことは自分でなんとかできるようになったし」

「ほんと、あなた頑張ったわ」

「せめてお父さんに運転してもらえばよかったのに」大きな銅製のやかんをストーブの上の鉄板から持ちあげると、サンドラは熱湯をポットに注ぎ、ふたをして蒸らした。

「自分でちゃんと運転できるわ。全然問題ないわよ」

キッチンに戻ると、サンドラはシュガーボウルを出し、クリームピッチャーを牛乳で満たした。そしてすべてをトレーにのせると、居間に持っていった。

「いいわね」ソファのとなりをぽんぽんと軽くたたきながら母が言った。温かいほほえみを向けている。

サンドラは母のとなりに深く身を沈めると、その肩に頭をもたせかけ、ケリの化粧水とアクアネット・ヘアスプレーと煙草が入り混じった、かすかな心なごむ匂いを胸に吸いこんだ。

「説教ばかりしてごめんね、お母さん。来てくれてありがとう、本当に」

ドリーはサンドラのひざを軽くたたくと、前かがみになり、茶こしを使って紅茶をカップに注いだ。「元気なの？」そう尋ねてから、案の定、自分で自分の質問に答える。「あなた、やせすぎよ」

「大丈夫よ、お母さん」儀式のような正確さで、サンドラは砂糖とミルクを計り、カップに入れた。灯台の霧笛の長く悲しげな音が、窓ガラスをがたがたいわせる。

その音にサンドラは身震いした。ソファの上で横向きになると、両足を折り曲げて引き寄せ、紅茶をすすりながら言った。「ニュースを観たんでしょ」

母の視線は、薪ストーブの扉の強化ガラスに向けられたままだ。ストーブの中で躍る炎が眼鏡のレンズに映っている。

「あの番組をどう思う？」サンドラはたたみかけた。

ドリーは顔を娘のほうに向けると、今目覚めたばかりのように目をしばたたかせた。「ごめんなさい」母は謝った。「なんて言ったの？」

サンドラは返事をためらった。最近、母は少しぼんやりしていることが多くなったような気がする。ヴィクターの事件が原因だろうか？　それともなにかほかのこと？　耳が遠くなったのかもしれない。それとも、なにかもっと悪いことが起こりつつあるのだろうか？　その考えにサンドラはぞっとした。だが、そんな話題を母に切りだす気にはなれない。ドリーはこと病気に関しては神経過敏になるタイプだからだ。

「あのニュース番組を観てどう思ったのかなって」サンドラは言葉をついだ。「『プロヴィデンス・デイブレイク』観たでしょ？　コートニー・プロクターが出てる番組よ。あの女ときたら、ニュースのあいだじゅうさも満足げにほくそえんでいたわね。声でわかったわ」サンドラは両ひざを胸に引き寄せると、上からセーターをかぶせた。「ブルームーンビーチの黒後家グモ《ブラックウィドウ》の母親になるって、どんな気分？」

ドリーは両手の指を組みあわせて、ぎゅっと握りしめた。煙草が吸いたくてたまらないのだろう。「あの女は道化よ。番組も興味本位のゴミの寄せ集めだわ」

「だからあんなに人気があるのよ。頭にくるのは、この町の住人が彼女の話を信じていることなの」

ドリーは考え深げに紅茶を一口すると、カップを置いた。「こういった悪いことが起こると、人は誰かにその責任を負わせたくなるものなのよ。そうでなければ、神様が残酷になることもあるってことを受け入れなければならなくなるから。ウィンスロー家の人たちがそんなこと初めから受け入れるはずがないことを覚えておくことね」

サンドラの脳裏にヴィクターの両親の姿が浮かぶ。椅子に座り、沈痛な面持ちで検死官の言葉に耳を傾けていたあの姿が。彼らの息子は正式かつ法的に死亡が認められたが、その結果を裏づける遺体は発見されていない。息子は事故死した——彼らに納得がいかないのはその死因だった。ヴィクターのような人間に事故など起こるはずがないと信じているのだ。

「お母さんはいつもわたしよりもヴィクターの両親のことがわかっているみたいね」サンドラが言った。

「そうかもしれないわ」ドリーは慣れ親しんだしぐさで娘の頭を手で軽くなでた。「安心なさい、サンドラ。捜査はもう終わったのよ。ひどい事故だったけど、これでようやく自由に夫の死を悲しむことができるじゃない」

サンドラは引き寄せた両ひざの上にあごをのせた。わたしが今本当にほしいのは、ヴィクターの死を悲しむ自由なんかじゃない。彼女はあごをぎゅっと締めて、あの郵便受けの一件をうっかり口走らないようにした。前に、ガレージの横にスプレーで〝ＯＪ〟と書かれたことがあった。身の危険はまったく感じなかったが、その行為が意味する悪意は今も彼女を動揺させる。だがあのときは、恐いというより腹が立った。その怒りを落書きをこすり取るエネルギーに変え、ほとんどきれいにしてしまった。それを悲しむことだというのなら、わたしは悲しむことが得意になりつつあるのだろう。

サンドラは紅茶をさらに注ぎ、高ぶった神経を鎮めようとした。母と紅茶を飲んで語らえば、たいていの問題は解決できると以前は思っていた。だが今は、それだけではどうにもならないほどとてつもない問題を抱えこんでしまった。とはいえ、こうしてわずかなあいだでもいっしょにお茶を飲む心地よさに心が温められ、呼吸するのが楽になっている。

「ねえ、お母さん」サンドラが言った。「この家を売ることをどう思う？」

母は眼鏡の奥で眉をあげた。「ここから引っ越すつもりなの？」

「現実を直視しなくちゃ。ヴィクターが死んでしまった以上、そろそろ後始末をして、人生を立て直すときだと思うの。ほかのどこかの町で。ここから遠く離れたところで」

母は娘の顔をしげしげと眺めた。光のいたずらだろうか？　そのときサンドラは母の顔に、通常の分別や同情以上のなにかを読みとった。そこには悲しみも垣間見えた。一種の降服が。

「それもいいかもしれないわね。おじいちゃんとおばあちゃんはあなたにこの家を残したんだから、好きにするといいわ」

「この家はこれまでずっと家族のものだったでしょ。お父さんは怒ると思う？」

「あの人が怒るのは、パーをとろうとしてボギーになったときだけよ。実際、この家のことはもう何年も忘れてるわ」母は部屋をさっと見まわした。「売りに出す前に、少し修理しなくちゃね。業者を雇いなさいな」

「もう雇ったの」マロイのことを思うと、サンドラの心が思いがけずかすかにときめいた。わたしったら、便利屋に修理を依頼する以上のことを期待しているのかしら？「その……人は昨日立ち寄って、家を見てまわったの。企画書を作ってもらうことになったのよ。わたしが文無しだってことはどうしても言えなかったわ」

「それは今だけでしょ。ヴィクターの生命保険金はあなたのものなんだから、そろそろ受けとれるんじゃない」母は古いソファのすり切れたひじ掛けをさっとなでた。

「弁護士が手続きをやってくれてるの」弁護料とヴィクターの最近の選挙運動の借金を引けば、修理費をかろうじて払える程度の金額だということは黙っていた。しかし、サンドラの決心は固かった。もうこんな世の中から隔離されたような場所にはいられない。ブルームーンビーチの荒々しい海岸をどれほど愛していたとしても。あの夜に起こったことは、そして車の中で聞かされたことは、彼女の人生を変えてしまった。でも、そんなことでわたしの人生を台無しにさせるわけにはいかない。うんざりするほど長引いた死因審問のおかげでこの町にいることを余儀なくされたけれど、それが終わったからには、もうなにをしようと自由なのだ。

「ようするに、パラダイスを出たいのね」母は窓から広々とした冬の空をじっと見つめた。「あなたはいつもこの町に溶けこんでいるように見えたわ。この町で……探していたものを見つけたんじゃないかって思ってたけど」

「見つけたわ。でも、この町とわたしを結びつけていた唯一の絆はヴィクターだったの。あの事故以来、それがはっきりしたわ。いつも頼んでいるテキサス出身の美容師のほかには、この町にはヴィクターの友人か支持者しかいないの。ずっとこの家をわたしの聖域だと思ってきたけど、もうそうじゃないのよ」

「じゃあ、プロヴィデンスに戻ってこない？」母が尋ねた。

〝プロヴィデンス〟に？　〝家〟じゃなくて？　サンドラは母の言い方に妙なひっかかりを感じながら、首を横に振った。「あそこじゃ近すぎるわ」州会議事堂を通り過ぎるたびに、雪花石膏のドームに非難のまなざしでじっと見おろされるなんてぞっとする。州都のレンガ敷きの通りを、かつての二人を思いださずに歩くことは二度とできないだろう……二人の偽りの生活を。

「じつを言うと、この町を出ようと思いついたのはそれほど前のことじゃないの」サンドラは言った。「わたし、今まで一人暮らしをしたことがないでしょ。ヴィクターとは大学を出てすぐに結婚したし。でも一人で生きたときの自分という人間を知ってみたいのよ」

「実際、男の人なしで生きることを学ぶのに遅すぎるということはないわ」

ドリーの言葉に含まれる重みに、サンドラは戸惑った。次の言葉を待ったが、母はそれ以上なにも言わなかった。

「きっとうまくやれるわ、サンドラ。わたしにはわかるの。だって、本当に大切なものはいまだ無傷なんだから。健康にしても、若さにしても、作家としてのキャリアにしても」

サンドラの胸に感傷的な気持ちがこみあげてくる。「お母さんとお父さんはいつもわたしを信じてくれたわね。わたしがだめな子だったときでさえも」

「だめな子だったときなんてないわよ」

「ああ、お母さん。わたしはだめな子だったわ。知ってるでしょ？」

「サンドラ、それはみんな遠い昔のことよ。そんなこともう気にしてないわよね？」いいえ、気にしてるわ。話そうと口を開くたびにね。だが、このことを母には認めたくない。ドリーはサンドラと同じくらいこの問題で苦しんだのだから。ドリーは母親であることの痛みと挫折と絶望を感じていた。何年ものあいだ、夜も寝ないで、娘が閉じたドアの向こうで泣いているのを聞いてきたのだ。

ルーとドリー・バブコックは吃音の娘を育てた――ときどき言葉が出てこないだけでなく、それは息さえできなくなるような破壊的な苦痛とともにサンドラを沈黙でおおった。

こみあげる感謝の気持ちとともに、彼女はあの忍耐と反復の年月を思いだす。母は娘と何時間も大判の文字カードで発音を練習し、父は遅くまで起きて横隔膜と呼吸の練習に取り組んでくれた。高校生になって初めて、サンドラは家族以外の人と数語以上話せる自信が持てるようになったが、それもどうしても話さなければならないときだけだった。

セントクラウド高校で一人の友だちを持つこともなく卒業したのは、あとにも先にもわたしだけだろう。そうサンドラはつねづね思っていた。彼女は典型的な目立たない娘で、書類のファイルのようにまったく特徴がなかった。面白いことに、彼女は自分が孤立しているこ とをあまり気にしていなかった。本や読書が好きで、男の子や車には興味がなかった。心に描く冒険は、ダンスパーティーやホームカミングゲームよりはるかに生き生きとして刺激的なものだったからだ。

あるいは、そう信じるまで固く何度も自分に言い聞かせていた。

「今は大丈夫よ」サンドラは母を安心させた。「これからもずっとね」前かがみになり、その肩のなつかしいやわらかさに感謝しながら、彼女を抱きしめる。

ドリーはサンドラのひざを軽くたたいた。その手はやせて、皮膚は抜けるように透明で、点々とついたしみのせいで一瞬見知らぬ人の手のように見えた。サンドラにはどうしても母を年寄りに見ることができなかった。目を閉じると、顔から髪をやさしくはらってくれたり、丸めた手のひらいっぱいにすくったひまわりの種を冬の紅冠鳥に与えたり、編み物の編み目を器用に作ったりする手の感触が今でも感じられる。

「いっそのこと親子三人でフロリダに移ったほうがいいかもしれないわね」サンドラは風が

かぼそくひゅーひゅーと吹く音にかぶせて言った。「ニューイングランドの冬は寒すぎるわ」

ドリーはかがむと、ハンドバッグを拾いあげた。「じつは、別の計画があるのよ」そう言ってサンドラにカラフルな封筒を手渡した。

「これはなんなの？」彼女は中から印刷したチケットを取りだした。「〝新しい自分へのクルーズ〟？」

母の顔が、サンドラがしばらく見たことのないほど輝いた。「アルテミシア号に乗ってカリブ海と南アメリカを三ヶ月間クルーズする旅よ」

「夢みたいな話ね」サンドラは訪問地のリストにざっと目を通した。ナッソー、ココケイ、モンテゴベイなどなど、どの冒険も、美辞麗句を並べたてた大仰な言葉で説明されている。光沢のあるパンフレットのページをぱらぱらとめくると、中には、砂糖のように白い砂浜や、南国の風にものうげにそよぐヤシの木、太陽の光……つまり、現実からの逃げ道があふれていた。彼女は出発の日時を調べた。「フロリダのフォートローダーデール空港から明日の夜に発つの？」

ドリーはうなずいた。「今までは家を空けたくなかったの……その、わかるでしょ？」

「わたしが殺人で訴追されるかどうかはっきりするまでね」

「ぜったいに捜査は大丈夫だと信じていたわ。捜査官が確かな殺人の動機を見つけるかもしれないなんて考える母親がどこにいるの？　でも、あなたのためにここにとどまっていたかったの。で、あなたもいっしょに来てくれなくちゃ。どう？」

サンドラの中で興味が炎のようにぱっと燃えあがったが、あわてて消した。

「ここにいなくちゃいけないのよ、お母さん。家のことがあるもの」無理に笑顔を作って、パンフレットを返した。

「すごい冒険ね」

「パスポートもとったし、ビキニとザイバン錠も全部詰めこんだわ」

「ザイバン錠？」

「煙草をやめるための処方薬よ。新しい自分へクルーズしようと思うの」チケットをハンドバッグの中にしまいこみながら、母は言った。「煙草をやめるのは、新しい自分になることなのよ」

「二週間か。長いわね。それにお金もかかるわ」サンドラが言った。

ふだんはつましい母が肩をすくめた。「自分への投資よ。スペイン語のレッスンを受けて、ブラックジャックのやり方を習って、マカレナを踊って、ヘアスタイルとメイクを変えて……なにもかも新しくするの」ドリーはティーカップを持ちあげた。「冒険に乾杯」そう言って、サンドラのカップにかちんとあてた。

「冒険に」

ドリーは立ちあがった。「散歩しない？」

サンドラは母のふくらんだハンドバッグを心得顔にちらりと見た。「まだ禁煙用の錠剤を飲みはじめてないのね」

「そのとおり」母が外で煙草の火をつけているあいだ、サンドラは玄関ホールのフックからジャケットをひっつかむと、帽子と手袋を身につけ急いで外に出た。ドリーは荒涼とした灰色の砂浜を北に向かって、でこぼこと連なる漂着物に沿って歩いていた。そこには、北大西洋が吐きだした海草やごみが厚く雑然とした鎖を作っている。夏には観光客が朝早くから、こわれていない貝殻や波に洗われた不透明なビーチガラスを探しにやってくる。冬にはそうした宝物は略奪者に狙われることなく、海が再び連れ戻していく。

乾燥した砂の隆起が動かない波のようにさざ波を立て、その湿って柔軟な表面が足もとで形を変えるたびにサンドラの歩みを遅くする。ドリーの視線はまっすぐ、頂上に灯台をのせたごつごつした大きな岩に向けられたままだ。身を切るような冷たい風が母の目に涙をにじませ、その湿り気はこめかみに吹き飛ばされて乾き、塩気を含んだ白っぽい薄膜を作った。

「冬が恋しくなったりはしないわ」ドリーはコートを体にたぐり寄せながら言った。

「お母さんがいなくなると寂しいわ」サンドラはそう言うと、急いでつけくわえた。「すばらしい旅になるわね。お母さんもお父さんもすごく楽しみにしているんでしょ？」

「あの人は行かないのよ」

サンドラは顔をしかめた。風のうなる音のせいで聞き違えたのだろうか？「お父さんは行かないって……」

母がうなずく。

サンドラは海草のかたまりにあやうくつまずきそうになった。「お母さんが一人でクルーズに行くなんて信じられないわ」

ドリーは妙な笑い方をした。「わたしもそうよ」

「お父さんは行きたがらなかったの？」

母はためらった。「三五年間も仕事で旅をしたからもう興味がないのよ。あの人をどこかへ行かせることは、かたつむりを岩から引き離すようなものなの」

「前はお父さんを一人にしたことはなかったじゃない」

「あの人がわたしを一人にしてきたのよ」

「それは違うわ。あれは仕事でしょ。お父さんと話しあって、お母さん。いっしょにクルーズに行くように説得して。二人で行くほうがずっと楽しいわ」

「あの人は来ないわ」ドリーの声はしっかりしていたが、感情がこもっていない。

「来ないってどうしてわかるの？　お父さんは旅行が好きじゃなかったけど、きっと……」

「サンドラ、話したいことがあるの」ドリーは立ち止まり、青白い流木に腰かけた。たき火の黒い跡が流木の前の砂を台無しにし、古いビールびんが塩生草の上に散らばっている。

「座って」母は自分のとなりをぽんぽんとたたいた。「どうやって切りだそうかと考えていたんだけど、あまりうまくできそうにないわ」

サンドラは胸と喉のあたりに冷たく重苦しい圧迫感を覚えた。いつもの母とはどこか違う。かすかな違いだが、目が輝きを増しているし、手を神経質に動かして握ったり開いたりしている。こんな長期にわたる夢のような船旅を突然予約するなんて、実際的で計画的な母らしくない。くだらないことに一度だってお金を使ったことがないのに。こんな豪華な旅行は、宝くじが当たった人々がすることだ……そうでなければ、余命半年の人々が。「ねえ、お母さん?」母と並んで座りながら、サンドラはだしぬけに言った。「病気なの?」

　ドリーはじれったそうにかぶりを振った。煙草の吸殻を砂に落とすと、かかとで埋めた。「ばかなこと言わないで。わたしは健康そのものよ。最近ちょっとやつれたように見えるとしたら、それはたぶん今起こっていることのせいよ」

　この一年は両親にとって辛い一年だったに違いない。サンドラは申し訳なく思った。「じゃあ、クルーズは完璧な気晴らしになるわね。でも、お父さんだって同じくらい気晴らしが必要だと思うわ」サンドラは努めて声に明るい熱意を込めて言った。「わたしから話してあげようか?」

　ドリーは両手首のつけ根を流木に突っぱらせ、上体を後ろにそらすと、まっすぐに海を見つめた。「一人で行くわ。じつはね、家を出たの。この数週間、ウーンソケットのワンダおばさんのところに厄介になっていたのよ」

　サンドラの頭の中に衝撃がもたらすぶんぶんという鈍い音が鳴り響く。「どうしてなの?」

「わたしたち、離婚するのよ」

　サンドラは耳に水でも入ったかのように首を横に振った。離婚——この言葉が奇妙で聞き慣れない、理解できないなにか、たとえばこれまで食べたことのない南国の果物の名のように響いている。あまりにとっぴで、考えてみることさえできない。離婚がわたしの家族のあいだで起こるはずがないし、ヴィクターの家族のあいだでも同じだ。まして、わたしの両親のあいだではなおさらだ。結婚して三六年間にもなるのだから。

動揺して、サンドラは立ちあがった。「お母さん、だめ……」

「もう長いあいだ考えて決めたことなの」母の声はだんだん冷静になっていく。「実際、簡単なものではないけれど、わたしの知るかぎり、これが唯一の解決策なの。でも、ルーもわたしもあなたを愛して……」

「ああ、やめてよ。お母さん」かがんで石を拾いあげると、サンドラはできるだけ遠くに投げた。落ちた場所は見なかったが、気にもならなかった。「そういうのってなんだかとても……わざとらしいわ。まるで七歳の子どもに言うせりふみたいじゃない。でもわかる？　離婚は子どもに影響を与えないふりをするときに使うみたいな。でもわかる？　離婚する夫婦が、もだって、真実を知っているのよ。それでも親の離婚は辛いものだわ。そしてその辛さは一生続くの」

「人生は辛いものよ」ドリーは続けた。「今のところ、誰も治療法を知らない。だから、わたしたちはみんな自分なりのやり方でなんとかしなければならないのよ」

「自分なりのやり方？　お父さんから逃げだすことが？」

「家を出たのがわたしのほうだからって、逃げだしたとは限らないでしょ」ドリーは立ちあがり、また歩きはじめた。

パニックで心臓が激しくとどろくのを感じながら、サンドラは母と歩調をそろえて歩きだした。「なにがうまくいかなくなったのか話してほしいの。それに、修復できないと思う訳も」

ドリーは古いカーコートのポケットに両手を押しこんだ。このキャメルのウールコートは、毎年一一月になるとクリーニング店の防虫袋から引っぱりだされ、三月になると地下室にしまわれる。コートさえ変えない母が、今自分の人生全体を変えたいと望んでいるのだ。

「ねえ、サンドラ」母が言う。「三六年の結婚生活は、なにかがちょっとうまくいかなくなったくらいで終わったりはしないわ。その三六年のあいだに、まったく適切じゃなかったとても長い年月があるのよ。当時と今の違いは、わたしがついにそれに対処しようと決めたことなの」ドリーは押し寄せてくる泡立つ波のほうに向きを変えた。「わたしたちはルーが定年退職したあとの生活をいつも夢見ていたわ。問題は、お互いの計画を照らしあわせなかったことなの。わたしはてっきりなんでも二人でやれるものだと思っていた。外国語を習ったり、見知らぬ国を訪れたり、ダンスや陶芸を習ったり、新しい冒険に挑戦したりね。あの人も同じことを考えているのだとばかり思っていたのよ」

「それで、お父さんの計画はなんだったの?」

ドリーはうんざりしたようにふんと小さく鼻を鳴らした。「毎日友人たちとゴルフと釣り三昧よ。そのあいだ、家事も、用事も、食品の買出しも、料理も、支払いも全部わたし。これまでとまったく変わらない。あの人は定年退職したけれど、わたしは仮釈放さえ認められずに生きていかなければならないのよ」

「二人で話しあえば解決できるわ」サンドラには両親の離婚という事実が信じられないほど恐ろしく感じられた。それは暗闇での一撃、さらなる損失、もう一つの死だった。彼女の人生からきわめて重要ななにかが消滅し、それは二度と取り戻すことができないのだ。「お父さんにもっと家のことを手伝ってもらえばいいのよ」

「もうやってみたわ。あの人は絶望的ね」

「じゃあ、いっしょに出かけられるように、ゴルフを習ったら？」

「それもやってみたわ。わたしは絶望的だわ」

「これはぜんぜんむずかしいことじゃないのよ、お母さん。互いに愛しあっている人たちは当然……」

「たぶんそれが原因なのよ」ドリーはコートのフードを引きあげながら言った。「たぶん、この長い結婚生活のどこかで、愛が失われたのね」

母の言葉にサンドラはうずくような深い悲しみを覚えた。でも、愛はそんなものじゃない。そんな簡単に消えるものじゃない……。だがヴィクターのことを思うと、彼女の確信も揺らいだ。おそらく両親の結婚にもさまざまな秘密がつきまとっているのだろう。他人の親密な関係なんて誰にも理解できないのだ。

サンドラはたえず動き続ける海をじっと見つめた。陰気な空の下で、それはつやつやした灰色をしていた。全世界が自分の足もとからすべり落ちていこうとしているのに、それをどうやってあるべき場所に引き戻したらいいのかわからない。自分の判断はすべて間違っていたのではないだろうか？　家族の基盤が今もろくも崩れ落ちようとしている。真実だと信じていたものが嘘だとわかったのだ。

「離婚なんていけないわ、お母さん」風の音に負けないように声を張りあげて、サンドラは言った。「お母さんとお父さんはもっと努力するべきよ。カウンセリングに行って問題を解決……」

「わたしたちはあなたの本の登場人物じゃないのよ」ドリーはやさしく言った。そして腕をサンドラの肩にまわした。「ごめんなさいね。でも、これはわたしの人生なの。残りはわずかだけど。どうしてもこうしなければだめなの。実際にもう起こってしまったのよ。だから、あなたがなにを言おうとなにをしようと止められないわ」

サンドラは、自分の人生が万華鏡の中の色ガラスのかけらのようにばらばらになるのが見えた。ちりぢりになって、こなごなになって、つねに変化し続ける断片に。「このことはどのくらい前から考えてたの？」サンドラは尋ねた。

「かなり前からよ。でもヴィクターのことが済むまであなたに話すのは控えていたの。これでようやくみんな動きだせるわね」

風が砂浜の上で砂をくるくると巻きあげ、塩生草に打ちつけている。嵐がまた急速に近づきつつある。サンドラは息をするたびにその味を口の中に感じ、その重さを肌に感じた。

ドリーは家に向かって戻りはじめた。「外は寒いわ。それにやらなきゃいけないことがあるの」彼女は手袋をはいた手をサンドラの腕に置いた。「飛行機に乗らなくちゃね」

サンドラは家に、売りたいと切望している崩れ落ちそうな家に向かって、無言のまま母と並んで歩いた。砂丘の上の大きなヴィクトリア朝様式の家は、嵐の中でうずくまるシギのように見える。茂りすぎたシーローズとライラックは今や張り出し窓をほとんどおおい隠さんばかりだ。灰色の色あせた外壁は、海辺にまた冬の一撃をくわえようと北から流れてきた入道雲の暗褐色と調和している。

この家はもう一〇〇年以上もここにあり、今や崩壊の危険が迫っていた。マイク・マロイ——ピックアップトラックを運転し、家を修理する、頼りがいのある男——はこの家を再建できると断言した。突然、その約束はサンドラにとってなによりも重要な意味を持つものに思えてきた。

4

嵐が直撃したとき、マイクはポイントジュディス灯台の地上五〇フィートの高さにある連絡用通路にしがみついていた。冬の集中砲火は機関車のような音をたてて、古い褐色砂岩の塔に力いっぱいぶつかってくる。風と刺すようなみぞれが、ベニヤ板と格闘する彼の肩と背中に打ちつける。ベニヤ板は風を受け、強風の中の凧のようになって、彼を連絡用通路の端へとぐいぐい押しやる。

アーチー・グラバーが沿岸警備隊の詰所から、窓が一つ吹き飛ばされ、部屋ほどの大きさのある旧式のフランス製ランタンが危険にさらされていると電話してきたのだ。すぐに修理してほしいということだった。

マイクは鉄製の手すりに片足をひっかけて、転落しないようにふんばった。灯台の中からアーチーがなにか叫んだが、聞こえない。命綱をつけておけばよかったと後悔したが、ブーツでガラスの破片を踏みつけながら割れた窓にベニヤ板を打ちつけようと悪戦苦闘した。

寒さでかじかんだすべりやすい手で、マイクは頑丈な鉄の留め金をしかるべき場所にねじこんだ。天気がよくなるまでとりあえず持ちこたえてくれればいいが。

アーチーがドアを開けてくれたので、マイクは外よりは静かな灯台の中に転がりこんだ。びしょ濡れの袖で、寒さでひりひりする顔をぬぐう。「修理の仕事を探しているとは言ったが、まさかこんな仕事をするはめになるとはな」

「一瞬、おまえを失うかと思ったよ」アーチーはらせん階段を下りかけた。「コーヒーでもどうだい」

「いや、やめておくよ」マイクは歯をがちがち鳴らしながら断った。「戻ったほうがよさそうだ」

アーチーは彼に小切手を手渡した。「これは濡らすなよ」

灯台を出て、マイクはごみが散乱する道路を運転して波止場に向かった。嵐は海を大荒れにして、南へ逃げ去った。灯りが港長の事務所に一つ、そして何艘かの大型釣り船にいくつかちらちら光っていたが、波止場に人けはない。

マイクはいまだ船を〝わが家〟とは思えなかったが、パラダイスに戻ってきて以来、小さな港に漁船とともに停泊しているトロール船〝ファットチャンス号〟の船室で暮らしていた。幅は広いが設備のいいこの船は、マイクの父が定年退職してフロリダに移ったあと、彼のものになった。何年も前、マイクとアンジェラは毎年夏になると週末に乗船して、ブロック島へのんびり航海したり、秘密の入り江で停泊したり、スープとクラッカーの夕食をとったり、波のささやくようなリズムに合わせてセックスしたりしたものだ。アンジェラはもうずいぶん長いあいだこの船に足を踏み入れていなかった。

マイクが船室に入ると、ジークが跳びついて出迎えた。立ち止まって犬の耳の後ろをかいてやると、バスルームに入って熱いシャワーをさっと浴びた。バスルームはとても狭く、彼がやっとまっすぐに立ったり向きを変えたりできる程度だ。

マイクが作り付け寝台から乾いた服を着て現れると、ジークはしっぽをぶんぶん振って、パラダイス波止場をぶらつくいつもの夕方の散歩をおねだりした。「わかった、わかった」マイクはぶつぶつ言いながら、ジャケットを引っかけた。

彼の目がチャートテーブルの上の数枚のメモやスケッチにじっと注がれる。テーブルには父親の海図のほかに、今ではコンピュータとプリンタが置かれていた。書類の山のいちばん上には、彼の離婚を担当している弁護士、ロレッタ・ショットから届いた無数の手紙のうちの一つがのっている。家庭裁判所の判事は船の上で暮らしている男に疑いのまなざしを向けていた。

マイクは〝夢を生きている〟のだと言う人もいる。四二フィートの船を、オフィス、こぎれいな調理室、二つの個室とバスルームを持つ新品同様の住める船に修復したのだから。だが子どもたちがいなければ、それは忘れられた夢を漂う幽霊船でしかない。彼の唯一の夢は、子どもたちと結びついていることだけなのだ。

マイクの親権訴訟の担当者は、夢を生きることには関心がなかった。子どもたちはこの船に夢中だったが、裁判所が任命した担当者はファットチャンス号に一時的な住居の承認しか与えてはくれなかった。マイクは新しい学年がはじまるまでに恒常的な住居を見つけなければばならない。ロレッタによれば、まともな家に落ち着けば担当者の評価がもっとあがるらしい。

がっかりしてゆうべは遅くまで眠れずに、バブコックの家について考えをまとめていた。今朝早くに、あの家の郵便受けを付け替えておいた。たった五分でできる作業だったので、知らせるまでもないと思いクラクションも鳴らさなかった。誰が直したかはおそらくわかるだろう。

あのウィンスローの未亡人に〝あなたの家には興味がありません〟と言えたらどんなにいいかと思いながらも、一方では、この二度とはめぐりあえないほどにやりがいのある修復に取り組みたいとも願っていた。それに、これは長期の仕事を獲得できるまたとないチャンスでもある。マイクはコンピュータの横の海図を調べ、海岸を示すクモの巣のような線を目で追った。

パラダイス港からブルームーンビーチまで指でなぞる。北北東に六海里か。どうやら運が向いてきたのかもしれない。「行くぞ、ジーク」

犬はガラスの引き戸によじのぼっていたが、マイクがそれを開けた瞬間、外に飛びだした。ジークはジャンプして、操舵室からきしむ波止場に跳びおりると、狂ったようにくんくんと匂いをかいだ。けっして変わることのない場所になにか違うものを見つけようとしているかのようだ。

マイクはゆっくりとあとをついていった。そして嵐のあとの静けさの中にたたずむと、波のざわめきやカモメの不安げな鳴き声に耳を傾け、たそがれが強風にわきかえる海面を輝かせるのをじっと見ていた。

そしてまたサンドラ・ウィンスローのことを思った。

彼女はいったい何者なんだろう？　なぜヴィクターは彼女と結婚したんだろう？　ヴィクターは一度も行き当たりばったりの選択をしたことがないし、めったに間違いも犯さなかった。それはぼくの得意技だ。だが一年前にヴィクターは死に、ぼくは今一人暮らしで、唯一の友だちはおかしな毛の刈り方をしたプードルだけだ。

空気はニューイングランドの複雑な海岸線特有の冷気を含んでいた。マイクはパーカの襟を立て、両手をポケット深くに押しこんだ。

「やあ、マイク」

振り返ると、レニー・カーマイケルが波止場をこちらに向かってやってくるところだった。平たいフィッシャーマンキャップのせいで実際よりさらに背が低く、ずんぐりして見える。その姿はまるで誰かがハンマーでたたいた鉄道の犬釘のようだ。たしかにそうだった。そのゆっくりとした歩調は、海から一度も遠く離れたことのない男の歩き方だ。父親はロブスター漁師で、レニーは学校を落第するほど大きくなるとすぐに家業を手伝った。「やあ」マイクはうなずいた。「なんだい？」

「灯台にのぼってこわれた窓を修理したそうだな」

ここパラダイスじゃ、プライバシーなんてあってないようなものだな、とマイクは思った。

「ああ」マイクは言った。「午後の過ごし方にしちゃ、最悪だったよ」
「シラーズに来なくて寂しかったよ。アーチーはおまえに敬意を表して、みんなに一杯ずつ
おごったんだぞ。来ればよかったのに。いいスタートを切ったな、ミッキー。本当に」
　この町の人々が、これほど月日が流れた今でも自分のことを高く買ってくれることをマイ
クは不思議に思う。
「グロリアからこれを頼まれたんだ」レニーはゆるくふたをしたダンボール箱を置いた。
「作りすぎたんだそうだ、いつものことだが」レニーは平坦な、引き伸ばすようなロードア
イランドなまりで話す。どこかほかの場所で生きようと考える地元の人間がこぞって取りの
ぞくものだ。レニーは当然のことながら、どこにも行く気がなかった。グロリアも同じだ。
彼女は人々に食べさせるのが好きだった。とくに妻に捨てられた男たちに。
　マイクは箱の中になにが入っているかわかっていた。マンハッタンのレストランなら七五
ドルはするであろう、大きなゆでロブスターと、ロールパンが二個と、バターの中で泳いで
いるポテトだ。最初、マイクはこうしたグロリアの施しに当惑した。正直なところ、うんざ
りした。だが、うんざりした男がグロリア・カーマイケルを動じさせることなどけっしてな
かった。なにしろ、彼女はレニーと結婚しているのだから。
「グロリアによろしく言っておいてくれ」マイクはつけくわえた。「でも、ぼくに食べさせ
続ける必要はないいってね」
「伝えておくよ。礼のほうだけな」レニーは続けた。「グロリアが正面のポーチの腐った手

すりを見るのはうんざりだって言ってたよ。きっと近いうちに電話がいくはずだ」

「グロリアに、現金も小切手もクレジットカードも受けとらないって言っておいてくれ。食事だけでいいって」

「きっと喜ぶよ。なんて言ったらいいのかな。ようするに、うちのかみさんはセックスより料理のほうが好きなんだ」

「だから、店があんなに繁盛してるんだよ」マイクが指摘した。数年前、グロリアはポイントジュディスに総菜屋を開き、ロブスターロールとエッグサラダサンドイッチをボストンやニューヨークからの観光客に売っていた。

「おれはセックスのほうがいいけど」レニーがにやりとした。

「ごもっとも」

「そのうち」レニーは続けた。「おまえもうまくいくさ」

この町でゴシップの広まる電光のような速さを考えると、旧友にこれからやろうとしている仕事について話しておいたほうがいいだろう、そうマイクは思った。「オーシャンロードのはずれで大きな仕事のきっかけをつかんだんだ。カールー通りだよ」彼は取りたてて言うほどでもないことをちょうど思いだしたかのように言った。「バブコックの古い家の修復に入札してるんだ」

「ウィンスローの未亡人の家のことか?」レニーは低く口笛を鳴らした。「夫の金を使うのに時間を無駄にしないんだな」

「まだ決まったわけじゃないんだ」

「グロリアは全力を尽くして、彼女を食い物にするようおまえに勧めるだろうよ」

「どうしてグロリアはサンドラ・ウィンスローに反感を持っているんだ？」

「あの女が若くて美人で、さらに殺人までやってのけたからさ。嫌って当たり前だろ？」レニーは肩をすくめて両手を広げた。「かみさんはあのスキャンダルに昼メロみたいに夢中なんだ。ここで起こった事件だからさ。そういえば、ヴィクター・ウィンスローと親しかったよな？」

「子どもの頃の話だよ。ずっとつきあいはなかったんだ」あの頃は、家族の中で初めて大学に進学できることになって誇らしさで胸がいっぱいだった。ついに収縮包装のプラスチックフィルムをはがされたかのように、野心がいっきにふくれあがった。二年間それはふくらみ続け、彼はフットボールをし、及第し、ヘッドチアリーダーとデートし、巨大なサブマリンサンドのように人生をむさぼり食った、それも全部一人で。

　そこであのタックルだ。右ひざはばらばらに引き裂かれ、チームからはお払い箱になり、三度におよぶ手術を受け……そして、ついにアンジェラが登場する。ヘッドチアリーダーは病室にやってきて、小さな白い棒切れを振りかざした。その片側はピンクに染まり、陽性を示していた。妊娠したのだ。だから彼は学校をやめ、仕事につき、彼女と結婚しなければならなくなった。

「それで、ブルームーンビーチの黒後家《ブラックウィドウ》グモって、まぢかで見たらどんな感じなんだ？」レニーが尋ねる。

マイクは上下に揺れる漁船の列をしげしげと眺めていた。骸骨のようなヤードアームが暗くなりかけた空に向かって伸びている。「さあな。それに知りたくもないよ。彼女の家は修理を必要としていて、ぼくはその仕事を必要としている。それだけのことさ」もちろんレニーには、初めて会ったとき彼女が泣いていたことも、ブルージーンズとゴム長靴という意外ないでたちだったことも、その声がソフトでハスキーだったことも、一度も笑わなかったことも話すつもりはない。

「グロリアは今でもあの女が大罪を犯したと思ってるよ」レニーは靴のつま先で鉄の索止めをけった。「ようするに、車が橋からまっさかさまに落っこちたんだ。ひどい話さ。で、あの女は自分だけが脱出した、まったくの無傷でね。それに対して、ヴィクターはサメの餌食になったってわけだ」

「車が沈むときに脱出する時間があったのかもしれない」

「あの女は事故のことはなにも覚えていないって主張してるんだ。いわゆる、選択的記憶喪失症ってやつさ」

「嘘を言っていると思うのか？」

「当然だろ。信じているやつなんて一人もいないよ」

「じゃあ、どうして事故の決定が出たんだ？　どうして訴追されない？」

「たぶん、あのニューポートのいかさま弁護士がうまくやったのさ」レニーは木のこぶでできた古いパイプを取りだすと、火皿に煙草を詰めた。「ヴィクターの家族が気の毒だよ。本当にいい人たちだろ、あの両親は。こんな目にあうような人たちじゃないものな」

マイクはヴィクターの両親のことを考えると、罪悪感で胸がうずいた。ロナルド・ウィンスローは、名誉負傷章とこなごなになった脊髄とともにベトナムから帰還した。身体の障害に屈することなくむしろ挑戦して、ハーバード神学校を優等で卒業し、南ロードアイランド最大のプロテスタント教会の牧師になった人物だ。

彼はウィニフレッド・ヴァン・ドイセンと愛しあって結婚したが、好都合なことに、妻には相続した莫大な遺産があった。二人はたった一人の子どもを溺愛し、自分たちの夢のすべてをヴィクターに託したのだ。

子どもを亡くすなんて考えただけでぞっとする、とマイクは思った。

ウィンスロー夫妻を訪ねて、サンドラの家の仕事をするつもりだと話したほうがいいだろう。仕事はほしいし、必要でもある。だが自分にはあの夫妻に知らせる義務があるのだ。

レニーは手を丸めてライターをおおい、パイプに火をつけた。ジークが波止場を飛ぶように走ってきた。口になにか胸の悪くなるようなものをくわえて、きれいに刈りこんでいないあごひげからぶらさげている。ジークはそれをマイクの足もとに落とした。今日の獲物は、海草の硬いひげと一続きになったムラサキイガイのかたまりだ。マイクはそれを波止場の端にけとばし、海に落とした。

レニーがパイプを吹かす。「いつ本物の犬を飼うつもりなんだ、マイク？」

「ぼくが選んだわけじゃないんだ。だまされて押しつけられたんだよ。それはともかく、子どもたちはジークに夢中なんだ」

「だから、飼ってるんだな」

「ああ」メアリー・マーガレットとケビンはマイクのすべてだった。二人は彼が朝起きる理由であり、次の呼吸をする理由でもあった。

離婚することになって真っ先に考えたのは、父親としての権利を確保することだった。手持ちの金をほとんどはたいて、子どもたちとの時間を獲得するため争った。だが結局は、アンジェラが面会の日程を決める権利を得た。ニューポートの裕福なレストラン経営者と再婚し、金で買えるもっとも人気のある家族問題専門の法律事務所を代理人にして、アンジェラはすべてを勝ちとった。家も、子どもたちも、建築会社への義父の出資金も。マイクは子どもたちとの面会を制限され、さしあたっては、父親が漁業に使っていた古いトロール船がわが家だ。アンジェラの金と辣腕弁護士が正義の秤を傾けた結果、母親の不貞は取るに足らないものとなり、養育環境も、船の二つの作り付け寝台で寝るより有害ではないとみなされたのだ。

「バブコックの仕事は忙しくなりそうなのか？」レニーが尋ねる。

「たぶんね」マイクは言葉をついだ。「彼女がぼくの企画書を気に入ってくれればの話だが」

「おまえが進んで助けてくれることを、あの女は感謝しなくちゃな」

「今はどこかから頼まれる仕事だって、えり好みできる状況じゃないさ」

レニーはパイプの火皿を靴のかかとでたたき、灰を落とした。「もう行くよ。明日は朝早いんだ。じゃあな、ミッキー」

「ああ」マイクが歯のあいだで口笛を鳴らすと、ジークが走ってきた。トロール船の調理室は暖かかった。少なくとも、そうマイクは思おうとした。暖房のためのプロパンガスは、子どもたちがここに来ているとき以外は節約していた。あの子たちを暖めるためなら、自分の髪の毛だって燃やしてもいい。

5

日記——一月五日、土曜日の午後

調理をしないでとれる一〇の食事

一．にんじんとセロリのスティックサラダ、無脂肪ランチドレッシング添え
二．マッキントッシュりんご一個
三．カリカリに焼いた薄いトースト一枚
四．無脂肪カッテージチーズ一カップ
五．ドライローストピーナッツ一つかみ
六．バターと塩抜きのポップコーン
七．バターと塩がたっぷりのポップコーン
八．豚皮チップス一袋
九．チェリーガルシア・アイスクリーム一クォート
一〇．ゴディバのチョコレート一ポンド

水ぶくれは治りかけていた。たそがれが迫る頃、サンドラは立ちあがってキッチンのシンクに行った。ほどけた包帯を手首からたらして、手のひらを調べてみる。手を洗っていると、トラックが近づいてくる音が聞こえた。

宅配便の車がゆっくりと走っている。なにかあったに違いない。この一年の辛い体験のせいで、彼女はつねに最悪を予期するようになっていた。

急いで玄関に駆けつけると、サインをして、平たいほとんど重さのない封筒を受けとり、うんざり顔の運転手に礼を言った。その日最後の配達を終えてほっとしているようだった。

封を勢いよく開けると、中にはミシン目のある長い小切手が一枚入っていた。振り出し先は〝クラゲット・バンクス・サンダース・アンド・レフコウィッツ〟、ヴィクターの死のあと雇った法律事務所からだ。小切手の控えのメモには、これが生命保険会社からの最初の支払いであり、この手続きにかかった弁護料は差し引いてあると簡単に記されてあった。生命保険会社は当然のことながら、ヴィクターの死体が発見されないことを理由に、サンドラの請求を詐欺だと主張していた。だが情け容赦のない明確な状況証拠に基づく検死官の決定によって、事態は最悪の結論に達したのだ。

サンドラはまばたきもせずに、手の中の小切手をじっと見つめた。これがヴィクターの命の値段。

不安が突然、彼女の胸をかき乱す。小切手をホールテーブルの上に置くと、ポーチから冷たい夕暮れの中に出た。そして深い藍色の影と、午後の嵐の勢いをいまだ含んだ海風に包まれる庭を一人歩いた。

彼女はこの荒々しく孤立した海岸が好きになっていた。荒涼とした眺めも、嵐のあとのこざっぱりと洗われたような匂いも。こんな場所をまた見つけることができるだろうか？　親指をポーチの手すりのはがれかけた塗装に走らせながら、ここを去らなければならない痛みを心に感じないようにぐっとこらえる。だが後悔の念は、押し寄せる波のように容赦なく襲いかかってくる。サンドラはこの一年、努めてなにも感じないように生きてきた。その努力は今彼女を消耗させはじめていた。こんなの、ただのいまいましいぼろ家よ。処分したらすっきりするに決まっている。

「ああ、ヴィクター」身にしみる風に向かって呼びかけてみる。「教えてちょうだい。わたしはどうしたらいいの」一人でいることのもっとも辛い事実の一つは、話しあう相手も、相談する相手もいないことだ。たった一人で見知らぬ海を漂い、自分が正しい方向に進んでいるのかどうかもまったくわからない。

薪をとりに物置に向かいながら、サンドラは道路のほうをちらっと見て思わず立ち止まった。そして生まれつきの用心深さで、道路わきへと歩いていった。

排水溝のわきの四角い支柱のてっぺんには、真新しいトタンの郵便受けが取りつけてあった。郵便受けには住所が反射する数字で貼りつけられている。

マロイに違いない。いつ直したのだろう？　まさしく通りすがりの便利屋だ。

夜気に身震いして、彼女はあわてて家の中に戻ると鉄製のストーブにまた薪をくべた。それからソファに落ち着いて郵便物を調べた。いつものようにくだらないダイレクトメールや請求書ばかりだ。全米ライフル協会からもまた届いている。どうしてこんなにしつこいのだろう？　たぶんヴィクターが銃規制に強く賛成していたからに違いない。郵便物をわきに置くと、彼女は受話器を取りあげ、弁護士に小切手が届いたことを知らせることにした。好きなタイプではなかったが、ミルトン・バンクスは捜査全体を通して彼女を擁護してくれたのだ。木曜の午後に検死官の決定が出たとき、彼は大満足のようすだった。

ミルトンのボイスメールがかちっと音をたてたので、サンドラは話しはじめた。だがすぐにミルトン本人の声にさえぎられた。

「じゃあ、受けとったんだな！　うちはやることが手早いだろ、え？」彼は労働階級のボストンなまりで問いかけた。「これで落ち着けるな」

あなたもね、とサンドラは思った。あれだけの弁護料を受けとったのだから。

「落ち着くつもりはないのよ」彼女は続けた。「計画があるの」

ミルトンは躊躇した。「どんな計画だ？」

「家を修理して売って、この町から出ていくのよ」

「待てよ、サンドラ。きみはもっと分別があるはずだろ？」

「どういう意味？」

「今出ていったら、まるで逃げだすみたいじゃないか」

「そのとおりよ」電話のコードを人差し指に巻きつける。

ミルトンはしばし沈黙した。「いいかい、前にも言ったとおり、検死官の決定は最初の闘いにすぎないんだ。連中がもっともらしい動機を見つけなかったからといって、きみが完全に自由になったわけじゃないんだぞ」

背骨のつけ根にぞくっと悪寒が走る。「でも、わたしは自由だわ。完全に自由よ」

「もちろん、そうさ」彼が急いでつけくわえる。「だが、どうしてそんなに急ぐんだ？　もう少し待ったらどうだ。そうすれば裁判所にとやかく言われることなく、自分の好きなようにやれるじゃないか」

「もう一年も待ったのよ、ミルトン」氷のような不安が体を走り抜け、胃のあたりを締めつける。

「何ヶ月か前にこのことは忠告しておいただろ。検死官の決定がどうであれ、まだ民事訴訟があるんだ。ウィンスロー夫妻の弁護士はここ数ヶ月事件を調査しているんだぞ」

怒りのほうが恐怖をうわまわった。たしかにミルトンからは面倒が起こることを予想しておくよう警告されてはいたが、そんなことはすっかり忘れていた。義理の親に訴えられることになっても、驚きはしない、そう、もうなにが起こっても。信じられないことがすでに起きているのだ。「本当に訴えるなんてどうしてわかるの？」

受話器の向こうで長い間《ま》があり、ミルトンが煙草に火をつけ煙を深く吸いこんでいるのがわかる。そして受話器に吐きだした。「それは、ぼくが優秀な弁護士だからさ。彼らはずっと手がかりを探しまわって訴訟の準備をしている。こうしているあいだにも、申請を出しているかもしれない。いいか、よく聞くんだ。あの夫婦は誰かを刑務所にぶちこみたがっているんだよ。サンドラ、それがきみなんだ。あの夜、きみは車を運転していた。こんなことは言いたくはないが、ウィンスロー夫妻には選択肢があるんだ。過失、不注意、無謀運転、それに〝故意〟という責任さえ追及してくる可能性だってあるんだぞ。だから、それに備えて心の準備をしておいたほうがいい」

サンドラはあごが痛くなるまで歯を食いしばり、叫びだすのをこらえた。電話のコードをほどきながら、受話器を指でこつこつとたたく。またあの苦痛が襲ってきて、喉もとを締めあげる。数秒間呼吸を整えたあと、ようやく次の言葉をしぼりだした。「この家はあちこち修理が必要だからしばらくかかると思うの」そして続ける。「でも修理が終わったらすぐにこの町を出るわ。訴訟があろうとなかろうと」

「落ち着けよ。こんな不十分な証拠で裁判にする判事はいないさ。今のところわかっている証拠よりもっと説得力のあるものを見つけなければな」

受話器をあまりに強く握っていたので、治りかけていた水ぶくれが痛んだ。発見されていない証拠ならたくさんある。もしそれが明るみに出れば、わたしは賞賛の的になることだろう。

6

日記——一月六日、日曜日

日曜の朝にすべき一〇のこと

一．ニューヨークタイムズのクロスワードパズルを解く。

二．弁護士の形をしたパンケーキを焼く。

三．教会へ行く。

サンドラは三番目の項目をじっと見つめた。すると心臓の鼓動が速くなった。わたしに行けるだろうか？　そんな勇気があるだろうか？

実際にこうして書くまで、こんな常軌を逸した考えが心の隅にあったとは気づきもしなかった。忘れようとしながら、その一方で自分に注意を向けさせようとしていたなんて。

ヴィクターが生きていた頃には、日曜の朝はまさに儀式一色だった。牧師の息子であり、彼自身が公人だった夫は、礼拝を精神的な営み以上のものとみなしていた。毎週日曜日には早起きし、念入りに身支度を整えた。彼はいつも非の打ち所がなかった。サンドラをボックス型の信者席に案内する姿は、すらりとやせてハンサムな聖人君子だった。その信者席には、ロードアイランド州の旧家ウィンスロー家を記念する真鍮の飾り板がついていた。

今サンドラは一人で、母親の離婚宣言と、ミルトンの訴訟の警告から受けたショックを引きずっていた。

あたかも崖っぷちからふわりと浮いて、まっさかさまに落下しているような気分だった。地元の住民が陰口を言っているあいだ、ずっと誰とも交わらず、世捨て人のように暮らしてきた。闘志のある人間であったためしはないが、心の中の小さな声が執拗に自分をなじり、望む人生に恐れることなく飛びこめとせきたてる。自分はなにも悪いことなどしていない。悲劇的な状況で夫を失っただけだ。にもかかわらず、世間に詫びなければならないと思い続けている。

〃あなたたちは、甚《はなは》だしく呪われる。あなたたちは民全体で、わたしを偽っている〃(『聖書』、マラキ書三章九節)

もうたくさん。そう思った瞬間、反抗する気持ちがわきあがり、迷いを洗い流した。罪悪感に苦しむのはもうやめよう。

〃寄留者、孤児、寡婦の権利をゆがめる者は呪われる〃(『聖書』、申命記二七章一九節)

行きつ戻りつしているうちに、決意が心の中で揺るぎないものになっていった。不確実なことで思い悩むのはもうやめよう。外に出なければ。なにか行動を起こすのよ。

生命保険金の小切手を拾いあげながら、サンドラはこれをオールドサマセット教会に寄付しようと固く心に決めた。そう決意したとたん、急に気持ちが楽になった。誰かが胸の上にあった石を取りのぞいてくれたかのようだ。そして自分を叱咤激励しながら、何着か服を試着したあと、紺色のスーツとそれに合わせてそろえた靴を選んだ。色は地味だが、上品な感じだ。ウィニフレッド・ウィンスロー——寄宿学校時代の友人にはいまだ〝ウィンキー〟と呼ばれている——が以前、米国愛国婦人会の昼食会用に勧めてくれたものだ。その昼食会は、政治家の妻としての心得を学ぶために姑が施した数多くのレッスンの一つだった。

サンドラは入念にメイクをし、髪を整えた。頰の血色の悪さや、急激に体重が減ったせいでげっそりとやつれた顔をなんとか隠したかった。

車を運転しながら町へ近づくにつれ、神経が鎮まるどころか、逆に緊張感が胃をどんどん締めつけていく。けつ岩と花崗岩が海岸沿いに隆起してできたもろい道路は、町の中心部に向かってカーブしていた。冬枯れの木がナイフで削った丸のみのように細くまっすぐに伸びて、琥珀色の牧草地を背景に荒涼とした風景を描きだす。霜が畑の影になったくぼみに隠れ、路肩の震える玉石の下にしがみつく。海では、漁船が銑床のような灰色をした水面を切って進み、引きあげた網の骸骨のようなヤードアームの上を、おこぼれを期待するカモメが円を描く。

サンドラは手袋をはめた手でハンドルをぎゅっと握った。事故のあと数週間、車を運転するのが恐かった。パニックが胸にしだいにつのり、肺を押しつぶして息がほとんどできない。

無理やり車に乗りこみ、運転し、目的地だけに注意を向けようとしたが、悪夢は続いていたのだ。

記憶の断片が今でもまとわりついて、目の前にまざまざと浮かびあがる。凍ってつるつるすべる路面、バックミラーに映った別の車のヘッドライトのまぶしい光、橋の上でハイドロプレーニング現象を起こしてスリップするタイヤの耳をつんざく音。衝突の爆発音と、続いてエアバッグが作動するしゅーっという不快な音が耳に鳴り響く。

ありったけの力をふりしぼって、サンドラはいまわしい過去の記憶を追いはらい、ハンドルを握る手の力をゆるめようと努めた。潮風と雨にたえまなくさらされて色あせた木製の標識が、郡区の境界を示している。パラダイスはいかにもホームタウンといった感じの町だった。歩道、並木道、ポーチに囲まれたこぢんまりとした家、碁盤の目になった道路は町の商業地域に通じ、そこにはコロニアル風のコミュニティーセンターがあって、周囲にはこぎれいな店が軒を連ねる。ドライブスルーのドーナツショップと、グロリアの総菜屋シュリンプ・シャック、ツイステッド・シザーズ理髪店が、ウォーターフロント近くで小型のショッピングセンターを形成していた。

慎重に時速二五マイルにスピードを落として、サンドラは町の広場を通り過ぎた。広場は長方形の形をした緑地帯で、中央には池がある。次のブロックには……だめ、見てはいけない。そう自分に言い聞かせたが、見たい気持ちを抑えることができなかった。ウィンスロー邸は、美しい芝生の中央に位置する一八世紀に建てられた大邸宅だ。そこから一マイルも離れていないところに、りっぱだが屋敷よりはこれ見よがしではない、馬車置き場を改造した家がある。この家はウィンスロー夫妻から彼女とヴィクターへの結婚祝いだった。

人生を通じてサンドラは自分の居場所を探し続けてきたが、ついにパラダイスのヴィクターのかたわらにそれを見つけた。そして彼を失ったとき、夫ばかりか、家も、地域社会も、この世での居場所もすべて失ったのだ。それをもう一度見つけなければならない。問題は、ヴィクターなしでどう見つけるかだ。

やり手の州議会議員とその物静かな新妻は、かつてコミュニティーの中心に住んでいた。今この家には別の家族が住み、すっかり様変わりしていた。新しいレースのカーテンが屋根窓のすっきりとした輪郭をやわらげている。家の前に置かれた赤い三輪車に、忘れかけていた憧れが胸によみがえる。サンドラは子どもがほしかったが、ヴィクターはいつも先延ばしにしていた。

あの緊迫した深夜の口論を今思い返してみれば、子どもの話題を持ちだすたびに、彼がいかにたくみに引き延ばす口実を見つけていたかがよくわかる。最初は選挙運動にかかった経費を清算し終えるまで、次は、乳がんを患いそして完治した母親の世話を終えるまで、そして次は選挙に当選し次回の選挙資金を集めるまで、最後は全国レベルで政治家としての地位を確立するまで。

なにもかも嘘だった。

サンドラは旧型のプリマス・アローを教会の駐車場に入れた。塔の時計が三〇分を知らせる鐘を鳴らすのが聞こえ、ほっとため息をつく。早めに着いて、義父母に人目を避けて近づきたかったからだ。礼拝に集まった人々の前で行動を起こしたい誘惑にも駆られたが、そこまで巧妙でずるいことはする気にはなれなかった。

たぶんヴィクターならそうしただろう。だが、彼にはそれが効果的に働いたのだ。しばらくぶりの訪問にそわそわしながら、この教会に初めて来た日のことを思いだす。当時はまだよそ者の未知数の人間で、周囲の詮索の対象だった。いくつかの点でそれはのちも変わらなかったが、結局は教会と町が複雑に織りなす模様に調和した。この町は、ヴィクターのそばにいるのと同じくらい居心地がよかった。

だがもっとも強く結びついていたときでさえ、どこか自分がペテン師のような気がすることがあった。とくに信心深いというわけではなく、教会での場面のいくつかは彼女のような暗い想像力の持ち主には偽りに感じられたからだ。とはいえ、ヴィクターの妻としての務めは果たし、子どもたちの日曜学校でボランティアをしたり、ひそかに『このわたしの小さな心の輝き』のコーラスを指揮したりした。このコーラスは義父が大声で張りあげる説教よりはるかに敬虔な気持ちにさせてくれた。

コートを体にかき寄せると、サンドラは教会の裏にある〝牧師室〟と記された幅の広いドアに向かった。それほど待つ必要はなかった。数分後、ウィンスロー夫妻のワゴン車が裏の駐車場に現れ、牧師専用のスペースにすべるように入った。まだ彼女がいることに気づいていないようだ。義父母はいつものようにワゴン車から降りる準備をしていた。

三〇年間も対麻痺を抱えて生きてきたにもかかわらず、ロナルド・ウィンスローには卑屈なところがまったくなかった。彼の妻は夫をあわれむことも甘やかすこともしない――サンドラの知るかぎり、ただの一度もなかった。二人はいつもいっしょにいてとても自然で、ある年齢に達したニューイングランドの名門の夫婦らしい威厳を漂わせている。その愛の絆は微妙だがはっきりと理解できるものだった。ロナルドがやすやすと電動車椅子を調整して妻の歩調に合わせ、並んで駐車場を横切ってきた。二人の姿を見たとき、サンドラは特別な感慨に心を揺り動かされた。わたしの両親のこんな姿はもう見られないんだわ。そんな思いが胸に迫る。

胃のあたりが締めつけられるのを感じながら、牧師室に続くスロープに向かって歩いた。

「ここでなにをしているんだ?」義父のぶっきらぼうな問いかけに足が止まる。

凍える風に頬を打たれながら、サンドラは彼とまっすぐに向きあった。〝日曜の朝の一〇の最悪なアイデア……〟ここに来るという考えは一時間前にはあんなに希望あふれるものだったのに、今は愚の骨頂に思える。

「ごきげんよう、ロナルド」二人の視線が鋭利なナイフのように突き刺さるのを感じながら、彼女はあいさつした。「ごきげんよう、ウィニフレッド」

ヴィクターの母はサンドラのほうを見向きもしない。そむけた顔の輪郭がどんな言葉よりも雄弁に彼女の気持ちを物語っている。その小さく繊細な鼻の穴から、凍った空気が二つふっと吹きでた。ウィニフレッド、かつて慈善夕食会の開き方や女性有権者連盟でのスピーチの仕方を教えてくれた義母は、今や他人のようにふるまっていた。

波止場から船の汽笛のもの悲しい音がかすかに響き、頭上では冬シギが悲しげに鳴いている。ほかにはなにも聞こえない。ようやく、サンドラは言葉をしぼりだした。「ここに来たのは、こんなことをもう終わりにしたいからなの」彼女は続けた。「あれは事故だったのよ。決定が出されたとき、あなたがたもあの場にいて聞いたはずだわ」

あれは拷問に等しかった。通路をはさんで義父母と向かいあって座りながら、サンドラは二人の悲しみと非難を一身に受けて心をずたずたに引き裂かれた。

「決定は聞いたよ」ロナルドはあたかも守るように車椅子をわずかに妻の前にずらした。「だからといって、わたしたちが真実を聞いたことにはならない。きみは運転席にいて助かり、そしてヴィクターは死んだんだ」

深い悲しみがこの男の気品ある顔を、一人息子にそっくりな顔を台無しにしていた。睡眠不足でできた影が目の下にカーブを描き、頰は赤みがかって、フットボール大会開催中の感謝祭で食べすぎたときのようになっている。この男性の生命力の一部は失われ、けっして取り戻すことはできないに違いない。

ヴィクターはこの夫婦の奇跡の人であり、ただ一人の子どもだった。神に祈り、強く望み、妊娠は不可能だと思われていた障害を持つ男性にあらゆる医療を施して生まれた子どもだった。二人は息子を究極の未完成製品として育て、ゴールデンボーイにふさわしい人生を細かい点まで取り決めた。ヴィクターは親の期待にすべて応えた。ただ一つのこと、結婚相手を自分で選んだことを除いては。

ヴィクターがサンドラを両親に紹介したときのことはよく覚えている。初めてのデート――あれをデートと呼べるなら――から三週間しか経っていなかった。ウィンスロー夫妻は愛想がよく終始感じがよかったが、目にはあきらかに失望の色が浮かんでいた。けっして声に出せない言葉が霧のようにあたりに漂っていた。〝なぜこの娘なんだ？　どこの馬の骨ともしれない。しかも若すぎる。おまえにはあんなに期待していたのに……〟。

あとでヴィクターから聞いた話では、両親は何年ものあいだごく親しい友人の娘を勧めていたという。その女性は美しく、意欲的で、家柄もよく、有力な親戚に恵まれていた。彼女は十代の頃に教会のピクニックで出会って以来、ヴィクターにずっと片思いをしていた。その女性の名前はコートニー・プロクターだ。

ＷＲＩＱテレビの番組を観たあと、サンドラは確信した。コートニーはけっしてわたしを許さないだろうと。

「わたしはヴィクターを傷つけたりなんてぜったいにしないわ」手をポケットに押しこんで、サンドラは小切手をぎゅっと握った。「わかってくれるでしょ、ロナルド？」声が乱れないように努めながら、彼女はきっぱりと言った。「わたしはなにも悪いことはしていないわ」

「あなたのことを理解していた人なんて誰もいないのよ、サンドラ」痛烈な怒りを込めた声で、ようやくウィニフレッドが口を開いた。「理解されようともしなかったじゃないの」

サンドラは小切手をロナルドに突きだした。「これは生命保険金の最初の支払いの一部よ。教会に寄付するわ」薄緑色の細長い紙切れを彼のひざの上に落す。

ロナルドはそれが火のついた石炭ででもあるかのようにはらいのけた。小切手は舗道にひらひらと舞い落ちた。「ヴィクターの死から得た利益で、神の赦しは買えないぞ」

「なにも買う気なんてないわ。赦しなんて必要ないもの。だってわたしはなにも悪いことはしていないんだから。ただ、あなたが言ったように、生き残った以外はね」サンドラは彼の凝視を見返した。そして、その目の奥に深い苦悩が刻まれているのに気づいた。「わたしだってヴィクターがいなくなって寂しいわ。毎日、彼のことを考えているのよ、あなたがたと同じように。だからこそ寄付したいの」

「金で面倒から逃れようたって、そうはいかないぞ」

「もうやめて」ウィニフレッドが夫の腕に手を置いた。「これ以上、彼女の話を聞く必要はないわ」そう言うと、きびすを返してスロープのほうに歩いていった。石のように無表情な顔で電動車椅子の向きを変えると、ウィンスロー牧師も妻のあとに続いた。

ウィンスロー夫妻の悲しみはとてつもなく深い。だが、あきらかに理不尽だ。

サンドラは手すりをつかみ、あとを追おうとして立ち止まった。舗道の上で木の葉のように震えている小切手をにらみつける。怒りがゆっくりと燃えながら体を駆け抜けていく。一歩、また一歩後ずさりすると、手が鉄製の手すりからするっとはずれた。そして肩をそびやかし、あごをつんとあげたまま小切手を拾いあげると、教会に背を向けて車に急いだ。

薄茶色のレンガ造りの教会の正面入り口は今や開け放たれ、中にろうそくが照り輝いているのが見える。新鮮な花束の芳しい香りがもっとも神聖な場所から漂ってくる。オルガン奏者が礼拝のはじめに合唱する賛美歌の試し弾きをするかすかなざわめきが、朝のそよ風に乗って運ばれてくる。

だがこれは偽りの歓迎だ。サンドラにはそれがわかっていた。なんてばかなんだろう。ミルトンの言葉を肝に銘じておくべきだった。事故の決定が出たくらいで、あの夫婦の気持ちが変わるはずなどなかったのだ。

もうたくさん！　車のドアをばたんと閉めたとき、教会の鐘がお腹に響きわたるような音で鳴り響いた。これはけっして終わらない。とくに今は、ぜったいに。すべてははじまったばかりなのだ。手がコートのポケットの中の小切手を握りしめる。寄付を断ってくれたおかげで、家の修理もずっと楽になった。

とはいえ、気分は楽ではなかった。あの人たちはわたしを辱め、追いはらい、破滅させようとしている。地獄の業火に焼かれればいいと思っているに違いない。もう何度、あの夜に起こったことをすべてぶちまけたくなったことだろう。けれど、いつもその衝動と闘ってきた。真実はあの夫婦の深い悲しみをさらに大きくすることにしかならない。それに、どんな真相が明らかになったところで、ヴィクターが生き返ることはないのだ。

自分に向けられた不当な怒りにもかかわらず、サンドラはヴィクターの嘆き悲しむ両親をかばってやりたい気がした。彼らはあんなにヴィクターを誇りにし、あんなに悲しんでいる。

ヴィクターの死からずっと、自分だけが知っている事実からあの人たちを守ってきた。それは、わたしがあの人たちの悲しみに敬意を払っているからだ。だがひょっとしたら心の奥底で、無言の取引をしているのかもしれない。〝あなたがたの息子の真実を教えないかわりに、彼の死で果たしたわたしの役割を許して〟と。

この気持ちは今も変わっていないだろうか？　自分でもよくわからない。彼らはわたしに宣戦布告したのだ。体の中に暗い衝動がわきあがってくる。体中の神経がこう口走ってしまえと駆りたてる。あの人たちがいかになにからなにまで勘違いしているか、いかに自分の息子のことを知らないか、と。けれど彼らの夢をこわし、大切な思い出を苦い失望に変えたくはない。

沈黙を守るのは、殉教者ぶっているからでも、高潔な人間だからでもない。ただ現実的なだけだ。今沈黙を破っても、役に立つというよりはむしろ害になるだろう。なぜなら、ヴィクターは死ぬ間際、死んでほしいと願うほどの動機をわたしに与えたのだから。

7

堕落したカトリック教徒と、離婚した父親にとって、日曜日ほど寂しいものはない。マイクは少年時代を過ごした町を車で走り過ぎながら、鈍い痛みが胸にうずくのを感じた。人生で二度目のチャンスはない。最初のチャンスをものにできなくても、ゼロから再出発することなどできないのだ。だが、それが今まさに自分がしようとしていることだった。

となりの席にはジークが注意力全開で、耳をぴんと立て、舌をだらりとたらしている。そして数秒ごとにとっておきの吠える機会を満喫していた。

離婚する前は、子どもたちを聖ヨハネ教会のミサに連れていったものだ。教理問答書のクラスが終わったあとは浜辺に行ったり、家でぶらぶらしたり、バスケットボールをしたり、自転車に乗ったりした。当時はそんな日々が永遠に続くように思えたし、自分とアンジェラにしても終わりなど来ないふりをすることができた。

マイクの頭と心には思い出がぎっしりと詰まっていたが、どれもが断片的だった。メアリー・マーガレットが初めて歩いたとき。ケビンの初めての聖体拝領（キリストの身体の象徴であるパンと血の象徴であるぶどう酒を司祭から受ける儀式）。自分の身内に会いに行ったフロリダ旅行。日々の出来事にいたってはすべてがかすみ、州間高速自動車道を疾走するときにぼやけて過ぎ去っていく景色のようだ。自分はと言えば働くことに没頭し、ただひたすら憑かれたように仕事を探し求め、クライアントを増やしていた。

だが、それはいったいなんのためだったのだろうか？　アンジェラが毎年新しい車を買い換えられるように？　自分の船をアップグレードできるように？　カントリークラブに入れるように？　子どもたちを私立学校に入れてやれるように？

理由はわかっていた。子どもたちに最高のものを与えてやりたかったからだ。だが最高のものがなにを意味するのか、完全に理解したことはなかった。自分はいつも失敗者のような気がしていた。チームを追いだされ、奨学金を切られ、事業をはじめるために大学をやめなければならなかったせいだ。だがみんなは賞賛してくれた。ニューポートでは最大手の建築業者の一つとなり、それは何年ものあいだぼくの肩書きとなった。あっという間に時が過ぎ、ある朝目覚めて妻を見ると、そこには見知らぬ女がいた。

見知らぬ女は離婚を迫った。

誰かに〝出会った〟のだという。

マイクは前妻のことを頭からはらいのけた。今日は考えなければならないことがほかにあった。のびのびになっていたヴィクター・ウィンスローの両親への弔問だ。

さらにスピードを落として運転しながら、こんなに引き延ばしてしまった自分をなじった。ヴィクターとは親友同士だったのだから、どれだけ長い年月が経ったとしても、彼の家族のもとを訪れ、自分が受けたショックと悲しみを伝え、心から哀悼の意を表する義務があるのだ。今となっては、白状しなければならない義務がさらに増えていた。ブルームーンビーチにあるサンドラ・ウィンスローの古家の修復の入札に参加する件だ。

オールドサマセット教会の駐車場に行くと、一人の女性が教会の建物から走り去るのが目に入った。とてもあわてたようすで、今にも吐きそうに見える。

マイクは道路わきに車をつけて、その女性を観察した。黒っぽいコートが風にはためいている。つやつやした茶色の髪。あれはサンドラ・ウィンスローだ。ここでいったいなにをしているんだろう？　彼女は車に乗りこむと、ドアをばたんと閉めた。しばらくのあいだ、ハンドルに手首のつけ根をのせたままうつむいて座っていた。朝の光が、彼女の顔のきゃしゃで無防備な輪郭を後光で取り巻いている。

マイクはその心をかき乱す姿を忘れてしまおうとした。関心があるのはあの家であって、この女性ではない。そう自分に念を押すと、ブレーキのペダルを踏む力をゆるめた。ちょうどそのとき、ジークが吠える決心をした。それもよりによって大きな吠え声だ。

彼女は頭をあげると、まっすぐにマイクを見た。しまった。見つかってしまった。やれやれ。今車を急発進させるのは失礼だろう。見込み客に失礼な態度をとるわけにはいかない。それがたとえ、サンドラ・ウィンスローであっても。

マイクは片手をあげて軽く手を振った。彼女は車の窓を開けた。途方に暮れてトラックを駐車場に入れると、彼は車から降りて、ジークにそこにいろと命令した。そして駐車場を横切っていった。「車の調子でも悪いんですか？」

「違うの」

彼は教会をちらっと見た。「よい行ないをしたから早く帰れたとか？」

「そんなところね」彼女は顔をしかめた。「今日は気が変わったの」

なんて魅力的なんだろう、とマイクは思った。とはいえ、彼女にはどこか自分を抑制しているところがあって、そのせいでほんのわずかの力がくわわっただけでこわれてしまいそうに見えた。彼女は今にも泣きだしそうだった。それを知ってマイクは気まずかったが、彼女の目の危険なほどの輝きに惹きつけられた。気にしてはいけない――そうだ、気にしないぞ――だが思わずこう口にしていた。「コーヒーを飲みに行くところなんだけど、いっしょにどうですか？」

彼女は車のハンドルをつかんだ。「いいわね。どこで？」

「ぼくのあとをついてきて」マイクはトラックに戻る道すがらずっと自分をののしった。彼はドライブスルーのドーナツショップにサンドラを案内し、コーヒーとドーナツを買った。そのあいだ、彼女は車の中で待っていた。こんなのたいしたことじゃないさ。彼女にコーヒーを渡したら、礼拝を終えて教会から出てくるウィンスロー夫妻を見つければいい。

道路の突き当りで車を片側に寄せると、マイクは車から降りた。防波堤から突きでた波止場には、ホシビノスガイをとる小船の小さな船団が上下に揺れていた。防波堤の側面には砂だらけのスロープが海に向かって下りている。ジークはトラックから大砲の弾のように勢いよく飛びだした。犬は砂の上を全速力で疾走し、砂を舞いあげて、波で削られた岩の山の向こうに消えていった。

厚紙のトレーにコーヒーをのせて運びながら、マイクはサンドラにいっしょに来るよう合図した。彼女はあとについて、見捨てられた売店が立ち並ぶがらんとした屋根付き通路を抜けた。夏には、この場所は休暇中の家族連れや学生でごったがえす。だが今は風が暗い連絡通路をうなりをあげて吹き抜け、二人を反対側に吐きだす。そこには海と砂と空があるだけだ。

マイクはトレーをコンクリートのピクニックテーブルに置いた。「クリームと砂糖はドーナツといっしょに袋の中に入ってますよ」

サンドラはちょっと面白そうな顔で彼を見た。「ありがとう」コーヒーのふたを引き離しながら礼を言った。彼女はクリームをくわえ、それから少なくとも砂糖を三包み入れた。今は少し落ち着いたようだ。礼儀正しい男ならおそらくなにかあったのか、なぜあんなに急いで教会から出てきたのか尋ねるのだろう……だがマイクは知りたくなかった。結婚生活全体を通して女というものを理解しようと努めてきたが、結局はわからなかった。だから、サンドラを理解するつもりもなかった。彼女のことはほとんど知らないが、前妻よりもはるかに複雑な女性のように思える。だがついまた同じことを考えてしまう。アンジェラの場合、どんなことをしても彼女の中の空虚感を満たしてやることができなかった。それに対してサンドラには、そうしてやることが自分の重要な役割のような気がする。初めて会ったときに直感的にそう感じたのだ。その感覚は時が経つにつれて、ますます強くなっていくばかりだ。それは奇妙でありがたくない考えだった。消えてなくなってくれればいいと思う。

かがんで流木を一本拾いあげると、マイクはジークに向かって放り投げた。犬は猛ダッシュで追いかける。

サンドラはそっとコーヒーを吹いてから、一口すすった。「なんていう種類の犬なの？」

「プードルですよ。でも、そのことを彼には言わないでほしいな」

「名前は？」

「ジーク」

「ほんと、そうね。プードルにつける名前じゃないわ」今度は本物の笑顔で、目も笑っている。大きな茶色の目、長いまつげ。なんてすてきに笑うんだろう。想像していたのよりはるかに魅力的だ。「子どもさんたちはこの犬をかわいがっているんでしょうね」

「ええ」ジークを飼ってよかった、とマイクは思う。毛を刈ったこともなく、とんでもなくこっけいな見かけではあったけれど。彼は子どもたちのことが急に恋しくなり、もう少しでサンドラにその気持ちを打ち明けてしまいそうになった。

別居と離婚でマイクは丸裸になった。ある日見まわしてみると、残ったのは船とトラックと、けっして手放すことのできない工具類と、支払いのたまった携帯電話だけだった。彼はゆっくりと穴からはいでて、ビジネスを立て直しつつあったが、まったく前に進んでいないような気がすることもときどきあった。

そんなときジークが、感傷に対して無防備だった裏口をかぎつけてマイクの人生にやってきたのだ。それは以前、ウェイヴァリーの採石場でポイントジュディスに建てていたテラスに使う敷石を集めていたときのことだった。事務所に行くと、現場監督がぼろぼろの段ボール箱の中をにらみつけていた。その男の話では、妻のフレンチプードルが子を産み、ほかの子犬はすべて売れたのに、なかでもいちばん小さなこの子犬がどうしても売れないのだという。やれ体型が悪いとか、やれ色が悪いとか、ありとあらゆる文句をくどくど繰り返したあげく、この犬は動物収容所に連れていくつもりだと言った。

マイクが箱をのぞくと、中にはふわふわした小さな白い毛のボールが入っていた。そのとき、彼の心の裏口ががちゃっと音をたてて開き、毛玉だろうが毛虫だろうがなんだって入れるくらいの隙間ができたのだ。全米畜犬クラブの血統書には明記されてはいたが、純粋なフレンチプードルという話は信用していなかった。毛を刈ってやらなければ、ジークは自分がプードルであることを忘れるだろうと考えた。

「会えてうれしかったわ」サンドラ・ウィンスローは言った。「ちょっと説明したいことがあるんだけど」

きたな、とマイクは思った。やっぱりそうか。修復の話は気が変わったんだ。「なんですか？」

「亡くなった夫のことなの。ヴィクター・ウィンスローよ。この名前は聞いたことがあるでしょ？」

「もちろん。誰でも知ってますよ」マイクはそれ以上なにも言わなかった。

サンドラは海をまっすぐに見つめている。小さな髪の毛の房が風で顔のまわりに乱れかかる。「去年の二月、夫とわたしは事故にあったの」彼女の手が震え、カップを置いた。「検死官は公式に事故死の結論を出したわ。でも、わたしのことを悪く思う人たちがいまだにいるの」サンドラは深呼吸をして、両手をコートのポケットに押しこんだ。「いずれにせよ、わたしの家の仕事にかかる前にあなたには知っておいてもらいたかったの」

「ぼくの気が変わったとでも思ったんですか？」

「さあ、マロイさん。あなたのことは知らないから」

マイクはドーナツを一つとり、もう一つを彼女に差しだした。「あなたは客で、ぼくは建築業者だ。ぼくが興味のあるのはあなたの家で、あなたの評判じゃない」

サンドラはちょっと迷ってから、ドーナツを受けとった。「ありがとう。今朝は朝食をとってなかったの」二人は波が岸に押し寄せるのを眺めながら、黙って食べた。彼女はゆっくりとかんでいる。冷たい風にさらされて、鼻と頬がしだいにピンク色に染まっていく。その姿は、薪の山で初めて会ったときの怒りに燃えた目をした女性とはまったく別人だ。彼女はマイクを妙な気分にさせた――自分は感情的に破綻していて、人を思いやる余裕のない人間なのだと。とはいえ、彼女のなにかが、マイクがつながっていたいと思うあらゆるもの、家族を持つことを思いださせる。マイクは彼女のそんなところが気に入らなかったが、同時にまさしくそんなところこそ、彼を惹きつけてやまなかった。

「手はどう？」

「治ってきたわ」そう言って手を見せる。

「手当てをしてくれてありがとう。それから郵便受けも。あなたが直してくれたんでしょ？」

「ええ。なんてことないですよ。企画書を近いうちに持っていきます」

「そう、よかった」サンドラは手からドーナツのくずをはらい落とした。

「楽しみにしているわ。もう行かなきゃ」

二人は車までいっしょに歩いていった。彼女の足取りが少し軽くなったように思える。マイクはなにも知らないふりをしていることにうしろめたさを覚えた。グロリア・カーマイケルからはウィンスロー家に関するゴシップをさんざん聞かされていた。だが、この女性とは少し距離を置いていたほうがいいだろう。

習慣で、マイクは彼女のために車のドアを開けてやり、後ろに下がって立ち去るのを見送った。口笛を吹いてジークを呼ぶと、数秒後、犬はものすごいスピードでトラックに向かって疾走し、みごとな跳躍で車に乗りこんだ。

マイクは再び教会に向かった。そして朝の冷たい空気の中、耳障りな音をたてながらピックアップトラックをアイドリングさせて座っていた。しばらくすると、教会の鐘が鳴り響き、信者たちが建物から流れるように出てきた。人々は家族ごと小さな集団になって歩き、よちよち歩きの子どもは両親の手にしがみついて足を宙でぶらぶらさせながら、年配の人々は互いに寄りかかりあいながら、それぞれの車へと進んでいく。

電動車椅子が正門に現れた。ロナルド・ウィンスロー牧師が帰る教区民と握手している横で、彼の妻がやさしくほほえみながら立っている。

マイクが待ち続けていると、冷気がトラックの運転席に忍びこんできた。やがて、礼拝者はみな立ち去った。マイクは車から降りると、ジークにそのままでいろと命じた。

彼はウィンスロー夫妻がワゴン車に向かっているところをつかまえた。「ウィンスローさんですよね？」

二人は立ち止まり、マイクをものめずらしそうに見た。近くで見ると、二人はずいぶん変わっていた。どちらも失ったもののために小さくなっていた。ロナルドの豊かな髪は真っ白になり、ウィニフレッドの紺色のコートはやせた体からだらりと下がっている。

「マイケル・マロイです」彼は続けた。「マイクです。息子さんのヴィクターとは子どもの頃に親しくしていました」

ロナルド・ウィンスローはけげんそうな顔をしたが、彼の妻の顔はとたんにほころんだ。

「マイケルね、もちろん覚えているわ」手袋をはめた両手を差しだしながら、彼女は言った。

マイクはその手をぎこちなくとると、ほんのつかの間ぎゅっと握った。彼の心にこの母親のかつての姿が浮かぶ。タータンチェックのスカートに紺色のカーディガンを着て、放課後よくクッキーを焼いてくれた。ヴィクターが参加するクラスの劇や水泳大会、聖歌隊のリサイタルにはかならず顔を見せていた。

「よく覚えているわ、マイケル」ウィニフレッドが言葉をついだ。「あなたがた二人は水泳チームの適性試験で知りあったのよね？　三年生のときだったかしら？」

「記憶力がいいですね」マイクが言った。あのときのことはよく覚えている。〝スピード〟の水泳パンツをはいた二人はどちらもやせっぽちで青白く、レーン越しに互いをじろじろと見あっていた。彼とヴィクターは不釣合いな友だちだった。ヴィクターは特権階級の人間で、りっぱな牧師の父親と上流社会出身の母親を持っていた。それに引き換え、マイクの父親は商業漁業者、母親はクランストン・プリント・ワークスの染物師だった。田舎町の二人の少年たちにとって、階級の違いは重要ではなかった。だが実社会に出たとき、それはおおいに重要だったのだ。

「マイケルは高校のフットボールチームでクォーターバックをしてたのよ」細い手を夫の肩に置いて、ウィニフレッドが言った。「あなたもきっと覚えているはずよ」

記憶がつながり、老人はにやっと笑った。「思いだしたよ。しばらくだね」

「本当に」

マイクは礼儀正しい話題の切りだし方が思いつかず、率直に言った。「本当なら、もっと早くに電話するか訪ねるかすべきだったんですが、この町にはずっと戻ってきてなかったもので」それ以上は説明しなかった。とにかく、早く終わらせたかった。「ヴィクターのことは本当にお気の毒です」

ロナルド・ウィンスローの笑いが消えた。マイクの予想したとおりだった。老人は震えだした両手をぎゅっと合わせた。絶望と動揺の色が目に浮かんでいる。彼はもはや自信に満ちた戦争の英雄でも、指導的な人物でもなかった。ロナルドはベトナム戦争を生き残った。だが、ヴィクターを失ったという事実は克服できない障害となったのだ。

「ありがとう」ウィニフレッドは色の濃い眼鏡を取りだすと、急いでかけた。「息子はわたしたちの人生にとってもっともかけがえのないものだったの。あの子の死はすべての人々の損失よ」

「もちろんです。彼が州議会議員に当選したと聞いても、ぜんぜん驚きませんでしたよ」

ウィニフレッドは夫の肩にしがみついたまま、痛ましいほど自慢げにほほえんだ。「家に来てコーヒーでもいかが、マイケル？　あなたの近況もぜひ聞きたいわ」

まいったな、とマイクは思った。最初はサンドラで、次はこれだ。今朝は釣りに行っているはずだったのに。「ありがとう。喜んで」

二人の特別仕様のワゴン車がパレードの山車《だし》のように威厳に満ちた速度で町をすべるように進むあとを追いながら、マイクのトラックが咳こむような音をたてる。ウィンスロー夫妻の家は大きなコロニアル様式の家で、ゴルフコースほどの広い庭がある。長い正面のポーチはまばゆいばかりの白色に塗られ、漂白した歯のようだ。かつてヴィクターとロープを吊るしてブランコを作ったヒッコリーの木。家の裏の塩湿地に続く鉄製の門はさびて、やわらかな緑がかった色に変わっている。湿地の向こうには、長い海岸がある。マイクとヴィクターはそこからブロック島を見わたせると言い張って、一日でそこまで泳ぎ着けると断言した。

ワゴン車は突きでたポルチコの横にすべるように入って停まった。マイクはその後ろにトラックをつけた。ワゴン車のドアが開き、車椅子の乗降段がぶーんというモーター音とともに降ろされる。

「この家を覚えている?」ウィニフレッドが尋ねる。

「なにもかも。この家には楽しい思い出がたくさんあるんです」

彼女の心から喜んでいるようすに、マイクはやはり来てよかったと思った。もちろん、サンドラの家で仕事をすることはまだ話していない。

「じゃあ、暖かい家の中に入りましょう」

マイクがトラックから立ち去ろうとしたとき、ジークが怒った声で一声吠え、毛むくじゃらの顔をフロントガラスに押しつけた。

「すみません、ぼくの犬なんです。もし迷惑なら……」

「ぜんぜん迷惑ではないよ」ロナルドが言った。「わたしたちがきみを誘拐するわけではないとわかったら、きっと落ち着くだろう」

広く明るいキッチンに足を踏み入れると、さらにたくさんの思い出が雨のように降りそそいだ。そのとき思いもしなかったほどはっきりと、このキッチンの居心地のよい暖かさがマイクの記憶によみがえった。そりすべりで一日中遊んだあと、ヴィクターとホットチョコレートをすすったときのこと。夏に、磨かれたタイルの床に浜辺の砂の跡をつけながら、冷凍庫をあさってアイスバーを食べたときのこと。

寸分の狂いもない正確な動きで、ウィニフレッドがコーヒーを注ぐ。三人は広い居間に腰を下ろした。そこには代々受け継がれた家具が飾られていた。こうしたアンティークは値段がつけられないほど高価なものばかりだったが、ウィンスロー夫妻はステータスシンボルとしてではなく、自分たちの生きた証しを示す思い出の品として保存していた。ウィニフレッドのニードルポイントで刺繍した眼鏡ケースが、数十年前と同じようにサイドテーブルの上に置かれ、その横には革装のプルーストが一冊。しかし署名入りの絵画、アイリッシュクリスタルや美術館に収蔵されてもおかしくないほどのコロニアル様式のアンティーク家具の気品ある存在にもかかわらず、空虚さがこの美しい部屋に漂っていた。

「とっても元気そうね」ウィニフレッドは激しい母性本能に目を輝かせながら言った。グレーのフランネルのスカート、こざっぱりした白いブラウス、かかとの低い靴といういでたちの彼女は、昔と変わらないように見える。一つ違うのは、その顔に耐えがたい損失が映しだされていることだ。「とても……とても、りっぱになって」

「大人になれば、男はそうなるものさ」

ロナルドはクリームピッチャーを傾けて、コーヒーに入れた。「きみとヴィクターのつきあいが続いていればよかったと思うよ。きみたちはなかなかの二人組だったな、たしか」

「ぼくも連絡を取りあっていればよかったと思います」マイクはひざの上に置いた自分の大きな手をじっと見つめた。「そのうち偶然出会うこともあるかと思っていたんです。成り行き任せにするべきじゃなかったですね」

ウィニフレッドはわきのテーブルに飾られた純銀製のフレームに入った写真をじっと見つ

めている。どれもヴィクターの写真ばかりだ——なにか賞をとったときの写真で、スキーをしていたり、セーリングをしていたり、カメラに向かってにこやかに笑ったりしている。彼女は目を閉じ、あきらかに悲しみと闘っているようだった。それがどれほどの悲しみかは想像に難くない。「ヴィクターがここにいてくれればどんなにいいか。あの子はいつもあなたのことをとても評価していたのよ、マイケル。あなたがた二人は兄弟のようだったわ」

「待ってください、ミセス・ウィンスロー」マイクは言った。「辛い思いをさせるためにここに来たわけじゃ……」

ロナルドが咳ばらいをした。「きみがここに来たのは天の恵みだよ」彼は言った。「きみのその後のことを話してくれないか？　わたしたちが最後に知っているのは、きみがロードアイランド大学のフットボール奨学金を獲得したときのことだ」

「そのとおりです」

「きみの家族がとても誇らしそうだったのを覚えているよ。きみとヴィクターは大きなあさりを焼いて祝ったんだ」

あの夏の夜のことはなにからなにまで覚えている。友人の何人かといっしょに、スカーバラビーチでたき火をたいて、家の地下室から失敬してきたビールを一ケース飲んだ。ナラガンセットビールの汗をかいた茶色の瓶を手に、流木に寄りかかって星空を眺めた。ビールのおかげで、夜空は船の甲板から見ているようにゆるやかに回転していた。

今でも、あのたき火や、友人たちの笑い顔や、〝ずっと連絡を取りあおうな〟という実行不可能な約束や、〝全世界が自分を待っているんだ〟という感覚をはっきりと思いだすことができる。すべてが明るく新しく、未来は金色に輝き、世界は巨大なひまわりのように花開いているように思えた。マイクは、両親に経済的余裕がなかったので、自分の力で大学を卒業するつもりだった。ヴィクターは、ロードアイランドの大学の中でももっとも魅力あるブラウン大学に進み、最終的にはハーバード大学のケネディー行政大学院に入った。大きな夢と、大きな計画。そのどちらも結果を予想することなど不可能だった。「二回目のシーズンのときに怪我をして」質問される前に言った。「それで学校をやめることになったんです」すべてははるか昔のことで、マイクはもう腹も立たなかった。だからといって、話したいわけではない。

「それで、どうしてこの町に戻ってきたんだい？」

「離婚したんです」

「まあ、マイケル」ウィニフレッドは彼の手を軽くたたいた。「お気の毒に」

「ありがとう」マイクはポケットを探ると、名刺をテーブルの上にすべらせた。「建築の仕事をまたはじめたんです。地元でですが」

「そうなの」ウィニフレッドは言葉をついだ。「よく帰ってきてくれたわね、うれしいわ」

いいぞ、とマイクは思った。思い切って話してみよう。窓を見ると、ヴィクター手作りの色ガラスでできた飾りがぶらさげてある。「最初の大きな仕事に入札しているんです。この地域の歴史的建造物の修復の仕事です」

ウィニフレッドは両手の指を組みあわせた。「すごいじゃない、マイケル」

「このことをお伝えしたかったのは、その家がヴィクターの未亡人、サンドラのものだからなんです」

ウィニフレッドのほっそりした美しい顔が一瞬にして曇った。「ブルームーンビーチにある、あの崩れかかった古い家ね」

「彼女はあの家を修復して、売るつもりのようです。あなたがたにはこのことを知らせておいたほうがいいと思ったものですから。あくまで仕事なんです」マイクは続けた。「仕事が必要なんです」

ロナルド・ウィンスローの目は怒りに燃えている。「きみがあの女と取引することに決めたのなら、わたしたちは止めない。だが、きみにはあの事実に目を向ける義務が……」

「お言葉を返すようですが、事実は、彼女が建築業者を必要としていて、ぼくは仕事を必要としているということなんです。個人的にかかわるつもりはありません。かかわるのは彼女の家だけです」

ウィニフレッドは手を夫の手に重ねた。「ヴィクターのお金はむしろ……あなたに使われるほうがいいと思うの。あの女はいったいなにを考えているのやら」

「わたしたちは彼女のことをまったく理解できなかった」ロナルドの目の炎が暗くなった。

「彼女はヴィクターがした唯一のお粗末な選択だったのよ」ウィニフレッドが言った。

マイクはどうすれば失礼にならずに帰れるものかとあれこれ考え、落ち着かなかった。用事はもう済んだ――お悔やみも言ったし、自分の状況も説明した。しかし彼がいとまを告げる前に、ウィニフレッドがカップにコーヒーを注ぎ足した。

「ヴィクターは最初の選挙で落選したんだ」ロナルドの顔がなつかしい記憶にやわらぐ。「それで息子は自分のイメージを変えることに決めた。それが結婚することだったんだ。ウィンキーとわたしは喜んだよ、もちろん。だが、てっきりそれまでデートしていた女性、わたしたちがよく知っている女性を選ぶのだとばかり思っていたんだ」

「ヴィクターがあの女を家に連れてきたとき、彼女はすでに息子のフィアンセだったの」ウィニフレッドは不快そうに口をぎゅっと一文字に結んだ。「彼女のことは聞いたことがなかったわ。家族のことも知らないし、彼女についてもなに一つ知らなかったの。でもヴィクターは満足しているようだった。たしかに、息子にふさわしいくらいきれいだったわ。そしてヴィクターは次の選挙で当選したの」

義理の娘に対する二人の嫌悪感に気づかないふりをしながら、マイクはうなずいた。「ヴィクはきっと美しい女性と結婚するだろうといつも思っていました」どうしてこんなことを言ったのか自分でもわからない。じつを言えば、ヴィクターが将来どうなるかあまり考えたこともなかったのだが、彼の家族にはこう言ったほうがいいと思えたのだ。

「彼女はおとなしかったけれど、礼儀作法は心得ていたの。ちょっと教えただけで、装い方も公式な行事でのふるまい方もすぐに身につけたわ。彼女とヴィクターは仲良くやっているように見えた……最初はね。でも、彼女にはいつも妙な、なにか隠しだてしているようなところがあったの」ウィニフレッドはテーブルの上の写真の一つを親指でこすった。ヴィクターが角帽をかぶり、丸めた卒業証書をかかげている写真だ。「息子のことはよくわかるの。あの子は幸福じゃなかった。彼女といっしょにいるのは、ひとえにあの子持ち前の忠誠心からではないかと思っていたの。事故のすぐ前、あの子は白状したわ。彼女に子どもをせがまれているってね」ウィニフレッドはマイクをじっと見つめた。「信じて。わたしだって孫がほしくてたまらなかったのよ。でも、息子の幸福を犠牲にしてまでほしくはなかったの」

「ヴィクターは政治家としての確かな地盤を築くほうが先決だと考えていたんだよ」ロナルドが言い添えた。

この言葉はマイクには奇妙に聞こえた。ほかの政治家だって子どもがいるじゃないか――たとえばケネディー家とか。

「ウィンキーとわたしは、事故の夜に二人はそのことで言い争っていたんだと思っているんだ」ロナルドは妻の手を握りしめた。

「あの」マイクはいっそう気まずさを覚えながら口をはさんだ。「べつに無理に……」

「わたしたちは何十人もの犯罪捜査官や検死官と面談したんだ。ヴィクターの古い友人の一人にこの話をしたってまったくかまわないんだよ」

「あの夜、二人はほとんど口をきかなかったの」ウィニフレッドが続ける。「わたしたちは資金調達のためのパーティーに出席していたんだけど、あの緊張はナイフで切れそうなほどだったわ」

「最初は」ロナルドが言葉をつぐ。「サンドラのせいだとは考えたくなかった。だが、さまざまな事実が明らかになっていくにつれ、考えられないことも考えなくてはならなくなったんだよ」

「それは恐ろしいことだったの」ウィニフレッドが続けた。「彼女はあきらかに不幸だった。そして、息子の生命保険金を受けとる立場にあったのよ」彼女は苦悩に満ちた視線を夫と交した。

マイクは二人の辛さを理解しようとした。この夫婦はどう考えているんだろう？　サンドラがヴィクターを海に投げこんで殺したとでも？　それも彼女は子どもがほしかったのに、夫がそれを拒んだから？　それとも保険金ほしさに？　あるいは、ウィンスロー夫妻はただ誰か責める相手が、納得のいかないことを理解する方法を求めているのだろうか？

「彼女がなにを考えているのかわたしたちにはわからない」ロナルドが言った。「これまでだって一人として理解した人間などいなかったんだよ」

「彼女はヴィクターの成功をねたんでいたんだと思うわ」ウィニフレッドが続ける。「息子は誰からも愛されていた。でも、彼女は人と交わろうとせず孤立していた。政治家の妻にはまったくふさわしくない女性だったわ。あの子たちがうまくいっていないことは知っていたけれど、わたしたちは二人のプライバシーを尊重していたの。彼女は離婚したかったんだと思うわ。でも、息子のお金を手放したくはなかったのよ」

ウィンスロー夫妻の話はすべて、マイクには突拍子もないものに聞こえた。あの女性がヴィクターと同じくらい自分の命を危険にさらしてまで、事故を偽装するほどいかれているだろうか？　だがヴィクターの両親にはなにも言わなかった。

「たぶんあなたは、このことは忘れたほうがいいと思っているんでしょうね」ウィニフレッドが言った。「みんなそう言うわ。もう忘れて、先へ進みなさいって」

「それはできない相談だ」ロナルドは言った。「わたしたちは息子を愛していたんだよ、マイク。それをみんなにわかってもらわなくては」

「わたしから息子を奪っておきながら、彼女だけがまんまとやりおおせるなんて、考えただけでも耐えられないわ」

「ぼくのことは心配しないでください」マイクは二人に請けあうと、コーヒーカップを置いた。

「彼女には気をつけてね、マイケル」ウィニフレッドは言った。

薪の山でネズミを助けるサンドラの姿が一瞬、脳裏をかすめる。ようやく彼は、悲しみに支配された静かで優雅な大邸宅から脱出した。ウィンスロー夫妻のことは尊敬しているが、彼らは深い悲しみにとらわれて身動きがとれなくなっている。それは、サンドラがブルームーンビーチの隙間風の入る古家にとらわれているのとなんら変わらない。

ヴィクターともう一度話ができればいいのに。バスケットボールでシュートを決めたり、昔のようにぶらぶら歩いたりしながら。ヴィクターの側の話はどんなものなのだろう？　事故の瞬間彼はなにを考え、なにを感じていたのだろう？　恐かっただろうか？　苦しかっただろうか？

こうした疑問に答えが返ってくることは永遠にない。なにが起こったのか本当に知っている唯一の人物が生き残っているだけだ。

8

日記——一月六日、日曜日

役に立つ一〇の新しい言葉

五．代替可能な——他の似たものと自由に交換できること。

六．哀愁を帯びた——取り戻せない過去を悲しむようす。

七．症候の——兆候またはきざしの。

八．使者の杖——神々の使者ヘルメスが持つ、二匹の蛇が巻きついた翼のある杖。

九．音調のよい——耳に気持ちのよい、または心地よい。

一〇．窓外放出——窓から外へ人やものを放りだすこと。

サンドラはノートを指でこつこつとたたくと、いらいらしてそれをわきに寄せた。虚ろな日曜日の午後。風がサウンドの波頭をかきたてている。仕事が思うように進まなかった。たいていは、嵐のときにいちばんいい仕事ができるのに。なぜかはよくわからないが、窓に激しく打ちつける陰鬱な風と雨、空から響きわたる不穏な荒々しい声には、どこか不思議に想像力をかきたてられる。

　そんなとき、嵐のエネルギーが吹きこまれたかのように、お気に入りの万年筆がしばしば自分の心を持って紙の上を軽やかにすべり、通った跡に光沢のある青緑色の文字列を残すのだ。自分自身の言葉に耳を傾けるかわりに、中世の筆記者のように高次の源からもたらされる言葉を口述筆記するように。

　だが、今日はうまくいかない。ロナルドとウィニフレッドと衝突したせいでひどく動揺し、どうやって家まで車を運転してきたかもあまり覚えていない。ウィンスロー夫妻はわたしを屋外で行なう切断手術のようにすばやくきれいに切り離した。ヴィクターの両親の焼けつくようなさげすみが、その傷跡を麻痺させる。

　真実がついに強烈な一撃をくわえたのだ。手足はもぎ取られた。それまでの身分——妻、義理の娘、地域社会のリーダー——はもぎとられてしまった。ああ、わたしはなんてばかなの？　教会にのこのこ顔を出して、なにかを期待するなんて……でもいったいなにを？　罪のあがない？　許し？　理解？　もっと分別を持つべきだった。

　怒りが今にも爆発しそうになりながら、サンドラはウィニフレッドが昨年いっしょに選んでくれたセント《聖》・ジョン《ヨハネ》のスーツを脱ぎ捨てた。そしてお気に入りの古いジーンズとヴィクターのセーター——まだ彼の匂いがして、泣きたい気分にさせる——を着て、なにか生産的なことをしようと心に決めた。

コンピュータのがらんとしたスクリーンは、執拗につきまとう灰色の悪魔のような目に似ている。もう一週間も電子メールを読んでいない。インターネットの書店には彼女の著作を中傷する書きこみがされ、誰かが立ちあげたニューズグループでは、検死官の決定にもかかわらず、ヴィクター・ウィンスローの死は妻によるものだと証明しようとしている。サンドラはまるでケネディー暗殺の際の謎の人物のようだった。

今は、離婚の危機にある両親のことがすべての問題の筆頭にある中で、唯一彼女に残っているのは本を書くことだけだ。少なくともそれは、事故と捜査の異様な恐怖を経験したあとも無傷のままだった。あるいは、そうではないかもしれない。ノートを前に何時間も座ったあと、サンドラは走り書きしたものにざっと目を通し、原稿に書き起こす価値のあるものかどうか思案した。

彼女は使い古された理由を口実に、嵐のときにはコンピュータの電源を入れないことにしていた。ほかのすべての人々と同様に彼女もまた、外で激しい嵐が吹き荒れているときに警告を無視してコンピュータを使った人々の話を聞いたことがあった。そういったおばかさんはしばしばとんでもない目にあうという――彼らは災難の攻撃の矢面に立たされ、感電死するだけでなく、ハードディスクはこげたトーストになり、生涯かけたすべての仕事や、当座預金口座や、なにより恐ろしいことに、電子メールがデジタルの天空に吸いこまれ、二度と取り戻すことができなくなるのだ。

コンピュータに明るい人々はそんな話は都市伝説だとばかにするけれど、サンドラは試してみるわけにはいかなかった。だから、嵐がやってくると――真冬にはしょっちゅうだった――コンピュータの電源を切っておくのだ。

頬づえをつきながら、サンドラは海に面した窓から外をじっと見つめ、ストーブの上のやかんがしゅっしゅっとかぼこぼことか音をたてるのを聞いていた。一〇〇歳の建材が震えている。風は古ぼけた窓に隙間を見つけ、ガラスをかたかたと鳴らして、どれだけ暖めても完全には追いはらえない寒気でこの大きな家を満たす。窓のコーキングは何年も前に砕け落ち、誰もわざわざ直そうとはしなかった。

気がつけば、サンドラはマイク・マロイのことを考えていた。がっしりとした広い肩をした、ぽんこつのピックアップトラックに乗った男。彼が今朝現れなかったら、コーヒーに誘ってくれなかったら、家に無事たどりつけたかどうかわからない。いっしょにいてくれたことも、事故について〝われ関せず〟の態度をとってくれたことも、どれほど感謝しているか彼にはきっとわからないだろう。

あの事故。結局、誰かが実際になにが起こったのかそのすべてを目撃していたのだ……ゴールデンアワーのニュース番組で報道されるような、恐ろしく悲惨な事故を。

気のせいかもしれないけれど、マロイとは不思議な結びつきを感じる。彼が体の中に呼び起こす危険な興奮に期待してはいけないとわかっていながら、どうしても求めてしまう。ヴィクターとの関係が失敗に終わった今、自分が愛や情熱を本当に理解しているかどうかさえよくわからない。もしかしたら、本当の愛も情熱も知らないまま生きる運命なのかもしれない。人生をたった一人で生き、わずかな身内や友人との静かなつきあいだけで満足する一風変わった人間の一人なのかもしれない。

自分にふさわしい生き方がわかれば、それに甘んじて生きようと思う。ヴィクターを失ったこと——最初は彼の秘密と嘘から、次は彼をさらった暗い潮流によって——が引き起こした痛みはあまりに強烈で、もう二度と経験したくはなかった。もうなにも感じたくない。愛も、喜びも、悲しみも、怒りも……。喜びにさえ代価があるのだから。自分の心を守っている慎重かつ巧妙に作りだした無関心さを誰にも解かれたくはなかった。

マイク・マロイにさえも。

サンドラは仕事をするのをあきらめた。そして町を出る決心に向かって自分がじりじりと進んでいるのを感じた。彼女は友人と、ほんのちょっとのあいだ自分の世界から引き離してくれる誰かと話したくなった。自分の社交生活がいかにヴィクターの友人や、ヴィクターの家族、ヴィクターの目的を中心にまわっていたかを知って、サンドラはかすかな屈辱感を覚えた。今はもう、パーティーも会合も懇親会も資金集めの集会もない。夫が誰であるかよりも、むしろ彼女自身のことを心配してくれる二人の味方がいるだけだ。

その一人はジョイス、サンドラの美容師だ。ジョイスはツイステッド・シザーズ理髪店の経営者で、サンドラの悩みにガムをかみながら共感を持って耳を傾け、事故に関するゴシップを陽気に退ける。そしてもう一人はバーバラ・ドーソン。近くのウェイクフィールドに住んでいる。

嵐が弱まるやいなや、サンドラは小さな内陸の町に車を走らせ、やや新しい建売住宅の並ぶ地域に向かった。彼女は友人の家の前で車を停めたものの、はたして訪問していいものか迷った。もう時間が遅すぎる。大きなトートバッグを肩にかけると、サンドラは車から降りた。郊外地域の建売住宅はどれも同じように見えるが、ドーソン家は目立っていた。月並みさを記念する、巨大な半完成の記念碑だ。だがここに住んでいる女性は月並みさとは無縁だった。

　踏みならされた雑草に縁取られた縁石をまたぐと、サンドラはコンクリートの小道を進んでいった。小道には三輪車や、片足スクーターや、サッカーボール二個が乱雑に置かれ、チョークで書いた警告――〝女の子立ち入り禁止〟――が雨で消えかかっていた。猫の足跡のついたほこりだらけのミニバンが私道の横に停まっている。

　サンドラがベルを鳴らすと、「ぼくが出るよ」という合唱が響き、ばたばたと走るドラムのような音があとに続いた。ドアが大きく開き、玄関のひどく酷使された壁にばんとぶつかった。そっくりな四組の茶色の目が、彼女をいっせいに見つめる。年齢に応じて歯の抜け方の異なる四つの汚れた口が、笑顔であいさつした。

「こんにちは、アーロン、バート、ケーレブ、デーヴィッド」サンドラは背の高い順に名前を呼んだ。「入ってもいいかしら？　わたしが女の子でも？」

「いいよ」四人は小刻みのすり足でわきによけて、彼女を通した。サンドラは色とりどりのものがあたり一面に散らかったドーソン家に足を踏み入れた。大家族のつけた傷や汚れで台無しになった家は、焼いたクッキーとハムスターのかごが均等に入り混じった匂いがする。

アーロンが叫ぶ。「ママ！　サンディが来たよ！」

「はいはい、もうわかったから」鼻水をたらした茶色の目の大きな幼児を腰で支えて、バーブが玄関ホールにやってきた。「さあ、入って」

「外に行ってもいい、ママ？」バートが訊いた。「雨は止んだよ。たこつぼ壕を掘ってしまわなくちゃならないんだ」

母親はあきらめてうんざりしたように手を振った。「裏庭で塹壕戦をするのがわたしの夢だったのよ」

マシンガンの音を口で真似ながら、集団は家の裏に向かって突撃した。

バーブはわきによけて、子どもたちを通過させる。「ねえ、ドアをばたんと……」

ドアがばたんと閉まる。

「……閉めないで」ぎゃーぎゃー泣いて抗議しながら、小さいイーサンは母親から身をくねらせて自由になると、兄たちのあとをよたよた追いかけた。それをバーブがつかまえ、大声で泣きわめくのを引っぱってテレビの前に座らせると、子ども用シリアルを一つかみ与え、アニメ『ラグラッツ』をつけた。

「わたしを年間最優秀母親と呼んで」バーバラがにやっと笑って言った。

「こんにちは。年間最優秀母親さん」サンドラが続けた。「こんな時間に迷惑じゃなかった？」

「そうね。ラルフが友だちと荒野で戦闘シミュレーションゲームをしに行っていて、イーサンが耳の感染症にかかっていて、わたしはダイエット中だというのにドリトスを半袋食べたところで、息子たちが携帯シャベルで近所を破壊しているけど、ええ、ちょうどいい時間よ」息子たちと同じ陽気であけっぴろげな人なつこさで、バーバラはサンドラを軽く抱きしめた。「訪ねてくれてうれしいわ。決定を聞いたあと電話したんだけど、留守で。コーヒーを入れるわ」

バーバラがせわしなく動きまわっているあいだ、サンドラは下宿屋ほどもある広いキッチンに腰を下ろした。ものすごい人気の少女向けペーパーバックシリーズ『ジェシカとステファニー』の著者であるバーバラは、国内のベストセラー作家の一人だ。ジーンズにケッズのスニーカーをはき、ゼリーで汚れたトレーナーを着て、バーバラは今水道水を使って作っているカフェインレスコーヒーのように気取りがない。そのマグにはニューヨークタイムズの初のベストセラー入りを記念した刻印がなされていたが、縁は欠け、金箔の文字ははげている。

二人は児童書作家・画家協会の大会で出会った。大会はニューポートのレッドウッド図書館で年に四回開催される。一見、二人にはまったく共通点がないように見えた――サンドラは目立たない一匹狼で、バーブは典型的な中流白人の母親――だがどちらも、子どものための本を書くという強い情熱を持っており、それが二人のあいだの固い絆となっていた。数年前から、二人は互いの最初の草稿を読みあって、意見を交わすようになった。ベテランのプロの作家であるバーブはサンドラにとって、複雑で予想のつかない出版業界でやっていくうえでなくてはならない貴重な存在だった。わめきたてる子どもたちにまみれた大混乱のバーブの人生は、サンドラの静かすぎる生活とはひどく対照的だ。サンドラはトートバッグをテーブルに置いた。それは仕事の話をしましょうという暗黙の合図だ。バーブはサンドラに災難が起きた当初から同情と援助を惜しまなかったが、彼女はヴィクターのことはあまり話さなかった。それはバーブに対してだけでなく、ほかの誰に対してもそうだった。「あなたの原稿を持ってきたわ」サンドラは原稿を取りだした。「あなたにはいつも本当に驚かされるわ。最後のほうの、ジェシカとステファニーがピンクのパレードの山車《だし》に乗って町を走り抜けるシーンでは、立ちあがって声援を送りたくなったくらいよ」

「現実の生活にそっくりでしょ？」散らかった男性優位の家を身ぶりで示しながら、バーブがつけくわえた。「女の子向けの理想化されたファンタジーを書きたくなるのもわかるでしょ？　あなたの原稿も読んだわ。ちょっと待って、とってくるから」

バーバラは急いで部屋を出ていった。サンドラは『ラグラッツ』に耳を傾け、イーサンをやさしく眺めた。イーサンはシリアルをコーヒーテーブルの上にまき散らして、黒いプラスチックの機関銃をつかんだままソファの上で眠っていた。五人の手に負えない男の子と、巨漢の消防士の夫と、一〇〇にものぼる未完成の企画を抱えたバーブの生活には、ふつうの女性ならしりごみするだろう。だがサンドラはそんな彼女の人生を思うと、強烈な憧れが胸にこみあげてくる。それほど多くの人々に頼られて、愛されて、心配をかけられて、それでも固い絆で結びついているってどんな感じなのだろう？

今日バーブに会いにきてよかった。少しのあいだ辛い現実から離れて、自分の人生にまだ見捨てられずに残っている唯一の側面――書くこと――について考えたかったのだ。

サンドラは出版業界ではサンディ・バブコックの名で知られ、高い評価を受けている児童小説の作家だ。彼女にはそのほうが安心だった。ヴィクターと結婚したあと、執筆活動は彼の妻という立場からは切り離し、独立させてきた。政治家の妻だからという理由だけで、自分の本をぜったいに買ってもらいたくなかったからだ。そんなことをしてもらってもなんの意味があるだろう？　それに本の内容を知れば、おそらく夫の支持者は彼女を慕わなくなるだろう。旧姓で本を出版していることはとくに秘密にしていたわけではなく、自分からはまったく宣伝しなかっただけのことだ。

事故が起こるまで、サンドラはヴィクターとの生活に満足していた。夫、作家としてのキャリア、そしてウィンスロー家の富が与えてくれる繊細で控えめな贅沢品のすべて。自分もウィンスロー家の人間なんだと信じこまされてきた。ヴィクターと彼の両親は彼女を家族の一員のような気分にさせた。しかし思いがけない不幸が襲ったとき、すべての支援も財産も、失われたコンピュータファイルのように消え去ったのだ。

「持ってきたわ」サンドラの原稿を手に、バーブがキッチンに戻ってきた。原稿には今やおびただしい――そしておそらく保証つきの――赤い訂正のしるしがついている。「ニューヨークタイムズに好意的な記事がのってたわよ。おめでとう！　切り抜きをとっておいたわ」

紫色の読書用眼鏡を鼻にのせてバーバラは言った。「ほめているのはここよ――〝児童文学の分野にほの暗い美しさがくわわった〟」

「まるで児童文学界のシルビア・プラスって呼ばれている感じね。その本の売れ行きはあまりよくないの」

「なにか軽いものを書きなさいよ」バーブが忠告する。「もっとコミカルで、もっと売れそうな話。犬を登場させるといいわ。でなければ、ペットのドラゴン。最近、子どもたちに人気があるのよ」

サンドラはお気に入りの万年筆をもてあそんだ。コミカル。売れそうな話。それに犬。なんなら、主人公のシャルロットに老衰していく祖母をなんとかしようと奮闘させるだけでなく、バセットハウンドとおどけた冒険をさせるのもいいかもしれない。

「そういったストーリーはわたしの中にはないのよ」サンドラは言った。「わたしの本にはいつも苦闘が含まれているの」

どの小説の中でも、彼女は読者を恐れや、秘密や、偏見や、不正に向きあわざるをえない暗い場所へと連れていく。主人公は、大きな問題を抱えた、限られた選択肢しか持たない孤独な子どもたちだ。サンドラは、こうした子どもたちが――必ず一人きりで――通る暗い道を探索し、なんらかの救いを見つけてやるのが大好きだった。読み終えて本を閉じたとき、問題は跡形もなく消え去っている――そこが創作のすばらしいところだ。

「知ってるわ。ちょっと思っただけ。じつはね、終わりのほうで泣いてしまったのよ。シャルロットが寝ているおばあちゃんに毛布をかけてあげて、おやすみのキスをするところ。この場面はかなり自慢に思っているんでしょ」

サンドラは思わずコーヒーを吹きだしそうになった。「自慢なんてとんでもない。実際、自分の小説が出版されるだけで幸運だと思っているのよ。それに最近はホラーでも書いたほうがいいんじゃないかって思ってるの。そうすれば、わたしの悪評が役に立つもの」

「おかしくないわ」

「でも、本当のことよ。ヴィクターの家族が不法死亡でわたしを訴えようとしていることは話したかしら?」

「いいえ。でも、なんてことなの! あの人たちはいったいなにを考えているわけ?」

「誰か責める相手がほしいのよ、たぶん」

「それで、あなたは闘うんでしょ、もちろん?」

「ええ。それが済んだら、家を売って引っ越すつもりよ」

バーブのうるんだ青灰色の目が見開かれた。「だめよ。あなたはブルームーンビーチのあの家が大好きじゃない。あの家はまさに完璧な……完璧なもの書きの隠れ家よ。わたしはあんな家を持つことを夢見てるのよ。なにもかもが自分のもので、自分の考えていることが実際に耳に聞こえてくるような家をね」彼女は散らかったキッチンをがっかりした顔で見まわした。「締め切りが何週間も遅れてるの。ラルフと息子たちはそんなことにはおかまいなし。わたし、ときどき自分の人生がいやになるの。本当に。死ぬほどあなたの人生がうらやましいわ……あら、ごめんなさい」

サンドラは手を振って、許す身振りをした。「嘘じゃない。わたしの人生なんてうらやましくもなんともないわ。ときどき、あなたが囲まれている騒音と混乱を少しでいいから死ぬほど分けてほしくなることがあるわ」

バーブはコーヒーマグをわきへ押しのけると、手をサンドラの手に重ねた。彼女との結びつきは温かく心地よい。「あなたのことが心配なのよ、サンディ。一人きりでいすぎよ」バーブはサンドラをじっと見つめた。「友だちとして言わせてもらうわ。このヴィクターの問題が起こるずっと前から心配してたの。パーティーや社交行事で観察していたけど、あなたは人々の中にいてもいつも孤独そうで、ちょっと通りかかっただけの、愛想のいい無関心な異邦人って感じに見えたわ」

その言葉に傷ついて、サンドラは手を引っこめた。「ここに座ってそんなことを言うのは簡単なことだわ。あなたには愛してくれる家いっぱいの家族がいるし、あなたの本だって数百万の読者に読まれていて……」

「それは物事の一面を見ているだけよ。別の面から見れば、わたしはまだ建て終えてもいないのに、もはや崩れそうになっている家に住んで、息子たちはまるでハイエナの群れみたいで、ラルフときたら、三つの町内会から庭の手入れをしろと警告されてるにもかかわらず、友人との胸躍る次の週末のことしか頭にないのよ。こんな生活が何年も続いているの。これのどこが安楽な人生なのよ?」

バーバラの悩みは平凡でほほえましく聞こえる。だが、そんな悩みもバーブにとっては切実なのだろう。サンドラはまた、二人の友情がどれほどすばらしいものであっても、互いの人生にはけっして理解しあえない事柄が存在することにも気がついた。「テキーラある？」半分冗談で訊いた。

「もっといいものがあるわ」バーブはテーブルから立ちあがった。雑然とした食品庫をかきまわしながら、シリアルの箱と、洗濯バサミでとめたチートスの袋をわきによけた。しばらくすると勝ち誇ったような笑みを浮かべて現れ、ふたにしわくちゃのクリスマスのリボンがついた金色の箱を差しだした。「ゴディバのチョコレートよ」

9

「あれは」大きなキッチンテーブルから体を後ろに押しやりながら、グロリア・カーマイケルに向かってにやっと笑うとマイクは言った。「今週出会った中で最高の出来事だったよ」

魚の絵柄とキャッチフレーズ〝わたしはパラダイスでいっぱい食わされた〟がプリントされた古びたエプロンをつけて、レニーの妻は皿を片づけはじめた。熟れた桃のように丸くてやわらかで、曲がった歯と正直な笑顔の持ち主だ。「そう？　プタネスカソースにアンチョビーがちょっと足りなかったと思うけど」

「あれはぴか一だよ」マイクは本心からそう言った。レニーとグロリアは一週間おきに、子どもたちの来ない日曜日に夕食に招待してくれた。二人はたいしたことでもないようにふるまっていたが、この友情あふれる厚意はマイクの中に猛り狂う孤独感を鎮めるのにおおいに役立っていた。

グロリアは彼の椅子の後ろで立ち止まると、頭のてっぺんに大きな音をたててキスをした。

「あなたのお母さんはいい子に育ててくれたのね」

「そんなことをマイクに言うな」レニーが忠告する。「うぬぼれるぞ」

「はあ？」グロリアは皿の食べ残しをこすり落としゴミ箱に捨てた。「あなたもたまにはお世辞の一つでも言ってちょうだいよ、おばかさん」

「グロリアの冗談を信じるなよ、レニー」マイクが言った。「彼女はおまえに夢中なんだから」二人が深く愛しあっていることは、どんなに頭の鈍い人間の目にも明らかだった。結婚とはまさにこうあるべきという見本だ――愛しあい、笑いあい、いっしょにいて心地よい関係。

「だから、もらってやったんだ」レニーが言い放つ。「くじけるなよ、マイク。おまえもきっとほかにいい人が見つかるさ」

「気長に待つよ」

グロリアは彼の肩を軽くたたいた。「アンジェラにはずいぶんやっつけられたんでしょ？」

そんな生やさしいものじゃない。前妻は家と子どもたちを奪い、彼女の父親は会社を乗っとった。アンジェラの父親は当初、会社に出資してくれていた。だが結婚が破綻すると、激怒したロッキー・メオラは会社を自分の管理下においたのだ。おかげで、マイクは山のような借金を抱えることになった。この成り行きのもっと早い段階で、マイクの弁護士はアンジェラの不貞を問題にしてはどうかと提案したが、彼は断った。彼女は子どもたちの母親だ。それにケビンとメアリー・マーガレットを争いに巻きこみたくなかった。

レニーはバスケットに入ったキャンティのボトルを持ちあげた。「おかわりはどうだい、マイク？」

「いや、けっこう。明日は早起きしなきゃならないんだ。下請け業者をかき集めようと思ってるんだよ」

グロリアはキッチンへ行く途中で立ち止まった。「そういえば、黒後家《ブラックウィドウ》グモのところで働くんですってね。レニーから聞いたわ」

マイクは立ちあがって後片づけを手伝った。「彼女の家を修復する仕事に入札してるんだ」

「やめたほうがいいと思うわ、ミッキー。あの女は悪鬼よ、わたしに言わせればね」彼女は皿とグラスをすすぐと、食器洗い機に詰めこんだ。

「どのくらい彼女のことを知ってるんだい？」

「よく知ってるわ。同じ美容院を使ってるから。でも彼女はいつもつんととりすまして、口をきこうともしなかったわ。車で夫を橋から突き落としたとき、あの女の正体がはっきりしたのよ」

「そこがよくわからないところなんだな」マイクはグロリアがカウンターをふいているあいだ、後ろに下がった。「彼女がそんなに利口だったら、どうしていっしょにあの車の中にいたんだ？」

「一説には、車が転覆する前に脱出したらしいわ」

「女房にはじめさせるなよ」レニーが警告する。「一晩中この話題をしゃべりまくるぞ」

「たぶん一晩もかからないわ」グロリアはエプロンをはずすと椅子の背にかけた。「見せたいものがあるの」

「ああ、やれやれ」レニーは目をぐるりとまわした。「うちのかみさんは、じつは事故を飯の種にする三流弁護士なんだよ。言わなかったか？」

彼女は夫の後ろ頭をおどけてぴしゃりとたたくと、マイクを居間に案内し、棚に並んだたくさんのコレクションの中から手書きのラベルを貼ったビデオテープを選びだした。「去年の春に『イヴニング・ジャーナル』で放映した特別番組よ。かけて、マイク。ポップコーンでも食べる？」

「いや、いらないよ」マイクは事故の状況にはひどく関心があったが、死んだ男――とくに知りあいだった男――についての番組を、ポップコーンを食べながら観るのは不謹慎に思えた。事故は昨年大ニュースになり、マイクはショックのあまり新聞の第一面に釘づけになった。だがじつのところは離婚に対処している最中で、自分のことで精一杯であまり注意をはらわなかった。

テレビには、ぼんやりと見覚えのあるブロンドのリポーターがカメラをじっと見つめながら、視聴者にこの地元のスキャンダルの概要を説明している。彼女の息づかいの荒いしつこい調子の声は、マイクの神経に障った。こっけいなほど厳粛に、リポーターはおとぎ話のような結婚がいかにして破局を迎えるにいたったかを下品な言葉で詳細に数えあげた。

ヴィクター・ウィンスロー。

これだけの年月が過ぎたあとでさえ、マイクは心の底から彼に対する賞賛の気持ちがわいてくる。友人の名前がニュース番組で呼ばれるのを耳にするのは、妙な感じだった。さらに妙に感じたのは、ロードアイランド・マンスリーの表紙からほほえみかけるヴィクターのハンサムで洗練された顔が、スクリーンに突然現れたときだ。それは彼が州でもっとも望ましい独身男性に選ばれたときのものだった。

ヴィクターはどんなふうに妻と出会ったのだろうか？　サンドラは優に一〇歳以上はヴィクよりも若く見える。たぶん二〇代なかばだろう。テレビのスクープはサンドラを、平凡な過去と出版業界での取るに足りないキャリアを持つだけの、ヴィクターに選ばれた以外にはまったく個性のない娘として描写している。じゃあ最近はまた、ほかの誰かに選ばれたいとでも思っているのだろうか？　ひょっとしたら、クローク係の仕事につきたいと望んでいるのかもしれない。

スクリーンに通信社の配信した結婚式の写真が映った。ヴィクターと彼の花嫁はオールドサマセット教会のアーチ型の出入り口に立っている。彼はブルックスブラザーズのタキシードに、完璧に結んだ黒いシルクの蝶ネクタイ。ウェディングドレスを着たサンドラはまるでお姫様のようだ。長い手袋をはめた手を花婿の腕にからませて、口もとに恐怖にこわばったほほえみを浮かべている。ウィンスロー家の花嫁なら誰でもそうでなければならないように、彼女は息をのむほど美しい。

今のサンドラはまったく違っていた。髪形も、服装も。ああ、でも、あの顔。初めて会ったとき、凍えるような寒い日に、彼女は薪を割っていた。けっして忘れることはできない――あの取り乱した茶色の目、口もと。分別を持たねばと思いながら、彼女の姿が心に焼きついていた。

報道によると、ヴィクターとサンドラ・ウィンスローはゴールデンカップルであり、若さと輝かしい将来性の象徴であり、大衆の関心をおおいに引きつけたらしい。二人の結婚式は社交的にもメディアにとっても大イベントで、ヴィクターの父である尊いロナルド・ウィンスロー牧師が取り仕切った。

短いビデオの寄せ集めが次々とスクリーンをよぎる。ヴィクターとサンドラは現代のジャックとジャッキー・ケネディーのように生気にあふれ、新婚旅行の途中で別れの手を振り、ヴィクターの選挙のあとの宣誓就任式のパーティーでダンスを踊り、新しいシコンセット橋の開通式でテープカットをしている。シコンセット橋は、ヴィクターの州議会議員としての主要な功績の一つだ。

「皮肉よね？」ソファのマイクの隣に座っているグロリアが言った。「彼はあのいまわしい橋の資金調達を支持していたのよ」

「もっと集めればよかったんだ」レニーが口をはさんだ。「あの欄干をもっと強化しておけばよかったんだよ」

ヴィクターと彼の妻はなぜうまくいかなくなってしまったのだろうか？　だがそう考え続けているうちに、はっと気がついた。どの結婚もそれなりに謎を秘めているのだ。外側はすばらしく見えても、傷のない外観は修復できないほどのひび割れや亀裂、乾燥腐敗、構造上のダメージを隠しているかもしれないのだ。マイクとアンジェラの別れにも多くのひっかき傷があったが、それはとりわけ、二人が子どもたちに夢中だったせいでできたものだ。

　ビデオの寄せ集めは橋の事故現場の映像に変わり、はぎとられた欄干、引き裂かれ、ねじれた鉄筋からぶらさがるコンクリートのかたまりを映しだしている。道路に黒く残るタイヤのスリップ跡はどこにもない。

　はるか下の暗い海の中にゆっくりと落ちていくさまを想像して、マイクは一瞬たじろいだ。暗い夜を切って、車が凍える海に急降下するとき、ヴィクターはなにを感じていたのだろう？　子どもの頃、彼とヴィクは恐れを知らない泳ぎ手だった。タウンビーチで高い橋脚から飛びおり、ブイからブイまで競争したものだ。だがあれは夏の、真っ昼間のことだ。

　あの夜ヴィクターの車を飲みこんだ海水がどれほど冷たかったかは、ただ想像するしかない。グロリアは彼のとなりで身震いした。レニーの話では、この放送を何度も観ているはずだ。

「それで、事故の現場から電話してきたのが誰だかわかったのかい？」スクリーンに映る映像に病的なほど視線を引きつけられながら、マイクが尋ねた。

「それがぜんぜん」グロリアは続けた。「その電話は橋の東端にある緊急電話ボックスからかかってきたの。でも、わかるでしょ、誰にだって隠したいことがあるのよ。誰だって面倒には巻きこまれたくないんだし。思ってもみなかったことが起こり、ある男がなにかを目撃して、電話ボックスを使う。その親切な人がいったい誰なのかけっしてわからないでしょうね」

「そんなにいい人間じゃないかもしれないぞ、ひょっとしたら」レニーが言った。

「もっと銃のことを取りあげてくれればよかったのに」グロリアは不平を言った。場面は夜明け前に行なわれた捜索の混乱したようすに変わった。パトロールカーが橋の両端を封鎖し、ヘリコプターが騒々しい音をたてながら冬の空を急降下する。無甲板船から引綱が落とされ、保温性のウェットスーツを着たダイバーが死ぬほど冷たい水の中に飛びこむ。

「銃は見つかっていないんだな」マイクが指摘する。「テレビでそう言ってるよ」

「少なくとも二発、車の中から発射されてるのよ」グロリアが言葉をつぐ。「フロントガラスがこなごなに砕けていたの。どこかに拳銃があるのよ。でもあの女はなにも知らないふりをしているわ」

　拳銃に関しては徹底的な捜索が行なわれたが、厚く堆積した汚泥と速い海流に阻まれ、なにも発見できなかった。引綱にかかったのは服の切れ端だけだった——鑑識の結果、その布はウールのタキシードと特定された。それは事故の夜にヴィクターが着ていたものだ。捜査官たちは銃の所持登録を徹底的に調べた。しかし、なにも見つけだせなかった。銃が見つからなかったために、サンドラ・ウィンスローが夫を撃って死体を海に沈めたとする疑いを証明することはできなかった。

　とはいえ、これで町のすべての人間が、彼女が夫を殺害したと信じるのをやめたわけではない。マイクは彼女のことを思った。テレビの報道が半分でも正しければ、たった一人で、事実上誰にも会わずにあの家で暮らしているのだ。

ブルームーンビーチの黒後家《ブラックウィドウ》グモ。

「……みずからの良心だけを道連れに」リポーターがかん高い声でしゃべり、カメラはバブコックの家の前の茂りすぎたムクゲの生垣を端から端まで映したあと、ゆがんだよろい戸とたわんだガレージの屋根を大写しにした。おそらく、サンドラは木曜日の決定が状況を変えてくれると期待していたに違いない。だがグロリアの激怒した表情を見るかぎり、それも疑わしい。この町の人々はたとえ救命具を手にしていたとしても、けっして彼女を助けてやろうとはしないだろう。

10

日記――一月七日、月曜日

子どもの頃好きだった一〇のもの
一．ピザを焼く匂い。
二．外国のお金。ダッチ・マスターズの葉巻箱にしまっていた。
三．母の筆跡。
四．図書館に行くこと。
五．父がシャワーを浴びながら唄う声――

「本を書いてるのか？」サンドラの父は、イーストプロヴィデンスのバンガロー式住宅のキッチンに入ってきて尋ねた。シャワーから出たばかりの彼は、サンドラが生まれてこのかたずっと知っている同じ匂いがした。アイリッシュスプリング石けんとアクアヴェルヴァのアフターシェーブローション。

彼女はノートをぱっと閉じ、万年筆にキャップをつけた。「お父さんが帰ってくるのを待ってるあいだに、ちょっと落書きしてたの。ゴルフはどうだった？」サンドラは父が午後のプレイからちょうど帰ってきたときに、到着した。定年退職して以来、彼は降っても照っても、夏でも冬でも、平日は毎日ゴルフをしていた。

「あまりよくなかったよ。プレイするには寒すぎる。それで、本のほうはどうなんだ？」

サンドラは、これはわたしの父親なんだわと自分自身に再確認するように彼を見つめた。けっしてエイリアンに配備された替え玉などではなく、また、妻をけっして手放さないはずの本物の父が宇宙空間に吸いこまれてしまったのでもなく。わたしは父になにを期待しているのだろう？　電話の返事をよこさなかった詫び？　母との仲たがいの釈明？　父はなにか重大な秘密でも隠しているのだろうか？　それとも、なにかを抑制しているのだろうか？　サンドラにはさっぱりわからなかった。男というのはなにも話さないからだ。それはシンプルであると同時に、欲求不満を感じさせるものでもある。

「正直言うと、わたし、この頃仕事に集中できないの」

彼が冷蔵庫を開ける。それは今までと同じ冷蔵庫だったが、今は……違っていた。まったく整理されていないのだ。食品は無造作に放りこまれ——入っているのは、チーズにサラミに缶入りの飲み物。ふたをしたキャセロールも、ラベルを貼りつけた料理も、背の高さごとに並べられた調味料も、日付順にそろえた乳製品もない。

「お腹は減ってないか？　喉は渇いてないか？」父が尋ねる。

「いいえ、大丈夫よ」彼が缶ビールを見つけて開けるのを待つ。

「どうしてそんな目でわたしを見てるんだ？」あいかわらず単刀直入だ。

「そんなって、どんな？」

「わたしが病気かなにかみたいに」

「ごめんね、お父さん。でも最後に会ったときには、二人の結婚はうまくいってたじゃない」ありえないとはわかっていたが、サンドラは父が仲たがいした本当の原因──大きく口を開けた傷口、発疹、醜い腫瘍──を話してくれるのではないかと半分期待した。ヴィクターの死から数週間で、彼女は健康を損ないそうなほど体重が減った。肌は黄ばみ、爪はもろくなった。だが父は痛手を受けていないように見える。三六年間の結婚の破綻ほど途方もないことが起これば、体にも目ではっきり苦悩の跡が確認できるはずだ。どうしたらあんなに──ふつうでいられるのだろう？

父はビールを一口すすった。「なんだ、わたしの頭からきのこ雲でもあがっていると思ったのか？」

「そんなところよ」

「がっかりさせて悪かったな」父はキッチンテーブルに腰を下ろし、開封していない郵便物の山をわきによけた。

「がっかりしたのはそんなことじゃないの、お父さん。なんだか薄気味悪かったのよ。お父さんのようすがただ、ちょっと……よくわからないけど、いつもと同じだから。まるでなにも変わっていないように見えるの、お母さんがいなくなった以外は」

　父はキッチンを見まわした。食器棚には単三乾電池がいくつか、オイル交換用のじょうご、タイヤのゲージ、それに宝くじの券が散乱している。古い日付の新聞がカウンターに置かれ、そのとなりにはゴルフ用の手袋と帽子。サンドラの母はいつも夫のものをガレージに置かせていた。

「ドリーはいなくなってなんかいない。この家のいたるところにいるよ」父は続けた。「カーテンを作り、あの小さな置物を棚に飾り、食品庫の中身を全部並べたんだ」彼の見せかけに小さな亀裂が入った。「だから、わたしがいつもと同じだなんて言わないでくれ。ずっと彼女のことばかり考えているんだ」

「それなら、どうして解決策を考えださないの？」

「考えたよ。だから別居したんだ。そしてその次は、たぶん離婚だ」

「それがお父さんの望みなの？」

「いいかい、そんな問題じゃないんだよ」

「じゃあ、どんな問題なの？」

　父はためらい、鼻ばしらをつまんだ。その顔は苦悩に満ちている。「問題は、わたしたちがしたくないことなんだ。たとえば、彼女はゴルフも釣りもしたくない。わたしは社交ダンスのレッスンも旅行もお断りだ。それにイタリア語を話すのも、中華料理を習うのもごめんだ」

「どれもちょっとかじる程度にしておけばいいのよ」サンドラが忠告する。

父はもどかしそうに手を振った。「それは、あの『結婚を救う方法』といった類の本に書かれていることだろ」

「結婚を救う方法についても本を読んだの？」

「あんなのはどれもたわ言ばかりだ。おまえの母親がどれくらいゴルフ好きなふりを続けられると思う？　わたしが大英博物館をのぞいてまわるのと同じくらいだろうさ」

「二人とも好きなところに行ったら？」サンドラが言った。

「いいかい、ドリーとはこのことを話しあったんだよ。何度も何度もね。わたしは仕事でずっと旅をしてきた。ホテルに泊まり、知らない人に会って。だから、わたしの望みは家の近くにいることなんだよ」

「お母さんが心から望んでいることはどこか行ったことのない場所にいくことなの」じっとしていられず、サンドラはテーブルから立ちあがると窓のところへ行き、狭い裏庭を見つめた。裏庭のリンゴの木とボタンの茂みの列が、寒さでだらんとたれさがっている。以前はそこに砂箱とブランコがあった。

子どもの頃のことに思いをめぐらせると、思いだすのは——沈黙だ。吃音との沈黙の闘い。娘の問題に対する両親の沈黙のいらだち。教師、小児科医、言語療法士、精神科医の沈黙——誰もがサンドラが言葉を発するのを待っていた。誰のせいでもなかったが、彼女は静かな子ども時代を過ごした。けんかする兄弟姉妹もなく、週末に訪ねてくる親戚の一群もいない。いっしょに遊ぼうと一列に並ぶ大勢の友だちなどいるはずもなかった。

サンドラは両親の結婚を客観的に、あたかも部外者が見るように、しいてとらえようとした。わたしは二人をくっつける接着剤の役割を果たしていたのだろうか？　いや、それはぜったいにない。二人のあいだにはなにかがあった。朝の寒さに備えて灰をかけた炉の残り火のように、かすかにいぶる炎がいつも燃えていた。それは、けっして目にはっきりと見えるものではない。両親を恋人同士だと考えることに抵抗のあったサンドラにしてみればとくにそうだったが、それでもつい感じてしまうことがときどきあった。

「二人でもっと努力して問題を解決してほしいわ」サンドラは言った。彼女は怒りで煮えくり返り、誰かさんの心臓をむしり取ってよくよく調べてみたい気分だった。自分の家族がばらばらになる――三人はもう二度といっしょになることはないのだ。両親は一つの単位として存在するのをやめてしまった。子どもの頃ずっと感じて育った家族の一体感は永遠に失われてしまったのだ。ヴィクターに見捨てられ、今度は父に見捨てられようとしている。突然、サンドラはマロイのことを考えている自分に気がついた。彼ならきっとわたしを見捨てないだろう……。だが、その考えをわきへ押しやる。「自分たちをわざわざみじめにしているだけよ」

「ドリーが出ていく前から、わたしたちはひどくみじめだったよ」

「どうしてなの？」サンドラはいらいらしながらキッチンを身ぶりで指し示した。「ここで幸せに暮らしてきたじゃない」

「たしかにここで暮らしてきたよ。だが、楽しかったことはなにもかも……消え去ってしまったんだ、たぶん」

サンドラは父の顔をしげしげと眺め、いったいなにが変わったのか見つけだそうとした。六〇代初めの彼はハンサムで、澄み切った目と抜け目のない笑顔の持ち主だった。連れの女性がハイヒールをはけるほど背が高く、母のブリッジクラブの常連が口々に賞賛していたほどだった。がっしりとしていたが、太りすぎではない。いちばんの長所である豊かな髪は、ここ数年であっという間に真っ白になった。

父の顔には品性とやさしさがあった。そしてよそよそしさが、視線の角度や口もとに感じられた。このよそよそしさは最近身についたものなのだろうか？ それともただ単に今まで気づかなかっただけなのだろうか？ 初めて、サンドラは自分も同じことをしているのではないかと思った――人と距離を置くことで自分自身を守っているのではないかと。

「助けを求めたことはある、お父さん？ 本を読むことじゃなくて、カウンセリングとか……」ふと、性的機能不全という考えが彼女の心をよぎる。だが、自分の父親にとてもそんなことは言いだせない。「結婚カウンセラーに相談してみたほうがいいと思うわ」

「相談したさ」

サンドラは驚いて眉をあげた。「本当？ それで？」

「あんなのはナンセンスだ。相手の好きなところをリストにして、毎日一つほめ言葉を考えだして、いっしょにデートに出かけろとさ。まったくばからしい」

深刻な話をしているにもかかわらず、彼女はちょっと笑ってしまった。「デートにほめ言葉。ほんと、たいへんそうね」

「わたしは喜んで取り組んだよ。だが、すべてはうわべだけのものだった。一時しのぎの応急処置さ。人は漂うように離れ離れになる、わかるだろ。おまえの母親もだ」彼は話を中断してビールを飲み干した。「ドリーには、わたしがけっして理解できないところがあった。彼女が求め、期待し、夢見ていたものだ。それは長年にわたって蓄積したもので、今なんとかしようとしてももう遅いんだよ」

サンドラは母を一人の女性として想像してみようとしたが、妻と母親から切り離したドリーのイメージを作りあげることができなかった。妻と母親としてならはっきりと心に描くことができる。とてもきちんとしていて、家には染み一つない。母のお気に入りの灰皿は裏のポーチだった——夫が何年も前に喫煙をやめてから、彼女は一人外で悪習を続けていた。編み物のかごがまだ、私室の安楽椅子の横に置いてあった。毛糸のかせはていねいに丸められ、小さなブリキのタグのラベルがついている。

コーヒーテーブルの上にはお気入りの本が数冊。背表紙をきれいにそろえて積みあげられている。そう、母はこの本が大好きだった。大きなアルバムほどもある本で、中にはエキゾチックな国々——カディス、ネパール、トスカナ、ティンタジェル——の光沢のある写真がのっている。サンドラは、母がなんらかの秘密の生活を送っていて、はるかかなたの国々や危険な異邦人を夢見ていたのだと想像してみようとしたが、あまりにもばからしくてできなかった。

いや、そんなこともないかもしれない。ヴィクターのことを考えれば、そう思える。あまりに深く隠されているために修復できない問題もあるのだ。そんな問題をヴィクターが死んだ夜、彼女は知った。

「問題は定年退職よ」サンドラはようやく口を開いた。「どういうわけか、二人が期待していたようにならなかったせいよ」

「そうだ」

「お母さんはお父さんがなにも手伝ってくれないって言ってたわ。自分も定年退職したかったのよ」

「手伝おうとはしたさ。でも食器洗い機に食器を詰めこめば並べ直してしまうし、掃除しようとすれば、あとをついてまわって自分のやり方でやってしまうんだ。掃除機も使わせてくれないんだよ」

サンドラはうしろめたさにぎゅっと目を閉じた。たぶんわたしの問題が、両親が相手に対して持っていた忍耐や理解といったものをなにもかも知らぬ間にしぼりとってしまったのだ。

「わたしの問題がすべてのことに重圧をかけているのよ。ヴィクターの死、彼の遺体の捜索、死因審問……もう何ヶ月もこんなひどい状態が続いているんだから、お母さんがしばらく逃げだしたくなったのも不思議ではないわ」

「おいおい」父がテーブルから立ちあがって、腕を娘の肩にまわした。「そんなことは二度と言うな。おまえとヴィクターに起こったことはそれだけで十分にひどい出来事だったんだ。だから、そのことが原因でわたしたちが離婚するなんて考えるんじゃない」

離婚。ああ、なんていやな言葉だろう。自分の小説の中では、親が離婚する子どもたちのことを書いてきた。子どもたちの混乱や恐れを想像できると思いこみ、それを暗闇の中で断崖絶壁から転落するさまにたとえてきた。けれど、本当はなにもわかっていなかったのだ。暗闇の中のまっさかさまの落下では、両親が別れると知ったときに感じた衝撃はとても言い表せない。

「なあ、ほかのことを話さないか?」父は彼女の顔をじっと見つめながら、ふさふさした眉をひそめた。

サンドラは深呼吸をした。「じつは、お母さんのこと以外にも話しあいたいことがあるの」

「なんだ?」

「ブルームーンビーチの家の権利書のことなの。どこにあるかわかる?」

「たぶん、地下室だろう」引き出しを探って懐中電灯を見つけると、父は玄関ホールに持っていった。「どうして必要なんだ?」

サンドラは咳ばらいをした。「あの家を売ろうと思うの、お父さん」

父は地下室の階段の最上段で立ち止まった。「本当か?」

「ええ。そんなこと考えたこともなかったんだけど、でも……」

「金が必要なのか?　そうなのか?」

両親は裕福ではなかった。かといって、ひどく貧しいわけでもない。だが、成人した娘の救済を予算に含めていないのは明らかだ。

「家を売りたいのはそれが理由じゃないの。あの町を出て、どこか別の場所でやり直したいのよ」

「あの町が好きなんだと思っていたよ」

両親にはけちな破壊行為や、真夜中の電話の詳細について一度も話したことはなかった。〝黒後家グモ《ブラックウィドウ》〟の問題だけで十分気をもませていたからだ。

「それはもうどうでもいいの」サンドラは言った。「時間がたっぷりあったから、次になにをすべきか考えたのよ」彼女はミルトンの忠告を思いだしてつけくわえた。「家は修理が必要なの。でも売って出ていくつもりよ」

「金のせいじゃないっていうのは本当なんだな?」

「本当よ、お父さん。わたしは大丈夫よ」

「誓って?」

「誓って。じつは、印税の小切手が送られてきたの」サンドラは著作権代理人に電話して小切手がだめになった事情を説明した。代理人は信じていないようだった。〝郵便受けを吹き飛ばされた? あなたが住んでいるのはロードアイランドで、アイダホじゃないですよね〟

「それで、どうかしら?」

「祖父母はあの家をおまえに残したんだ。売るのはおまえの特権だよ」

「でも、賛成してないのね」

「あの家に関して意見はないよ。ほとんど気にかけてなかったからな。うちの一族は毎年夏になると、家族全員引き連れてあの家に行ったものさ。わたしはいつもうんざりだったよ。ラジオでソックスの試合さえ聞けなかったんだから」

体重で階段をきしませながら、父は地下室の暗い口の中に消えていった。下からはあちこちぶつかる音や、垂木に頭をぶつけて悪態をつく声が聞こえてくる。数分後、彼は耐火性の金庫を手に現れた。

「もう何年もこれを開けてないな」並んでソファに座ると、父は金庫をコーヒーテーブルの上に置いた。金庫の表面にはクモの巣がはっている。ふたをぱっと開くと、中にはたくさんのファイルホルダーや、書類、小さな箱に納められた品などが入っていた。

父は古い写真、株券、通知表、そして、かつては大切だったがもはやそうではなくなったもの――短波用ラジオの使用説明書、タイプライターの保証書、クラッカージャックのキャラメルコーンに入っていたおまけの暗号付き指輪、近所の家の息子がイーグルスカウトになったときの記事の切り抜き――を引っぱりだした。

ほかのものはきわめて貴重なうえ、とてももろくなっていて手にとるのもむずかしそうに見えた――封筒に入った、白いリボンでちょこんと結んだ赤ん坊の髪の一房。サンドラの出生証明書。鳥が巣に入っているところを描いた子どもの素描。隅っこにサンドラ・Bときちょうめんに書いてある。一九〇〇年頃の曽祖父の写真。エリス島で発行されたナサニエル・

バブコックという人物の移民証明書。

サンドラは黄ばんだ、浮き彫り模様で飾られた書類を拾いあげた。「お父さんたちの結婚証明書よ」

「そうだ」

「離婚したら、これはどうなるの？」

「どうもならないさ。結婚を無効にする別の新しい文書がそれに取って代わるんだろう」彼が証明書を開くと、中に小さな結婚写真が書類にクリップでとめてあった。

サンドラはその写真をしげしげと眺めているうちに、写真の中の両親が今の自分よりも若いことに気づいて驚いた。父は二〇代初めで、まだサンドラの父親にはなっていない。彼はただのルイス・バブコックで、スチュアート・グレンジャーやゲーリー・クーパーと同じように、まぎれもないハンサムだ。

そして母は当然ながら、すべての花嫁がなぜかそうであるように、輝くばかりに美しい。サンドラもまた、ヴィクターとの結婚式で自分がこんなふうに美しかったのを知っている。二人の結婚写真は多くの新聞に掲載された。

彼女は、古い結婚式のポートレートに写った両親の笑顔からなにかを読みとろうとした。なにか手がかりはあるだろうか？　二人の上につきまとう影のようななにかが。この結婚を失敗へと追いこむことになるなにかが。一九六六年には、この結婚が三六年間も続く兆候があっただろうか？　この若く無邪気な人々の幸福は、二人が今経験している痛みに値するだろうか？　ときどき眠れない夜に、ヴィクターと出会わなければ自分はもっと幸せだっただろうかと考えることがある。彼はわたしの人生を多くの点で変えてしまった。

父の親指が、丸みを帯びた娘らしい筆跡の花嫁のサイン〝ドロシー・エロイーズ・スローカム〟をいつまでもなでている。その顔は、もう分かちあうことのない思い出にほころんでいる。

「お父さん」サンドラは静かに声をかけた。「こんなことになってとても残念だわ。でも、お父さんたちが関係を修復できるって信じているから」彼女は写真を指さした。「自分たちを見て。ここには愛があふれているじゃない。二人の顔にそう書いてあるわ。定年後の生活になかなか順応できないからって、この結婚をこわしてしまわないで」

「これはそんなことよりずっと深い問題なんだよ」

「それなら、もっと深く掘って修復してよ」

父は、真ん中をひもで結んである折りたたんだ羊皮紙の書類を取りだした。「これだよ。ブルームーンビーチの権利書の原本と遺言書と譲渡証書だ」

古びた書類を開いて、サンドラは不動産の簡潔な法的定義を読み、書類に押された浮き彫りの証印に指を走らせた。「これに間違いないわ」彼女は言った。「夏までにはあの家を売ろうと思っているの」

「そのあとどうするんだ？」父が尋ねる。

「そのあとは……」突然、不安感が体を駆け抜ける。ここから先の残りの人生をどのように生きていくのか、具体的な考えはなにもなかった。「そのあとは……なんとも言えないわ」

11

日記――一月八日、火曜日

セラピストについた一〇の嘘
八．吃音を自分の特徴だと思ったことは一度もない。
九．娘として、妻として、友人として、そして作家としての自分の役割に満足している。
一〇．セックスは楽しいと思う。そう感じる頻度は〝たいてい〟と〝いつも〟の中間あたりだ。

ヴィクターと結婚した半年後、信じられないほど非生産的なセッションを二回切り抜けるのにひどく苦労したのも当然だった。当時でさえ、サンドラは問題に気づいていた。常識がそれを拒絶するときでさえ、彼女の心はなにかを知っていた。だが無意識に、彼女とヴィクターを離れ離れに押し流そうとする暗い底流を探求するのを恐れた。だから、セラピストのところへはもう行かなかったのだ。

マイク・マロイのピックアップトラックが砂利を踏みながら私道に入ってくる音が聞こえたとき、サンドラは胃がぎゅっと締めつけられて鋭敏な固いボールになったような気がした。マロイはわたしをぴりぴりさせる――彼は味方？　それとも敵？　とにかく、信用してはいけないのだ。

正面玄関に行くと、サンドラは思わず髪に手を走らせた。そして、そんな自分にどきっとする。どちらかと言えば、マロイのためにおしゃれをしていた。いつものジーンズとぶかぶかのトレーナーのかわりに、カーキ色のスラックスに木靴《クロッグ》。アンゴラのセーターにはヴィクターがバレンタインデーにくれた銀の猫のブローチ。

彼女はすてきだった。政治家の妻のすてきさではなく、日常的なすてきさだ。

サンドラに外見を気にするよう教えたのはヴィクターだった。それまでは、まったく気にしたことはなかった。自分のことなど誰も見ていないと思っていたからだ。高校での孤独な学校生活を経験したあと、彼女は大学を卒業したあかつきには、無名の人生を送ろうと考えていた。サンドラの狭く静かな人生は、誰にも邪魔されることなく続いていくはずだった。それがある秋の夜、言語療法士にサポートグループの会合への参加を勧められた。誰も部屋の後部にいる娘になど気づかないだろうと思いながら、黄色のノートに落書きをしていた。ところが知らぬ間に、地元のヒーローの目を惹きつけていたのだ。

それ以来すべてが、毎日のすべての瞬間が、変わってしまった。

正面の窓からのぞくと、マロイには外見を気にかけているようすはほとんどない。彼にはそんなものは必要ないのだろう。彼の姿に、サンドラはふと思いもよらない温かなおののきを感じた。

　野球帽から突きでた黒っぽい長めの髪、人なつこい顔、ワスレナグサ色の目。だがその繊細な青色が軟弱な感じを与えることなく、彼の黒い髪と印象的な対比をなしている。広い肩幅をいっそう際立たせる厚い運動選手用のトレーナーと防寒ベスト、それに厚ぼったい手袋。リーバイスのしかるべき場所はすべて色あせ、ワークブーツが六フィート以上ある身長をさらに数インチ高くしている。

　マロイの粗削りでありながら、それでいて見まがいようのない魅力に、サンドラは不思議と心の奥底がざわめくのを感じる。この気持ちはいったいなんなのだろう？　かつては、ヴィクターの洗練された上品なふるまいや高度な教養に夢中だった。だがマイク・マロイは洗練や教養からはほど遠い。こんな気持ちにさせられるのはいい気分ではなかった。彼について意見を持つべきかどうかさえわからない。

　そのとき、サンドラは意外なものを目にした。二人の子どもがピックアップトラックの助手席側から転がるように降りたのだ。大きいほうは一二、三歳の少女で、ピンクのスキージャケットにおそろいの帽子と手袋。小さいほうは少年で、だぶだぶのジーンズにバックルをとめていないブーツという格好で、マロイのみすぼらしい犬を脇に抱えどすんどすん歩きまわっている。犬がもがきながら必死で抵抗し、少年の腕から逃れた。

　子どもたちに話しかけるとき、マイクはかがんでひざに手を置き、視線を合わせた。子どもたちと話しながら、彼は砂浜を指さす。少年がわーっと叫びながら砂丘に駆けのぼり、犬がその後ろを飛び跳ねながらついていく。少女は手をポケットに押しこんで、もっとゆっくりと水際に向かって歩いていく。

サンドラが初めてマロイに会ったとき、彼が誰かの父親だとは想像もつかなかった。誰かの夫だということも。そんなことはべつに気にかけるようなことではない。だが子どもたちが遊ぶ、風に彫刻された砂丘を見わたす彼を見たとき、その顔に浮かんだ表情にまったく新しい一面を見たような気がした。

この数年間、サンドラは自分がますます子どものことで頭がいっぱいになっていくのに気づいていた。子ども連れの人々を目にすると、胸の中で燃える炎のような邪悪な嫉妬心を覚えてしまう。今こうしてマイク・マロイを眺めているときも、同じ嫉妬心がこみあげてくる。ああ、彼のあのだらしなくて、うるさくて、予想できない子どもたちを自分のものにできるのなら、どんなものでもささげるのに。いっしょにくすくす笑い、夜には抱きあって眠り、心からの愛情を注げる誰かが自分のものになるのなら。

赤ん坊の話題を初めてヴィクターに持ちだしたときのことを覚えている。二人は結婚して一年だった。彼は州議会の初回の会合の準備をしていた。支持者を惹きつけてやまないその寛大な魅力を発揮して、ヴィクターは子どもを持つことに賛成してくれた。彼女の顔を両手ではさみ、こわれやすく貴重なものでもあるかのようにやさしく包みこんだ。「ああ、サンドラ、いいとも。ぼくも子どもがほしいんだ」

サンドラはその言葉を信じた。だから彼は優れた政治家になれたのだ。世界じゅうでほかの誰よりも彼のことを知っている妻でさえ、夫の言葉をすべて信じたのだから。

衣服を整え、サンドラはマイク・マロイのためにドアを開けた。トラックからクリップボードとジッパーのついた革製の書類入れをつかみ、歩道をこちらに向かって歩いてくる。サンドラはじっと見つめないように努めたが、うまくいかない。男は古い色あせたジーンズを生き生きと躍動する彫像に変えていた。

「こんなすぐに持ってきてくれてありがとう」顔がぱっとほてったのを気づかれないよう願いながら、彼女は礼を言った。

「いいんですよ」彼の顔は無表情で、目からも感情はなにも読めない。彼女がいかにこざっぱりと念入りに装ったかなど気づいてもいないようだ。

とはいえ、その無関心な態度さえ、彼女にはうれしかった。誰からもあからさまな嫌悪と疑いの目で見られることが当たり前になっていたため、とても新鮮に感じられたのだ。「今日は連れがいるのね」

中立状態がとたんに防御態勢に変わった。「だめですか？」

彼女は後ろに下がると、両手をあげて手のひらを見せた。「ぜんぜん。子どもは好きなの。ただ言ってみただけよ」

「そうですか。すみません。食ってかかるつもりはなかったんです。子どもたちを学校から拾ってきたところなんですよ」

「コートを預かるわ」

クリップボードをもう一方の手に持ち替えながら、彼はベストを脱いで手渡した。サンドラの指がベストのふかふかしたパイルに食いこむと、そこにはまだ彼の体温が残っていた。一瞬、顔に押しあてたいという途方もない衝動に駆られる。だがそれを押しとどめ、玄関ホールのクローゼットにかけた。

「外が寒いようなら、子どもたちを家に入れるといいわ」

マイクはためらっているようだった。町のゴシップでも耳にしたのだろうか？　それとも、事故のことを話したあとに情報でも集めたのだろうか？　だがすぐに、彼はうなずいて言った。「ありがとう」それから、サンドラを探るような目で見た。彼の率直で値踏みするような視線がアンゴラのセーターに、ブローチに突き刺さる。マイクはレッドソックスの帽子を脱ぐと、つばを折って後ろポケットに押しこんだ。

「す……座りましょうか」サンドラは古い小さな丸テーブルに歩み寄り、椅子を張り出し窓に向けて置いた。ここからなら、子どもたちのようすを見守ることができるだろう。「子どもさんたちはいくつなの？」

「メアリー・マーガレットは春に一三歳になって、ケビンは九歳です」

あごを片手で支えながら、サンドラは子どもたちがフリスビーで遊んでいるのを眺めた。犬が大わらわで二人のあいだを行ったり来たりしている。「とっても楽しそうだわ」

「そうですね」マイクはテーブルの彼女の前に書類を置き、二つの山に分けた。「これが企画書です。基本的な修理と、もう一方は全面的な修復です。どうぞ目を通してみてください。質問があればお答えします」

「ありがとう。そう、コーヒーか紅茶か、なにか飲み物はいかが？」彼の大きな角張った手を見つめながら、サンドラは尋ねた。「キッチンにちょっとつまめるものがあるわ」糖蜜クッキーとカシューナッツを用意してあった。来客のためにもてなしの準備をするというなんということのない行為も、今では異質に感じられた。ヴィクターの友人や同僚を町の自宅で歓待したときから、どれほど長い月日が過ぎたことだろうか？　もちろん、この訪問が社交的なものでないことはわかっている。けれどいくつかの点では、同じようなものだ。そう思うのはとてもうれしかった。まるで……ふつうの生活のようで。

「いいえ」彼はすばやく、とげとげしささえ漂わせて言った。「けっこうです」

わたしはなんてばかなんだろう？　雇いの建築業者が生活の空虚さを埋めてくれるとでも思ったのだろうか？　自分にいらいらしながら、サンドラは企画書に注意を向けた。彼の作った書類はレーザープリンタできれいに印刷され、簡潔にまとめられていた。工事のそれぞれの段階でどんなものが必要で、人件費と材料費がいくらかかるかが詳細に示されている。コンピュータで作成した家と土地の画像は、この家をまるでおとぎ話の本の挿し絵のように見せている。

サンドラは最初の書類のページを注意深くめくっていきながら、最後のページにある数字と対決する心の準備を整えた。彼女は長いことその数字を見つめていた。感情を表に出さないように努めながら、二つ目の企画書に目を向けた。こっちはもっと長く、より複雑で詳細だった。読んでいるうちに、マイクがイメージしているものがありありと心に浮かんできた。それは壮大なプランだった。建物全体を、野生のブルーベリーとバラの生垣から屋根のてっぺんの緑青におおわれた風見にいたるまで、新築ならいざ知らず、古家ではまずありえないような壮観な姿に変えようというのだ。

サンドラは手をひざに置いて、一ページずつ見ていった。六週間か、六ヶ月間か。簡単な修理か、完全な修復か。それなりの費用か、かなりの出費か。

「そうね」彼女は言った。「わかったわ、ありがとう。検討しなくちゃならないことがたくさんできたわ」

「なにか訊きたいことはないですか?」マイクはテーブルの上で腕組みして、身を乗りだした。彼のまっすぐな視線は不安げだったが、その穏やかな青い目に恐れの色は見えない。サンドラはふとおかしくなった。マイクは、サンドラの家族とは違った意味で彼女の言葉を待っているのだ。思いだすかぎりずっと、両親は彼女の吃音を気にかけていた。それはいつ出るかわからなかったので、両親は彼女が口を開くたびに手に汗握り、期待に胸をはらはらさせて見守った。子どもではあったが、サンドラにはそれがよくわかった。マロイはただ、ゆったりと自信にあふれて待っているだけだ。この男性には岩のようにどっしりとした安定感がある。ここ数ヶ月で初めて、自分の望みをはっきりと自覚し、率直かつ正直に話し、まったく偏見のない人物に出会ったのだ。

いや、そう感じただけなのかもしれない。彼が安全な人物だと断言できるほど自分に自信が持てなかった。過去一年の出来事は、自分の判断力が危険なまでに損なわれていることを証明した。あらためてマロイとヴィクターを比べてみれば、夫は現実離れした人間で、マロイはまさしく……等身大のふつうの人間だ。彼になぜか惹かれてしまうのはそのせいかもしれない。

「この企画書は明快だわ。どんな工事が必要で、それにいくら費用がかかるかもよくわかるわ。こういうのを期待していたのよ」

「じゃあ、あなたの判断を聞かせてください」

彼の声に含まれたこれで最後というきっぱりした態度と、椅子を後ろに引いて帰ろうとする動作に、サンドラの心は沈んだ。今朝は彼を待ちながら、一時間もかけて家を掃除したのに。

この人は客ではないのよ。彼女はそのことを思いだし、教会の連禱《れんとう》のように心の中で何度も繰り返した。でも……。

「実際のところ」彼女は言った。「売ってしまう以上、この家を検査に通る程度に修理しようと、完全に修復しようと、気にかける必要はないのよね」

「でも？」

「修復は魅力的だわ」

「これは特別な家なんですよ」マロイが続ける。「こんな家は二つとない。価値のわからない誰かにこの家が取りこわされたり、台無しにされたりするのを見るのは残念なんです」

「そう思うわ。でも、わたしが気にかけることはないわよね？」

「この家は家族の遺産だって言ってませんでしたか？」

「そうよ。でも、売ってしまえばもう違うわ」サンドラは自分が感傷的な人間だとは思っていないが、この家を手放すことを考えると心が揺れた。ここはわたしの家、わたしの聖域なのだ。

　でも、そんなのはばかげてる。早く出れば出るほどいい。家族の歴史やたわいもない思い出にあふれたこの古い家に住んだところで、訪ねてくる人もいなければなんの意味があるだろう？　修理するだけにしよう。人をちょっと雇って。

「安いほうの工事にしたほうがいいと思うの。検査が通る程度の基本的な修理だけで」

「あなたの提示価格は計算しましたか？」

「いいえ、まだ」まだそこまで考えられなかった。どういうわけか、この家を売りはらうことは裏切りのように思えたのだ。

「この地域で最近売りに出された似たような物件をいくつか印刷してきましたよ」マロイはクリップボードにはさんだ紙をめくると、近隣の不動産を一覧にしたＭＬＳ《マルティプル・リスティング・サービス》（全米を網羅する不動産検索システムのこと）を見せた。「これまでのところ、このあたりでは修復された家のほうが、そうでないものよりおよそ二五パーセント高く売れてるんですよ」

「でも、この企画書ではもう一方より二五パーセント以上工事費が高いわ」サンドラが指摘した。

「二五パーセント以上の仕事をするつもりだからですよ。もし仕事がもらえればの話ですが」彼がつけくわえた。

「あら、工事はあなたにお願いするつもりよ。それは心配しないで」寛大すぎる言い方をしてしまったのに気づいて、サンドラは言い添えた。「つまり、推薦状を見せてもらえればってことなんだけど。あるかしら？」

彼女はマロイが弁解をはじめるのではないかと思った。かわりに、彼は文書の束と厚いアルバムをジッパー付きの書類入れから取りだした。「もちろんありますよ。好きなだけ見てください。ぼくの以前のクライアントにも自由に電話してかまいませんから」

サンドラはアルバムを開いて、息が止まりそうになった。ニューポートの大邸宅が夢から抜けでたようにページの中で輝いていたからだ。次々と続く間取りの写真には、きらめく床、優美な階段、そびえ立つ円柱、磨きあげた木造部分が写っている。アルバムには家々の写真や、歴史協会からの推薦状のほか、賞まで含まれていた。

サンドラは眉をあげた。この通りがかりの便利屋は見た目以上の人物なのだ。「とてもすばらしいわ」それから、雑誌を手にとった。「アーキテクチュラル・ダイジェスト？」

「ぼくのプロジェクトの特集記事を二回組んでくれたんですよ」

彼女は『過去の精神』というタイトルの記事を見つけた。写真は驚くほど美しい。金ぴか時代、コロニアル様式の住宅、青々とした庭、おとぎ話のような見晴らし台、砂浜の簡易更衣室。記事の下の見出しにざっと目を通してから、サンドラは声に出して読んだ。「〝マロイはシャーマンのようなヴィジョン——忘れられた時代の魅力を呼び覚ます神秘的な才能——に恵まれている〟」

マロイの顔が赤くなり、椅子に座り直す。「ぼくが書いたわけじゃない」

ほほえみが彼女の口もとに浮かぶ。「シャーマンのようなヴィジョン？」

「たわ言ですよ。実際のところ、調査や研究を目いっぱいやっているんです。あとは、仕事をきちんとやってくれる下請け業者を使うだけです」

サンドラはサカネットにあるペンキを塗った塩入れ型家屋の写真を眺めながら、ため息をついた。アンドルー・ワイエスの絵といっても通用するほどだ。「あなたには正直に言わなくてはならないわね。じつは、この家を修復する経済的余裕がないの。このことは言わないつもりだったんだけど」

「ここは抵当に入っていないって言ってましたよね」

「ええ」

「じゃあ、融資が受けられますよ。大丈夫。この家を抵当にすれば」

サンドラは、町の銀行に行って融資を申しこみ、ヴィクターのことを何年も知っている人々と取引する自分の姿を想像した。「融資が受けられるかどうかが心配なんじゃないの」

「どういう意味ですか？」

「わかるでしょ、わたしの夫のことよ」

「銀行は儲けるのが商売なんですよ。ゴシップに耳を貸すことじゃなくてね」

サンドラはマロイの粗削りな顔と、忍耐強そうなごつい手をしげしげと見た。彼は結婚指輪をしていなかった。だが、それにはなんの意味もない。彼は肉体労働者なのだ。おそらく貴金属は家においてあるのだろう。ひょっとしたらナイトテーブルの上に、彼の眠る妻のかたわらに置いてあるのかもしれない。朝出かけるとき、かがんで妻にキスしただろうか？ その女性《ひと》は彼の枕の匂いを胸に吸いこみ、寝具に残る彼のぬくもりを感じただろうか？

サンドラはぐっとつばを飲みこみ、自分の妄想に恥じ入った。「でも、わたしの夫は……ヴィクターはこのあたりでは有名なのよ」

「法律のことはあまり詳しくないですが、銀行が差別をするのは違法なはずですよ」

サンドラは日曜日に起こったことを思った。ウィンスロー夫妻に教会への寄付を拒絶されたときのことを。あの瞬間の刺すような痛みは、この町を出るという決意をいっそう揺るぎないものにした。これほどなにかに決然となったのは久しぶりのことだ。だがどうしてもブルームーンビーチの家を、曽祖父が家族のために建てたときと同じ美しい家に変えたかった。修復が終わったとたんに手放さなければならないことはどうでもいいことに思える。プロジェクトそのものへの期待にこそ、魅力を感じているのだから。これは建設的ななにかであり、始まりと終わりのあるなにかだった。たぶんこの工事はサンドラの人生にバランスを取り戻してくれるに違いない、少なくともしばらくのあいだは。「いいわ」彼女は続けた。「修復についで話しあいましょう」

二人は試案を作りあげた。マロイはきわめて物わかりがよく、彼の報酬の支払いは家が売れるまで待ってもいいとまで言ってくれた。うらやましいほど自信に満ちあふれて、マロイは工程ごとに説明をくわえながら契約を進めていった。そう、ヴィクターもいつもこんなふうに主導権を握っていた。ふとサンドラは思いだす。でも方法はずいぶん違っていた。ヴィクターには目的があった。そして、マイクにはヴィジョンがある。この二つは同じではない。

二人が段取りと費用に関して契約を結び終えたとき、子どもたちが砂浜から戻って庭を走ってきた。マイクは立ちあがり、子どもたちの姿を見て顔じゅうをほころばせた。「トラックの中で待たせますから」

「まあ、それはだめよ」サンドラは言った。「こんな日は。外は凍えるように寒いわ。それにお腹がすいているんじゃないかしら」

マイクの顔に疑念の影がよぎるのを見て、彼女は胃のあたりが重苦しくなった。やはり彼もゴシップに影響を受けているのだろう。自分の子どもを殺人犯の家に入れたくないに違いない。

「あの子たちのことなら大丈夫ですよ」彼が言った。「仕事中に、子どもたちだけで置いておきたくなかったもので」

「シングルファザーなの？」

彼がうなずく。「子どもたちは前妻とニューポートで暮らしているんです」

「そうなの」ということは、やはり結婚していないんだわ。突然、世界が色を変えた。サンドラの手が汗ばんでくる。マイクが結婚していると思っていたとき、彼に対する関心はジュディス・リーバーの夜会バッグに抱く関心に似ていた。目がくらむほどすてきだけれど、手の届かないもの。彼が独身だという事実がその安全な距離を取り去ってしまった。

「あの子たちといっしょに暮らしたいと思ってるのね」サンドラが言った。

「わかりますか？」

彼女はほほえんだ。「息をするたびにね。あの子たちが中に入って温まってくれたらとてもうれしいわ」

「どうなっても知りませんよ」マイクは彼女の顔をちらっと見ると、裏口に行ってドアを開けた。「こっちだよ、おまえたち」彼は言った。「マットの上にブーツを置いておくんだ。犬もだ」

「でも、パパ、ジークは〝たまたま〟が取れちゃうくらい凍えてるんだよ」ケビンが言った。

「ちっちゃくてふわふわの毛がはえた〝たまたま〟がさ」

「もういい。おまえをポーチに置いておくぞ」マイクが叱った。

ケビンは床をじっと見つめた。「ごめん」

「ブーツを脱いでそこに置くんだ、いいか？」

ジャケットを後ろにひきずり、長靴下の足で歩きながら、ケビンとメアリー・マーガレットがキッチンに入ってきた。二人は赤い頬とひもじそうな目をしたヘンゼルとグレーテルのように、あたりをきょろきょろ見まわした。

サンドラは思わず糖蜜クッキーを焼いていてよかったと思った。「こんにちは」彼女はあいさつした。「わたしはサンドラよ。クッキーはいかが?」

「うん、ありがとう」ケビン・マロイは丸い頬に少しばかりそばかすが散り、父親と同じ青い目をして、ずっとにやにや笑いを浮かべている。ケビンの口が顔の横方向に伸びるのを見ると、サンドラもついほほえんでしまう。それだけでもう、この子どものことがすぐに好きになった。

「あなたはどう、メアリー・マーガレット?」

少女は肩をすくめた。「そうね、もらうわ。ありがとう」

メアリー・マーガレットにはただちに人好きするようなところがまったくなかった。サンドラはこのことを天気予報と同じくらい詳細に知っている。この少女の風にさらされて荒れた顔や、半分閉じた目の中には警戒心が見てとれた。そしてそれはサンドラにとって、時を超えて鏡をのぞきこんでいるようなものだ。メアリー・マーガレットはかつてのサンドラと同じ種類の子どもだった——不器用で、聡明で、感受性豊かな少女。その鋭い視線はけっしてなにものも見逃さない。

「温かいスパイスサイダーは飲む?」サンドラが尋ねる。「インスタントだけど、温まるわよ」

「飲むよ」ケビンが言う。

「わたしも」メアリー・マーガレットが言う。言われなくても、彼女はシンクに行って手を洗い、弟にも身ぶりで洗うよう合図している。

やかんからお湯を注いで、サンドラは厚い陶磁器のマグカップの中のスパイスサイダーをかき混ぜた。子どもたちはテーブルに座り、クッキーを食べながら、サイダーが冷めるのを待った。メアリー・マーガレットが上品に一口すする。ほとんど寄り目になって、ケビンが一心にサイダーを吹いている。サンドラはマイクがいとおしそうに息子を眺めているのに気がついた。そのあまりにあからさまで親密なようすに、思わず目をそらす。

メアリー・マーガレットはジャケットのフードのせいで静電気の起きた、美しい薄茶色の髪をなでつけようとしていた。彼女の視線はさまよって、漫画のキャラクターのマグネットで冷蔵庫にくっつけた、たくさんのメモにたどり着いた。サンドラのリストを作る習慣はとうの昔にノートの段階を超えてしまっていた。あわてて、恥ずかしいメモはないかどうかさっと目を走らせる。〝朝食に食べる一〇の食品〟、〝バブコックのおじいちゃんについて覚えている一〇のこと〟、〝電話をかけてくるセールスに言う一〇のセリフ〟。

「リストをたくさん作っておいてるの」サンドラは誰に尋ねられたわけでもないのに、説明した。どうしたわけか、自分がばかみたいに感じなかった――おそらく相手が子どもだからなのだろう。子どもたちはけっして彼女を気まずくさせない。子どもには好きなところがたくさんあるが、それもその一つだ。

「全部、〝一〇のこと〟ね」メアリー・マーガレットが言った。「どうして一〇なの?」

「よくわからないの。ずいぶん前に成り行きでその数字を選んだのよ。今では習慣になっちやったわ。もし一〇個思いつかなかったら、間違った主題を選んだか、一生懸命考えていないかのどちらかなのよ」

ケビンはマグカップの中で大きなすする音をたててから、発表した。「パパは三八歳なんだよ」

「わざわざ、ありがとう」マイクは薄笑いを浮かべて言った。

「ばか」メアリー・マーガレットが小声でぶつぶつ言った。

ケビンは姉を無視した。「馬の心臓が九ポンドあるって知ってた？」

「いいえ、知らなかったわ」サンドラは答えた。「ビーバーが四五分間息を止められるって知ってた？」

ケビンは目を丸くした。彼がこの情報を心のファイルに綴じこんでいるあいだ、サンドラも同じことをしていた――マイクが、もし生きていればヴィクターと同じ年齢であるという事実を記憶に焼きつけたのだ。

ケビンが手首を差しだして、異常に大きな腕時計を見せびらかした。「今イタリアは午前一時だ。これは三つの時間帯がわかるんだ」

メアリー・マーガレットは天井に向かって、あきれはてたようにため息を吐きだした。マロイは小型ナイフで作り付け戸棚を削り、緑色の塗装の下の色を見ようとしていたが、手を止めてケビンのほうを向いた。「その時計はどうしたんだ？」

「カーマインがくれたんだ。ぼくの義理のパパだよ」ケビンはサンドラに言った。

一瞬、部屋が凍りついたのに気づいて、彼女は話題を変えた。「わたしのお父さんは子どもの頃、夏には必ずこの家で過ごしていたのよ」彼女は続けた。「お父さんの話だと、庭に宝物が埋めてあるって言うの。でも、どこかは覚えていないんですって」

ケビンが尋ねる。「ここは幽霊屋敷？」

「それについては今も調べてるの。わたしが小さかった頃、よくここにおじいちゃんとおばあちゃんを訪ねてきたものだけど、幽霊が出るんじゃないかって思ってたわ」

「ほんとに？」ケビンの青い目が驚いて丸くなる。

「ええ。でも、もう話さないわね。さもないと、夜眠れなくなっちゃうもの」

「おばけなんて恐くないさ」

「これ見てくれる？」サンドラは壁にある四角い肩くらいの高さのドアのところへ行った。「これは小型エレベーターなの。今はこわれてるけど、以前はキッチンと地下貯蔵室のあいだで使っていたのよ。おじいちゃんが子どもの頃、よくここに隠れていたんですって。ある日、わたしがあなたくらいの年の頃、どうもひとりでにあがったり下りたりしているらしいって気づいたの」

ケビンは歯のあいだで口笛を吹いた。「かっこいいな。今も動いてるの？」

「さあ、どうかしら」

「でも動いてるかもしれないよ」ケビンが言い張る。

「ひょっとしたらね。この家は一〇〇歳を過ぎてるの。幽霊が住みつくには十分な時間よね」ほとんど挑むようにサンドラはマイクのほうをちらっと盗み見て、この会話に眉をひそめているかどうか確かめた。だが彼は金属製の長い巻尺で、梁の下から作り付け戸棚の上までの空間を測るのに夢中だ。

「どうして〝ひょっとしたら〟なの？」メアリー・マーガレットが尋ねた。「証拠を見たことがないの？」

「はっきりとはなにも見ていないのよ。ときどきそんなふうに感じるだけなの。薪ストーブの炎をじっと見つめているときも、炎の中に変なものが見えるような気がするときがあるわ」

「恐くないの？」ケビンが尋ねる。

「いいえ。それより、少し悲しいかしら。だって幽霊が出るのって、幽霊がその家でなにか悲しいことがあったり、なにかを失ったりしたってことでしょ。でもわたしのおじいちゃんとおばあちゃんはとてもいい人たちだったから、たぶんいい幽霊になってると思うの」

「幽霊なんて信じないわ」メアリー・マーガレットが言った。

「この家を直すの、パパ？」ケビンが父親に尋ねた。

「そのとおり」

「よかった。この家は修理したほうがいいよ」

「ケビン……」

「ごめん。幽霊を見たら教えてよ」

マイクは金属的なしゅっという音をたてて巻尺を巻きとった。「いいとも」

12

「材木置き場できみに会えてみんな喜んでたよ」助手席に乗りこみながら、フィル・ダウニングが言った。マイクは納品伝票にサインしていた。

「そうかい。しばらくぶりだったからな」マイクはエンジンを始動させ、ミラーを調節してトラックの荷台に積んだ材木や、しっくい、コンクリート、釘や工具といった積荷を確認した。

「水漏れした地下室以外のものに取り組めるなんてうれしいよ」フィルが言った。彼はマイクが以前使っていた、配管工事と電気工事の請負業者だ。塗装と左官と壁の仕上げ塗りも下請けに出す予定だったが、この仕事がもっと進んでからにしようと思っていた。

「まあ、期待してくれよ。今回は水漏れ以上の仕事ができるから」古い海辺の別荘を修復するという期待は、彼に仕事で好きだったことを思いださせる――一〇〇歳の家の隠された神秘を探り、核となる設計を発掘し、建物と景観を当初の設計者の目を通して見ることだ。

マイクはここ数日バブコックの家を思い浮かべてコンピュータのスクリーンに向かい、歴史や、釣り合い、景観、建築学の理論といったものを頭の中と実際面で一つに組み立てた。

仕事のこの段階がいつも好きだった。だがそれはまた、ほろ苦い後悔の念も呼び起こす。これは大学時代に好きだったことであり、得意なことでもあったからだ。まわりの人々には体育ばかだと思われていたが、建築学とデザインのクラスが脳に火をつけた。だがひざを負傷し、それからアンジェラのことがあり、なにもかも途中で投げださなければならなくなったのだ。会社を興し、大成功を収めたことを誰もがほめてくれる――だがいつも学校にとどまりたかったと思っていた。

現在のプロジェクトはニューポートでやっていた仕事とは比べ物にならなかった。当時は修復の専門家を雇い、富裕なクライアントのために七桁の予算を扱っていた。すべては離婚と家庭の崩壊の最中にばらばらにこわれてしまった。一五年におよぶ努力と汗の結晶が。いつの日かかつての状態まで立て直せるかもしれないし、そうではないかもしれない。今は、自分でなんとかできる範囲の仕事で甘んじるしかない。

マイクは納品伝票を書類ばさみに入れると、車で駐車場を出た。「今回の注文はこれまでの儲けに比べれば、ほんのはした金だ」

「一日ずつやっていけばいいさ」フィルはそう言うと、マイクの顔に浮かんだ表情を見てくっくっと笑った。四〇代後半で、毛糸のフィッシャーマンキャップをかぶったチェーンスモーカーのフィルは、物静かで慎重なタイプの男だ。仕事ぶりはまじめで、約束はきちんと守る。彼にはもう一つマイクが驚嘆する技術があった。コンピュータの達人なのだ。失われたファイルを探しだしたり、システムを設定したりするその才能に、マイクは一度ならずとも助けられた。個人的にはよく知らなかったが、フィルはかつて自分が必ずしも頼りになる男ではなかったことを隠そうとはしない。ずいぶん辛い人生を送っていたらしい。十数年前、彼は自分が引き起こしたのではない交通事故に巻きこまれて損害賠償の責任を負わされた。それをきっかけに飲酒をはじめ、妻は二人の息子を連れて他州に移っていった。フィルは酒酔い運転でどん底にいたり、裁判所命令でリハビリテーションを受けた。以来一〇年間、アルコールは口にしていない。

座っている姿は幽霊のようだった——あわれな中年男。子どもたちや前妻とはなんの接触もなく、コーヒーと煙草と年々おぼろげになっていく思い出をたよりになんとか生きている。フィルはキャメルを一本取りだすと、火をつけずに何度も指でまわした。「挫折に対処するには、それがすごくいい方法だと思うね」

ハイウェイ一号線はペタカムスカット川に沿って走り、道路わきには裸の木々の隙間から川が見える。空はくっきりした冬の青色で、あまりに澄み切っていて目がひりひりする。天気がもてば、古いスレートぶきの屋根に取りかかれるだろう。一年のこの時期にこんな好天はめったにない。

現場に向かうあいだ、マイクは仕事のプランを思い返していた。一方フィルは、コンピュータで作成した設計図と立面図に目を通した。

プリントアウトした文書をめくりながら、フィルは低く口笛を鳴らした。「ぎちぎちのスケジュールだな」

「期限きっかりに限られた予算で終わらせなくちゃならないんだよ。約束したんだ」

「ほとんどここに住むようなものだな」

「最近、時間だけはたっぷりあるんだ」マイクは言った。「子どもたちと会えるのは、平日の一日と隔週末だけだから」

「それは残念だな」

「その取り決めは次の夏の家裁の評価しだいで変わるんだ。もっと会えるように頼むつもりだよ」彼はハンドルを指で軽くたたいた。「まったく腹が立つよ。子どもたちを何年も育てたあとで、突然どこかのソーシャルワーカーに〝適切で安定した住居〟と〝養育環境〟を提供できるか証明しなければならないなんてさ。弁護士には家を探すように言われているんだが、子どもたちはパラダイスが大好きなんだ。あの子たちは船の暮らしでも安全だよ、夏はほとんど毎年あそこで過ごしていたんだから」

「おかしなもんだよな。両親がいっしょにいれば、わが子に好きなことができる。偶像崇拝者に育てようと尻に刺青をいれようと、思いのままだ。だが判事がかかわってくると、親はほかの誰かの命令に従わなくてはならなくなる。おれの友だちのメソジスト教徒は、子どもたちを隔週の日曜日にカトリック教会のミサに連れていかなくちゃならないんだ。判事の命令でね、もちろん」

「ぼくが命令されたことはどれも理にかなったものばかりだよ」マイクは言葉をついだ。

「今のところはね。ばかうすのろみたいにいちいち指図されるのはまっぴらだ」この制度はかかわる人間すべてに最悪をもたらすよう特別に立案されているように思える。すべての直感が全力をあげて死守しろと教えるものでさえ、手放すことを学ばなければならなかった。人生に対する焦点全体を変えることを要求されたのだ。それはべつに悪いことではないのかもしれない。だが、まったくそのように思えた。考えつくかぎり出費を削り、船に住みながら子どもたちにふさわしい家を探し、子どもたちの教育のために毎月いくらかでも貯金し、どんなことがあっても養育費の支払いが遅れないようにしていた。余分な稼ぎはすべて貯金にまわしていた——次の親権評価のための軍資金と、ケビンとメアリー・マーガレットによりよい生活をさせてやるために。

「頑張れよ」フィルが言った。「そのうち落ち着くさ」

マイクは道路から目を離さなかった。現在の状況には慣れつつあった。だが、自分が一人暮らしや子どもたちと裁判所命令の日程で会うことに慣れたいのか、よくわからない。なんて人生なんだろう？

アンジェラの夫、カーマインは家族のための時間よりも金のほうを多く持っている。最新流行の玩具を大量に与える一方で、真剣な子育てに類するものはなんでも出し惜しみする。カーマインは子どもがいるという現実よりも、子どもがいるという考えが好きなのだ。彼がまああの人間であることには感謝しなければならないだろう——経営者で、ボランティアの消防士で、子どもたちを誇りに思っているのだから。彼は当然マイクのことなどまったく気にかけていないが、そのことをケビンやメアリー・マーガレットに気づかれないようにうまく立ちまわっている。ハロウィーンにマイクからキャンディのような高価な贈り物を施されてもありがた迷惑なだけなのだろうが、そんなことはおくびにも出さない。たとえ子どもたちがいつも継父からなにか新しいものをもらっていたとしても。

家族が二つの世帯に分かれてしまったことが子どもたちにどれほどの影響を与えているのかと思うと、ときどき苦しくてたまらなくなる。メアリー・マーガレットとケビンがありとあらゆる感情――悲しみから後悔、不安から怒り――を経験するのをずっと見てきた。家族カウンセラーはマイクとアンジェラに、子どもたちが上の学年にいくにしたがって、親への忠誠心の葛藤や抑圧してきた感情の行動化が起こるだろうと忠告した。

ぼくたちは自分の子どもたちになにをしてるんだ、アンジェラ？

「おい、スピードを落とせよ」フィルが注意した。「現場に着く前に積荷をだめにしたくないだろ」

マイクはスピードメーターをちらっと見た。八五マイル。なんてことだ。「悪かった」そう言うとスピードを落とした。海岸のほうへ曲がると、景色がだんだん荒々しく、より印象的になっていった。木々は伸び放題で、波が岩肌のごつごつした高い土手にあたって砕け散る。古家の曲がった風見が、ずたずたに切られた雑木林と伸びすぎた茂みから突きでて見える。

「工事をはじめる前に、一つ知っておいてもらいたいことがあるんだ」マイクが言った。「依頼人はサンドラ・ウィンスローなんだよ」

「ヴィクター・ウィンスローの未亡人の?」火をつけていない煙草がフィルの手の中でくるくるまわる。「まさか」

「海辺の別荘を売りたいんだそうだ」

「驚かないね。実際に逃げおおせるまでは、殺人をやりとげたことにはならないからな」

「彼女がやったと思うのか?」

「たぶん、違うだろう」フィルが言った。「だがそのほうが楽しめるだろ? それで、彼女はどんな感じなんだ?」

悲しげで、もの静かで、びくびくしていて、はかなげで……。どう説明したらいいのだろう? 彼女に対して感じる複雑な感情さえ理解できていないのに。彼女がとても孤独だという事実が彼に失ったものを思いださせ、認めたくない真実に向きあわせる。「保険金ほしさに夫を殺すようなタイプには見えないな」

「人は見かけによらないものだろ、え? だが、きみは彼女が依頼人でもかまわないのか?」

「えり好みしている余裕なんてないよ」以前ならクライアントは彼の仕事に満足と驚嘆の反応を示したものだが、サンドラ・ウィンスローからはそんな感動は期待していなかった。たぶん、焦りといらだちぐらいだろう。

マイクは私道に入ると、彼女の青いハッチバックの後ろに車を停めた。フィルは車から降りて煙草に火をつけ、キャップを後ろにまわして家を見た。

「この家がそうだ」マイクが言った。アメリカシャクナゲの生垣が庭を縁取り、コンコードブドウには去年のしなびた房がいまだ蔓からぶらさがり、倒れそうなヒマラヤスギのフェンスの片側にもたれかかっている。優美なスズカケノキの下には小さな鳥のえさ箱があり、ちょっと驚いたことに種がいっぱい補充してあった。

「これはなかなかの家だな」フィルが言った。「きみが修復したいと思うのも無理ないよ」

マイクは彫刻を施した長いポーチや、屋根の端のごてごてした木工細工をしげしげと見た。たいていのカーペンターゴシックと同様に、この家も熟練した建築家の設計というより、むしろ建造者自身の空想的なアイデアから引きだされたという感じだ。凝った装飾を施した木造の細部がこの家の特徴で、それは金銭的価値のある物件になる要素の一つだった。

この家を見つめるたびに、マイクは奇妙な感覚に襲われる。漠然とした賞賛の気持ちがわいてくるのだ。それは自分がこうしたデザインの専門家だというだけでなく、この家全体がかもしだす統一感のせいだった。無駄がなく、海の景色と完璧に調和し、あらゆる線が気まぐれであるにもかかわらずバランスがとれている。

サンドラ・ウィンスローは正面玄関で二人を出迎えた。フィルは煙草をレンガの歩道に踏みつけた。彼女はどこか心ここにあらずといったようすで、万年筆を耳の後ろに押しこみ、おどおどしたほほえみを浮かべている。今日は黒っぽいスラックスにセーター、髪を後ろに流して、化粧をしていない。マイクは二人を引きあわせ、フィルが電気と配管の工事を担当すると説明した。

彼女はドアを広く開けて、男たちを玄関に通した。「キッチンにコーヒーがあるから、ご自由にどうぞ」

「どうも」フィルは玄関ホールに足を踏み入れると、あくまで仕事として、幅木から高い天井にいたるまで家にざっと目を通した。家には、食堂にとなりあって広々とした居間と小さな書斎、廊下を下ったところに田舎風の大きなキッチンがある。フィルはコーヒーの強い芳醇な香りに誘われて、キッチンに向かった。

「契約書の写しです」マイクはホッチキスでとめた文書を彼女に手渡した。「ゆっくり目を通してください」

「ありがとう」このうえなくやわらかなほほえみが彼女の唇に浮かぶ。「あなたに見せたいものがあるの」

マイクの口が渇く。ちくしょう。なんていう女性なんだろう？　一目見ただけで、一言言葉を交わしただけで、二人のあいだに予期せぬ熱い興奮がたちまちのうちに立ちのぼる。そして、その反応は会うたびごとに強まっていくようだ。サンドラの美しさは、アンジェラの、思わず振り向いて口笛を鳴らすような美しさとは違う。彼女の茶色の目の奥底には人を惹きつけるえもいわれぬ魅力があり、顔には清らかで誠実な感じが漂っている。ロナルド・ウィンスローによれば、その魅力のおかげで検死官の捜査をうまく切り抜けたということだ。

「ぼくが思いつけるものかな？」彼が尋ねた。

「ぜったいに思いつかないものよ」彼女は先に立って居間に案内した。そこは家の中でもっとも印象的な部屋で、今日は、鉛枠のついた張り出し窓が輝くような景色を切り取っている。空は冬にしか見られないすがすがしい青色で、大西洋を深いサファイア色に染めている。窓枠に吊るされた二羽の色ガラスの鳥が光をとらえる。マイクがその一つに指で触れると、色彩がさっと部屋を横切った。

「それはヴィクターが作ったのよ」彼女がやさしく言った。「彼の趣味だったの」

マイクは顔をそむけ、なにも答えかった。この小さなガラスの飾りが、ヴィクターが作ったものだと知りながら、日の光の中できらめいているのを見るのは辛すぎる。彼の未亡人サンドラにいたってはその辛さは計り知れないものだろう。いったいどうしたら耐えられるのだろうか？

彼女は小さな書斎のところへ行った。そこは本が散乱し、机にはコンピュータとプリンタ、積み重ねたトレーの縁からは手紙や用紙があふれている。コンピュータのスクリーンにはなにか文章が映っているがあまりよく見えない。ネットサーフィンでもしているのだろうか？コンピュータでソリティアをして遊んでいるとか？　Eメールを秘密の恋人に送っているとか？　町の人間に避けられて、今や彼女の世界はコンピュータの中にあるのだろうか？

マイクは訊いてみたかったが、それができないことは自分でもよくわかっていた。彼女の目に見えない自己防衛の殻が二人のあいだに境界線を作っていた。だが同時に、彼女は予想もしていなかった居心地の悪いやり方で揺さぶりをかけてくる。サンドラのはかなげな姿は、彼があまりに長いあいだ感情を押し殺してきたことを痛烈に気づかせる。マイクは家族を取り戻したかった。家族が恋しくてたまらなかった。そしてどういうわけか、サンドラ・ウィンスローは彼の中に埋没しているそうした欲求のすべてを掘り起こすのだ。

「これよ」丸めた文書を手渡しながら彼女が言った。それは年数が経って黄ばみ、縁がもろくなっていた。一瞬、彼女の目が無邪気な喜びに輝いた。ヴィクターにもこんなふうに接していたのだろうか？　彼女には、何気なくセクシーで、少しぎこちなく、まるで少女のような魅力がある。

マイクは窓の前の丸いテーブルの上で文書を開いた。サンドラは四隅に貝殻、ボタンのいっぱい入った灰皿、ソーダの空きびん、そして町のバー、シラーズのコースターで重しをした。彼は驚きに目を見張った。それは家の設計図で、保存状態もよく、詳細な立面図もそろっている。

「すごいでしょ、ね？」触れるほど近くに立って、彼女は言った。「父の家で見つけたの。権利書といっしょにね」

「きみは……」マイクは口ごもった。この女性にあまりなれなれしくしたくない。「これは希少な文書ですよ……信じられないくらいだ。作業用にコピーをとっておきましょう。そうすれば、歴史協会に原本を登録できますよ」ちょっとのあいだ、彼女の目に光がきらめき、陰気な外見の下のまったく別の女性が顔をのぞかせた。その無防備な一瞬、彼女の感じやすさともろさがあらわになった。それは惹かれてはいけないものだった。にもかかわらず、彼女への抑えきれない欲望が荒れ狂う波のように突然マイクを襲った。どういうわけか、彼女もそれを感じたらしい。熱すぎるストーブから離れるように後ずさりした。

「わたしはかまわないわ」彼女は身動き一つしなかったが、立ち去ろうとしているように見える。

「あなたはついてますよ。これは大発見だ」マイクは彼女を動揺させてしまったことに気づいた。だがなぜなんだろう？　子どもたちといっしょにいたときのほうがはるかにリラックスして、自然にふるまっていた。ケビンとメアリー・マーガレットはサンドラの抱える問題についてはまったくなにも知らない。二人は彼女を額面どおりに受けとった。帰りのトラックの中で、ケビンは彼女のことが好きだとまで宣言した。メアリー・マーガレットはほとんどなにも言わなかった——最近、娘の頭の中がどうなっているのかマイクにはさっぱりわからない。

「天気がもっているうちに、屋根の圧力洗浄からはじめることにしますよ」これ以上この女性についてあれこれ考えるのはやめよう。子どもたちのことを思えばなおさらだ。彼女は依頼人で、それ以上のなにものでもない。「屋根は取り替える必要はないと思いますが、一度きれいにしてみればはっきりわかるでしょう」

「外で作業をするにはちょっと寒いわ」彼女が言った。

「大丈夫ですよ。外に蛇口はありますか？」

「ええ」

「よかった。じゃあ、はじめます」

「必要なものがあれば、言ってちょうだい」

「そうします」マイクは彼女をちょっとのあいだ見つめた。落ち着きのない手、やわらかな唇、ぱっちりとした大きな目。彼女が作業の手助けになるとはあまり思えない。不安そうで、複雑そうに見える。その瞬間、未知の衝動ががっちりと彼をとらえる。女性のことをまた考えるのは妙な感じだ。とくに相手がこの女性なら。マイクは彼女を腕の中に引き入れ、自分の胸に強く抱いて、そのつやつやした髪にそっと手をすべらせたくなった。そして……。

「圧力洗浄機の準備をしなくては」彼は言った。自分に必要なのは外に出て、冷たい水を高圧で吹き飛ばすことだ。そうすれば頭もすっきりするだろう。もうなにも言わずに、彼はきびすを返して彼女のもとを去った。三〇分後、彼は屋根のてっぺんに立っていた。ホースははるか下の地面でうなりをあげるコンプレッサーにつながっている。

ケーブルとコードを体に巻きつけて、フィルが家と送電線とのあいだを行ったり来たりしながら、旧式のノブ・アンド・チューブの配線系統を調べ、メモを走り書きしている。

勢いよくほとばしる水が屋根のタイルを激しく打つさまに、マイクは魂の底からわきあがるような本能的な快感を覚えた。激流は古いスレートのあいだに生えたコケや青カビ、薄片状の地衣類、また、ところどころにある乾燥した海草を根こそぎ押し流した。その見晴らしのきく場所からは、海岸沿いの道路の往来がよく見えた。夏には、四輪駆動車や、ステーションワゴン、ラジオを鳴り響かせるオープンジープで混雑する。だが真冬の今は、車もまばらだ。

遠くのほうに、黒っぽいセダンがすべるように進んでくるのが見えた。後ろには、屋根に一かたまりの機材をのせた白いワゴン車が続いている。セダンが曲がって私道に入ってきて、表面にまいてある砕いた貝殻をタイヤが踏みつぶすのを見て、マイクは顔をしかめた。ワゴン車の窓のない側に〝WRIQニュース〟のロゴが輝き、ルーフには小さな衛星放送用のパラボラアンテナがのっている。二人の男が車から飛びだし、バックドアを開けて太いケーブルを巻きつけた重そうな装置からケーブルを繰りだした。

マイクが梯子を下りて圧力洗浄機の栓を締めたとき、技術者が庭を横切り、大きなカメラを片方の肩にのせてやってきた。黒っぽいスーツを着た二人の男がセダンから降りる。

「ここはサンドラ・ウィンスローの家ですよね？」一人が呼びかけた。

「屋根をやっているところなんだ」マイクは答えた。どんなことが起こっていようと、いっさいかかわりあいになりたくなかった。彼はかがむと、コンプレッサーの計器を調べた。

「具体的には、屋根をどうしているの？」女性の声が尋ねた。

マイクが体を起こすと、ブロンドの女性がそばに立っていた。マニキュアをした爪、あざやかな赤色の口紅、鋭くあつかましい視線。どこかで見たことがあるような顔だ。数秒後、誰だかわかった。コートニー・プロクターだ。

テレビのニュースキャスターは想像していたよりも背が低かった。ウエストはより細く、髪形はより大きく、歯はより白い。胸は思ったとおりのすばらしさだ。彼女はぴったりとしたスーツを着ていた。スーツの肩幅は広く尖った形をしていて、そのせいで女性重役のように見える。高級そうなスカーフが冷たい風にはためき、ハイヒールが私道の砕けた貝殻に食いこんでいる。髪になにか施しているらしく、どんなに風が強く吹いても髪型が一インチも動かない。

後ろポケットから赤いバンダナをつかみ取り、彼は手をふいた。「これはオンレコかい、それともオフレコかい？」

彼女が心から温かくユーモアを込めてほほえんだので、彼は驚いた。「あなたの返事によるわ」

「屋根の作業をしてるんだよ」マイクは装置を指し示した。「マイク・マロイだ、パラダイス建設の」

「コートニー・プロクターよ」彼女は言った。「ＷＲＩＱニュースの」

「すぐにわかったよ」

「そうでしょうね」彼女はマイクの表情を見て笑った。「わたしのエゴからお礼を言うわ」そしてしばらく彼の顔をしげしげと見つめて言った。「じゃあ、あなたは建設作業員なのね」

「建築業者だよ。歴史的建造物の修復が専門なんだ」

「ウィンスロー夫人とはどの程度の知り合いなの？」

「訊きたいことはわかるけど、答えはあなたの期待しているものとは違うね。この家の修復に雇われたとき、初めて会ったんだよ」彼女の肩越しに撮影班が準備をしているのが見える。

「なにがはじまるところなんだい？」

「地元で起こった進行中の事件のニュースを取材しているの」

マイクの体じゅうの神経が警戒態勢に入る。だが無関心なふりをして、かがんで圧力洗浄機の連結部分を締めた。「へえ?」

「彼女は夫ヴィクター・ウィンスローの不法死亡で告訴されているのよ」

誰が告訴したかは訊くまでもなかった。

「プロクターさん」誰かが大声で呼んだ。「準備ができましたよ」

白い光のすじが裸のライラックの茂みの前あたりにあふれた。ぎらぎら光る照明がみすぼらしく色あせた家の外壁や、戸枠やポーチ手すりのはがれかけた塗装、枯れた葉がいまだしがみついているレンギョウの伸びすぎた茂みをいっそう目立たせる。テレビに映るこの家は、狂信的な白人至上主義の夫婦がＦＢＩと銃撃戦を繰り広げたオクラホマ州のルビーリッジ、あるいは一〇年も肥やしの中に立っている飢えた家畜を動物管理局が押収するような片田舎の農家に見えるだろう。

サンドラは今なにを考えているのだろうか? なにを感じているのだろうか? ふとマイクは思った。わなにかかったことを知らせてやらなければ。召喚状を送達する役人も召喚状から逃れさせてはくれない。さらには、地元のテレビ局が彼女のショックと恥を高品位画質で記録しようとやってきているのだ。

マイクはコンプレッサーのバルブをいじって圧力を過剰にかけ、湿ったしゅーという音を出した。始動スイッチは足もとから数インチのところにある。

ワゴン車が電気的な音を発すると、屋根の上のパラボラアンテナが調節のためわずかに旋回した。コートニー・プロクターはエキゾチックなランの花のように家の前に立っている。テレビ局のロゴがついたウインドブレーカーを着た女性が駆け寄って、風に乱れたスカーフを整え、ニュースキャスターの小さくまっすぐな鼻すじにパウダーをはたいた。

コンプレッサーのモーターががたがたと音をたてる。撮影班の一人がマイクをにらみつけた。彼のブーツのかかとがスイッチににじり寄る。

召喚状送達者は書類をぱらぱらめくって目を通し、そのうちの一人がゴムバンドでとめた小さな束を取りだした。その男の寒さで赤くなった目と頬には冷酷な表情が浮かんでいる。海風が男の黒いロングコートをぐいと引っぱる。彼はそれをまっすぐにし、いかにも義務に忠実そうにカメラに映るよう努めた。義務を果たす役人。みなさんの税金が役に立っていますよ、といったふうに。

「……三……二……一」コートニー・プロクターが場慣れした感じで話しだした。「わたしは今、サンドラ・ウィンスローが住む古い海辺の別荘の前にいます。彼女は、夫ヴィクター・ウィンスロー州議会議員が行方不明となりその後死亡したとされる事故以来、ここに身を隠し続けています。木曜日に出された検死官による事故死の決定は、二月九日の悲劇の謎に包まれた状況についての憶測を終わらせてはいません。

「ヴィクター・ウィンスローの元気な姿を最後に目撃した人々は、この魅惑的な若いカップルが民主党の式典会場を連れだって出たあと、夫人の運転する最新型のキャデラックで帰路についたと証言しています。検査で判明した血中アルコール濃度は法律の許す範囲内でしたが、伝えられるところによれば、彼女の運転は常軌を逸し、過剰なスピードで……」

　コートニー・プロクターが事故の周知の詳細を要約しているあいだ、召喚状送達者は車のボンネットに寄りかかって相談しあっている。プロデューサーは正面玄関のもっともよい映像がとれそうな位置を検討しているようだ。

「……嘆き悲しむ両親はサンドラ・ウィンスローを相手どって」プロクターは続ける。「不法死亡訴訟を起こし……」

　カメラは家の前を横切っていく役人に徐々に近づき、ピントを合わせた。じきにサンドラに召喚状を押しつけるのだろう。

　マイクの脳裏に子どもたちの姿がよぎる。彼女のキッチンテーブルに座り、スパイスサイダーを飲んでいる姿が。そして離婚の訴状と裁判所からの召喚状を受けとったあの日。ちょうどシャワーから出たばかりで、タオルしか身につけていなかった。その格好で戸口のあがり段に立ったまま、書類に水をしたたらせながら間違って配達された小包でも見るようにじっと見つめていた。あの瞬間の屈辱感と敗北感は心の中に岩のように居座り続けたが、少なくともそれを目にするのは自分だけだった。

　プロクターの目が獲物を追いつめる肉食獣のように輝く。男の一人がドアをたたいた。

　それはあっという間の出来事だった。マイクは片手に噴射口を持ち、足でコンプレッサーのスイッチをぱちんと入れた。機械はうなり声をあげて息づき、ホースが跳ねあがってこわばった。荒れ狂う激流がワゴン車の上のパラボラアンテナを直撃し、地面にたたき落す。火花が噴水のように噴きだし、驚いた召喚状送達者は身を低くかがめ、うろたえてなにかわめく。マイクが足でコンプレッサーのスイッチを切ったちょうどそのとき、正面玄関のドアが少し開いた。水の流れはしだいにゆるやかな弧に変わったが、その前にカメラマンの一人に水しぶきを浴びせていた。それとコートニー・プロクターに。

「いったいなんなのよ！」彼女は悪態をついて、マイクロフォンを落とした。

マイクは駆け寄った。「ああ、本当にすみません。こんなことになるなんて」彼はバンダナを取りだすと、彼女の肩やシルクのスカーフを軽くたたいた。彼女のブロンドの髪型は崩れ、溶けたようにたれさがっている。

「保証契約を結んでいればいいけど！」彼女はまくしたてると、ハンカチを彼からもぎ取ってつけくわえた。「あなたは今からこの世が終わるまで訴えられようとしているからよ！」

目の隅から、正面玄関のドアが開いて、役人の威圧的な声にサンドラがたどたどしく答える姿が見えた。封筒が手渡され、ドアが閉まる。その瞬間はほとんどはじまる前に終わった。

「あれは事故だったんだ」マイクは答えた。

13

日記——一月一〇日、木曜日

〝自暴自棄〟の一〇の同義語

七．絶望
八．不機嫌
九．苦悩にうちひしがれる

召喚状送達者の訪問から数時間後、サンドラは事故のあと集中治療室で目覚めたときの気分を思いだしていた。怪我をしていたが、ショックからくる無感覚のクッションのおかげで痛みは感じなかった。ほんのしばらくは。だが感覚を麻痺させていたクッションの空気が抜けるにつれて、強烈な痛みだけがすべてをおおいつくした。ミルトンに訴訟の可能性については警告されていたので、心の準備はしていた。だがどんなに心の準備をしたところで、裏切りと不信のこなごなに砕けた破片はいやおうなく心に突き刺さる。

この出来事にもっと違ったふうに対処するべきだったのだろうか？　あるいは、そうすることが可能だったのだろうか？　すべてがまたたくまに起こってしまった。ドアから一歩下がり、前で腕組みしたが、どっちみち封筒は手に押しこまれた。役人が言ったことも、舌が木になったかのような自分の返答もなに一つ思いだせない。だがしばらくして、書類を手に握りしめ、額を玄関のドアに押しつけていたとき、外でコートニー・プロクターがマイク・マロイにかんかんに怒っている声が聞こえた。

召喚状は今ホールテーブルに手つかずのまま置かれている。そのマニラ封筒の横を通り過ぎるたびに、おぞましいはく製ででもあるかのように遠まわりをした。

〝不法死亡〟ヴィクターの両親は息子を殺したかどでサンドラを訴えていた。〝社会の損失、交際、配慮、助言……精神的苦痛を過失によって与え……〟損害賠償を求める訴状のくどくどした繰り返しは、二流の自由詩のようだ。

よく発達した現実逃避の才能を呼び起こして、彼女は書斎に引っこみ、日記を閉じて、自分の作品の最後の章を読んだ。フィクションの世界に逃避するのは、現実の世界よりもはるかに快適だ。物語は聖域であり、すべてを自分の手で正しく変えられる場所でもある。『シンプルな贈り物』、この喪失とあがないの物語はようやく完成した。主人公のシャルロットは祖母のくつがえすことのできない老衰を受け入れるようになり、立場が入れ替わって孫が老女の面倒をみるというストーリーを、サンドラは泣きながら執筆した。現実を受け入れることで、一すじの日の光が真冬の日にしたたり落ちるように癒しが訪れるのだ。友人のバーバラの忠告にしたがって、サンドラはかわいそうなシャルロットに最後に子犬か、バセットハウンドを与えることもちょっと考えたが、どうしてもそうする気になれなかった。シンプルな贈り物というタイトルはそれよりもずっと微妙なものなのだ。

小説の最終稿がプリンタから流れでた瞬間を祝って、以前はある儀式をしたものだった。彼女とヴィクターはシャンパンのボトルを二人で開けた。特別な機会のときだけ存分にお酒を飲むことにしていた。グラスに一杯半飲んでほろ酔い気分になると、サンドラはくすくす笑いながら栄えあるアディー賞の受賞スピーチを、愛国婦人団体〝アメリカ革命の娘〟でのヴィクターの演説を意地悪に真似ながらやってみせた。

だが今はなにをしたらいいのだろう? ヴィクターなしでどうして小説を完成させることができるのだろう?

「〝海軍のゼリー〟はありますか?」フィル・ダウニングが大声で言った。この職人はほとんど一日じゅう地下室でどたばた騒いでいる。

サンドラが地下室へ降りる階段の最上段に行ったとき、妙に現実離れした感覚が彼女の中を通り抜けていった。「どんなゼリー?」

「海軍のですよ。海軍にあるような。白い容器に入ったピンク色の、さびをとるのに使うやつ」

「ああ、たしかあったわ。ガレージを探してみてくれる?」彼女が子どもの頃、祖父は夏になると、モーターオイルと殺虫剤の匂いのする古い馬車置き場でぶらぶら時間を過ごしていた。そこで小さなモーターを分解することに底知れない情熱を燃やしていたのだ。芝刈り機を修理することに人生の生きる意味を見出していた老人は、サンドラが大学に通っていたときに亡くなった。その死はあまりに穏やかなものだったので、彼女はどう悲しんでいいのかさえわからなかった。祖父はこの古い夏の別荘を孫娘に残してくれた——それにはなにか彼なりのユーモアがあったのだろうか？　サンドラはずっとそれを探し続けていた。

「ガレージのものは、必要であればなんでも自由に使ってもらってかまわないのよ」彼女はキッチンを通り抜けるフィルに言った。「なかには半世紀も置きっぱなしのものもあるけど」

「どうも。ちょっと見てきますよ」

フィルはどしんどしんと階段をのぼった。彼の作業用チョッキがレンチや電圧計でがちゃがちゃ音をたてている。彼はあまり空間を必要としない種類の人間らしい——体を内側に丸めて、世の中をその目に宿る使い古された知恵と、口のまわりの苦労を感じさせるしわで見ているようだ。彼にはどこかうさんくさいところがあって、サンドラはあまり信頼していなかった。だが黙々と働くし、マイク・マロイとは違って彼女の気を散らすこともない。

マロイとなると話はまったく別だ。彼は玄関ホールで脚立に中途までのぼり、半円形の明り取り窓の窓枠を調べていた。遅い午後の日の光が、彼の長身や、黒っぽい髪や、たくましい前腕に差しこんでいる。鍛えあげられた運動選手のような引きしまった腹部に、狭いヒップ。だがジムで何時間も過ごすタイプには見えない。その顔にはいわゆる洗練されたところがまったくなく、どちらかと言えば、戦争映画やアウトドア用品のカタログに出てくるような顔だった。

だが彼の魅力は肉体的なものだけではない。タフガイの外見の下には、意外にもすばらしい人間性が隠されている。それは彼が子どもたちといるときや、家の設計図の原本を見たときにはっきりと表れていた。そしてたぶん、初めて会った日に手の水ぶくれの手当てをしてくれたときにも。

いや、ひょっとしたらそうではないのかもしれない。ただ家を修復しようとしているだけの男性を買いかぶりすぎているのかもしれない。そうであっても、子どもたちを愛情と誇りと不安の入り混じった目で眺める姿が心から離れない。あるいは、アンティークの青図を調べながらどこか遠くへさまよっていく姿が。あるいは、思わず泣いてしまいそうになるほどやさしく触れてくれるところが。それは、男性に触れられなくなってどれだけ長い月日が過ぎたかを思い知らされるからだった。

サンドラは原稿を取りあげ、長いゴムバンドでばらの用紙をまとめた。マジックマーカーで大判のクッション封筒に代理人の住所を書いた。迷信深いタイプではなかったが、二八四枚の原稿をただ封筒に詰めこんで、深く考えもせずにさっさと送るのはあまり正しいことのようには思えなかった。なにしろ、これはシャルロットなのだ。一年以上もサンドラの想像の中に住み、それ以上長いあいだ、彼女の一部でもあったシャルロットなのだ。

シャルロットが架空のキャラクターだという事実にもかかわらず、彼女はサンドラにとって力強い存在だった。そのぼさぼさの髪と物わかりの悪い大きな目で、シャルロットはヴィクターとの悲劇のあいだずっとそばにいてくれた。夜のもっとも暗いときでさえ、絶望を遠ざけておく手助けをしてくれた。彼女は光り輝く人生をページの上で実際に生きたのだ。それは現実の世界のどの人生よりもはるかに気高いものだった。

そうした理由から、サンドラはシャルロットのことがなぜだか妙に大好きだった。思わず、彼女は原稿の束を取りあげると唇を押しつけた。

ちょうどそのとき、マイク・マロイが脚立を持ってドアから入ってきた。そして顔にひどく妙な表情を浮かべながら、脚立をわきに寄せた。

サンドラは凍りついた。「きっとすごく変に見えたでしょうね」

「もっと変なものも見たことあるけど」

「ちょうどこの本の原稿を郵送するところなの」彼女は封筒をいじくりまわしながら、弁解した。

ゆっくりと慎重に彼女から封筒を取りあげると、マイクは端を開けて、中に原稿を落とせるようにした。「どんな本？」

「子ども向けの小説を書いているの」

「へえ」

彼をまぢかに感じ、サンドラは動揺した。だが同時にそれを切望してもいた。彼の体のぬくもりや、匂い、着古したデニムのワークシャツが肩にかかるようすに、いやおうなく意識が引きつけられる。彼が呼吸する音さえ聞こえる。そんなのはべつにめずらしいことではなかったが、最後に呼吸が聞こえるほど男性の近くに立ったのはいったいいつのことだっただろうか？　それには別の意味も含まれている。それは、男が自分に触れたがっていることを知っている女だけが感じる、小さな動揺だ。経験不足にもかかわらず、サンドラは今その動揺を感じ、それがいったいなにを意味するのか理解した。

あわてふためいて、彼女はキッチンの引き出しをかきまわしホッチキスを探した。「大学で創作を勉強してたの。最初の本は数年前に旧姓で出したのよ」

「すごいな、ほんと」彼が言った。「うちの子どもたちもあなたの本を読んだことがあるかな」

「メアリー・マーガレットはあるかもしれないわ。彼女くらいの年齢層を対象にしてるから」

「あの子はすごい読書家で、いつも図書館から山ほど本を借りてくるんですよ」サンドラに封筒を渡すとき、彼の手が彼女の前腕をかすめた。偶然に触れただけだったが、温かな電流が彼女の中を走り抜けた。

サンドラははにかんだようなほほえみをちらっと投げかけて、さっと彼から離れた。「メアリー・マーガレットはわたしに似ているわ」手早く三回押して、封筒の口をホッチキスで閉じるあいだ、ずっと彼を盗み見ていた。こんなふうに誰かとふつうの個人的な会話をするのは本当に久しぶりだ。だがそれ以上に、マイクにはなぜか惹きつけられる。それもどうでもいいようなこと——親指をジーンズのウエストバンドに押しこむなげやりなしぐさ——にまでうっとりしてしまうのだ。熱っぽい彼のまなざしはいつまでも肌に残って心臓の鼓動を速くする。

彼のほうはわざと注意を引こうとしているわけではない。だがサンドラの神経は、彼を近くに感じるたびに敏感になってざわめく。理屈にも予想にも反して、気がつけば彼の唇の輪郭を思い浮かべ、それが自分の唇に押しつけられ、かつて触れられたようにやさしく、彼の手に愛撫されるさまを想像している……でも、そんなことはけっして起こりはしない。

「じゃあずっと作家の仕事をしてるんですね？」彼が尋ねた。

「クレヨンを持てるくらい大きくなってからずっと。作家にしかなりたくなかったの」サンドラはとまどい、封筒の宛名を調べているふりをした。「それはそうと、さっきはありがとう。テレビ局の撮影班にあなたがしてくれたこと」

彼はキッチンの上の天井裏に続くはねあげ戸の下に脚立を置き、頭を後ろにかしげて中をのぞいた。「まったくの事故ですよ」

サンドラは激しい水しぶきがパラボラアンテナをもぎ取るようすを思い浮かべた。そしてマロイの手に視線を走らせた。大きくて力強く、誤って手もとが狂うような男の手には見えない。

「いずれにしても」彼女は言った。「あなたのおかげで地元のニュース番組のトップニュースにならずに済んだわ」いっそのこと召喚状も受けとらずに済ませてくれたらよかったのに。

彼は脚立を途中までのぼった。「それでも報道するでしょう」

「でも、みんながよだれをたらす映像はもうないわ」

「はあ？」彼は腕をあげて、はねあげ戸を押しのけた。「よだれをたらす？」

「そんな感じがするだけ」役人の黒い手袋をはめた手の中の長い封筒を思い浮かべた瞬間、彼女は思わず身震いした。吐き気が波のように襲ってくる。心では事実だとわかっていることを、体が拒絶しているかのようだ。

「大丈夫？」マロイが眉をひそめて見おろしている。

「あの人たちが本当にこんなことをするなんて思ってもみなかったわ。わたしを訴えるなんて。あの人たちの息子はわたしの夫だったのよ」

彼は脚立の上で足をもぞもぞ動かした。「ついてないですね」わたしは彼からいったいなにを期待しているのだろうか？　彼は大工で、あの高潔な円卓の騎士、サー・ガラハッドではないのだ。「郵便局にこれを出しにいかなくちゃ」サンドラは言った。

「いってらっしゃい」彼はさらに高くのぼったので、下半身だけがはねあげ戸から出ている。サンドラは色あせたリーバイスと、厚底のワークブーツをじっと見つめた。彼の大きく角ばった手と、カットが必要なぼさぼさの黒っぽい髪が心に浮かぶ。でも、あの髪はとうぶん切ることはないだろう。そんなことを考えているうちに、体の中に熱くみだらな炎が燃えあがり、彼女は顔を赤らめた。

思いが禁じられた領域にさまよっていくたびに、彼女はもとに引き戻そうと努力した——ありえないことよりもむしろ、実際的なことに意識を集中させようとした。だがあらがうことができなかった——彼女はぬくもりを、そして絆を求めていたからだ。幾度人生にそれなしで生きていけと教えられても。いつもなら、ぼんやりとしたあいまいな憧れを抑えこみ、それを求めてやまない気持ちを否定することができた。だがますます頻繁に、ほかのなにかを考えなければならない最中にも、つい考えてしまう——肌にぴったりと押しつけられた肌、唇と唇、一糸まとわぬ肌に言葉のない詩をやさしく綴る手のことを。なにかをありありと心に描いて、それがけっして手の届かないものだとわかっているのは、なんと皮肉で苦しいものだろう。

召喚状をつかんで急いで家を出ると、サンドラはニューポートまで車を運転して小包を出しにいくことにした。弁護士に会うためというのは自分へのごまかしだった。本当の理由は、町の郵便局がロナルドの教区民の一人によって運営されていて、その人物はヴィクターのことを子どもの頃から知っているからだ。

パラダイスはヴィクターを知る人々であふれていた。その誰もが彼のことをこんなふうに覚えていた——天賦の才能に恵まれたブロンドの若者、毎年トイレットペーパーや紙の皿などを集める慈善活動を組織する、ボーイスカウトのユニフォームでめかしこんだ若者、誇らしそうに胸を張ってロータリークラブ褒章を受けとる若者、〝一九八二年度全州レスリングチャンピオン、ヴィクター・ウィンスローの故郷、パラダイスへようこそ〟と書かれた看板を前にカメラに向かってにっこりと笑う若者。

町全体がつねに彼の勝利の恩恵をこうむっていた。人々はそのせいで自分たちがヴィクターと特別につながっていると感じていた。ブラウン大学、続いてハーバード大学ケネディースクールで注目されたあと、ヴィクターが故郷に戻り、公職に立候補するのはごく当然のことのように考えられていた。

ヴィクターは彼をよく知る人々に選出された。彼らはヴィクターを愛し、その死を悼んだ。すべての人々が、ヴィクターを個人的に知らない人々でさえ、彼の死に喪失感を覚え、サンドラだけが生き残ったことに腹を立てていた。

コナニクト島と本土をつなぐ高いアーチ型の橋を走ったとき、彼女の手のひらに汗がにじみでてきた。橋はどこまでも拷問のように長く、中央で高くなり、めまいがするような高さからナラガンセット湾の明るい黄緑がかった灰色の水面を見おろす。吐き気で胃のあたりがむかむかする。視線をまっすぐ前に向け、歯を食いしばって、ゆっくり数を数える。きっと最後まで渡れるわ。大丈夫。だが悪夢が再び彼女を襲う。あのとき、ヘッドライトの目もくらむような光がバックミラーに反射した。そう、あとをつけられていたのだ。ミラーに映った車は実際よりも近いかもしれない……。

ヴィクターが叫び、続いて彼女が叫ぶ。雨に濡れたアスファルトの匂い。みぞれがフロントガラスに激しく打ちつける。彼の手に握られた鈍く光る金属。彼女が急ブレーキをかける。耳をつんざくタイヤの音。あれが拳銃であるはずがない。あのとき彼女はそう思った。ヴィクターは州の最新の拳銃規制法にみずから署名していた。彼は拳銃を持ったことなど一度もない。

車が橋の欄干に激突して突き破り、エアバッグがいっきにふくらんで彼女をシートにたたきつける。

息をするのよ、サンドラ。橋が終わりに近づくにつれ、数を数える速さも徐々にゆっくりになる。さあ、息をして。だがコナニクト島の向こう側にはもう一つ橋があり、この橋は数マイル先にあるアクイドネック島のニューポートに続いている。

橋はつねに二つ渡らなければならない。サンドラは再び厳しい試練をのろのろとはうように進んだ。心を空にし、唇に数を数えさせ、神経に沈黙の叫びをやめさせているうちに、島の西側にある灰色のスチールの海軍工廠が見えてきた。彼女は慎重に右折して、街があるほうに向かった。街は真冬でさえ絵はがきのように美しかった。数世紀を経たレンガの歩道や、素朴な波止場の周囲に密集する建物には、今は夏の混雑はない。

郵便局に立ち寄ったあと、彼女はテムズ通りにある法律事務所の前に駐車スペースを見つけた。彼女とヴィクターはかつてニューポートに来るのが大好きだった。雨に浸食されたブリックマーケット、こぢんまりとした居心地のいいレストラン、にぎやかな夜の歓楽街、無数の小売店。バニスターワーフ近くの小さな美術工芸ギャラリーには、ヴィクター手作りの色ガラスでできたサンキャッチャーまで売られていた。もちろん、利益はすべて慈善事業への寄付だ。ギャラリーのオーナーはサンキャッチャーはベストセラーだと断言した。誰もがヴィクター・ウィンスローの小さな作品をほしがったらしい。色ガラスの砕けたかけらであっても。

召喚状と関連書類を寄せ集めると、彼女は急いで建物に入った。それは一七四一年に建てられた幅の狭いコロニアル様式の建物で、きれいな赤いレンガと、白く縁取った窓、整然と並ぶ低木の植え込みを囲む錬鉄製のフェンスが特徴だ。

深呼吸をして、サンドラは受付に行った。今ではもちろん、ここのスタッフは彼女のことを知っている。

「ごきげんよう、ウィンスロー夫人」受付係が声をかけた。「まっすぐオフィスへどうぞ。バンクス氏にはいらっしゃったことを知らせますので」

「ありがとう」彼女は階段をのぼって、この事務所の創設者、クラゲット、バンクス、サンダーズ、レフコウィッツのさえないポートレートの横を通り過ぎた。彼らとはもちろん、ヴィクターを通じて知りあった。ヴィクターを通じてたくさんの弁護士を知っている。事故のすぐあと、検死官事務所の捜査官は彼女に弁護士を雇うよう忠告した。

サンドラは最初、それを拒絶した。そうすることは自分の罪を認めることになると思ったからだ。あまりに無知だったので、死因捜査のあいだ、弁護士にいてもらうことの真意を理解していなかった。病院のベッドに座りながら、彼女のショックで無感覚になった脳はテレビの映像をぼんやりと認識する程度だった——湾の上に群がるヘリコプターやダイバーを乗せた船、海底を網でさらい、サバイバルスーツを着たレスキュー隊がヴィクターを探して懸命に海に潜る。泥だらけの海底から引きずりだされた車は醜悪で、受け入れがたく見えた——まさに死の落とし穴だった。見ているうちに、呼吸が苦しくなり、話すことさえできなくなった。それは怪我のせいではなく、希望と恐怖の両方が背後から首を締めつけていたからだ。

一日目の捜索のあと、サンドラの希望はゆっくりと締めつけを解いていった。〝救助〟が〝回収〟に変わる。水温は華氏五四度で、生存可能時間は最高一三分、あるいはそれ以下だった。

テレビでは、橋の損傷を調べていた捜査班が意外なものを発見したと報道していた。橋脚のつけ根にある鋼鉄製の水よけに、一発の銃弾が撃ちこまれていたのだ。最近の公共物破壊行為や高校生の蛮行を考えれば、そんなに異常なものではない。異常だったのは、銃規制を重要課題にしている有名な政治家の車に弾痕があったことだ。

その発見を耳にした瞬間、サンドラは病院の個室の作り付け戸棚にまっすぐ行き、母親が持ってきてくれた服に着替え、病院のスタッフが制止する声を耳に反響させながら外に出た。タクシーは彼女をこの法律事務所の前で降ろした。そこでサンドラは、バンクスに会わせてほしいと言い張った。というのは、ヴィクターがかつてバンクスのことを〝薄汚いやつ〟と言っていたことがあったからだ。バンクスには、もっとも明白な犯罪者でさえ、被告が有罪か無罪かにかかわらず責任を逃れさせる才能があった。ミルトン・バンクスにとって、それは金の問題ではなかった。もちろん、たっぷりの弁護料は請求したが。彼にとってそれはゲームだった。法律を操作し、言葉のトリックを駆使し、論理を飛躍させ、状況証拠を無価値なものにしてしまうのだ。

彼が最初にサンドラに言ったことはこうだった。「わたしが尋ねる以上のことは一言も言わないこと。自分は無実だと言わないこと。みんな無実だからだ。尋ねたことには手短に感じよく答えること。あとはわたしがなんとかする」

そして彼はなんとかしてくれた。サンドラは感謝した。もっとも恐れていたのは、今もそうだが、知らなければよかったことや忘れたいことを厳しく尋問されてうっかりしゃべってしまうことだった。数え切れないほど質問され、最後の嘘発見器のテストのあと、検死官はヴィクターはひどい事故で死亡したと結論づけた。結局、彼女に弁護は必要なかった。だが今回は違う。

サンドラはオフィスのドアを一度たたいてから中に入った。彼は痛々しいほど整然とした机に座って、待っていた。ミルトン・バンクスは忙しそうにも、あわてているようにも見えたためしがない。彼は岩の上で日向ぼっこをしているトカゲを連想させる。そして目にも止まらぬすばやい動きで、致命的な攻撃をくわえる。舌がさっと現れたかと思うと、あわれなハエはもうつかまっているのだ。

それがミルトンだった。頭のはげた、中年の、腰の太い、つり目のトカゲ。道徳観もトカゲ並みだ。サンドラの美容師ジョイスは彼を初めて見たとき、最高にセクシーだと断言した。サンドラは最初、冗談を言っているのかと思った。それからミルトンを知るうちに、彼の冷静さ、自信、力のオーラが特定の女性たちにはひどく魅力的に見えることがわかった。

サンドラは違った。いくらよく見ても、好きになれない美術作品のように不快で、最悪の場合、恐怖を感じた。

ミルトンは椅子から立ちあがると握手をした。抱きしめたりすればサンドラがいやがることを十分承知しているのだ。それもまた彼の特徴だった。人間というものを理解し、一度会っただけでどんな人間かがわかるのだ。サンドラでさえときどき、ひた隠しにしている秘密をすでに知られているのではないかと思うことがあった。だが彼はミルトン・バンクスなのだ。詮索するようなばかではない。

サンドラは分厚い封筒を彼の机の上に落とした。「これよ。手渡しされたの」

ミルトンは皮肉そうににやっと笑った。「お待ちかねのものだな」

彼女は手短に、テレビ局のワゴン車が事の次第をカメラに収めようとやってきたこと、職人に計画をおじゃんにされたことを話した。

ミルトンは楽しそうにくすくす笑った。彼はふつう微妙なやり方を好むが、ときには直接的なやり方を素直に賞賛することもあった。それから、彼は書類にざっと目を通した。彼の青白い、マニキュアをした指があたかも意味を吸いとるように、長い紙の上を下りていく。

「特別なことはなにもない」調べ終えて彼は結論づけた。「民事訴訟だよ。訴状は、無謀運転できみが彼らの息子ヴィクターの不法死亡を引き起こしたとなっている」

「ばかげてるわ」

「それがすばらしいところなんだよ。民事訴訟に道理は必要ない。刑事訴訟で必要とされる証拠の重荷さえ背負わなくていいんだ。刑事訴訟では〝合理的疑いを超える〟証明が必要だが、民事訴訟では〝証拠の優越〟、つまり立証の程度は五一パーセントでいいんだ」

「あれは事故だったのよ。どうしてわからないのかしら？　どうして忘れられないの？　わたしがヴィクターの死に責任がないのは、天気に責任がないのと同じよ」

ミルトンはなにも言わない。

「それで、どうなるの？」

「向こうは賠償を求めている」

「お金ね」

「そうだ。いわゆる〝なにものもわたしたちの尊い息子の命を補えはしないけれど、かなりの金ならなんとかなるでしょう〟っていうやつさ」

「まあ。あなたにはもう慣れるべきなんでしょうけど、いまだ無理だわ」サンドラは言った。

ミルトンは侮辱されたとさえ感じていないようだ。「いいかい。ここにきみが今すぐ知らなければならないことがある。これは民事訴訟だ。判決にかかわらず、刑務所に入れられることはない。わたしが裁判に持っていかせなければの話だが。だがもし裁判になれば、ヴィクターの命の値段は仲裁裁判所か、公明正大な陪審員の賢明な良心の決定にゆだねられることになる」

サンドラは目を閉じた。熱い涙がこみあげてくる。命はいったいいくらするのだろう？　ヴィクター・ウィンスローのような人間の命は？　彼独特の笑顔の値段、彼の隠れた苦しみの値段、彼の複雑な心の総額はいったいいくらになるのだろう？

「大丈夫かい？」彼女は目を開け、無理に集中しようとした。

「原告は、ヴィクターが死亡した時点で彼が所有していたすべての金銭と財産を要求し……」

「選挙運動の借金も含まれるの？」サンドラは尋ねた。「喜んで、引渡しに応じるわ」

「……同様に無形の損失に対する補償、人生の喜び、社会への貢献などなど。生命保険金を受けとる権利も手放すように命じられるだろう。だがすべて未決定だ、ベイブ。刑事訴訟ほどの証拠は必要なかったにしても、なにも証明できはしないだろう」

ミルトンに〝ベイブ〟と呼ばれるのは大嫌いだった。「どのくらいかかるの？」

親指で書類をめくりながら、彼は肩をすくめた。「これに回答するのに二〇日間。原告は証拠の発見にかなりの時間が必要だろう。だがなにも発見できないんだよ、そうだろ？」ミルトンは彼女に答えさせなかった。なにも知りたくないのだ。「これは裁判にはならないよ、わたしがそうさせない。しかしウィンスロー夫妻はあのとおりの人たちだから、すぐにでも審問を請求するだろう。わたしのアドバイス？　じっと待って、自分のことをするんだ。心配するな。あとはわたしがうまくやる。いつでも連絡をくれ」

サンドラがうなずくと、ミルトンは机の上の録音機に向かって助手への指示を口述した。彼が終えると、サンドラは椅子の袖をつかみ、帰ろうとした。「わたしの両親が離婚するの」彼女はだしぬけに言った。ミルトンより自分のほうがよっぽど驚いた。

「なんだって？」

「三六年間も結婚してたのよ。なのに、今になって離婚しようとしているの」

「まさか」

ひざの上で手をよじりながら、彼女は言った。「あなたには関係のないことよね。それはわかってるわ。でも、ちょっと誰かに話したかったの。ずっと悩んでるものだから」

「わたしが身の上相談のおばさんにでも見えるのかい？」

「いいえ、ただ……」

「精神分析医を雇うんだな。わたしは適任じゃない。きみの両親の離婚に対するわたしの見解がほしいわけじゃないだろ」ミルトンはサンドラの両親のことをほんの少しだけ知っていた。助手の一人が死因捜査の最中に面接していたからだ。「こんなことは聞きたくないかもしれないが、熟年離婚はきみが思っている以上に多いんだ。長年いっしょにいた夫婦が、ある日目を覚ましたとたん離婚するというのがね。たいしたことじゃない。男はおそらく仕事をしているときは別れようなどとは考えたこともないだろう。だが定年退職したあとも、妻が依然としてすべての料理と掃除をしていれば、そのうち妻は〝ちょっとわたしはどうなるのよ？　わたしの定年退職は？〟と言いだす。しかし鈍い男はそれが理解できない。だから妻は家を出るのさ」

「あなたの感性にはびっくりさせられるわ」サンドラは感心した。

「感性が鋭いから雇ったわけじゃないだろ」

サンドラはためらった。「家を修理しているの」

「売るために？」

「そうよ」

「状況がこれからどうなるか考える必要があるぞ」

「つまり、家を売ることは自分の罪を認めているようなものだってこと？　わたしが夫を殺したと思っている人々の中で暮らしたくないから？」

「そうじゃないのか？」

「さあ、どうかしら」

「買い手は見つかったのかい？」

「まだよ。売りに出す前に、かなりの修理が必要なの」

「それで便利屋か」ミルトンは当然の結論を引きだして言った。「パラボラアンテナをもぎ取った男だな」

「こわれたところを元通りにしてもらうのに雇ったの」

ミルトンはにやっと笑った。「わたしを雇ったのと同じ理由だな」

14

メアリー・マーガレットの父はタクシーの運転手かなにかのように、家の前の縁石のところで娘を拾った。当たり前のことになった今でさえ、バックパックのストラップをひきずって、穴が空くほどじっと用心深く見つめる母の目を肩甲骨に感じながら正面玄関を出るのは、とても変な気分だった。

離婚話が最初に持ちあがったとき、メアリー・マーガレットはあまり心配していなかった。悪い風邪や綴り字テストの悪い点のように、そのうち消えてしまうだろうと思っていた。ケビンくらいの年の頃には、いつもそれでうまくいっていた。両親はよくけんかをしていたが、叫んだり、足を踏み鳴らしたりはしなかった。二人のけんかはカーマインのレストランにある急速冷凍冷蔵庫に入っていくようなものだった――身も心も身震いするような冷やかさ。だがそれが過ぎると、静かに話しあっている姿を何度か見かけて、すべては元通りになると安心した。しばらくのあいだは。

そしてある日、二人はこの世のすべての子どもたちが幽霊よりも、追加接種の注射よりも、大人にとっての〝がん〟という言葉よりも恐れる言葉を使った。

離婚。

その言葉の響きは、腹をパンチされた誰かの口から勢いよく出た息のようだ。最初あまりに痛くて、彼女は動くことも息をすることもできなかった。しばらくして再び呼吸しはじめたとき、激痛はやわらいで鈍い痛みに変わり、一日じゅう、毎日、夜通し、毎晩、彼女から去らなかった。そしてその痛みは死ぬまで去ることはないと気づいたのだ。

メアリー・マーガレットの父はピックアップトラックから降りると、彼女を抱きしめた。材木とトラックとシェービングローションの匂いを胸いっぱいに吸いこむ。この世でいちばんいい匂い。

「やあ、プリンセス」娘のバックパックをつかみながら、彼が言った。

「ハイ。パパ」

バックパックを運転台に押しこみ、娘のためにドアを開けてやりながら、父が家を横目で見ている。この近所ではもっともりっぱな家の一つだった――カンディ・プロクターの家よりはるかにりっぱだ。カンディはメアリー・マーガレットを気も狂わんばかりにする。彼女のおばがニュースキャスターだからだ。大きな庭が白いポーチに向かって上り坂になっていて、正面玄関のドアはしゃれたガラス製。高いところにある小さな屋根窓が、家を居心地のよい温かい雰囲気に見せている。

父がこの家を修復し、その功績で歴史協会から賞まで受けている。今では母の許可と判事の署名入りの命令なしでは足を踏み入れることさえできない。母がカーマインと結婚してから、サンルームや、新しい家具や、とにかくほしいものはすべて、一夜にしてつけくわえられた。

父がいっしょにいたときは、変化は徐々に起こっていた——小さなことからはじめてそれに慣れてから、次に進むのだ。今はすべてがうなりながら回転し、まるで誰かが〝早送り〟のボタンを押したかのようだ。

メアリー・マーガレットは父がドアを閉めるとため息をもらし、シートベルトを締めた。奇妙なのは、時間が経つにつれて現在の状況に慣れつつあるということだった。継父のカーマインは髪が油っぽいのと、嘘笑いだとはっきりわかるような笑い方をする以外は、じつのところまあまあの人物だ。彼は大金を稼ぎ、メアリー・マーガレットにほしいものはなんでも買ってくれ、母親を女王様のように扱っていつも幸せな気分にさせている。

離婚に慣れることはじつは恐ろしいことなのだ。そんな身の毛もよだつようなことに慣れるなんて、自分はなんという人間なんだろう？　それは牡蠣を生で食べることを覚えるのに似ている。でも、そのおちは？

ときどきもっとケビンのようになれたらいいのにと思う。ケビンはどんなものでも好きになる方法を見つけだすのだ。

すべてがメアリー・マーガレットを混乱させていた。父が最初に出ていったとき、母は彼女を家族カウンセラーのところへ連れていった。カウンセラーは自分の怒りを数で表しなさいと言った。今日は一〇だった？　七？　四・五？　なんてばからしいんだろう、とメアリー・マーガレットは思った。自分のごちゃごちゃになった気持ちを整理などしたくなかった。というより、ビルケンシュトックのサンダルにソックスをはき、ニューエイジ系のアーティスト、ヤニーの曲をBGMに流している女性に本心を打ち明けたくなかったのだ。

「今日、学校はどうだった？」ウォールナット通りに出ながら、父が尋ねた。ハンドルの上に手首を置いてバランスをとっている。運転は彼にとってこの世でもっとも簡単なことだった。カーマインはいつもほかのドライバーに悪態をつき、こぶしを振りあげ、エンジンを吹かすが、パパはいつもゆったりかまえている。

「うまくいったと思うわ。ミセス・ガイガーは機嫌が悪かったけど、数学のテストでAをとったの」体育の時間、メアリー・マーガレットは保健室に避難していた。できるかぎりいつもそうしていたが、パパには言わないことにした。炎天下の体育なんて大嫌いだと言ったら、両親はどちらも心配するに違いない。

だが本当を言えば、大嫌いだったのは運動でも先生でもなかった。あのいまいましいロッカールームだった。同じ学年の中で月経がはじまっていないのは、事実上メアリー・マーガレットただ一人だったのだ。胸がいまだワックスを塗ったサーフボードのように平らなのも、彼女だけだった。カンディ・プロクターはもう一三歳になっている。カンディは胸の谷間を見せびらかしながら、いばって歩くのが好きだった。身につけているレースのブラは有名なコートニーおばさんといっしょに買いにいったものだ。それにお尻丸見えのタンガもはいている。ひそかにメアリー・マーガレットは、カンディの胸やヒップの半分は脂肪――この娘は牛のように食べる――でできていると考えていた。だが、すべてがしかるべき場所に収まっているように見える。八年生の男子はすでにカンディをデートに誘っているし、高校のダンスパーティーにも一度忍びこんだことがあるらしい。

「テストよくやったじゃないか」父が言った。「すごいよ」

「数学はちょろいわ。情報を全部教えてくれてるんだから、あとはその情報を系統だてて、数字をまとめればいいんだもの」宇宙に可能な答えがただ一つしかなく、正しいかどうか解答を方程式に組み入れればすぐに確かめられるのが好きだった。機能するかしないかのどちらかだ。

父は時計を見た。「YMCAの会合は何時だい？」

「四時半よ。それに、ケビンのバスケットボールの練習が終わるのが五時半」

「じゃあ、三〇分余裕があるな。デイリー・クィーンに連れていってもいいけど、夕食を台無しにしたくないし」

「わたしだっていやよ、パパ」

「生意気言って」彼は娘に向かってにやっと笑った。そしてびっくりして見直した。「おい、いつ耳にピアスを開けたんだ？」

彼女の手がそっと上に伸びて、金の留め金をいじった。「月曜日よ」

父のはずれたあごがもとに戻った。彼はまっすぐ前の道路を見つめた。「感染症にかかるぞ」

メアリー・マーガレットは目をぐるりとまわした。「ママにお医者さんのところに連れていってもらって開けたのよ。これは純金製の留め金なの」

「ほしかったんだろ。頭に穴がもう二つ」

「パパったら」そう言うと、メアリー・マーガレットは黙りこんだ。罪悪感を覚える必要はないとわかっているのに、うまくいかない。

父はベルビュー街を曲がって下り、古いレッドウッド図書館に入った。建物には幅の広いポルチコがあり、文字やローマ数字がドアに刻まれている。コンクリートの壺と、曲がりくねった木々の茂るおとぎ話のような庭が小道を囲む。通りでもっとも古い建物で、裸のクリの木々が空高くそびえ立って上からおおいかぶさるさまは、まるで巨大な鉤爪のようだ。上のほうの枝には黒いカラスが二羽。正面にある看板の字は動かすことができるようになっていて、ときどき子どもたちが罰当たりな言葉に並び替えていることもある。今日の言葉は〝本なしでは生きていけない――トーマス・ジェファーソン〟だ。

「貸し出しカードは持ってるかい?」

「もちろん」ダサいのはわかっているが、このプラスチックカードを持ち歩くのが好きだった。昼食代や学生証といっしょにポケットに押しこんでいる。図書館は事実上、世界中でいちばんのお気に入りの場所だ。本を読むのが昔から好きだった。小さい頃、本を手に持って大人たちのあとをついて歩いたものだ。無言でつけまわし、ついに根負けした大人にお話を読んでもらうのだ。

父に読んでもらうのはわりと簡単だった。あれから年月が流れたが、今でも父が閉口するまで、リズムに合わせて『マイク・マリガンとスチーム・ショベル』を読んでくれたことや、『ババールとウリウリ』を読んでばか笑いしていたのを覚えている。

ときどき本の読み方など学ばなければよかったと思うことがある。そうすれば、パパがいつも読んでくれただろうから。二人は連れだって図書館に入っていった。彼はキャップを脱ぎ、つばを半分に折って後ろポケットに押しこんだ。受付の後ろにいたミス・カヴァナが、二人が入っていくと顔をあげ、魅力のない顔に目一杯の笑顔を浮かべた。実際、ほとんどすべての女性がメアリー・マーガレットの父に好意を持つ。彼を目にするたびに急に色目を使う彼女たちのようすにはぞっとさせられる――スーパーのレジ係、小児科医、メアリー・マーガレットよりほんの二、三歳上のレンタルビデオ店の店員までがそうだった。彼女が知るかぎり、父のほうがその気にさせているわけではない。彼はとてもセクシーなのだ。それは本人の責任ではない。

父は司書に会釈をすると、メアリー・マーガレットにささやいた。「コンピュータで調べたいことがあるんだ」あとについて端末のところまで行くと、父が地元のニュースをクリックし、ある名前――ヴィクターなんとか――を検索するのをぼんやり見ていた。だがじきに飽きてしまった――パパはいつも死んだ建築家の名前や古い建物といったものを調べている。

メアリー・マーガレットは中級とヤングアダルトのコーナーに行った。図書館にある本ならなんでも読むが、大人向けの本だけはいただけない。奇妙で退屈で、気がめいってしまうような内容ばかりだ。テレビで本を紹介している司会者オフラ・ウィンフリーならきっとほしいに違いない。あげてしまえばいい厄介ばらいになるのに。メアリー・マーガレットのお気に入りの本は、自分と同じかもう少し上の年齢の少女が主人公の物語だ。自分と同じような考えを持ち、同じような問題を抱えながら、最後にはなんとか解決するというのが好きだった。とてもすばらしい家族を持つ『若草物語』のジョーや、『五次元世界のぼうけん』のメグ。『赤毛のアン』は経験しうるかぎりの不幸に見舞われながらも、みごと美しい島の教師になって幸せを見つけるのだ。

メアリー・マーガレットは何冊か拾い読みして、興味を引かれる本が現れるのを待った。数分後、父がやってきて、親指を後ろポケットに引っかけて棚の前に立った。

彼女は顔をしかめた。今度はなに？　ばかな家庭裁判所の判事が新しい決まりでも考えついたのだろうか？　父親としてふさわしいことを証明するために、子どもの本を読まなければならなくなったとか？

「なにか探している本があるの？」彼女は尋ねた。

「まあね」彼は指をAに、次にBに走らせた。「司書にちょっと訊いてみたほうがいいな」

メアリー・マーガレットはそれがなんなのか知りたくて、彼のあとについて受付へ行った。

ミス・カヴァナは顔をあげたとたん、頬を赤らめた。「なにかご用ですか？」

「サンディ・バブコックの本を探しているんですが」父が言った。

サンディ・バブコック？　そんな名前は聞いたことがない。ミス・カヴァナの指がすばらしい速さでキーボードの上をかちゃかちゃと走る。「ああ」彼女は言った。「その作家の本は何冊か所蔵していますよ。児童小説ですね。お探しのものはこちらですか？」

「ええ、そうだと思います。棚にはなかったんですが」

「この作家の本を借りるには特別の請求が必要なんです」

「どういう意味ですか？」

ミス・カヴァナは用紙を机ごしに彼のほうへすべらせた。「そこに記入とサインをお願いします。そうすれば、お貸しできますから」

「どうしてなんです？」彼は尋ねた。

ミス・カヴァナの顔がさらに赤くなった。「つまり、これは問題のある本に指定されているようなんです。問題のある本というのは、後援者が、いかがわしい、もしくは不適切な題材が含まれていると主張している本のことです。そういった本を借りるには特別の請求が求められるんですよ」

「検閲はマッカーシーの時代に死に絶えたと思っていたが」

「わたしが決まりを作っているわけではないんですよ、マロイさん。正直、こんなことはぞっとします。でも図書館は公金でまかなわれ、納税者に責任を負う理事会によって運営される公共施設なんです」

「いい考えがありますよ」父はカウンターに両ひじをついて身を乗りだした。「その本を見つけてきて、どんなわいせつなことが書いてあるか調べてみましょうよ」

メアリー・マーガレットはあわれなミス・カヴァナを見てきまりが悪くなってきた。彼女は古い木の床の上をゴム底の靴で小さくぱたぱたと音をたてながら、受付の後ろの棚に急いでいった。

「いったいなんなの、パパ?」メアリー・マーガレットは尋ねた。

「あの本に興味があるだけさ」

「その本のこと、どこで聞いたの?」

彼が答える前に、ミス・カヴァナが本を二冊持って戻ってきた。メアリー・マーガレットは一目見てその本が気に入った——厚かったのだ。長い本が大好きだった。父は『水面下で』というタイトルの本を取りあげると、カバーの内側を読んだ。「どうしてこの本に問題があるのか知る方法はありますか?」

ミス・カヴァナはバーコードを読みとると、コンピュータのスクリーンをじっと見た。「非主流の宗教が信奉され、伝統的な核家族の崩壊を奨励し、マングースに関連したいかがわしい場面がある」

父とミス・カヴァナは互いに顔を見あわせたと同時に、笑いだした。二人がいっしょに笑っているのを見て、メアリー・マーガレットはちょっとおかしかった。悪い意味ではなく、かと言っていい意味でもなく、ただ……おかしかったのだ。司書の笑い顔はなんとなくへんてこだったが、彼女はけっこういい人だ。だが彼女はメアリー・マーガレットをいらいらさせる。父に色目を使う女性はすべて、メアリー・マーガレットをいらいらさせる。パパが出ていってからたった半年でママがカーマインと再婚したのは最悪だった。でも、パパのほうは司書といいちゃついてるわけ？

パパが誰かとつきあいはじめたら、避難場所がまったくなくなってしまう。自分だけの親がいなくなってしまう。そんなことにはたして耐えられるだろうか？

「もう一冊のほうはどうかな？」父が尋ねた。

「『一日おきに』は、非主流の家庭環境にある少女の物語」

「問題のある箇所は？」

「主人公が、えっと、二人の女性と暮らしているところですね」今やミス・カヴァナの顔は赤色ではなく、紫色になりつつあった。

「その女の子の母親はレズビアンってことよ」メアリー・マーガレットは言わずにはいられなかった。思わず口から出てしまったのだ。

司書がうなずく。「どうもそうらしいわね」

「ほらね」メアリー・マーガレットは得意そうに答えた。父の顔に浮かんだ表情を見て言った。「この本がわたしに害があるとは思わないわ」

彼は司書に向かってにこっと笑った。「子どもはよくわかってるね……」それからメアリー・マーガレットのほうを見た。「どう思う、プリンセス？　この本のどっちかを読みたいかい？　それともおまえには下品すぎるかい？」

パパはからかっているのだろうか？　貸し出しを禁止されていて、大人が署名しないと借りられないなんて、ハリー・ポッターの次の冒険物語より興味を引かれるに決まっているじゃない。

「読みたいわ」彼女は貸し出しカードを引っぱりだした。

ミス・カヴァナは父親に笑顔を見せながら貸し出しの手続きをし、彼はピンクの細長い紙にサインした。

二人はトラックに戻り、ブッシュネル通りのＹＭＣＡに向かった。途中、メアリー・マーガレットはさっきの本を一冊取りあげた。『水面下で』の表紙には、どぎつい赤とオレンジの渦に巻かれた少年と、彼に向かって伸びるなんとなく不気味な触手の絵が描かれている。いつも選ぶような本とは違っていたが、試しに読んでみよう。次に、カバーの折り返しにあるあらすじを読み、最後に著者の写真と経歴を探した。驚いたことに、写真がどこにもない。経歴も簡単なものだった。〝批評家に絶賛されている著者サンディ・バブコックは夫とともにニューイングランドに住んでいる〟たったこれだけだ。いったいなぜだろう。なにか隠したいことがあるのか、そうでなければ馬のような顔をしているに違いない。

「どうしてこの本を頼んだの？」彼女は尋ねた。

「単なる好奇心からさ」

メアリー・マーガレットは眉をひそめた。「どこでこの本のことを聞いたの？」

「実際に著者に会ったんだ。おまえも会ってるよ」

「そんな覚えは……ああ、〝彼女ね〟」メアリー・マーガレットは、人里離れた蔓のからまる古い夏の別荘に住むつややかな茶色の髪の女性を思いだした。生きた本物の作家。作家のことをいつも、魔術的な生き物で、ふつうの人とは違っていて、遠くの場所に住んでいて、かすみや夢を食べて生きているかのように想像していた。だが別荘の女性は……ふつうに見える。面白い人だけれど、ちょっと寂しそうだ。美人で、大きな茶色の目をしていて、石けんのコマーシャルに出てくる女性のような顔をしていた。だからメアリー・マーガレットには、どうして本に顔写真が出ていないのか理解できなかった。もしかしたら、禁じられている本だからかもしれない。

「つまり、あの女性《ひと》が著者なのね？」

「そのとおり」

メアリー・マーガレットは本をじっと見おろした。どういうわけか、さっきより重く感じられる。本をバックパックに入れたとき、ＹＭＣＡに着いた。ちょうど会合の時間に間に合った。

二人はメアリー・マーガレットが五歳のときに親子プログラム〝インディアンのプリンセス〟に初めて参加し、四年生になると〝父と娘〟に進んだ。ちょっとダサいが、パパは気に入っているようだ。そこでは、教育的な組織キャンプや、料理持ち寄りのディナーや、地域奉仕活動や、スポーツ活動などが行われる。ほかの父娘たちといっしょにフットボールの投げ方や火の起こし方を学ぶのはとても楽しかった。なかでもキャンプは最高だ。森の静けさや、無精ひげを生やしたパパの顔が大好きだった。彼はキャンプにひげそり道具を持ってくるのは腰抜けだけだと豪語していた。

集会場に向かう途中、二人は体育館をのぞいた。ケビンのバスケットボールの練習はまだ続いていた。あいかわらず目立っていて、ほどけた靴ひもをひらひらさせながら、コートを走りまわっている。

メアリー・マーガレットはケビンを見つめる父をしげしげと眺めた。精悍な顔に、ガムボールのような青い目。ケビンを見るとき、愛情と誇りが体熱のように体から発散しているのを感じる。突然、メアリー・マーガレットは三人がテレビに出てくる家族のようだったらどんなにいいだろうと狂おしいまでに思った。壁にクロスステッチした格言を吊した家に住み、お互いに笑わせあって、最悪の問題さえ率直に話しあい、最後は抱きあって終わるような家族だったら。

現実の人生では、そんなふうにはいかない。

彼女は父の袖を引っぱった。「会合に行こうよ」

彼はうなずいた。「ダンスパーティーについてだろ?」

「バレンタインデーのダンスパーティーよ」これもすごくダサい。とはいえ、正装するのは悪くない。ママがこのときのために新しいドレスを買ってもいいと言っていた。

「ダンスの仕方を知らないんだ」父が言った。

「知ってるとは思ってなかったわ。ねえ、もしいやなら……」

「なにを言ってるんだ? 行きたいに決まってるじゃないか、プリンセス」

15

日記――二月一日、金曜日

わたしがいたい一〇の場所

一．ロダン美術館。そこで「接吻」を観る。

二．母とクルーズ船に乗る。

三．マイク・マロイの腕の中――

サンドラはあわてて三番目に線を引いた。そして何度も何度も消しているうちに、インクが紙ににじんだ。本腰を入れて、小説の修正に取り組まなければならないのだ。家を修理していることは中断する口実にはならない。ふつうであれば、完全に一人になれる場所を探して、書き直しを終えるはずだった。ヴィクターの死以来、波の孤独なとどろきやささやき声、魂が体から抜けでそうな冬の風のうなり声に慰めを見出してきた。自然の荒々しさは彼女を世界のほかのすべてから隔て、たった一人ぽつんと切り離し、もはやなにものの一部でもなくなったような気分にさせる。だから、執筆に集中することができたのだ。

だが最近、孤独はこの家では不足していた。マロイと彼の一団のどんどんと騒ぎまわる混乱に取って代わってしまった。フィル・ダウニングにくわえてもう二人、背が高く肩のがっしりした男たちをマロイは連れてきたが、どちらもよく似ていて名前を覚えることができなかった。二人は『鏡の国のアリス』に出てくる瓜二つの男たち、トウィードルダムとトウィードルディーを連想させた。ダウニングはじつに有能で、もうあきらめていた古いラップトップパソコンを修理してくれた。サンドラはそれをフィルに進呈した——家の修復の成功を祈って——が、今思えば自分で持っていたほうがよかったかもしれない。自分の心の声に耳を傾けられるような静かな場所に持っていって仕事をすることができたからだ。

この頃は、古家の空気にエネルギーが満ちている——にぎやかで、活気があって、生産的な。サンドラの耳にテーブルソーや空気ハンマーの工業的なリズムが鳴り響く。家は切りたての材木や、油性塗料、湿ったしっくいの匂いがした——まるでなにかが再び生き返ったかのようだ。マロイのみすぼらしい、やけに人なつこい犬は、鉄製のストーブの前の三つ編みを渦巻状に編んだ古いラグの上で眠っている。その大きさにもかかわらず、部屋の主となっていた。電動工具の騒々しい音がサンドラの思考をかき消し、自分のまわりに無感覚な繭を織りあげようとする試みをあざける。彼女はとにかく無感覚になりたかった。それは悲しみや後悔や混乱から自分を守ってくれるからだ。

マロイの存在がそれをすべて変えてしまった。騒音と作業に揺さぶられて、サンドラは待ち受ける民事訴訟のことや、ブルームーンビーチから引っ越すことや、両親の別居のことばかり思い悩んでいた。気がつけば、ヴィクターとの過去を何度も思い返していた。すると、怒りがこみあげてくる――なんてわたしは大ばかだったんだろう？――そして結局、裁判に思いが戻ると、また不安の波がどっと押し寄せてくるのだった。

サンドラはマロイの占める位置が大きくなっていることにだんだん腹が立ってきた。朝、砂浜に立って、辛抱強くジークに何度も棒を投げてやる習慣だけではない。心の底まで見通すようなサファイア色のまなざしだけでもない。あるいは、テーブルにかかんで家の設計図を調べているとき、彼のがっしりした体が彼女の体に接近して、長い静かな愛撫を受けているように感じるときだけでもない。

活発な動きに囲まれながら、サンドラは工事の騒音という奇妙な音楽に身を沈め、自分の本をじっくり推敲しようとした。冒頭のページを見直していると、最初の段落の途中で、二階でハンマーを連打する音に跳びあがった。いらだって机から椅子を引くと、彼女は足を踏み鳴らして二階にあがっていった。

マロイは彼女の寝室の中央に立っていた。その堂々とした存在は、彼女のこぢんまりとした家具やフリルのついたリネン類の中でちぐはぐな感じに見える。しっくいのほこりがうっすらと野球帽をおおい、黒っぽい髪が縁からカールしている。一瞬サンドラは、彼が年をとって、それでもなお後年のショーン・コネリーのように気が狂いそうなほどハンサムな姿を想像した。そのイメージは彼女の怒りをいっそう燃えたたせた――マロイが年をとることなんて考えたくもない。彼のことなどいっさい考えたくなかった。

脚立の上に腰かけ、彼はハンマーを片手に、長い鉄のバールをもう一方の手に持っていた。バールはしっくいをはがして、配管の水漏れを調べるときに使っているものだ。サンドラに気づいて、彼はハンマーをホルスターに収め、防護眼鏡をはずした。「なにか用？」

彼女は興奮しながら突っ立っている自分がばかみたいに思えた。そう思うと、いっそう腹が立ってきた。「わずかな平和と静けさが望ましい」彼女は言った。

マロイは同情するそぶりも見せずに笑った。「静かな修復工事か。ねえ、ぼくは腕がいいが、そこまではよくないものでね」

「仕事をしようにも、自分の考えに集中できないのよ」

彼は悪びれたふうもなく言った。「六時にはみんな帰りますよ」

「まだ六時間もあるわ」なんてまぬけな答え。わたしはいったいどうしたというのだろう？たくましい胸の見すぎで脳が損傷を受けたのだろうか？

マロイは脚立から下りた。彼の体は手入れのよい機械のように動く――ぎこちなさをまったく感じさせない。「まあ落ち着いて。騒音にもたぶんそのうち慣れますよ。あなたがここにいるうちに、二階の塗装をちょっと見てもらおうかな」納品伝票や作業指図書、製品のパンフレットのつまったバインダーをすばやく開けて、塗装の色見本のページを開いた。そこにはウェッジウッドブルーからデヴォンシャークリーム色まで牛乳を混ぜたような古めかしくやさしい色が並んでいた。「ホールには緑色がいいと……」

見本にはタバーングリーンと書いてある。「緑色は嫌いよ」

「この家が建てられた一八八〇年代には好まれた色なんだけどな」

「わたしの好きな色じゃないわ。バターミルク色じゃだめなの？」

「それじゃ、つまらない。ぼくは緑色が好きだな。それに、どうして気にするんです？　どっちみち売るのに」

「どうして気にしちゃだめなの？」サンドラは言い返した。

「歴史的建造物の修復をするためにぼくを雇ったからですよ」

「売るまではわたしの家よ」

「ねえ、工事をはじめてからずっと、あなたは細かなところまで文句を言ってくる。どうしてそんなことが重要なのか知りたいなあ。売ろうとしている家にエネルギーを費やしすぎだ」

　マロイはいつもそうだ――いつもわたしに、これからは一人で生きていかなければならないことを思いださせる。でも、どうやって生きていけばいいのだろう？　自由はすぐそこで待っているというのに、自分の一部がふつうの生活に戻りたくないと思っているのかもしれない。そうなれば再びあらゆる辛い感情に耐えなければならないし……傷つかなければならないからだ。

　サンドラは憤然として、このプロジェクトへの強い関心を否定しようとした。こだわってしまうのは、この家が数代にわたって家族の持ち物だったからだろうか？　彼女はマロイをにらみつけた――気づいてもいない。二人ともこの家のことをあまりに気にかけすぎている。そんな義務などないのに。「あなたは持ち主じゃないでしょ」彼女は指摘した。とはいえ、こんな家に彼と彼の子どもたちと彼の犬がたわむれる姿が心に浮かぶ……。

サンドラは後ろポケットに手を押しこんで、彼の視線がからみつくのを感じながら、ゆっくり行ったり来たりした。腹が立つのはこのせいなのだ。マロイと彼の犬と彼の職人たちはわたしの静かな憂鬱に入り込んで、それをめちゃめちゃにしている。ヴィクターが死んでから自分がばらばらになるのを防いでくれた無感覚を、彼らは溶かしつつあった。無感覚は彼女の避難所であり、聖域なのだ。なのに、マロイはハンマーとのみで破壊している。壁を取りこわし、造りを改め、過去の色まで変えようとしているのだ。

「ともかく」サンドラはようやく口を開いた。「緑色はいいと思うわ」

マロイは彼女が寝室から出るのをさえぎって、長いむきだしの腕をドア枠に置いた。「だろ?」

汗としっくいの匂い。「あなたは専門家ですものね」

マロイは自分の影響力を自覚しているかのようににやりと笑った。「そのとおり」

彼の腕の下をかがんで通り抜けると、サンドラは仕事に戻った。どういうわけか、いくつかの仕事をなんとかやり終えることができた。正午になると、のこぎりもドリルもハンマーも止まった。なんとありがたい静寂だろう。職人たちはたぶん休憩をとるところに違いない。騒音がやんだあと、マロイのペンキの飛び散ったラジオから、音楽が私道を横切って家の中に流れこんできた。寝室でのやりとりのあと、自分の狭量さが恥ずかしくなり、サンドラは仲直りしようと思いたった。

マロイは一九五〇年代の曲をときどき流す、なつかしいロック音楽の局にラジオを合わせていた。サンドラは一九五〇年代には生まれていなかったが、『アンチェインド・メロディー』を聴いたとき、その歌が自分の過去の一部であるかのように切なくなった。州議会議員というヴィクターの職業柄、友人も年配者が多く、ほとんどが彼女より一〇歳から二〇歳年齢が上だった。この甘美な往年の流行歌を耳にしたとき、郷愁の波に飲みこまれたのはたぶんそのせいだろう。

ジークが起きあがって伸びをし、キッチンを小走りで抜けて裏口を前足でかいた。コンピュータの〝保存〟をクリックすると、サンドラはジークを外に出してやった。塗装工のワゴン車の後ろのふたの開いたクーラーボックスや茶色の紙袋から察するに、今は昼食時間なのだろう。だがマロイは昼食を食べていなかった。吹きさらしの裏庭で、彼は片手に長い柄のついたシャベルを持ち、もの悲しい曲に合わせていっしょに踊っていた。

野球帽とトレーナーと工具ベルトというでたちの彼の動きはぎこちなく、一生懸命だがこっけいに見えた――しかし、ひどく魅力的でもあった。珍しいことにひとりでに笑いがこみあげてきて、サンドラは思わず笑ってしまった。そしてジャケットをつかむと、外へ出た。見マロイは最初のうち彼女に気づかなかったので、困惑しながらもうっとりと眺めていた。見ていると、また笑ってしまいそうになる。

音楽がとぎれたところで、彼女は咳ばらいをして自分がいることを知らせた。

マロイはいきなり彼女のほうを振り返ったが、その顔は真っ赤だ。

サンドラは前で腕を組んだ。「デートの相手に困るようなタイプには見えなかったけど、マロイ」

彼はばつが悪そうに歯を見せて笑った。「少なくとも、ぼくのパートナーは文句を言わない」

「こんなふうにしてお昼休みをずっと過ごしているの？」

「少しでもうまくなりたいと思って」彼はシャベルをトラックに放り投げた。「とても特別な女性をバレンタインのダンスパーティーに連れていく約束をしたもんでね」

「まあ、それ……」残りはサンドラの喉で詰まった。彼女はその場に釘づけになった。彼女を眺めるマロイの表情が軽い好奇心から深い懸念へと変わりはじめる。吃音が、彼女自身の意志よりもはるかに強い力が彼女をとらえたのだ。何年にもおよぶ治療は一瞬にして消え失せ、緊張の高まりとともに声帯はこわばり、抵抗し、彼女の無力さを露呈する。すべてはマロイがあまりにさりげなく恋人がいることを白状したからなのだ。まるでわたしにも関係があることのように。まるでわたしが気にかけるべきだとでもいうように。サンドラはちょっと手が不自由なような動きをすると、家に向かって歩きはじめた。

「サンドラ」

彼女はその場に立ちすくんだ。彼が初めて名前で呼んでくれた。

「メアリー・マーガレットのことだよ」

　喉と横隔膜が弛緩するとともに、いつのまにかなめらかに言葉が口をついて出るようになり、サンドラは彼のほうを振り返った。「なんですって？」

「メアリー・マーガレットをダンスパーティーに連れていくんだ。YMCAの父娘の行事なんだよ。二、三ステップを練習してみたんだけど。見ただろ、きみも。うまくいかないんだ」そのおずおずしたようすは、娘への愛情の深さといじらしいほどの傷つきやすさを感じさせる。なんだか面白いわ。マロイは見るかぎりなんでも上手にこなしていたからだ。この頼りなさは新鮮で、サンドラは逆に気に入った。

「娘さんはすごく楽しみにしてるでしょうね」ほっとしたのを気取られないよう祈りながら、彼女は言った。

「ああ。でも、あの子はぼくがダンスするところをまだ見たことがないんだ」

　ダンスはあらゆる恐怖と恥と憧れの記憶を呼び覚ます。ああ、メアリー・マーガレットくらいの年のころ、どれほどダンスパーティーに行きたかったことだろう。だが誘ってくれる人もなく、一人ではとても行けなかった。父親が連れていってくれたなら、とてもうれしかっただろう。もちろん、そんなことはあるはずがない。彼はそういうタイプではなかったからだ。

　だがヴィクターは――そう、ヴィクターはダンスのタイプだった。彼はサンドラの少女時代の不足を埋めあわせる以上のことをしてくれた。あらゆる社交上のたしなみを教えてもらったが、ダンスはその最たるものだった。

サンドラはためらった。ラジオから流れる音楽はしだいに高まり、そして静かに余韻を響かせながら終わった。「いくつかポイントがわかれば大丈夫よ」

「わかるのかい？」

彼女は再びためらった。でも、教えたからってべつに悪いことはないわよね？「ええ」彼女は答えた。

「ということは、ダンスが得意なんだね？」

「ずいぶん練習したもの」彼女は続けた。「だって、政治家の妻だったのよ」ヴィクターはよく、もっとも得意なのはサイドステップだと冗談を言っていた。彼の足運びはどれも上手だった。サンドラはマロイに向かって少しステップを踏んだ。胃のあたりがぎゅっと締めつけられたが、彼を見あげてにっこり笑った。「レッスンの準備はいい？」

マロイはゆっくり工具ベルトをはずすと、彼女から目を離さずにトラックの尾板の上に落とした。「よし、当たって砕けろだ」

ラジオのアナウンサーが天気予報を読みあげている——曇り、沿岸地域の小型船舶に注意報、最高風速時速二〇マイル。寒気。

「さしあたっては、音楽のことは気にかけないでいいわ」彼女が言った。「ステップを見せるわね。本当に単純なの。右足からはじめて、四角を描くようにするのよ」彼の横に立って、サンドラがやって見せた。

彼が前に足を踏みだす。

「いいわよ。次に、左足を右足のとなりに持っていくの」再びその動きをして見せる。「今度は横に半歩行って……足をそろえる。次に逆の側に踏みだして……足をそろえる。そして後ろに下がる。わかった？　八拍子になっているのよ」

並んで、二人はステップの練習をした。ラジオはちょうどこのリズムに合う曲を鳴り響かせている。すり切れたブーツをはいたマロイの足は大きく、彼の手もまた大きかった。彼のすべてがサンドラの心臓の鼓動を速める。

「ほとんど覚えたわね」彼女は言った。「とにかくこれを続けるの。足がどう動いているか考えちゃだめよ」

「ぼくの昔のフットボールのコーチみたいな口ぶりだ」

「フットボールの選手だったのね。ポジションは？」

「ずいぶん昔のことだから、覚えてないな」

「クォーターバックよ、きっと」

彼がなにも言わなかったので、サンドラは当たったとわかった。彼のなにかが、遠慮がちで用心深いなにかがあらゆることを訊きたくさせる。「どこの学校だったの？」

「ロードアイランド大学。しばらくのあいだだけ。卒業していないんだ」

ああ、そのせいなのだ。彼の声に含まれた後悔の響きに気づいて、彼女はそう思った。

「どうして？」

「ぼくの身の上話をしていたら、ダンスを覚えられないよ」彼は笑ったが、言いたいことははっきりしていた。サンドラを自分の人生のその部分にかかわらせたくないのだ――夢や、後悔や、失ったチャンスに。

「そうね」彼女は言った。「次の曲が踊るのにいい曲だったら、二人でやってみましょう。同じステップで。でも、リードはわたしがするわね」そして彼の前に立った。

「手はどこに置けばいいんだい？」

手を伸ばしてサンドラは彼の左手をとり、自分の腰のくびれの内側に置いた。「ここよ。こんなふうに」

触れあった瞬間、彼女は思いもよらない自分の反応に圧倒された。体の熱がすべて彼の手のひらの下に集中したかのようだ。それはあまりに強烈だったので、彼も感じたかもしれない。腰をつかむ彼の手の感覚はみだらなほど心地よい。うろたえながら、サンドラは彼のもう一方の手をとり、冷たい指をからませた。「だいたいこんな感じよ。肩の力を抜いて……自然な姿勢をとるの」

「これが自然に感じる？」

マロイの問いかけはおびただしい反応を呼び起こし、それは稲妻のように彼女の体を駆け抜けた。彼は背が高くて肩幅が広く、一枚壁のように彼女の視界を満たした。

「そ、そうよ」彼女は言ってから、不吉な口ごもりに震えだした唇をかんだ。

「へえ、そうなのか」マロイは彼女をちょっと引き寄せて言った。「本当だ」

「あっ、そんなに近くないほうがいいわ。相手を誘導するための空間が少し必要だから」

「こんな感じ？」彼の太腿が彼女の太腿をかする。すると、彼は少しみだらな感じでにやっと笑った。「これなら、ぼくにもできる」音楽がまた変わった。今度はなつかしくてブルージーな曲だ。

「今のところはいいわ」彼女が言った。彼の手ははっとするほどざらざらしていた。労働者の手だ。「さあ、ビートに耳を傾けて。それから、あなたが左足を前に踏みだして動きはじめるわよ」

　彼は足もとを見おろした。

「下を見ちゃだめよ」彼女が注意する。

「でも……」

「足がどこについているかくらい知ってるでしょ、マロイ」

「じゃあ、どこを見ればいいんだ？」

　またサンドラはためらった。「自分のパートナーよ」

　マロイの視線が彼女に止まった。海のように青い目は語られない問いかけにあふれている。二人のあいだの空気が、どこか遠くから吹き寄せるものうい南国の風によって熱を帯びる。信じられないことに、彼はサンドラを頭のてっぺんからつま先までじろじろと見た。

「こんなふうに？」彼がまた尋ねる。

　動揺して、彼女は半歩退いた。「ようするに、話しかけられるくらいのところでパートナーを抱くの。社交上の常識よ」

「残念ながら、職業訓練クラスではそんなことは教えてくれないんでね」

彼女は唇をかんだ。むきになるのは、大学を中退したことがコンプレックスになっているせいなのだろう。「見くだしたような態度をとるつもりはなかったの」

「でも、きみはずっとそんな感じだったよ」

「習いたいの、それとも習いたくないの、マロイ?」

「習いたいよ」

とくに理由はなかったが、その返事はおかしかった。「じゃあ、やってみましょう。一歩前に踏みだして」

マロイの長い歩幅のせいで、もう少しで彼女はひっくり返りそうになった。

「半歩でいいかもしれないわ」彼をぐっとつかみながら、サンドラは訂正した。彼の二の腕は硬い鉄のようだ。

マロイはもう一度やってみたが、次の曲の出だしで、彼の左足が彼女の右足を押しつぶした。

サンドラが悲鳴をあげて跳びのく。「気をつけて、マロイ。パートナーを一生不具にしたくないでしょ」

「きみが怪我をしないうちに、やめたほうがいいかもしれない」

彼女は足を振った。「あなたがすぐにあきらめる人だとは思ってないわ。それに、メアリー・マーガレットの足を踏むより、わたしの足を踏んだほうがいいわ。さあ、拍子を待って……」

二人は再びはじめたが、今度はうまくいった。『ナイト・アンド・デイ』の曲に合わせて、二人は吹きさらしの庭で踊りまわった。世界全体がこのわずかなあいだだけ違ったものに感じられた。サンドラの思考から影が消え去り、もうまったくなにも考えられない。体の奥深くに長いあいだ埋もれていた欲求がどうしようもないほどに満たされて胸に迫る。ああ、どれほど求めていたことだろう。親密さを。人間的な触れあいを。男性の腕に抱かれて踊るという単純な行為でさえ、こんなにすばらしく当然のことに感じられる。だが同時に、長く凍えたあとに温まっていく指のように、それは突き刺すような痛みもともなっていた。実際に誰かのそばにいたときから、ずいぶん長い年月が過ぎたように感じる。

サンドラは感情が顔に出ていないことを願いながら、彼の肩越しのある一点を見つめていた。

「パートナーを見るんだろ」彼が注意した。その声はやさしく親密で、耳のすぐそばでささやかれた。

曲が終わった。サンドラは手を下ろすと、彼を不自然なほどすばやく押しのけた。「これで全部よ」彼女はあわてて言った。「八拍子を忘れないで。そうすれば、あなたはフレッド・アステアになれるわ」

「生涯の夢がかなったよ」

「練習が必要よ。たくさんね」

「ありがとう。ぜったいにメアリー・マーガレットに恥をかかせたくないんだ」

「ダンスパーティーで十代がはじまるのよ」彼女は続けた。「今、あの子はあなたを崇拝しているわ」

マロイは工具ベルトをつけると、トラックの後ろの大きな金属の道具箱を開けた。ずらりと並んだ鋼鉄製の歯がついた丸いのぎりの刃が箱の中でぎらりと輝く。「そうなのかい？」

「一二歳の女の子はたいていそうよ」

「もう少しで一三歳だ。ぼくももっとしっかりしたほうがいいな」彼は刃を選び、ほかの職人が家の裏に設置した大きな電動のこぎりに取りつけた。

サンドラは彼が仕事に戻るのを見てほっとした――だが少しがっかりもした。

「そういえば」肩越しに彼が言った。「きみの本を二冊、メアリー・マーガレットに与えたよ」

サンドラは奇妙な興奮を覚えた。「本当に？」

「図書館で借りたんだ。『水面下で』と『一日おきに』をね。司書に頼まなくてはならなかったよ。棚になかったんだ」

サンドラは顔がほてった。「多くの児童書が公共図書館で正当性を疑われているの」彼女は首を横に振った。「ここニューイングランドでもそうなの。自由の発祥の地なのに」担当の編集者は、マーク・トウェインやマヤ・アンジェローやジュディー・ブルームも同じ憂き目にあっているのだからと慰めてくれる。だが自分の本を、想定した読者がたやすく利用できないのには我慢ならなかった。

「じゃあ、自分の本が禁止されていると知ったとき、きみははっきりと抗議したんだろうな」マイクは蝶ナットをのこぎりの上でくるくるまわした。

サンドラは彼の手を、指をじっと見つめた。大きくて有能だが、彼女を抱いたときにはとてもやさしく感じられた。「わたしは……わたしは政治家の妻だったのよ。わたしの務めは物事を丸く収めることで、波風を立てることじゃなかったの」

「ちょっと待った。きみの夫は民主党員だろ。全米自由人権協会も推薦していた。それが、ひざもとで妻の本が検閲されているのを黙認してたって言うのかい？」

彼女はかすかなため息をもらし、視線を落とした。「ヴィクターは早くから自分の闘いを選んでいたの。当選するためには、多くのものを手放さなければならなかったのよ」

「言論の自由を定めた、憲法修正第一条とか？」

「いやみを言うのはやめて」とっさにヴィクターをかばった瞬間、サンドラは彼とのあいだに起こったことについて心の整理さえはじめていない自分に気がついた。

「ぼくは政治家じゃない」マロイが言った。「それでもやはり、ファシストの過激派グループにやりたい放題させておくなんて信じられないね。誰かが自分の本を検閲していると知って、気が狂いそうにならないかい？」

彼女は手をジャケットのポケットに押しこんだ。「マロイ、今のわたしの人生ではほとんどすべてのことがわたしの気を狂わせているのよ。だから、わたしも自分の闘いを選んだの。今は本の禁止はそこに含まれていないの。ちなみに、本の正当性を疑っているのは法を守る市民よ。ファシストじゃないわ」

サンドラが話しているあいだ、彼はコンピュータで作成した設計図を見るのに数秒ごとに手を止めながら、材木を測ってしるしをつけていた。

「作家は言論の自由と出版の自由を最優先しているんだと思ってたよ」

「誤解しないで、マロイ。わたしは仕事も、作家であることも愛しているの。だから、自分自身を守る必要があるのよ。個人的な問題が出版業界のキャリアに影を投げかけるのを避けなくてはならないの。もしそのことを忘れでもしたら、とたんに窮地に追いこまれるでしょうね。いちばんいやなのは、WRIQテレビがわたしの物議をかもしている本の特別番組を作ることなのよ。あなたは実際的であるために自分の信条に反したことはないの？」

「ある」防護眼鏡を拾いあげながら、彼が言った。「と思うよ」

「ヴィクターが生きていたときは、まったく別の理由で執筆活動をそっとしておいたの。書くことはわたしの避難所であり、安心であり、とても公的な世界の中での私的な場所だったから。それがわたしたちにはうまくいったの。彼の多忙な職業とわたしだけのものとのバランスがとれていて」彼女は私道に落ちた迷子の釘を拾いあげた。「最初、ヴィクターの家族がわたしの本に異を唱えるんじゃないかって心配したわ。あの人たちは、ロナルドとウィニフレッド・ウィンスローはとても保守的だから」

「それで、彼らは異を唱えたのかい？」

サンドラはジャケットの中で肩を丸めた。「いいえ。でもそれは、わたしの本を読んだことがなかったからなの。あの人たちにとって、わたしの執筆は単なるちょっとした趣味で、刺繍をしたりデザート皿を集めたりするのと同じだったのよ。もしもっと深い関心を寄せてくれていたら、きっと……」彼女は急に黙りこんだ。「いずれにせよ、義父母はヴィクターのことをとても誇りに思っていたわ。そしてわたしは彼の付属物だと考えていたの。妻であって、作家ではなく」

彼女は釘を家の横に置いたごみ箱に投げ入れた。「わたしは自分の本がそれぞれの真価に基づいて出版されたりボツになったりするほうがいいの。ヴィクター・ウィンスローの妻の本だからという理由で出版されるよりもね。児童文学界のマリリン・クェールにはなりたくないのよ」サンドラは砂丘の向こうのある一点をじっと見つめた。とても率直に話している自分に驚いていた。「わたしはヴィクターの妻になる前から作家だったの。今はもう彼の妻ではないけれど、作家であることには変わりないわ。正直言ってそれが今、わたしの人生で唯一正しいと思える部分なのよ」

「それ、わかるよ」彼が言った。

「ところで、メアリー・マーガレットは本が気に入ったみたい？」

「すごく気に入ったと思うよ。今夜、電話で話すときに聞いてみるよ」

彼はたぶんいつも子どもたちに電話しているのだろう。子どもを持っているのに、毎晩布団をかけてやれないのは、どんな気持ちがするのだろうか？　訊いてみたかったが、二人のあいだに揺れるためらいが彼女を押しとどめた。二人は友人というわけではない。契約を仲立ちにした関係だから、お互い愛想よくしているだけなのだ。

「きみが著者だって知って、とても感激してたよ」

「わたしも彼女には感激したわ」サンドラはメアリー・マーガレット・マロイに同種の魂を感じていた——あの少女の目に浮かぶ孤独な知性、まじめそうな口もと、用心深い沈黙。メアリー・マーガレットの視線の強さは、彼女がつねにそこにはないものを探している少女であることを匂わせている。目の前にあるものを見ていないのだ。ああ、メアリー・マーガレットには物事のありのままを見ることを学んでほしい。そうすれば、多くの苦しみを免れることができるから。

「本のことでなにか質問があったり、感想を話したくなったりしたら、また連れてきてちょうだい。手紙をくれてもいいわ」

「きっと喜ぶよ」彼はのこぎりの横に材木を積み重ねた。前庭では、職人たちが昼食を終え、やかましい音がまた響きはじめた。ラジオから『天国への階段』が流れはじめる。

「もう仕事に戻ったほうがよさそうね」サンドラは言った。「なにか必要なものがあったら、大声で呼んで」

マロイは防護眼鏡を下げ、腰をかがめて、獲物をつかまえようとしているサメのように板をにらみながら、それをのこぎりの刃の前に置いた。「そうするよ。それから、ダンスのレ

「今夜練習するのを忘れないで」サンドラは一歩下がったが、なぜか家に戻りたくなかった。

「毎晩よ」

「わかった」無頓着に歯を見せてにこっと笑うと、彼はのこぎりのスイッチを入れた。ものすごいうなり声と熱い木の匂いとともに、のこぎりは板をまるでバターのように半分に切った。

ッスンをありがとう」

16

「依頼人とずいぶん親しそうだったじゃないか」傾斜した屋根裏の天井の下で頭をひょいとかがめながら、フィルが言った。マイクのほうは見ずに、一心に電線をたどっては設計図とつけあわせている。

「ダンスの仕方を教えてくれていたんだ」マイクは言った。二人のあいだに起こっていることがそれだけならよかったんだが。マイクは彼女のことをほかの依頼人と同じに考えようとした――誰かの家を修復すると、ふつうの状況では起こりえないある種の親密さが生まれるものだ。今日までは、お愛想の親しさ、偶然の触れあい、バスに乗りあわせた二人の他人だった。だが今、サンドラに感じているのはもっと違った親近感だ。家に招き入れて、彼女はこのうえない安らぎに触れさせてくれた。その暮らしぶりや食べるものを垣間見て、彼女の寝室に漂うほのかな石けんの香りをかいだ。毎日いにしえのヴィクトリア朝様式の美を深く掘りさげるのは、あくまで家のためであって、持ち主のためではないと思いこもうとしてきた。だがそれは同時に、彼女の中の幾重にも重なった層や秘密を発見することでもあったのだ。

「ダンスだって？」フィルは古本の入った箱を物色している。

マイクは海の見える屋根窓からはがした古びたコーキングの小片を見ていた。「メアリー・マーガレットが近くダンスパーティーに行くんだ。娘に恥をかかせたくないんでね」

フィルは肩越しにちらっと見た。「ぜったいもっと練習したほうがいいよ」

「自信を持たせてくれてうれしいよ」マイクは仕事に戻ったが、サンドラのことが頭から離れなかった。腕の中の彼女はすばらしかった。やわらかくて温かで、すがすがしい空気と清潔な肌の匂いがした。彼女を抱いたとき、自分がどれほど女性を抱きしめるのが好きだったかを思いだした。ひそかに体をかがめて、彼女の髪が唇をかすめるようにした。

サンドラと踊ってからというもの、マイクは気が立っていらいらしていた。仕事はなんの役にも立たなかった。仕事でも、子どもたちのいい父親であることでも満たせない欲求があることを、彼女は知らず知らずに強烈に思いださせた。彼女はまた、人がどれだけ深い孤独に耐えられるか、そして、ある渇望を解消するにはただ一つしかないことも思いださせたのだ。

彼は窓枠の縁に沿って、液状の充塡剤を引いていった。でも、どうして彼女なんだ？　ふとマイクは思った。彼女はヴィクターの未亡人で、そのうえ、かかわりあいになりたくないトラブルに苦しんでいる。世界でもっとも欲望を感じてはいけない女性だった。

塗り終えるとパテナイフで仕上げをし、今度はかつて手作業で切りだした長い梁が腐っていないか調べることにした。未完成の部屋は寒々しく、長いあいだ放置されていたためクモの巣がかかり、とくに冬にはリスやアライグマの格好のねぐらになりそうな感じだった。懐中電灯を取りだして、マイクは数世代にわたって捨てられたがらくたのあいだを縫って進んだ。手書きのラベルがついた梱包箱やダンボール箱、こわれた家具、打ち捨てられた玩具、朽ちはてたビーチパラソル、古いランプや電化製品がほこりをかぶっている。片隅には見捨てられたリスの巣があり、木の枝や布きれや空になった種の殻が散乱していた。

屋根裏の突き当り、狭い階段の最上段の近くに、最近しまいこまれた荷物が積んであった——箱が新しかったのですぐにわかった。いくつかは秘密の箱で中身はわからない。そのほかは走り書きで中身が書いてあった——〝古い原稿〟、〝一九九八年度の選挙〟、〝結婚祝い〟、〝私信〟、〝その他〟。

箱や荷物が梁の列や、おそらく別の動物の住人をおおい隠していた。箱を一つひとつ移動させているうちに、マイクはこれらがサンドラの人生——ヴィクターとの人生——の思い出だと気づいてぎくりとした。

ほとんどは幅の広い茶色のテープで封をされていた。〝結婚祝い〟の箱には、小さい置物がいくつか入っていたが、ふたが閉まらずサーカステントのような形になっていた。〝その他〟の箱も封がされないままで、懐中電灯で照らすと、バッジや額に入った証書の山が見えた。〝サンドラ・ウィンスロー殿、奉仕を感謝して……〟これは面白い。彼女はさまざまな団体から表彰されているのだ。リテラシー・インターナショナル、全米エイズ基金、米国吃音財団、ビッグブラザーズ・アンド・シスターズ。そのほかにも半ダースある。心ならずも、ロナルド・ウィンスローがサンドラのことをこんなふうに言っていたことが思いだされる――〝彼女はなにかを隠していた。彼女はいつも秘密主義だった〟。

邪魔な箱を再び積みあげながら、マイクは首を横に振った。「まったくお門違いなんだよ」

「どうしたって?」フィルが屋根裏の反対側から声をかけた。

「なんでもな……ちくしょう」彼が〝古リネン他〟と書かれた大きな箱を持ちあげたとき、底が開いて中身が落ちた。山ほどの寄せ集めが床に散らばった――輪ゴムでとめた煙草の箱、ペンキの飛び散った釣り道具箱、枕カバーと小さなレースマットの束、機内持ち込みサイズの空のスーツケース。スーツケースを拾いあげると、ふたがぱっと開いた。中身は空だったが、中でなにかがすべるように動く音が聞こえる。なにかこわしていなければいいが。

マイクはそっと振ってみた。文書や封筒の束がスーツケースの裏張りからすべりでて、床に散乱した。低い声で悪態をつくと、かがんで拾おうとした。そのとき彼ははっとした――スーツケースには雑に作ったにせの仕切りがついていた。誰かが裏張りを切り開き、そのあとホッチキスで再びとめたのだ。

「拾うのを手伝おうか?」フィルが尋ねた。

「いいや、大丈夫だ」冷たいものが首の後ろを走る。懐中電灯の明かりをわきへそらし、のぞき見はしないぞと自分に言い聞かせる。だが窓から入る淡い冬の光が、スポットライトのように文書に斜めに差しこんでいる。そのほとんどが手紙だ。誰の筆跡かはわからない――何年も過ぎた今でも、ヴィクターの筆跡ならすぐにわかる。

フィルは配線工事に取りかかり、マイクのことなど眼中にないように、歯のあいだで口笛を吹いている。

マイクはちらっと下を見おろした。手紙のいくつかはヴィクターに宛てられたもので、住所は空港近くのヒルズグローブの郵便局の私書箱になっている。消印はフロリダだが、都市や日付は薄暗くて読みとれない。ほかの手紙はタイプで〝愛しのヴィクター・ウィンスロー殿〟と打たれ、彼の州議会議事堂のオフィス宛になっていた。

マイクは目の前のものがいったいなんなのかまったくわからなかった。わかっていたことは、もうこれ以上見たくないということだった。文書をかき集めると、スーツケースの裏張りの中に押しこんだ。数枚の領収証と、罫線付きのラベルに〝M〟とだけ記されたコンピュータのディスクも含まれていた。

これはヴィクターが隠したものなのだろうか？　それともサンドラ？

彼はスーツケースを破れた箱に戻した。誰でも秘密は持っているものだ。誰もが隠したいものを持っているのだ――家族から、友人から、そして世間から。

だが、誰もが殺人の容疑者であるわけではない。

マイクは、苦悩と激しい怒りに満ちたヴィクターの両親のことを思った。スーツケースの中身はあの二人の関心をおおいに引くに違いない。

彼はその箱を押しやると、仕事に戻った。

17

日記——二月八日、金曜日

マロイをベッドに誘う一〇の方法

一．寝室が雨漏りしていると告げる。

二．わざと寝過ごす。

［自分へのメモ——今すぐ美容院に行くこと！］

サンドラは州の晩餐会で大統領にエスコートされている夢を見た。しかしホワイトハウスの東の間《イーストルーム》に足を踏み入れたとき、見おろすと裸足で——足の爪は恥ずかしいことにペディキュアもされず、イブニングドレスのすそから突きでていた。彼女はそこから逃げ、気づくとすべての悪夢が連れていく場所——濡れた路面を疾走する車の中にいた……。

サンドラは恐怖にすすり泣きながら目を覚ました。そして毛布の小山をわきに押しやると、足もとをじっと見つめた。ペディキュアをしていない。

それから日記を見て驚き、それを押しのけて、毛布を一枚引っぱって両肩を包みこんだ。母が編んだ毛糸の毛布はほのかにアクアネット・ヘアスプレーとケント・ゴールデンライトの匂いがした。

「寂しいわ、お母さん」彼女は空っぽの家に向かって声に出して言った。母は今頃どうしているだろうか？　なにを考えているのだろうか？　クルーズはなにもかも夢見ていたとおりだったろうか？　外国語や、新しいスポーツや、新しい自分の定義を学んでいるのだろうか？

もつれた髪を指でときながら、サンドラはあくびをし、目をぱちぱちさせた。ああ、もう夜明けだわ。土曜日。彼女は手を伸ばして、小さなアームライトのスイッチを切った。読んでいた本――『一〇日で人生をコントロールする』――は毛布の小山に半分埋もれている。本をわきによけて日記にマロイについてのひそかなファンタジーを書きつけたとき、最初の段落さえ読み終えていたかどうか覚えていない。

ストーブの前のソファで眠りこむのはこのうえなく悲しい。ベッドに行かないのは、そこで待っていてくれる人が誰もいないからだ。手からやさしく本をとってくれる人も、ライトを消してくれる人もいない。

サンドラはバスルームに行って、シンクの上の鏡を見ずに歯をみがいた。目の下のくまを見たくなかった。どれだけ眠ろうと消し去ることのできない悪夢が刻んだ証拠。いまだ、しばしば悪夢に悩まされていた。ヴィクターが見ず知らずの他人に変わり、暗い夜に制御不能となって猛スピードで疾走する車のイメージが夢に現れるのだ。海水は凍るように冷たく、思考は停止する。事故のあと砂浜に横たわっていたとき、自分が一人ではなかったという奇妙な感覚。

銀行の小さなカレンダーが鏡の枠に貼りつけてあり、彼女の視線はその上を虚ろにさまよい続けていた。日付なんて知りたくなかった。だが思いださせるものがなかったとしても、この日がわかっただろう——それは心に焼きついていた。

今日はヴィクターの一周忌だった。

窓のほうを向きサッシをあげると、新鮮な空気が彼女に向かっていっきに流れこんできた。顔を洗ってきれいにし、静電気でいつもよりぼさぼさの髪にブラシをかける。ヘアブラシはある考えが浮かんだとき、ゆっくりとした考えこむような動きに変わった。今日は自分がふさわしいと思うやり方で過ごすことにしよう。パラダイスにただ一人、どんなことがあろうと温かく迎えてくれる人がいる。その人物はサンドラがヴィクターを傷つけたとはまったく思っていない。サンドラは彼女を訪ねることにした。

彼女はウールのスラックスと暗紅色のシェットランドセーターを着ると車で町へ行き、大通りの歴史的建造物をゆっくりと通り過ぎた。パラダイスはまさに心の故郷といった感じの町だった。並木道や、池のある公園や、レンガ敷きの自転車道路があり、店先には手書きの看板が置かれている。ここは人々が希望や、夢や、ときに悲しみさえ連れてやってくる町なのだ。

サンドラは町の美容院ツイステッド・シザーズで車を停めた。機械仕掛けの巨大で奇抜なハサミが窓に掛けられ、その横には〝営業中――飛び込み客歓迎〟と書かれた看板がある。サンドラの心は軽くなった。美容院に行ったってなにも悪いことはないわよね？

「いらっしゃい、久しぶりね」ジョイス・カーターはにっこり笑いながら手を振って彼女を迎えた。「そろそろ来る頃だと思ってたわ」ジョイスは背が高く、ぱっと人目を引く魅力の持ち主だ。髪は赤毛で、足が長く、タイトスカートをはいている。事故のあとでさえ、サンドラに向ける彼女のほほえみには心からの温かさがこもっていた。

「飛び込みでもやってもらえる？」サンドラは尋ねた。

「もちろん。さあ、座って」ジョイスはサンドラの肩にスモックをかけた。

ネイリストのロビンがにこやかに入ってきて、サンドラのようすをうかがいはじめた。ロビンはグロリア・カーマイケルの友だちだ。グロリアは総菜店のオーナーで、サンドラのまわりに渦巻く陰謀論のほとんどをまき散らした張本人だった。「今日は忙しい？」サンドラをまっすぐに見ながら、彼女はジョイスに尋ねた。

「一一時のリンダ・リプシッツのマニキュアの予約までなにもないわ」ジョイスは続けた。

「奥で帳簿を仕上げたら？」

「それはいい考えね」ロビンはそう言って、オフィスに入っていった。

「彼女のこと、ごめんなさいね」ジョイスはサンドラをそっと後ろに倒すと、ほっとくつろぐような熟練した手つきで髪を洗った。

「気にしないで」サンドラは天井の防音タイルをじっと見つめた。「もう気にしないことにしたの」彼女はつけくわえた。

「そうなの？　それを聞いてうれしいわ」

「だって意味がないもの」サンドラはあっさりと言った。「家を売って、町を出ようと思ってるの」

ジョイスはしばし無言で仕事を続けていた。「それは確かなの？」

「確かなことなんてわたしにはなにもないわ」サンドラは目を閉じた。「ここにはもうわたしの居場所はないの。居場所がどこにあるのかもわからないわ」

「なに言ってるの。あなたはまちがいなくここの人間よ。ほかのみんなと同じようにね。誰もウィンスロー家の人間を判事や陪審員に任命しなかったのよ」

「べつに驚くほどのことじゃないわ」サンドラが言った。

ジョイスは水を止め、サンドラの髪をタオルにすくいとると、王座のような美容院の椅子に引っぱっていった。「いい、この頭を見てよ。七月のトウモロコシみたいに伸びてるじゃない。もっと頻繁に来なくちゃ」

「自分で切ろうかと思ってたの。わたしはすごく腕のいいアマチュアの理容師なのよ」

「家で、切っちゃ、だ、め、よ」ジョイスはスイス製のハサミで宙を突きながら、それに合わせて区切りをつけて言った。「それで、修理のほうはどうなってるの？」

「うまくいってるわ。マロイが、建築業者よ……とても腕がいいの」

ジョイスは鏡に映ったサンドラの顔をしげしげと眺めた。「見てごらんなさい。あなた赤くなってるわよ。彼、独身なのね？」

サンドラはうなずいた。すべてを物語る頬のほてりはなおも消えない。

「あらま」ジョイスは満面の笑みを浮かべた。「彼に惹かれてるのね」

「たぶん。そうかもしれないわ。でも無駄よね」

「どうして？　あなたは若いし、彼は独身でしょ。それに、一人になってずいぶん経つじゃない」ジョイスは非情なまでに能率よく、くしとハサミを動かしている。「誰かほかの人を見つけちゃいけないって法律はないのよ、サンドラ。ヴィクターのあとじゃ、あんな気持ちになることはもうないと思ってるだろうけど……」

「あなたはわかってないわ」サンドラがだしぬけに言った。「こんな気持ちになったことはないの、一度も」

「これはこれは」ジョイスは手を止め、腕組みした。「それじゃ、この出会いを進展させたほうがいいかもしれないわね。相手は、彼の名前は……マロイだった？」

「マイク・マロイよ。でもどうして？　家が売れたらわたしは出ていくのよ。進展させたところでなんの意味があるの？」

ジョイスは再びハサミを動かしはじめた。「ねえ、もしわたしがそれを説明したら、あなた本当に困ると思うわ」

マイクは土曜日をずっと子どもたちと過ごした。ボウリングに連れていき、昼食にピザを食べさせ、それから死ぬほど退屈でつまらない映画を観せた。ケビンは映画のあいだじゅうくすくす笑っていたが、メアリー・マーガレットは何度も立ちあがっては売店や化粧室に行っていた。マイクもまた落ち着かなかった。これまでもずっとケビンとメアリー・マーガレットに夢中だったが、離婚以来、子どもたちに対する彼の愛情は激しい絶望の色合いを帯びてきていた。

子どもたちと過ごす十分な時間はまったくなかった。少しずつ、子どもたちは他人のようになり、マイクにかかわりのない習慣を身につけていく。そして彼はそのへんにごろごろいるもの――週に何時間か自分のものになるとき、子どもたちに楽しい時間を過ごさせようとして疲れはてるシングルファザー――になりつつあった。いつもなら泊まっていくはずだったが、アンジェラがニューポートに戻したがった。明日メアリー・マーガレットの堅信礼(子どもを一人前のキリスト教徒として認めるキリスト教会の儀式)があったからだ。

マイクは招待されていなかった。もしメアリー・マーガレットが望めば、出席しただろう。だがじつのところ、アンジェラの身内はカトリック教徒の重要な節目に派手なイタリア式のお祝いをするのを得意としていた。メオラ家は子どもの最初の堅信礼には二日間パーティーをすることで知られている。もし出席したいと言い張れば、正式に教会の一員になるというときにメアリー・マーガレットがばつの悪い思いをすることになる。カトリック教徒は離婚しないことになっているのに、彼の存在はみんなにその事実を思いださせるからだ。だから身を引き、子どもたちを母親の家の前で降ろしたとき、娘がほっとしているのに気づかないふりをしたのだ。

パラダイスへ一人車を運転して帰ったあと、マイクは波止場の駐車場に車を停め、ジークをトラックの後ろから出した。犬はまとわりつき、彼が片手に持ちあげた紙袋の匂いをかごうと飛び跳ねる。グロリアの総菜屋に立ち寄って、ローストチキンを半羽分買ったのだが、その匂いが残り四マイルあたりから犬の気を狂わせていた。

港の琥珀色の灯りが、漁船やチャーター船やそれに乗ったロブスター捕りの猟師が上下するシルエット、そして貯氷庫のずんぐりしたブロックや缶詰工場を照らしだしている。ずらりと並ぶ傾いた郵便受けのところで立ち止まると、彼は一つかみの封筒を取りだした。ほとんどが請求書だ。

「マロイさんですか?」聞き慣れない声が呼びかけた。

彼は立ち止まり、その見知らぬ人物が駐車場から追いつくのを待った。その男は中肉中背のがっしりとした体格で、デニムのジャケットにジーンズといういでたちだった。マイクはさまざまな可能性をふるいにかけた。集金人、ソーシャルワーカー、弁護士の助手。一年前にはどれもまったく縁がなかった。だがこの頃は、なにが起こるか予想もつかない。「なにか用ですか?」

男は名刺を差しだした。〝ランス・ヘッジズ、アシスタント・ニュース・プロデューサー、WRIQテレビ〟

名刺を手にしたとき、マイクはいやな予感がした。「ねえ、あのパラボラアンテナの件なら、ぼくは……」

「あのことじゃありませんよ。必ずしも」含みを持たせた言葉がヘッジズの口からするりと出る。

「じゃあ、なんの用なんです？」

「あなたはサンドラ・ウィンスローの家を修復している建築業者ですよね」ヘッジズが言った。

「ああ、そのことか」

「率直に言いましょう。ヴィクター・ウィンスローの殺害は……」

「事故ってことだろ」

「ウィンスロー議員の死は、うちの局で取材中のニュースなんですよ。うちの調査員が新たな捜査に関する事実を収集しているんですが、あなたもこの事件に関してなんらかの情報に出くわすんじゃないかとふと思いましてね。仕事の中でということですよ、つまり」

マイクは黙ったまま、海水が漁船の船体にあたる静かな音に耳を傾けていた。そして、紙袋を持ちあげた。「もう、行かなきゃ」無理に気楽さを装って、彼は言った。「夕食が冷めてしまう」

「このタイプの情報には予算がたっぷり用意されているんですよ」ヘッジズが言った。

マイクは手に握った請求書のことを思った。「彼女の家をあんたのためにかぎまわるのに、金をくれるわけだ」

「これは不可解な、世間の注目を集める事件なんです。事実に光を投げかける情報ならなんでも、大衆の知りたいという要求を満たすんですよ。あなたの同僚のダウニングさんでしたっけ？　彼もなにかに出くわすかもしれませんね」

ちくしょう。このいやなやつはフィルにも話を持ちかけたんだろうか？　「彼もぼくと同じでなにも知らないさ」

「では、検討してもらえるなら……」

「検討する必要はないね」マイクは屋根裏であの手紙を見つけなければよかったと思った。「ぼくは建築業者だ。古い家を直している。それ以外はなにも知らない。たとえ知っていたとしても、あんたにはぜったいに教えない」

「マロイさん、あなたは局の機材にかなりの損害を与えましたよね」ヘッジズは身をこわばらせ、声の温度が数度下がった。「損失はうちのほうで負担する用意がありますよ。あなたが協力さえしてくれれば」

「なに一つ知るもんか。それにおれには脅しは通用しないぞ」本当に言いたかった悪態を飲みこんで、マイクは言った。

「それがあなたの……」

「最終回答だ」マイクはさえぎって言った。「ゲームオーバーだ」

18

なにかがおかしい。夕方じゅう、疑念がどうしてもマイクの脳裏から離れなかった。それは、ニュース番組のプロデューサーからの不正な取引の申し出のせいだけでも、サンドラの屋根裏で見つけた秘密の隠し場所にあった文書のせいだけでもなかった。どこかが故障しているような不完全な感覚。だが今の時点ではぼんやりとしていて、原因を特定することができなかった。もっと追究するべきだろうか？　それとも放っておくべきだろうか？　サンドラには教えたほうがいいだろうか？　だがなにを？　見てはいけないものを見てしまったと？　マスコミがかぎまわっていると彼女に警告すべきだろうか？　だが、どうしてこんなに気にかける必要があるんだろう？

マイクはテレビをちらっと見た。小さな白黒テレビは船の棚の下にボルトで固定されている。ニュースはちょうど終わるところで、コートニー・プロクターが視聴者を真剣な目で見つめている。「ついに」彼女は言った。「地元で起こった悲劇は新たな局面を迎えました。今日は地元選出の政治家ヴィクター・ウィンスローの一周忌です。のぼる太陽が……」

小声で悪態をつくと、マイクは携帯電話をつかんでサンドラの電話番号をダイヤルした。

だが話中のたえまないシグナルが聞こえてくるだけだ。電話に出ているのかもしれない。それとも受話器をはずしているのだろうか？　彼女が人里離れた家に一人でいる姿が心に浮かぶ。読書をしているのだろうか？　それとも修復工事の設計書を見直しているのだろうか？　ひょっとしたらぼくとの次なる舌戦のテーマを選んでいるのかもしれない。だが、そのどれも違うことがマイクにはわかっていた。というのは、一周忌がどんなものか彼にはわかっていたからだ。それはふつうの日を暗い記憶の記念碑に変える。サンドラが一人でいると思うと、必要以上に気をもんでしまう。

マイクは彼女の保護者ではない。亡くなった夫との友情についても話したことはない。だが今話すのは、ひどく不自然だ。彼女は知らなくてもいいんだ。たいしたことではない。家の修理を頼まれた以外、彼女に負い目はないのだから。それに、今の自分は気持ちにまったく余裕がない状態で、彼女のためになにかしてやることなどとてもできない。

机の上の書類をより分けているうちに、サンドラのところに行く格好の口実を思いついた。郡の歴史協会が彼女の家の設計図の原本を承認して目録に載せたのだ。家は表彰され、認可を受けることになるだろう。その次にどうするかはほとんど考えなかった。自然と体が動いた。トラックに乗りこむと、彼はブルームーンビーチに向かった。夜は暗く、空虚で、身を切るように寒かった。途中、誰ともすれ違わなかった。彼女のようすを見にいくだけだ。無事であることを確認するんだ。なにか訊かれたら、歴史的建造物に指定されたことを知らせたかったと言えばいい。トラックのエンジンをかけたまま、彼は正面玄関のドアをノックして待った。だがステレオの重低音のビートが聞こえてくるだけだ。

マイクは再びノックして待った。たぶん聞こえていないのだろう。ぶつぶつ言いながら、彼はトラックのエンジンを止め、三度目のノックをした。エリック・クラプトンの歌が、古い窓をかたかた鳴らすほど大きな音でかかっている。曲は『フォーエヴァー・マン』だった。昔ヴィクターの大好きだった曲だ。

さらに数回ノックをしたあと、彼女から預かっている鍵を使って中に入った。「サンドラ？」彼は呼びかけた。「ぼくだけど……マイク・マロイだ」彼は玄関ホールを通り過ぎた。そこはかつての老朽化した状態からは見違えるようだった。クルミ材でできた階段の親柱もまっすぐに立ち、階段の手すりも今日、接着剤で固定したばかりだ。「サンドラ？」彼はもう一度呼んだ。だが音楽が大きすぎる。聞こえていないに違いない。

彼女は広い居間の真ん中に立ち、ワイングラスを手に、音楽のリズムに合わせて体を揺らしていた。顔はこちらを向いていたが、目を閉じている。やわらかな表情が悲しげで、彼は目をそらすことができなかった。

きっと事故のことを考えているのだろう、とマイクは思った。ヴィクターのことが恋しくてたまらないに違いない。

立ち去ろう。そんな考えがアドレナリンのように彼の体を駆けめぐった。ここにいるべきではない。あきらかに私的な時間を邪魔してはいけないのだ。この孤独な女性のトラブルにはかかわりあいになりたくない。自分のだけで精一杯だ。だが彼女にはなにかがあった。初めて会った瞬間から気づいていた。ぼくに無言で呼びかけ、彼女の中の孤独な部屋に招き入れたのだ。頭がなんと言おうと、心には彼女のための場所がすでにできていた。

音楽が中断したところで、マイクは再び彼女の名前を呼んだ。

サンドラは目をぱっと開けた。その拍子に、ワインがグラスのふちからはねた。頬がわずかに青白くなった。「入ってきた音が聞こえなかったわ」こそこそと手首の後ろで顔をぬぐうと、ステレオのところへ急いでいってボリュームを下げた。歌は悲しげな音楽のささやきに変わった。

「ここでなにをしてるの？」彼女が尋ねた。

マイクはただ書類を渡して帰るべきだとわかっていた。同時に、自分にはそれができないこともわかっていた。ふとワインの匂いがして見おろすと、テーブルの上に半分空になったボトルが置いてあった。

「一人で飲んでたのかい？」彼が尋ねた。「あまり感心しないな」

「大丈夫よ」彼女は言った。「いっしょに飲みましょう」

女性と二人でワインを飲むなんて、今のマイクにはとてもかけ離れたことのように思え、一瞬どう答えていいかわからなかった。最後に女性のとなりで音楽を聴きながらワインを飲んでから、どのくらいの時が過ぎたか考えたくもなかった。「ありがとう」彼は答えた。「一杯だけなら」

サンドラがとても驚いたような顔をしたので、彼はもう少しで吹きだしそうになった。

「本当に？」

「飲み物のことでそこまで興奮する人は見たことがないよ」

「誰かがわたしとワインを飲みたがったのは久しぶりなの」

「誰かがワインに誘ってくれるのは久しぶりなんだ」彼はほっとして認めた。「歴史協会から証明書が届いたよ。きみの家は特別指定になったんだ」

「そうなの？　じゃあ、飲んでお祝いしましょう」彼女は食堂に行った。ガラス戸をがたがたいわせながら古めかしい食器棚を開けると、ワイングラスを一つ取りだした。そしてワインを注ぎ、彼に手渡した。グラスは手の中ではかなくこわれそうに感じられた。「座って」暖炉の前の古いソファを指しながら、サンドラは言った。そしてグラスのふちを彼のグラスに軽くあてた。「ほかになにかお祝いすることはないかしら？」

「想像力が豊かなのはきみのほうだろう」マイクは言った。「きみが決めるといい」

「圧力洗浄機に」彼女は言った。

「もっといいのがあるだろ」

「最近はないわ。あなたが考えて、マロイ」彼から目を離さずに、サンドラはゆっくりと一口すすった。

「ダンスのレッスンに」マロイはワインをちょっと飲んで、気に入った。彼女のとなりに座っている気分も気に入った。

　歌が親友を失うことを唄ったものに変わった。

マイクは歌詞には気づかないふりをしたが、静寂の中をゆっくりと流れる曲を無視するのはむずかしかった。彼はワインをごくりと飲んだ。だが、サンドラは彼より先に飲みはじめていて、すでにボトルの三分の一を空けていた。

「わたしの両親が離婚するの」彼女は唐突に言った。

「なんだって？」

「わたしの父と母が離婚するって言ったの」

ちょっと待ってくれ。マイクはあぶら汗をかいた。どうしてこんな個人的な問題をよりによってぼくに打ち明けるんだ？

「それは残念だね」落ち着かない気分で彼が言った。感情が彼女の中から見えない波になってあふれでたかのようだ。だが彼にはそれを受け止め、包みこんでやることができない。そこで、考えつく唯一の正直な言葉を口にした。「なんと言っていいのかわからないよ」

「あなたにぶちまけたかったわけじゃないの」ソファの上で彼のほうを向き、片足を自分の下に押しこんだ。

「結婚してどのくらい？」

「三六年よ」サンドラはワイングラスをまわして、液体が円を描くのを眺めた。「わたしには永遠のように思えるわ」彼女はため息をついた。「どのくらいのあいだ二人は不幸で、どのくらいのあいだそんな状態のまま毎日毎日ふつうに生活していたんだろうって、ずっと考えているの。そして、どうして気づかなかったんだろうってね」

「不幸を隠すにはたくさんの方法があるんだよ」マイクが言った。

サンドラは彼に鋭い視線を投げかけたが、やがて言った。「知ってるわ」

マイクは結婚の権威などではないが、経験は知りたいと望む以上のことを彼に教えていた。アンジェラとの関係がいつ終わったのか、その決定的な瞬間を特定することはできなかった。ゆるやかにほんの少しずつ、それは進行していった。恐怖で身動きもとれなくなるような衝撃や裏切りもなく、ただ鈍い敗北感だけがあって、そのさびた刃はどちらか一方だけが子どもたちを得られるという認識によってざらざらになるのだ。

「前妻とは」彼が続ける。「そのことにすぐに気づいたよ。でも、二人とも黙っているかぎり対処する必要はなかったんだ」

「あなたの場合もまったくそうだったのね」彼女は言った。

「〝アイルランドの離婚〟さ。父方の祖母がそう呼んでいた。二人の他人が同じ屋根の下に住み、近所の目や子どもたちのために体裁を取り繕うんだ」用心も忘れて、彼はごくりとワインを飲んだ。「子どもたちのことを考えて喜んでそうしていたんだ。離婚すれば、アンジェラが親権を主張するのはわかっていたからね」

「あなたは子どもたちといっしょにいられたものね」

「ケビンとメアリー・マーガレットもそのほうがよかったと思うよ」彼はぶっきらぼうに言った。「子どもはいつだってそうさ」

サンドラはマイクの顔をまじまじと見た。「あなたの事情はなにもわからないけど、人生は短いのよ、マロイ。幸せになろうとしてみるだけでいいの。わたしの両親くらいの年齢になったとき、それまでの一〇年か、二〇年か、四〇年を振り返って後悔したくないでしょ。あなたの子どもたちは今は物事をそんなふうに見られないかもしれないけれど、きっといつかは理解するわ、きっとね」

彼女の言葉はマイクの胸をこのうえない安らぎで満たした。それは長いあいだ感じたことのないものだった。「きみは勘違いでいっぱいなのか、ワインでいっぱいなのかのどちらかだ」

サンドラは自分のグラスを見おろした。「前のはいくらかで、あとのは少し」そしてボトルを持ちあげると、マイクのグラスを満たした。

「それで、自分のほうの試みはどうなってるんだい？」

「なんの？」

「幸せになるための試みさ」

こわれ物を扱うように、彼女はそっとボトルを置いた。「まず、どんなことがわたしを幸福にしてくれるのか考えることからはじめないと」

マイクは彼女のしっとりと濡れた唇に心を奪われ、目を離すことができない。「どんなことに幸せを感じる？」

サンドラはしばらく彼をじっと見つめた。ストーブの炎の明かりが目の奥でちらちらと揺れている。なんという満ち足りた世界だろう。二人だけの秘密の世界。彼女に答えるつもりのないことがわかると、マイクは言った。「じつは、夕方のニュースで事故がちょうど一年前の今日起こったことを知ったんだ」

「それで、わたしが手首でも切るんじゃないかと見にきてくれたのね」

「そんなところかな」彼はグラスに残ったワインをまわした。「でも、まったくそんな感じじゃなかった……つまり——」

「自殺ね」サンドラがかわりに言ってくれた。「まさか、マロイ。わたしにはちょっと変わったところがあるけど、自殺願望はないわ」

マイクは咳ばらいをした。「それを聞いて安心したよ。でもきっと……彼のことを恋しがっていると思ったんだ」

「そのとおりよ」

彼は屋根裏で見つけたもの——秘密の手紙とコンピュータのディスク——のことを思った。ヴィクターとサンドラの夫婦関係がどのようなものだったかはわからない。だが、秘密に満ちた結婚がどのようなものなのかは知っている。「じゃあ、ご主人とは幸せだったんだね」

グラスをわきに置き、彼女は足首を交差させてコーヒーテーブルの上にのせると、頭の後ろで両手の指を組みあわせた。フィルが配線工事をはじめたせいでできた、天井のしっくいにぽっかりと開いた穴をじっと見あげながら、彼女は言った。「わたしは幸せだったのかしら？　もちろんんよ。二人で幸せな人生を送っていたのかしら？　間違いなくそうよ。わたしはヴィクターを愛していたのかしら？」彼女は詰問するような調子で落ち着きなく話した。

マイクは彼女がつい最近まで尋問を受けていたことを思いだした。

だが彼女はヴィクターを愛していたのだろうか？　マイクはこの話題を持ちだしたことを後悔しはじめた。とはいえ、彼女が答えるまでは身じろぎ一つしないだろうともわかっていた。

サンドラは両手をひざの上に落とし、指をからみあわせた。「心から」と彼女は言った。声は動揺して震えている。彼女は咳ばらいをした。「ヴィクターはわたしを愛していたのかしら？　ほかの人の心の中がわかったことがある？　あなたならわかると思ってたけど」

「今なにを考えているんだい？」

「ぜんぜんわからないの。酔った小説家とまじめな会話をしても無駄よ」

マイクは二人のグラスとすでに空になったボトルを、コーヒーテーブルの向こう側に置いた。そして彼女の横顔をしげしげと眺めた。顔立ちの繊細な線、火明かりが肌を琥珀色に染め、目をコーヒーブラウンに変えている。「作り話を言っているわけじゃないだろ」

「なんとでも」薪ストーブのガラスの扉をまっすぐに見つめながら、彼女は肩をすくめた。

マイクは彼女の頬にかかる髪の毛の房をそっと手ではらった。自然に手が動いた。彼女の髪が見た目どおりなめらかなのか確かめたかったのだ。思ったとおりなめらかだった。「髪を切ったんだね」

彼女はそっとあえぎ声をもらすと、身を引いた。「マイク……」

「しーっ」彼は言った。「取って食ったりはしないから」

「あなたがそう言うなら」サンドラは彼の顔を食い入るように見つめた。肌は火明かりとワインで紅潮している。「でも、もしそうされてもわたしはかまわないわ」

マイクは再び彼女のほうへ身を乗りだし、彼女のあごを指の関節で持ちあげた。彼女のふっくらとした唇はワインでうるおい、わずかに開いている。身をかがめると、マイクの唇が彼女の唇に触れた――そっとかすかに。彼女は驚いたようにくぐもった声をもらし、純粋な驚きが顔一面に広がったかと思うと、やわらいだ表情になった。そしてまるで引き寄せられるように彼のほうへ体を傾けた。マイクは唇をさらに深く彼女の唇に沈めながら、あごを親指でやさしく愛撫した。やがて彼女の唇はゆるみ、誘うように開かれた。

彼女のくちづけの味はどんなワインよりも彼を興奮させた。最初は身を固くしていたが、やがて彼の胸に押しあてられていた手はシャツをつかんで、自分のほうへと引き寄せた。彼女の喉の奥から低いうめき声がもれ、マイクは互いの欲望が熱く反響しあうのを感じる。彼女の反応はなにかを新しく発見したときのような激しさをともなっていた。まるで、今まで一度もキスしたことがないように。一秒後、マイクはもうなにも考えられなくなった。無我夢中で彼女を腕に抱きしめ、くちづけし、味わいつくした。気がつけば、骨にまで染みこんでいた緊張感と孤独の痛みは消え去っていた。だが、たとえそれが一時のことであったとしても気にならなかった。腕の筋肉の一つひとつが女性の体つきや手触りや匂いに飢えているかのようだ――まぎれもないこの女性の。

マイクの腕に従順に身を任せる彼女の唇はやわらかく、舌は温かい。情熱と欲求が彼の中でしだいに高まり、背骨を貫く。両手を肩から腰の内側のくびれへとはわせると、彼女は体を震わせてそれに応える。あともう少し積極的に出れば、彼女をうまくソファの上に押し倒すことができるだろう。軽くなでるようななにげない手つきで、セーターの下に手をすべりこませてもいい。けっして拒みはしないことは、体じゅうの神経が感じている。

そうしたいという激しい衝動に攻めたてられながらも、マイクはかろうじて自分を抑制した。自分は貴公子ではない。だが人生最悪の記念日に直面してこれほどもろく傷つきやすくなっている誰かにつけいるのは、あまりにむごいことのように思えた。体の中に燃え盛る欲望の炎を無視して、マイクはあまりの辛さに震えそうになりながらも、やっとの思いで自分を抑えつけた。

サンドラは動かなかった。ようやくキスするのをやめると、体を離してこぶしをぎゅっと握りしめた。目を閉じたまま、唇はやわらかく彼の唇にかたどられ、顔を上向き加減にして座っている。その姿は切なげであると同時に、たまらなくセクシーだ。マイクはどうしていいかわからず咳ばらいをした。

彼女はぱっと目を開けた。とたんに頬は見る見るうちに赤く染まっていく。

マイクは我慢できず、にやっと笑った。「無礼なことをしてしまったようだ」

「たぶん」

「謝ったほうがいいかな？」

彼女は傷がついていないか確かめるように、下唇に指先をすべらせた。「なにを？」

「きみに言い寄ったこと」

「あれはそうだったの？　言い寄ったってことなの？」彼女は笑った。「もしそうなら、あまり繊細な言い寄り方じゃなかったわね。まさに正面攻撃って感じだったわ」

　彼女にはわからないのだ。彼のしたことは、必死に抑えこんだ行動に比べればはるかに穏やかな行為だ。「キスしただけだよ」

「後悔してるの？」

「まさか」本当はひどく後悔していた。今夜はずっと眠れないに違いない。

「お詫びなんていらないわ」サンドラはソファの上で彼から向きを変えると、両ひざを胸に引き寄せてそのまわりに腕を巻きつけた。その瞬間、彼女はもはや誰の未亡人にも見えなかった。とりわけヴィクター・ウィンスローの未亡人には。タブロイド紙は間違っている。マイクにはそれがわかった。この女性は誰も殺してなどいない。

「詫びる必要がないなら」彼は言った。「またキスしたいな」

「それはどうかしら」

「知る方法が一つある」

　彼女はわずかに身を引き、その目はストーブの明かりを受けて大きく見開かれた。「いっしょに仕事をしている誰かと個人的にかかわるのはいい考えではないってよく聞くわ」

「そうなのかい？」

「状況が複雑になるからよ」

「どんなふうに？」

彼女は頬を紅潮させて笑った。「もしお互いとても情熱的になっても、家の修復が終わる前に仲たがいしたとしたら？　わたしは未完成の家と傷心を抱えて取り残されることになるわ。あなたは決まり悪さや後悔やらで、戻ってきて仕事を終えようとは思わないだろうから」

マイクはこらえきれず、頭をのけぞらせて長く大声で笑った。「さすが作家だな」彼は言った。「考えすぎだよ」

「この状況の可能性について言ったまでよ」彼女は引き寄せたひざの上にあごをのせて、空のグラスをちらっと見た。「もっと飲みたいわ」

「持ってこようか？」

「キッチンにもう一本あるの」

彼は慎重にさっと立ちあがった。さりげなくすばやい身のこなしに見えるよう願いながら。じつを言うと、もう一七歳の少年でもないというのに股間がこわばっていたのだ。彼女にはぜったいに気づかれたくなかった。マイクはゆっくりと時間をかけて、アーミーナイフについているコルク抜きでボトルを開けた。ワインを持って戻ると、彼女のグラスに半分注いでボトルを置いた。「契約したからには、仕事は最後までやり通すよ。ぼくたちのあいだになにが起ころうとね。この家の修復を完成させるよ」

彼女はワインをすすった。「わかったわ。だいぶ気分がよくなってきたみたい」

マイクはそうではなかった。彼女が燃えたたせた炎は、どんなことがあっても消えはしない。「からかうつもりなんてないんだ」彼は言った。「きみがあんまり魅力的だから、自分を抑えることができないんだよ」

彼女は息をのんだ。顔に驚きの表情がぱっと広がる。「本気なの？」

「そんなに変かな、ぼくがきみを求めるのが？」

「わからないわ。それでどうするつもりなの？　関係を持ちたいの？」

率直な問いかけに驚かされながら、彼のほうも質問を投げ返した。「きみはどうなんだ？」

「さあ、どうかしら。これまで一度もそんな経験がないし、誘惑されたのも初めてなの」

マイクにはその答えが本当だとは思えなかったが、信じることにした。彼女とヴィクターは今まで美しく有力な人々に取り囲まれて生きていた。こうした身なりの美しい人々はタウン・アンド・カントリーやロードアイランド・マンスリーといった雑誌に登場して大衆の注目を集めている。彼女のことを魅力的だと感じ、求めたのはマイクが初めてではないだろう。おそらく彼女を押し倒そうとしたのも。

「今その気はあるかい？」彼は尋ねた。

サンドラは率直な視線を彼のほうへ向けた。その目には動揺の色が浮かんでいる。「そうね。たぶん」

マイクは責任ある大人としてふるまうことを拒絶する、激しい肉体のうずきのことは考えないようにした。そして必死で分別を探し求め、ようやくかろうじて一本の糸にぶらさがっているのを発見した。弁護士からは頭の中にルールをたたきこまれていた。分別のある交際なら問題ないし、離婚したばかりの人間にはかえって望ましい。だが、彼が抱いている感情は分別とはほど遠かった。

もっとも強力な拒絶感はマイクの心の奥底からわきあがってきた。離婚以来ときどき女性と出かけたりはしていたが、きわめて重要なことを思いださせたのはサンドラが初めてだった。彼の人生には大きな穴がぽっかり開いていたが、それを直視することがいまだできずにいたのだ。その穴をどう埋めていいのかさえまったくわからなかった。

「きみには情事よりも友人が必要だよ」彼は無理にそう言った。「一人きりの時間があまりに長すぎるんだ。これはよくないよ」

彼女はワイングラスを飲み干すと、わきに置いた。失望感が目の奥でちらっと光った——人を容易に信じないにもかかわらず。「どうしてこんなにこの家が売りたいかわかる？ わたしが入れないように戸口にニンニクをぶらさげるような人たちのいない場所に行きたいからよ。黒後家グモ《ブラックウィドウ》と呼ばれる心配なく、人前に出られるような場所にね」彼女はしばしば音楽に耳を傾けてから、かすかに身震いした。「じつを言えば、わたしは人づきあいが多いほうじゃないの。ヴィクターが初めての親友だったのよ」

マイクは友人のいない人生を想像してみた。それはどれほどみじめなものだろう。これまで友人に囲まれて生きてきたことに特別注意をはらったことはないし、彼らの存在についてあらためて考えたこともなかった。だが電話をかけさえすれば、いっしょにビールを飲みにいったりビリヤードをしたりする相手をすぐに見つけることができる。友人のいない人生なんて彼には考えられなかった。

「ヴィクターとわたしが嵐の夜にときどきどんなことをしていたかわかる?」サンドラが尋ねた。

マイクは知りたくなかった。だが、ヴィクターが彼女となにをしていたかははっきりとわかる。

「自分たちの幸福を数えたのよ」彼女は言った。「そして幸福一つにつき、M&Mのチョコを一つ食べるの。座ってリストを見ながら……わたしのチューリップの球根が芽を出したことから、ヴィクターが地元の労働組合から推薦を受けたことまでどんなことでも。ばかみたいでしょ」

「それより正気じゃないと思うね。嵐の夜に美しい女性と二人きりでいたら、なにかを数えるなんてぼくならぜったいに思いつかないよ」

彼女はつまらなそうに笑った。彼の言葉を信じていないかのようだ。「M&Mがどんなだったかさえ思いだせないの」

「今度買ってくるようにメモしておくよ。手に入れるのがむずかしいものでもないし」

「M&Mのことを言ってるんじゃないのよ、マロイ」

「わかってるよ」

「迷惑かしら、夫のことを話すのは?」

「いいや」彼は嘘を言った。だが今夜だけはそうさせてやらなければ。

「なんでも二人で分かちあったわ。政治的な見解からタイムズ紙の日曜版のクロスワードパズルまで。最後には一人ずつできるように二紙とるようになったのよ」

マイクは彼女が朝日を浴びてクロスワードパズルをする姿を思い描いた。自分なら一マスだって解かせなかっただろう。

「新しいレシピやレストランを試すのも好きだったわ。美術館やコンサートに行くのも、テニスをするのも。彼がいなくなっても、二人で分かちあったこうした思い出はすべてわたしの中にあって、どこにも行き場がないの」彼女の言葉はゆっくりと暗い川のように流れでて、マイクなどそこにいないかのようだ。ふとサンドラは彼のほうを向き、その存在を突然思いだしたかのように目を見開いた。「これっておかしくないわよね？」

「ああ、そう思うよ」彼には美術館など耐えられなかった。テニスも悪い冗談に思える。それにクロスワードパズルだって？　自分はここにいるべきではないのだ――彼女の求めるものになどなれるはずがない。

サンドラは最後のワインを飲み干した。「一年前のあの夜、わたしは二人の人間を失ったの。夫と、親友を」手をあげて、彼女は顔にかかる豊かな髪の毛の束をはらいのけた。「まだ誰かと関係を持つ心の準備ができていないの。もしかしたらずっとできないかもしれない」そう言うと、泥酔する寸前のゆがんだ笑みを浮かべた。「関係を持つには、あなたを人間的に好きになりすぎてしまったみたい」

「わかってるよ」理解したふりをして彼は答えた。だが、それでもまだ彼女をベッドに連れこみたかった。

19

最新型の緑色のレクサスが砕いた牡蠣の貝殻をけちらしながら家の前の私道に入ってきた。そしてやや速い速度でカーブしたかと思うと、やや唐突に停まった。

趣味のいい木目と革の内装の車から飛びだしてきたのは、なんともエネルギッシュな人物だった。ポケットデジタルカメラを携え、ポケベルと携帯電話をバッグにくっつけ、MLSのプリントを詰めこんだクリップボードを抱えている。スーツはアルマーニ、パンプスはプラダ、身につけているジュエリーは正真正銘の本物だ。

サンドラは正面玄関で不動産仲介人を出迎えようと待っていたが、訪問者はなかなかやってこない。客はドアをノックするかわりに、すでに物件の評価をはじめていたのだ。家の前を行きつ戻りつしながら、何枚かスナップ写真を撮り、手持ち型のテープレコーダーにメモを吹きこんでいる。それから私道の反対側にまわって、景観を調べた。

彼女が正面のポーチに足を踏み入れたとき、サンドラは賞賛と嫌悪の両方を感じた。この女性の決然とした態度に感嘆しながらも、一方ではぶっきらぼうでずうずうしそうな態度にうんざりした。「こんにちは」サンドラは声をかけた。「ヴィトコウスキさんね」

「スパーキーよ」ポーチにすばやく視線を投げかけながら、その女性は言った。「スパーキーと呼んで。そして、あなたはサンドラ・ウィンスローね」

「どうぞ入って」大人の女性がなぜスパーキーなどと呼ばれたいのだろうか？

「本名はガートルードよ」サンドラの心を読んだかのように、彼女はつけくわえた。

ミルトン・バンクスがこの、ウォーターフロントの物件を専門とするミス・ヴィトコウスキを薦めたのだ。ミルトンによれば、もう何年にもわたって高額の不動産を扱っているということだった。攻撃的なディーラーであるスパーキーは、売り手の悪評よりも手数料を稼ぐことのほうにはるかに関心を持っている。まさにサンドラにぴったりの人物だ。

だが今日は、不動産仲介人のことなど考える気になれなかった。それよりも、彼女にキスをしたマイク・マロイのことを考えていたかった。そんな気持ちを振りはらって、彼女は尋ねた。「紅茶はいかが？　なんなら、コーヒーでも、ジュースでも……」

「けっこうよ」スパーキーは玄関ホールをぐるりと見まわした。「本当に。コーヒーはいらないわ」彼女はサンドラのほうをほとんど見もしないで、すばやく視線をあちこちに投げかけながら家の中を歩きまわった。「これがわたしの仕事のやり方なの。さっと家じゅうを歩いてみれば、その家の感じがつかめるのよ。それから価格を決めて、マーケティングプランをまとめあげるの。そこからね、あなたと相談するのは」

「合理的ね」サンドラは玄関ホールを身振りで示した。ハンマーのたたく音や、電動工具の騒音が古家に響きわたっている。「ごらんのとおり、売りに出す前にまだやり終えなければならない修理が残っているの」

「かまわないわ。その点は強調しておくつもりだったから」スパーキーはメモ帳になにかを書きとめた。「どのくらい残ってるの?」

「かなりよ。建築業者の話では基礎はしっかりしているそうなんだけど、とにかく長いあいだ放っておいたものだから。歴史的建造物に指定されているの」

「それはすごい利点だわ。とってもね。変更すべき点はすべてわたしに任せてもらえるかしら」

サンドラはちょっと笑ったが、すぐに黙りこんだ。スパーキーが冗談を言っているのではないことに気づいたからだ。歴史協会は窓のサイズや塗装の色を指図するだけだが、スパーキーはあきらかにどうすれば家が売れるのかわかっているのだ。仲介人は一階を歩きまわりながら、塗装の色や部屋のアレンジ、鉢植えの植物の配置、食堂にぶらさがるセイヨウバラのおぞましさ、家の東側の完璧な海辺の景観について、立て板に水を流すように指示や意見を並べたてた。それから地下にどしんどしんと下りていくと、フィルと配線関係について驚くべき説得力で手短に話し、猛スピードで上にあがってきた。

二階で、二人は壁を修繕しているマイク・マロイに出くわした。しっくいがはがされ、古びた黒っぽい木の下地が化石のあばら骨のように並んでむきだしになっている。仕事着の袖をまくりあげ、粉塵マスクで鼻と口をおおい、ハンマーとのみを手にしたその姿は、まるで粗野な外科医のようだ。二人がやってくるのに気づくと、彼はマスクをとり首にぶらさげた。

スパーキーが急に立ち止まった。「まあ、信じられないわ。ずいぶん久しぶりじゃない、マイク」

手を赤いバンダナでぬぐうと、彼は差しだした。「やあ、スパーキー。しばらくだね」

「じゃあ、あなたがこの家を修復しているわけね」彼女は言った。「言い値をもう四〇〇〇ドルアップさせたほうがいいわね」

「そう興奮するなよ」

「あなたにはいつも興奮させられるわ、マイク」彼女は笑うと、気安く彼の腕に触れた。

そのようすを見て、サンドラは胃のあたりに冷たく張りつめるものを感じた。二人の気安さがねたましく、彼らが知り合いであることが妙に不吉に思われた。

スパーキーは彼女のほうを向いて言った。「彼は建物の修復で国から表彰されているのよ。アーキテクチュラル・ダイジェストで特集も組まれたしね」彼女はまたマイクの腕に触れた。その真っ赤なマニキュアが塗られた爪は、彼のほこりっぽい肌とあざやかな対照をなしている。「ニューポートでは高い評価を受けているのよ、ねえ?」

「それを建設許可局でも認めてくれるといいんだけどな」彼は腕を伸ばすと、ペンキの飛び散った腕時計をちらっと見た。「今日は午後からちょっと書類を作成しなくちゃならないんだ」彼はサンドラにまったく事務的に言った。「明日の朝早く戻るよ」

ブラインドデートのように緊張で舌がもつれたが、彼女はなんとかうなずいて答えた。

「わかったわ」

「じゃあね、マイク」スパーキーはそう言うと、彼をじっと見つめた。「今度、電話して」

「ああ、するよ」彼は階段を下りていった。

「してくれないのはわかってるわ。でも女の子はトライするものなの」スパーキーは彼の背中に大声で呼びかけると、サンドラのほうを向いた。「ニューポートでは、マロイ・アンド・メオラ・レストレイションが修復した家は最高の金額で売れるのよ」

サンドラは彼女のあとに続いて主寝室に入った。マイクはそんなことは話してくれなかった。だが彼にそんな義務はない。

サンドラは一日じゅうマイクを避けていたが、彼のことを考えずにはいられなかった。無理に忙しくして、代理人や友だちのバーバラに電話をしたりした。バーバラは出版業界の最新のゴシップに通じていた。さらには父親にも電話し、母親なしでもうまくやっているか確かめた。〝大丈夫だ〟と父は娘を安心させた。

嘘つきね、と彼女は思った。

そのあと、サンドラはまたしてもマイクのことを思った——彼の抱擁の力強さ、額にかかる黒っぽい髪の毛の束、ジーンズの色のあせ方、キスされたときの彼の唇の意外なほどのやわらかさ。湿り気を帯びた狂おしいキスに、彼女の体は内側からとろけてしまいそうだった。あんなにもすばやく熱く反応した自分が不思議でならない。あの情熱はいったいどこからわきあがってきたのだろうか？　どれくらいのあいだ抑えこまれ、解き放たれる時を待っていたのだろうか？　あきれるほど激しく彼に応えてしまった。ゆうべの出来事以来、彼の前でどうふるまっていいのかわからない。なにもなかったかのように、今までどおりにふるまうべきなのだろうか？　それとも、あんな情熱的なキスをしてきた男性の前で女がふつうとるような態度をとればいいのだろうか？　体の細胞の一つひとつが彼を求めてやまないのに、どこからか、これはいけないことだという声が聞こえる。こんなとき、いったいどうすればいいのだろう？

「彼を手に入れるなんて、あなたついてるわ」三階に続くきしむ木の階段をのぼりながら、肩越しにスパーキーは言った。屋根裏は薄暗くて肌寒く、古い材木とほこりの匂いが立ちこめている。

「なんですって？」サンドラは頬がしだいに赤く染まるのを感じた。はっきり顔に出ていたのだろうか？

きっとそうに違いない。彼にキスされたとき、全世界が地軸を中心に位置を変えたようにさえ感じた。あれはワインのせいばかりではない。こうしている今でさえ、彼への思慕は抑えきれない衝動となってあの瞬間へとわたしを引き戻し続けている。

新しくつけ替えた窓のところに立って、サンドラとスパーキーは庭を見おろした。マイクの古いピックアップトラックが立ち去っていくところだった。この寒さにもかかわらず、開けた窓から肩ひじを突きだしている。

「彼がニューポートで仕事をしていたときは、予約は二年待ちだったのよ」スパーキーが言った。「数百万ドル規模のビジネスをしていたの」

サンドラはほっと長くかすかな安堵のため息をもらした。不動産仲介人は〝建築業者〟としての彼のことを言っているのだ。

「それもなにもかも奥さんに離婚されておしまい」スパーキーは声を低くした。「離婚で彼は持っていたもののほとんどすべてを失ったのよ。義理の父親が会社に出資していたんだけど、マイクとアンジェラが別れたとたんすべて引きあげてしまったから」スパーキーは新しい真鍮のボルトで固定した手すりを調べると、納得してうなずいた。「それで、また一から出直しってわけ。でも、一つだけいいことがあるわ。少なくとも彼は今独身だってことよ」

「それがいいことなの？」サンドラはあえて尋ねてみた。スパーキーは箱の山を通り過ぎた。

「なに言ってるの？　彼を見たでしょ。彼はまさしく〝地上に降りた恋愛の神〟よ」

じゃあ、わたしだけじゃなかったのね。サンドラはひょいと頭を下げてほほえみを隠した。この会話は大学の寮での会話を思いださせる。女の子たちが寄り集まって男の子の情報を交換しあっていた。サンドラはもちろん一度もくわわったことがなかったが、彼女たちがときに陽気にときに残酷に、出会った男たちを値踏みしていたのを今でも覚えている。

「彼がパラダイスに戻ってきたのもうなずけるわ」新しい屋根窓を確認しながらスパーキーは言った。

サンドラは顔をしかめた。「パラダイスに戻ってきた？　じゃあ、彼は前にここに住んでいたの？」

「彼はここで育ったのよ。聞かなかった？　屋根裏は問題ないわ」スパーキーはきびすを返すと、キッチンをくわしく調べるため再び階下に下りていった。作り付けの家具やサンルームについて意見をすらすらと言って、家の下見は終わった。スパーキーは景観を整えるための雑務をリストにすると、近いうちにまた来るとサンドラに約束した。

サンドラはそうしなければならないとわかっていながら、スパーキーの話にあまり集中できなかった。マイク・マロイがここパラダイスで育ったという彼女の言葉が頭から離れなかった。もちろん彼に話す義務などない。だが話したからといって、わたしが迷惑するようなことだろうか？　そんなことはまったくない。

スパーキーを車まで送ると、不動産仲介人はサンドラのほうを振り返った。「クライアントに必ず訊くことがあるの」彼女は言った。「ばからしいと思うかもしれないけれど、重要なことなの」

「わたしたちはチームよ」サンドラは言った。「どんなことかしら？」

「ちょっとやってほしいことがあるの。あなたが理想とする買い手をイメージしてほしいのよ。買えるだけのお金を持った人じゃなくて、あなたのものだったこの家に住んでもらいたい人をね。どうしてこれが効果的なのか自分でもわからないんだけど……もちろん、いつもうまくいくというわけにはいかないの。でも、売り手が買い手を気に入ると、取引はずっと容易になるのよ」

「相応な値段で買ってくれる人なら誰でも、わたしは気に入ると思うわ」

「ちょっと試してみてほしいの。どう？」

「考えてみるわ。でもあまり期待しないで。どうしてこの家を売りたいか、たぶんあなたは理由を知っているでしょ。わたしの家を買ってくれる人をえり好みしている余裕なんてないのよ」

「きっと驚くわよ。少なくとも、あなたのビジョンはわたしのマーケティング戦略に役立つの。もしあなたが年配の定年退職した夫婦をイメージすれば、わたしはその方向でマーケティング戦略を練るし、働き盛りの若い家族がここに住むことを思い描くのなら、方向性に若干の修正が必要になる。わたしの言っている意味わかるでしょ？」

「ちょっと考えてみるわ」〝わたしの家を買ってくれるかもしれない人たち〟……サンドラはこの考えに嫌悪感を覚えた。ここから自分を切り離し、この修復した家に住むかもしれない人々を想像するなんて。ほかの人々――他人――がここに引っ越してくると考えただけで、思わず胸が痛む。

　彼女は私道に立ち、スパーキーの乗ったレクサスがうなりをあげて立ち去り、海岸沿いの道を曲がって見えなくなるまで見送った。だがサンドラの頭の中にあったのは、スパーキーから与えられた課題ではなかった。

　マロイのことだった。

　ということは、彼は地元の人間なのだ。ヴィクターが生きていれば、彼と同じ年齢であることはもう知っている。不安でいっぱいになって、彼女は急いで家に入り、屋根裏に戻った。ヴィクターと暮らした家から引っ越してくるときに荷物をすべて放りこんで以来、箱の中身は一度も見ていなかった。探さなければならない箱はそれほど多くはない。彼女もヴィクターも経歴に関するものはあまり保管していなかった。

天井から吊るした灯りをつけると、彼女はヴィクターとの人生の記録が詰まった箱の山を調べはじめた。結婚当初は大学を出たばかりで、荷物と言えば、議員の妻にふさわしくない服をトランクに一つ、何年もかかって集めた本や原稿の箱がいくつか、リングタイプのノートに記した日記の束、雑誌や出版社からの断りの手紙を押しこんだファイルくらいだった。ヴィクターに会うまでは彼女の人生は平凡そのもので、それは大きめの箱が二、三個あればすべてきちんと収まる程度の人生だった。

彼女より一〇歳年上のヴィクターには自己顕示すべきものがはるかに多くあった――同時に、隠すべきものも。彼は能力以上のことをやり遂げる人間でつねに現実離れしていたが、それはおそらく生まれたときからなのだろう。戦争の英雄だった父親は今や車椅子に乗った牧師で、社交界の淑女である母親はジャクリーン・ケネディ・オナシスの実家ブーヴィエ家に匹敵する財産を持っている。そんな両親を持って、どうしてそうならずにいられただろう。

〝一九六六年から一九八二年〟と書かれた箱の中に、ヴィクターは子ども時代の記念品を保管していた。結婚するときに渡そうと、母親が愛情を込めて集めた品だ。彼の自慢の両親は、人生の節目ごとにそれを記念してふさわしいことをしてくれていた――最初に抜けた歯は純銀製のピルボックスに納められ、その喜ばしい日付が彫りこまれている。学校にあがってからは、毎年プロの撮影スタジオで写真を撮っていた。学校専属の写真家が撮るありきたりな型にはまったポーズでは満足できなかったからだ。ほかには、水泳、レスリング、陸上競技、テニス、ゴルフで入賞したときの記念の品。学校での成績を称える賞状。色あせたリボンからぶらさがるイーグルスカウトのピン。優秀な高校生を表彰するローズガーデンの行事で、カーター元大統領と握手する一六歳のときの額入り写真まである。

この箱の中身はすべてヴィクター自身のものばかりだ。友人やクラスメートのものは含まれていない。ヴィクターと彼の偉大な業績だけだ。ヴィクターと彼の公的人生の。こうした記念品は、今となっては彼の身内が保管すべきものだろう。この頃はヴィクターと知りあってもいなかったのだから。ミルトンに頼んで、ウィンスロー夫妻に渡してもらわなければ。

彼らの自慢の息子。ヴィクターは彼らにとってなにより大切なものだったのだ。

サンドラはほこりをはらい、過去をあらわにし、思い出の品を明るみに出しているうちに、妙に不安な気持ちにとらわれた。なにかがベールをはぎ取って、正体を現そうとしている感じだった。恐ろしい緊張感が彼女を襲い、続いてゆっくりと怒りがこみあげてきたが、それを無視しようとした。一つひとつラベルのついた箱を調べながら、彼女は自分の目的に強いて集中した――マイク・マロイはヴィクターと出会ったことがあるかどうかを見つけだすこと。そのほかのことは考えないようにした。だがそれは今でさえ、かなりむずかしいことだった。〝古リネン他〟と走り書きされた段ボール箱を見つけると、彼女はそれをわきに押しやった。箱に裂け目があるのに気づいたが、なんとかもつだろうと思った。

ついに探していた箱にたどり着いた。ヴィクターのていねいな字で〝競技会のトロフィー、大学と高校のアルバム〟と書かれている。

ダンボール箱を開け、ビロードに包まれたさまざまな変わった形のトロフィーを取りだすと、彼女はアルバムをえり分けた。ニューイングランドの恵まれた家庭の少年たちがみなそうであるように、ヴィクターも全寮制の学校に入る予定だった。以前ヴィクターがそう話していたのをおぼろげに覚えている。実際に一九七八年、名門ブライスホールスクールに入学したものの、わずか数週間で退学し、故郷に戻って地元の高校に通ったという。その出来事についてはそれっきり二度と口にすることはなかった。

サンドラは一九八二年、彼が高校三年生のときの卒業アルバムを見つけた。ヴィクターと彼の学業を称えるページにはサテンのリボンが飾られている。学級委員長、イーグルスカウト、水泳の代表選手、レスリングの代表選手、あらゆるものの代表選手……リストは永遠に続くかのようだ。彼はつねに代表選手の人生を歩んでいた。

WからMまでページをぱらぱらとめくっていると、すぐにマロイのページを見つけた。その瞬間、全身に鳥肌が立つ。アルバムを窓のところに持っていって座ると、遅い午後の光がページの上に射しこんだ。マイケル・パトリック・マロイ。

彼女の中で今にも爆発しそうな憤りが、さらに速くさらに高温に沸騰しはじめる。どうして話してくれなかったの？

サンドラはページに掲載されたカラー写真をにらみつけた。スパーキーは彼のことをなんて呼んでいたかしら？　そう、地上に降りた恋愛の神。まさしくそのとおりだ。だがそれは、二〇年前も同じだった。マロイは若いトム・クルーズのようだ。角ばったあご、彫りの深い顔立ち。彼は、ふつうの男の子と胸の張り裂けるような思いをさせる男の子とを分ける神秘的な官能性に恵まれていた。カメラに向かってにっこり笑う姿は、まるでカメラを持っているのがヘッドチアリーダーで、彼は州選手権で優勝したばかりででもあるかのようだ。レタージャケットにはき古したジーンズ、その顔に浮かぶほほえみを見ていると、十代の少年だとわかっていてもつい心臓の鼓動が速くなってしまう。

彼の高校での経歴はヴィクターほど有望ではなかった。だがそんな生徒などそもそもいるわけがないのだ。とはいえマロイは印象的な成績を収めていた――フットボールと水泳の代表選手、いくつかのクラブの会員、歴史保存協会の地域奉仕活動。将来の目標の一つには建築家になることとある。

サンドラは頭をしぼって、ヴィクターがマイクという名前を口にしたことがあったか思いだそうとした。いや、一度もない。ヴィクターは過去に関する話にはとても慎重だった。彼女が知るべきことしか話すことはなかった。

サンドラはマロイがページの下に角ばった字でていねいに書いているメッセージを読んだ。それは二人で検討した修復工事の書類に書かれていたのと同じ筆跡だった。〝やあ、ヴィクター―なんて書いたらいいのかな――と言っても驚かないだろ。書くのが上手なのはぼくじゃなくて、おまえだからな。ぜったいに忘れないことは――スカーバラビーチ、青いインパラ、セーリングの全国大会、リンダ・リプシッツ、古いボート小屋、バイオリンの曲――おまえは最高だよ。これからもずっと最高さ……おまえがいなかったら、大学にだって行かなかっただろう。いつまでもクールに決めろよ。バンザイ！　ＭＭ〟

サンドラはアルバムをばたんと閉じ、にっこり笑うハンサムすぎるティーンエイジャーを視界から消し去った。

なんてわたしは大ばかなんだろう。彼にうずくような孤独を破られ、そして惹きつけられ、ひりひりするほど激しい欲望に感情を高揚させられ、体じゅうの神経をあれほど敏感にさせられるなんて。

スパーキーには本当に感謝すべきだろう。信頼しかけていたすんでのところで、はねつける理由を教えてくれたのだから。

ほこりっぽい箱に古いアルバムを放りこむと、サンドラは足を踏み鳴らしながら階下に下りた。対決しようにも、マロイはもう帰ってしまった。明日の朝までは戻らない。

なんていまいましいんだろう。彼女はバスルームに急いでいくと、ほこりとクモの巣を手からこすり落とした。この新情報は熱い炎となって彼女の中にこげ穴を作った。明日の朝まで待つつもりはない。

20

「でさ、ＹＭＣＡでタレントショーがあったんだよ、聞いてる？」ケビンの声が携帯電話からやかましく流れでる。

「聞こえてるよ」シャワーの水滴をしたたらせ、マイクは腰にタオルを巻きつけて狭苦しいバスルームからひょいとかがんで出てきた。体をふく間もなく電話が鳴り、悪寒が肌の上にゆっくりと広がっていく。ケビンにかけ直すように言おうと思ったが、子どもはものすごい勢いでしゃべりまくっている。

「どれもぜんぜんつまらなかったよ。カモ笛の真似をしたトラヴィス・ギャノンも、バレエを踊ったカンディ・プロクターもさ。カンディの踊りなんて発作で痙攣してるみたいだったよ。それからデーヴィッド・ベイツがステージでピアノの前に座ったんだけど、ほら、曲線になっているでっかいピアノさ」

「グランドピアノだろ」

「そうそう。それに座ったんだけど、なんだか緊張してるみたいだったんだ。そしたら突然げーって吐いちゃったんだよ」

「うそだろ」

「本当さ。ピアノの鍵盤じゅうにゲロしちゃって、もう最高だよ。ミス・プリーモウシックは、特別な会社に頼んで、鍵盤をばらばらにしてぜんぶ洗ってもらわなきゃならないって言ってたよ。あー、楽しかった」

「そうだろうな」マイクは毎晩子どもたちと話はするが、一方的に聞くだけだ。子どもたちが一日の出来事を話しているときの顔を想像するのがうまくなっていく自分がいやだった。だが実際には、バスケットボールの試合で四回シュートを決めたときのことを説明するケビンの顔や、鉄道王コーネリアス・ヴァンダービルトの大邸宅やギルバート・スチュアートの生家に遠足に行ったときのことを話すメアリー・マーガレットのうっとりするような表情を的確に思い描くことができた。

ときどき頭をくっつけあって寝る前に本を読んでやりながら、子どもたちを抱きしめたり、子どもたちに触れたり、子どもたちの髪の匂いをかぎたくなることがある。ときどき無性に子どもたちのぬくもりが恋しくてたまらなくなるときもある。

「ほかになにか新しいこととか、わくわくすることはないのかい?」マイクは尋ねた。

「ないかな。なにか思いついたら電話するよ。パパは今なにしてるの?」

マイクは自分のむきだしの足をじっと見おろし、湿った胸毛を手でこすった。「シャワーから出たところなんだ。これからツナ缶を開けて、コンピュータで帳簿をつけるところだよ」

「つまんねーの」

本当だな、とマイクは思った。家族といっしょに夕べを過ごせるなら、どんな犠牲でもはらっただろう。たとえそれが、いっしょにテレビを観ることであったとしても。日を追うごとにはっきりしてくることは——自分が一人暮らしには向いていないということだった。

「姉さんはなにしてる？」

「ちょっと待って。姉ちゃんに替わるよ。メアリー・マーガレット、電話とって！」ケビンは口から受話器を離しもせずに大声で呼んだ。マイクは思わず顔をしかめた。そのあとごつんという音がしたかと思うと、娘が内線をとる音が聞こえた。

「ハイ、パパ」

「やあ。おまえもタレントショーを観たのかい？」

「観たわよ。あの子が吐くまでは面白かったわ」

「ケビンはあれが最高だったって言ってたよ」

「あの子ならそうでしょうね。でも本当よ、観なくてがっかりするようなものはなにもなかったわ」

「パパはおまえに会えなくてがっかりだよ」

「わたしもよ」笑顔が娘の声をやわらげる。「ドレスを買ったのよ、パパ。バレンタインのダンスパーティーのために」

後ろで、ケビンがふざける声が聞こえる。

「あっちに行ってよ、ばか！」メアリー・マーガレットが弟を怒鳴りつける。

マイクは一瞬、電話を耳から離した。メアリー・マーガレットがコードレス電話を持ってもっと静かな一人きりになれる場所に移動する足音が聞こえる。娘がお気に入りの場所である階段の踊り場にしゃがみこんで、電話を片手に持ちながら、髪の毛の束を指に巻きつけている姿が心に浮かぶ。内気な美しい娘は最近とみに大人びてきていた。「すごくすてきなドレスなんだろうな」彼は言った。

「淡い緑色で、袖が透き通った布でできているの。ママとフィレーンに行って買ったのよ。ドレスにぴったりの靴も買ってもらったわ」

「見るのが待ち遠しいな」彼は言った。アンジェラは昔から超一級の買い物魔だった。マイクはいまだに前妻のクレジットカードの負債を支払っている。したがって、ドレスがすばらしいのは疑う余地はない。「そう言えば、図書館からいっしょに借りた本は読んでるかい？」

「一冊読み終えたわ。もう一つは半分くらい読んだところ。どっちも最高よ」

マイクもそう思った。じつはサンドラの作品が気になって、先日一冊買ったのだ。彼が読んでいるのは、内気な少女が困難な状況に放りこまれることによって勇敢で強くなり、最後には反逆するというストーリーだった。作品は彼女の人生をなぞっているのだろうか？

「もう切らなきゃ、パパ。ケビンとカーマインといっしょにバスケットボールをする約束なの。カーマインが私道に投光照明灯をつけたのよ」

「そりゃ、すごいな」憤りがマイクの中にわきあがる。一八四七年に建てられた馬車置き場を、アルミの支柱に取りつけた照明でこうこうと照らすとは。「明日また話そう」

「愛してるわ、パパ」

「パパもだよ」

電話を切ると、彼は高ぶった神経を鎮めようとした。外では天候が悪くなりつつあり、風と波が船を乱暴に揺らしている。かつての自分の家に別の男が住み、かつての妻とベッドをともにし、子どもたちと遊び、毎晩寝かしつけているという事実にもういいかげん慣れなければならない。最近ではシングルファザーが一〇〇万人もいるらしい。こんなことに耐えなければならないのは自分だけではないのだ。

だがマイクには、いくら時が過ぎようと慣れられそうにもなかった。

服を着るあいだの暇つぶしに、マイクは小さな白黒テレビをつけた。コートニー・プロクターがいかにも冷静かつ有能そうに、顔をプラスチックのようにつやつやさせて、ニュースデスクに座っている。マイクは彼女のプロデューサーの申し出のことを思いだし、テレビを消すと、かわりにラジオのスイッチを入れた。エイミー・マンの曲が流れてくる。

そのとき、上の甲板で足音が聞こえた。ジークが飛び起き、船室のガラス戸に突進した。もう外は暗く、ブラインドは下ろしていた。彼がドアをそっと開けると、冷たい風がいっきに裸の胸や足を冷やす。波止場の黄色っぽい輝きの中に立っていたのは、サンドラ・ウィンスローだった。

突然の訪問に不意をつかれ、マイクは腰に巻いたタオルをつかむと、開けたドアから寒々とした風が流れこんでいるにもかかわらずにっこり笑った。

「やあ、久しぶり《ストレンジャー》」

「まさに……」彼女は唇をゆがめて口ごもった。だが次の瞬間、もっと大きな声で言った。「まさにそのとおりよ」マイクがほとんど全裸であることにも、犬が喜んで足もとにまとわりついているのにも気づいていないらしい。招き入れられる前に、手すりをつかんで船に乗りこんできた。ジーンズをはいて――マイクはジーンズをはいた女性が昔から好きだった――、サイズの合わない手袋をはめ、ぶかぶかのパーカーを着ている。

「え、なんだって？」船室に足を踏み入れたときの彼女の太腿の形に気をとられながら、彼は尋ねた。

「ストレンジャーよ。あなたとは〝他人〟の段階をすでに超えつつあると思っていたけど、あきらかにわたしの一方的な思いこみだったようね」荒れ狂う嵐が船体に打ちつけ、彼女は手すりをつかんで体を安定させた。ジークは注意を引くのをあきらめて、自分のクッションの上に横になった。

「説明してちょうだい」凍るような冷たい風が主船室を吹き抜ける。大荒れの夜だった。嵐の予感が空気に重く立ちこめ、風が帆桁のあいだをぴゅーぴゅー吹き抜ける。マイクは急いでドアを閉めた。「ちょっと待ってくれ。なにか着ないと凍え死んでしまう」彼は個室に身をかがめて入ると、グレーのスウェットスーツを引っぱりだした。大学のフットボールチーム、URIラムズのトレーナーを頭からかぶると、主船室に戻った。彼女がここにいる。あのサンドラが。信じられない。

なにをしにきたんだろう？　なんとなく髪の毛をタオルでふきながら、彼は思った。船が係留装置を引っぱると、ぎーという大きな音が響いた。この船で彼女はいったいなにをしているんだろうか？　どちらも話を切りだそうとはしない。またどちらも、二人になれば必ず周囲に満ちる興奮を意識しないよう努めている。だが外で吹き荒れる風のように、それは性質を変えることも無視することもできない。なんとか乗り切らなければ、とマイクは思った。どうかすぐに通り過ぎてくれますように。

「ファットチャンス号へようこそ」彼は言った。「どうやってここがわかったんだい？」

「あなたの名前とスリップ番号が郵便受けに書いてあったわ。それに波止場のゲートの鍵はかかってなかったし」彼女は部屋の真ん中に立ち、あたりを見まわしている。マイクは彼女の目がこの家を値踏みしているのを感じた――棚という棚に押しこまれた仕事用のファイル、航海のための装置、コンピュータ、曲がってぶらさがる子どもたちの写真。ケビンの工作とメアリー・マーガレットのAをとった答案が小さな冷蔵庫に飾られている。サンドラはなにも言わなかったが、彼は身がまえた。これがぼくの生活だ。だが、それを初めて見て彼女はどう思っているのだろうか？

「なんの用だい？」彼は尋ねた。

「ヴィクターの親友だったってことどうして話してくれなかったの？」

なんてこった。これはまったく予想していなかった。「スパーキーがなにか言ったんだな」

これは質問ではなかった。

「あなたがわたしにそのことを隠していたなんて、彼女は知らなかったわ」

「待てよ、サンドラ。ぼくはなにも隠してやしないよ。ヴィクターの友だちだったっていうのも……はるか昔の話なんだ。それが重要だなんて思わなかったんだよ」

「今となってはどんなことでも重要よ。そのことに気づいていないとは言わせないわ」

「わかった。一言話しておくべきだったよ。なにを話すべきかはわからないけど。彼とは子どもの頃に友だちだったんだ。でも高校を卒業したあとは、まったくつきあいがなくなった。ヴィクターはぼくのことを話したことはないと思うよ」

「ないわ、でも……」

「だからたいしたことじゃないんだ」

「嘘には変わりないわ。いい、不作為の嘘よ。ようするに、言うべきことを言わなかったってことよ。でもどうしてわたしに隠していたの？」

「それを言ったら、きみがどうなるかわからなかったからさ」彼はぶっきらぼうに言い返した。その言い方に含まれた怒りに二人とも驚いた。「いいかい、サンディ。きみは世界でもっとも予想のつかない人間なんだよ。顔を合わせたと思えば塗装の色のことで文句をつけてきたり、かと思えばダンスを教えてくれたり。ヴィクターのことを話そうものなら笑うのか、それとも泣いてしまうのか、まったくわからなかったからだよ」

彼女の顔から悲しみに打ちひしがれた表情が消えていく。

「サンドラ」彼は声をやわらげて言った。「座りなよ」

彼女は目を細めてマイクを一瞥すると、ジャケットを脱ぎ捨て腰かけた。「それで、どうして言ってくれなかったの？」

その理由はたくさんあるし、どれも複雑だった。それに今は、どれを話したところで理解してもらえないだろう。「仕事の契約をする相手と個人的な情報を分かちあう趣味はないんでね」彼は湿った髪を手でといた。「いいかい、きみだって編集者や出版社の人間に私生活のことを話さないだろ？」

「わたしたちの関係が……とにかく、わたしたちの関係が変わってからはどうなの？」彼女の声は震えていた。それは二人が最初に出会ったときに彼女に見たのと同じ怒りだった。

「今はもうどうでもいいことだけど」

「どうして？」

「あなたを信頼しかけていたの。性懲りもなく」

彼女の言葉は顔への平手打ちのようにマイクに打撃を与えた。冷たく不快な感情が腹部で身もだえする。そのとき、彼女の信頼がどれほど自分にとって大切かに気がついた。「いいかい、そんなつもりなどまったくなかったんだ。最初はあまり深く考えもしなかった。小さな町では、人々はみな知り合いだ。それから時間が過ぎて、今さら言いだすのはかえって不自然だと思うようになったんだ」それはまた、彼に新たな問題を提起することにもなったのだが、そのことは口にしなかった。

「じゃあ、今話して」

「どんなことを聞きたいんだ？　ぼくの詫びか？　それとも、きみの家を修復する前のぼくの人生についてか？」マイクは、薄暗い灯りの中に浮かびあがる彼女の肌の輝きや、湿り気を帯びてきらめく下唇をじっと見つめた。外では、北大西洋からやってきた嵐が船に襲いかかっていた。「きみだって自分のことをなにもかも話したわけじゃないだろ」

　サンドラの責めるような視線が彼に焼きついた。「そんなことを言ってもだめよ、マロイ。効き目はないわ」

「わかったよ」彼は言った。「どうやって説明したらいいのかな？　ぼくらはほんの子どもの頃に出会った。たしか三年生のときだ。友情がどんなものか、きみも知っているだろ？子どもたちがそれにはまると、いつもつるむようになるんだ」

「つるむ以上の関係だったでしょ。あなたが卒業アルバムに書いたメッセージを読んだの。あなたがた二人は親友同士だったはずよ」

「きみは高校時代の親友と今でも連絡を取りあっているかい？」

　彼女はユーモアのない笑い方をした。「どうしてわたしに親友がいたと思うの？」

「誰にだっているからさ」

「そうね。先を続けて。あなたとヴィクターのこと」

　もう長いあいだヴィクターとの思い出に触れたことはなかった。心の中でそれは、独特の輝きを持った郷愁の色を帯びていた。今でも笑い声や、海風や、競争や、世界のすべてが正しいと思えたあのときの気持ちがわきあがってくる。

「話したとおりだよ。当時ぼくらは子どもで、その後つきあいがなくなったんだ」

「答えを聞くためにここに来たのよ、マロイ。でもまだなにも話してくれていないわ」

「もう何年にもなるんだ、サンドラ。そのあいだ、彼には一度も会っていないし、話したことさえない。彼のほうも連絡をとろうとはしなかったんだ」

彼女は手のひらをテーブルに押しつけた。そのインクで汚れた細い指に結婚指輪がはめられているのを、マイクは一度も見たことがなかった。それはどうしてなのだろうか？　喪に服している未亡人は夫が死んだあと何年も指輪をはめているものではないか？　一人ぼっちの夜をサンドラはなにを夫の形見になつかしんでいるのだろうか――ヴィクターのエリック・クラプトンのレコード？

「ぼくはここで育ったんだ。パラダイスの人々はほとんど知ってるよ。ヴィクターとのことはべつに話してもいいけど……」彼は口ごもった。「正直言ってそれよりも、ぼくはきみのほうにずっと関心があるんだ。今それがはっきりわかったよ」

「わたしにはなにもはっきりしないわ」彼女は言った。「これまでもずっと」

彼女の怒りが鎮まりつつあるのを見て、マイクはほっと胸をなでおろした。これならまだ見込みはあるかもしれない。「じつは、ヴィクターと知り合いだったことは言いたくなかったんだ。過去を思いだすと、きみが悲しむと思って」

「本当にそう思ってたの？　あなたとヴィクターの過去がわたしを悲しませるって？　それ

はぜんぜん違うわ。彼がわたしのものだったのはほんの数年よ。あなたのほうがわたしよりずっと長く彼のことを知っているじゃない」サンドラはなにか言いかけているように見えた。彼女の喉が静かに動いている——そしてようやくこう言った。「もっと話してほしいの。なにもかも。ヴィクターとの思い出を、いいことも悪いことも」

いいだろう、とマイクは思った。彼女にはこれが必要なんだ。この失われた過去は自分が彼女に与えられるなにかなのだ。たいしたものではないが。とはいえ、こう思わずにはいられなかった。彼女が聞きたいのはヴィクターのことなのか、それともぼくのことなのか？

「ヴィクターは一人っ子で、ぼくには姉しかいなかった、それも三人も。それで、ぼくらは多くの時間をいっしょに過ごすようになったんだ。ある先生はぼくらのことをハックルベリー・フィンとトム・ソーヤーって呼んでたよ。二人でそこいらじゅう走りまわって、自転車に乗って、夏になると海をぶらついて、冬には丘をそりですべりおり、凍った池でスケートをしたものさ」

「彼はどんな少年だったの？」

「ふつうの少年だったと思うよ。頭がよくて、面白くて、ハンサムで。誰からも好かれていた。ほかの子どもたちからも、教師からも、大人からも。そして彼もみんなのことが大好きだったんだ」ベンチに目を向けると、作り付け戸棚の引き戸を開け、家を出るときに持ってきた額入りの写真の一つを取りだした。

「これは夏にニューポートのファーストビーチで撮ったものだ」マイクはテーブル越しに彼

女に手渡した。「ジュニアカップで優勝したときだよ」

サンドラは写真をまじまじと見つめた。写真の色は時を経て色あせていた。小さなヨットに乗った二人の少年。顔に照りつける太陽の熱や、二人の船が最後のブイを通過した瞬間にわきあがった陶然とするような勝利感をマイクは今でも覚えている。彼とヴィクターは上半身裸で、ウィンスロー夫人が二人のために買ってくれたおそろいの海水パンツ姿だ。がらがらの胸を張り、ぴかぴかのトロフィーをあいだに持ちあげ、空いた腕を曲げてたくましい二頭筋を得意げにひけらかしている。二人とも少年らしい笑顔を浮かべ、無邪気な虚栄心と自尊心が全身からみなぎっている。マイクのほうが体が大きく、青い目が日に焼けた顔にいっそう映え、ヴィクターの髪は金色で、ほっそりとした顔にはそばかすが輝く。

写真を見ていると、長いあいだ忘れていたなつかしい記憶がにわかによみがえってくる。晴れわたった夏の午後の単純な喜び、優勝トロフィー、親友。当時はそれらが世界を満たしていたのだ。

「マロイ」疑わしげな視線を向けながら、サンドラが言った。「なにを考えているの？」

「この写真に写った子どもたちのことを考えていたんだ。見ろよ、〝ハマグリみたいに〟うれしそうだ」

「どうしてハマグリがうれしそうだなんて思うのかしら？　ぜんぜんわからないわ」

「ただの言葉の言いまわしだよ。ぼくらは無知で、ぴったり身を寄せあっている。どっちもまだ、人生がぼくらのためにどんなものを用意してくれているか知る由もない。こんなときがいちばんいい。将来になにが待ち受けているかわかったら、もう生きてはいけないからね。だから子どもに言っちゃだめなんだ。〝みじめな結婚をすることになる〟とか〝四〇歳になる前に死ぬ〟とかね。そんなこと知ってなんになるんだ？」

マイクは彼女の悲しそうな表情に気づいた。「ごめん。とりとめもないことを言ってるだけなんだ」

サンドラはヴィクターの古い写真を親指でなぞった。「義母もこの写真を持っているわ。地元の新聞に掲載されたんでしょ？」

「ああ」

「もう一人の少年があなただったなんて気づかなかったけど。二人ともとても……美しいわ」写真を彼に返すとき、彼女の目が危険なほど輝いていた。

泣かないでくれ、マイクはそう懇願したかった。

「もっと二人のことを話して」彼女は言った。

「あとどのくらい？」

「なにからなにまで話してほしいの」

マイクはテーブルを指でこつこつたたいた。「どのくらい時間がある？」

サンドラはちょっとためらってから答えた。「一晩じゅう」

「そんなに話すことはないよ。ぼくらはただ……友だち同士だった二人の子どもだよ。つまらない話さ」

「どうしてつまらないの？」彼女はかすかにほほえんだ。

「なにかおかしいかい？」彼は尋ねた。ほっとしたが、それを態度に出さないようにした。少なくとも、もう怒ってはいないようだし、泣きだしそうでもない。

「わたしの本にとても似ているからよ。友だち同士の二人の子ども。売れないのはそのせいかもしれないわね。つまらなくて」

「いい作家はなんでもないことを面白くできるんだろ。でも、ぼくは作家じゃない」

サンドラはテーブルを指でこつこつたたいた。「お願いよ、マロイ。どうしても聞きたいの。ヴィクターがどんな少年だったか知りたいのよ」

「きみは彼と結婚してたんだろ」

「あなただって結婚してたでしょ。自分の妻のことを本当にわかっていたって言える？」

波がうねって船体にあたり、ばさっという空虚な音を響かせる。マイクはアンジェラのことを考えた。初めてこの船に乗せたときのことを。彼女はほとんどの時間を甲板で過ごし、体を日に焼きながら、ニューポートの商業埠頭に向かうヨットに見ほれていた。その頃でさえ、妻に関して知りたくないことや認めたくないことがあった。

「たぶんわかってなかったよ」彼は認めた。「子どもの場合は事情はもっと単純だよ。ヴィクターとぼくは……気が合ったんだ。最初はそうなるとは思わなかった。彼は金持ちで、ぼくは貧乏だ。彼は成績がよかったが、ぼくはそうじゃなかった。彼にはやることすべてを見守り、すべての針路を計画してくれる人がいたが、ぼくにはそんな人は誰もいなかった。まあ、そのほうがぼくにはよかったけどね。それでも、ぼくらはうまが合ったんだ。いっしょにキャンプやハイキングにも行ったし、子どもたちがすることはなんでもやった。流木でとりでを作ったり、南側の海岸の古いボート小屋を隠れ家にしたりした。古い救命ボートで海賊ごっこもしたよ、まだ残ってるんじゃないかな」

ヴィクターはブライスホールのことを彼女に話したことがあるだろうか、とマイクは思った。高校がはじまる年、ヴィクの両親は息子をウィンスロー家の男子が代々通う全寮制の学校に入れた。六週間後、ヴィクターはマイクの家に現れた——落第し、ヒッチハイクでパラダイスまで戻ってきたのだ。だが両親の期待を裏切ったので家に帰るのが恐いという。めずらしく理解ある態度を示したマイクの父親が、ヴィクターに家に帰るよう助言し、公立学校でもうまくやれると両親を説得した。ヴィクターはそれに応えただけでなく、それ以上の成績を収めた。両親の失望を埋めあわせるために、すべてにおいてトップになり、やがてブライスホールのことは忘れ去られた。だがどういうわけか、マイクはこのことを思いだしたにもかかわらず——サンドラには言わないことにした。

「高校時代、ヴィクターはあらゆるものに参加した。学生委員会にも、ディベートチームにも、スポーツにも、とにかくなんでもだよ」

「それで、あなたは？」当惑したような目でじっと見つめながら、彼女が尋ねた。「なにに夢中だったの？」

「女の子と車さ」

マイクは自嘲ぎみににやっと笑いかけたが、彼女は笑わなかった。「ヴィクターは大いなる計画者だったが、ぼくは一組のソックスを見つけられれば、それでいいほうだったんだ。彼が目標を定めて、それに向かって矢のように突き進んでいくようすはほとんど不気味ですらあったね。政治の世界に入るって決めたとき、彼はまだ一三歳だったんだ。そのときは冗談かと思ったけど、あとになってみれば本気だったんだな。そう決めたときから、彼の行動はすべてその目標に到達するために計算されたものだった。受ける授業も、会員になるクラブも、つきあう友人でさえそうだったんだ。ぼく以外はね。ぼくはいわゆる有力な友人じゃなかった。ヴィクターはただぼくが好きだからつきあっていたんだよ。まわりの人たちはぼくらのことを〝おかしな二人〟って呼んでたよ」

「そうなの?」

「体育ばかと秀才ってことさ。なにかをめぐって口論した記憶なんてないな。ああ、一つだけある」

「なに?」

「女の子さ。ほかになにがある?」

サンドラは身を乗りだした。目が熱心そうに輝いている。「本当なの? 彼女のこと教えて」

「リンダ・リプシッツさ」彼は言った。「黒い巻き毛、でっかいおっぱい、おっと、失礼。彼女はスタイル抜群だったんだ。ぼくらは二人とも彼女を卒業記念のダンスパーティーに誘いたかった。あれは彼を殴り倒した数少ない中の一つだったよ」

「どうして殴ったの？」

「ヴィクターはいつもすべてを手に入れていた。なのに、ぼくが唯一ほしいものまで奪おうとしたからさ」

ようやく笑顔が戻った。ゆがんだほほえみではあったけれど。「リンダ・リプシッツはこのことについてなにか言った？」

「ぼくらは一七歳だったんだよ。女の子の意見なんて気にすると思うかい？」

「女の子を争ってけんかしたなんて信じられないわ」

「実際には、その必要はなかったんだけどね。すべてはうまくいったんだ。ぼくらは二人で彼女をエスコートすることにしたからさ。リンダはその夜のプリンセスに選ばれて、最高に楽しい夜を過ごしたよ。ぼくは彼女を説得して二人でこっそり抜けだし、車の中でいちゃついた。でもヴィクターは許してくれたよ」

「彼なら当然そうでしょうね」彼女が静かに言った。

「それはどういう意味だい？」

サンドラはためらった。「ヴィクターは……とても寛大なの」

妙なことを言うな、とマイクは思った。だがそのとき、小さな記憶の断片が頭をよぎり、それが事実であることに彼は気づいた。「そう言えば、ヴィクターが一度だけぼくに本当に腹を立てたのは、大学に出願しようとしなかったときだ」彼はサンドラを見た。「こういう話は聞き慣れているだろ？　ヴィクターらしい話だと思わないかい？」

「まったくそのとおりよ。彼は……人を助けるのが好きだったの」

「ヴィクターはぼくが大学に行きたがっていることも、家にはそんな余裕がないことも知っていたんだ。ヴィクターと彼の両親はぼくがＵＲＩに行ける方法を考えだしてくれた。ぼくがそれを手に入れようと努力しているあいだ、彼はずっと気にかけていてくれたんだ」

「フットボール奨学金ね」

「そうだ」マイクはテーブルを指でこつこつたたきながら、記憶の地雷原を一歩一歩ゆっくり進んだ。「つきあいがなくなったのはぼくのせいなんだ。自分で望んでそうしたんだよ」

「どうして？」

「卒業する前にやめてしまったからさ。きっとぼくに失望してたんだろうな」

「あなたは誰かを失望させるような人じゃないわ。そうでしょ？」

21

サンドラはそんなことを口走った自分が信じられなかった。ここに来るべきではなかった。家にいて日記にリストでも書いていればよかった。〝マロイに話しかけないで一日をやり過ごす一〇の方法……〟だが、今自分はここにいる。彼がわが家と呼ぶ場所に、招かれてもいない客として。それは奇妙にも親密な侵入だった――彼が食べているものを発見し――カウンターの上のバナナとオレンジの入った青いボウル――彼が読む本を見つけ――建築史、デーヴィッド・マルーフとパトリック・オブライエンの小説――小型の冷蔵庫に貼りつけたものを知った――ケビンのTレックスの絵、メアリー・マーガレットの満点の綴り字テスト、今月の潮汐表。

「帰るわ」サンドラは立ちあがり、ジャケットに手を伸ばした。

「ここにいるんだ」ジャケットを彼女の手から取りあげると、マイクはそれを背後の椅子の上に落とした。船が係留装置を引っぱって傾く。サンドラはその拍子によろめき、彼にぶつかった。マイクは彼女の両肩をぎゅっとつかむと、その手を執拗に離さない。彼がキスをしてからというもの、二人はその出来事に触れないようにしてきた。二人の関係をどう進展させるべきか決めかねているあいだ、距離を置こうとしていたのだ。だがサンドラを見つめる視線の熱っぽさからすれば、彼は心を決めたのだろうか？　青という色がこれほど刺激的な色だとは今まで考えたこともなかった。じっとのぞきこむと、そこには炎が燃えていた。

ちょっと前には、彼がなにを考えているのかわからなかった。だが今は、嵐に負けないように足を踏んばっている彼を見つめながら、なんの不安も感じない。本能的に、彼女は二人のあいだにふつふつと煮えたぎる目に見えない魔力を感じ、その魔法に魅せられうっとりとした。

〝ここにいるんだ〟この短い言葉の中にどれほど深い意味が込められていたことだろうか。これまで彼女の人生全体が〝すべきこと〟と〝してはいけないこと〟に分けられていたが、〝してはいけないこと〟を選んだことは一度もなかった。突然彼女はそれを選びたいという衝動を体じゅうの細胞で感じた。

「わたしの判断力を弱めてしまったのね、マロイ」いつもの用心深さや臆病さを呼び戻そうと苦心しながら、彼女は言った。

「わざとじゃないよ」マイクはあのゆっくりとした慎重な手つきで彼女に触れた。まるで触れずにはいられないかのように。彼の手が肋骨のわきをすべりおりて腰で止まると、ぐいっと自分のほうへ引き寄せた。外では、嵐が船のステイワイヤや帆を支えるロープのあいだを、まるで人が歌うような音をたてて吹き抜けていく。

「だめよ」言葉を無理にしぼりだそうとして、その声はほとんどささやきに近かった。サンドラは彼のうっとりするような手の愛撫から抜けだそうと、上半身をのけぞらせた。

「ぼくといっしょにいるんだ。きみは孤独すぎるよ、サンドラ」

彼女はそわそわした視線をジークに移した。犬は隅のみすぼらしいクッションの上で丸くなって眠っている。「じゃあ、犬を飼うわ」

「それだけなら十分じゃない」マイクは彼女の肩からひじをそっと指でなぞった。そんなさりげない愛撫に込められた意味に彼女は気づいていた。それは、こんなばかげた会話をするよりも、これから先にはもっとすばらしいことが待っていることを予感させる彼なりのやり方なのだ。

「マロイ……」

「しーっ」彼はサンドラの肩をつかんで自分に引き寄せると、彼女の用心深さもためらいも無視した。彼女の鼓動が早鐘のように打つ。恐怖よりもさらに深いところにいる自分の一部は、彼を、彼の愛撫を、そしてさらにその先にあるものを求めていた。

サンドラは彼のトレーナーにしがみついた。その手触りは古くてやわらかく、洗濯石けんとシャワーから出たばかりの男の温かな匂いがした。

でも彼は嘘つきなのよ——だからここに来たのに。彼を押しのけて、まともに考えられるうちに立ち去るべきなのだ。だが意志に反して、こうして彼のあらがいがたい力によってつなぎとめられている。彼女はまるで係留された船のようだ。動いたり、向きを変えたり、引っぱったりはできても、逃げていくことはできない。

「こんなつもりじゃなかったの」なおも彼の腕から、船から、人生から逃れようともがきながら彼女は言った。

マロイの手がサンドラの二の腕をぎゅっとつかんだ。激しいいらだちが伝わってくる。「じゃあ、なにが望みなんだ？」

激しく葛藤する感情にずたずたに引き裂かれて、彼女は答えることができなかった。自分のすべてが彼に、彼の目の中にある単純な約束にどうしようもなく惹きつけられている。

「わたしがほしいのは……」

「わかってるよ」彼はそれ以上なにも言わなかった。それがかえって、サンドラにはうれしかった。言葉はすぐに議論や誤解を生んでしまう。マロイは唇を彼女の唇にしっかりと重ねた。言葉のゲームをはじめようとする彼女にゲームオーバーを宣言するように。

彼は腕をサンドラに巻きつけると、片方の腕を彼女の背中に、もう片方の腕を腰にまわして自分にぴったりと密着させた。あまりに密着したために、彼女はなにもかも感じることができた。壁のようにそり立つ彼の胸、探るようなキス、股間のこわばり……。彼は照れくさそうにも、申し訳なさそうにも見えない。だがなぜその必要があるだろう？　彼はマロイなのだ。

彼は手をなでおろしながら、舌でサンドラの口の中を探っていく。激しい興奮が突きあげ全身に震えが走る。頭の中が真っ白になり、理性は消え去る。だがもはや理性など重要ではなかった。マロイにテーブルに押しつけられ、彼女はバランスを保とうと体を弓なりにそらせた。指が彼のたくましい上腕に食いこむ。彼がサンドラの口になにかささやいている。言葉は聞きとれなかったが、その意味は心の奥底で理解できる。もはや考える力も……抵抗する力も奪われてしまった。これまで経験したことのない、理性や理屈をはるかにしのぐ強い力を彼女は感じた。体の奥深くに長いあいだ埋もれていた本能的な欲求が息を吹き返したのだ。彼と出会うまでは存在さえ気づきもしなかったのに。今それが彼女を燃えたたせている。彼に求められ、同じ欲求をその目の中に見つめながら。

マロイは彼女をテーブルの端に押しつけて足を開かせると、そこにぴったりと体をはめこんだ。くすぶっていた服従を引きだし、おずおずとした内気の殻から、息をのむような期待感へと導いていく。サンドラは自分がまるで水か絹のような決まった形を持たない物質になって、嵐や旋風の中に投げだされたような気分だった。

マロイのキスがゆっくりとした慎重なリズムに変わり、実際に感じる前に、彼の興奮や味を予想して楽しめる余裕を与えてくれた。二人の唇が触れあい、キスはさらに深まっていく。そして彼が唇でゆっくりと探るようにサンドラの唇をおおうと、熱い波が彼女の体に次々と押し寄せ、いつまでもさざ波を立て続ける。頭は混乱し、もうなにも考えられなかった。それでも、ここ以外に自分が求める場所はどこにもないことを理解していた――そしてそれは完全なる降服だった。

サンドラは長いあいだ抑えこんできた強い興奮と渇望にただ身を任せた。手を彼の肩に沿って上へと動かすと、襟足にかかる濡れた髪を指にぎゅっと巻きつけた。もはや自分を止めるものはなにもない。恐れさえ感じない。マロイの率直な愛撫に導かれるまま、思うままに彼を探求すればいいのだ。

ただどうすればいいのだろう？

だが彼女の手も、唇もそれを知っていた。

自分ではない誰かが彼のトレーナーの下に大胆に手をすべりこませる。自分より勇敢で、情熱的で、直感的な誰かが手のひらを彼の素肌に押しあてる。そして硬く波打つ腹部や、古いカシの木をなめらかにしたような広い胸に驚いてはっと手を離す。

自分ではない誰かが古いトレーナーのすそを持ちあげ、後ずさりして首から脱がせる。

その背の高さにもかかわらず、腕が船室の低い天井をかすめるときのマロイの腕の動きは妙に優雅だ。トレーナーを落とすと、彼はサンドラを抱きしめた。その顔にはあからさまな欲望とかすかに困惑した表情が浮かんでいる。もし今笑われたら、恥ずかしさのあまり死んでしまうだろう。だが彼が笑わないことはわかっていた。ラジオからはゆっくりとした静かな曲が流れていたが、荒れ狂う波の音がメロディーを飲みこんでいた。規則正しい動きがまったく異なるリズムを生みだし、この瞬間を先へ先へと押しやりながら、抵抗の層を一枚一枚引きはがし、もはや自分自身にさえ否定することのできない純然たる事実をサンドラに突きつける――彼が欲しくてたまらない。そして今夜はここから帰らないだろう。

サンドラは唇を彼の胸のちょうど鎖骨の下あたりに押しあて、彼の匂いを胸いっぱいに吸いこんだ。そして両手を肩からさらに下へとすべらせながら、うっとりするようなたくましい体を堪能した。

彼の口から言葉にならない、だが深い意味にあふれたうめき声がもれる。あの大きくがっしりした手が彼女をつかみ、わずかに押しやった。だがそれは拒絶ではなく、さらなる豊かな深みへと誘う無言の合図だった。サンドラはその問いかけを彼の目に見た。そして彼もまたその答えを彼女の目の中に見つけたのだ。

手をとると、マロイは彼女を狭い調理室を抜けて、船首にこぢんまりと収まった個室へと連れていった。部屋のしきりにはルーバー付きドアがあり、磨きあげた木製の小型トランクがベッドへのあがり段になっている。天井の小さな通気孔からは、やわらかな暖気が部屋じゅうにそっと吹きこんでくる。

逆V字型をしたベッドが部屋を占領し、両側は歓迎の抱擁のようにカーブしている。向かいあった壁に取りつけられた一対の突きだし燭台からは琥珀色の光の波が、無地のシーツと枕カバー、厚いタータンチェックの掛け布団に影を落としている。

不意に現実に引き戻され、彼女はたじろぎ、ドアから後ろのほうをちらりと見た。しかしマロイが挑むように、だが脅すふうでもなく行く手に立ちふさがった。サンドラは唇をかんで、彼をじっと見つめた。グレーのスウェットパンツが腰のあたりまでずり落ち、胸と波打つ腹部がむきだしになっている。

「あの」締めつけられた喉から、ようやく彼女は言葉をしぼりだした。「自分の気持ちがよくわからなくて……」彼女はなおもじっと見つめ続けた。だがやがて抑えきれずに、指を彼の腕のたくましい筋肉から肋骨へとはわせた。

「いいや、きみにはわかっている」マイクが皮肉のこもった静かな声で指摘した。話しながら、その手は彼女のセーター――ヴィクターのセーター――のボタンをはずし、床の上に落とした。誘惑されるのに慣れた女だったら、繊細なレースとサテンでできたこの世のものとも思えないようなエキゾチックな色のデミブラを身につけてきたに違いない。そしてジーンズの下には、ちょっと触れただけではずれるきゃしゃなタンガを。

だがそんなに都合よくいくはずもない。なにしろ今夜ここに来た理由は彼を怒鳴りつけるためだったのだから。セーターと、彼が今ゆっくりとさりげなく腰から下ろしているジーンズの下には、紫色で丈の長いスポーツ用アンダーウェアを着ていた。

サンドラは自分を納得させようとした――少なくともこれは女性用で、シルクをリブ編みにした保温下着なのだ。これはウィンスロー一家とキリングトンへ悲惨なスキー旅行に行ったときの名残だった。紫色であることがせめてもの慰めだ。

床の上のくしゃくしゃになったジーンズから抜けでるときには、このことを自分から説明したいと思いはじめていた。

「今度はなんだい？」手の甲で彼女の背中をなでおろし、ヒップに触れながら彼が尋ねた。そして身をかがめて彼女のうなじを鼻でくすぐる。サンドラは首を一方に傾けて、喜んで降参した。

「なにも言ってないわ」強い風がひっきりなしに船に打ちつけ、彼女はベッドの縁に寄りかかって体を支えた。

「言わなくても、顔を見ればわかるんだ。きみは本当に考えすぎだよ。今度はなにを考えているんだい？」

彼に隠し事をするのはむずかしい。「以前ヴァーモントにスキーに行ったの。ウィンスロー一家といっしょにね。わたしはまるでスロープを転がるボウリングの玉だったわ」

「きみの心はいつも忙しく動いているんだね」面白そうにくすくす笑いながら、彼が言った。

「迷路の中のネズミみたいだ。だがウィンスローのことを考えるのはやめるんだ」

「でも……」

「なにも考えるな」

「あなたの前で服を脱ぐことになるなんて思ってもいなかったの」彼女は白状した。「もしわかっていたら、こんな保温下着なんて着てこなかったわ」

マイクの手が彼女の両脇を、肩、腰、ヒップの順になでおろし、再び上に向かってなであげる。動きはとてもゆるやかだったが、彼の手の感触は激しい衝突ほどの刺激をもたらした。

彼はウエストバンドを軽く引っぱった。「これを着たきみは女神のようだ、サンディ。本当だよ」彼女のへそのあたりをくるりと指でなぞると、ゴムをもう一段下げた。「そうであっても、これを脱いだほうがずっとすてきだと思うな」

サンドラの中のリズムが荒れ狂う嵐に共鳴する。言葉の一つひとつ、愛撫の一つひとつ、吐息の一つひとつが小さな衝撃となって彼女の体を貫いていく。誘惑に落ちていく自分をどうすることもできない。自制心はもはや燃え尽きてしまった。彼はせいているふうではなかったが、無駄な動きをまったくすることなく彼女の服を脱がし終えると、スウェットパンツを下ろして長くたくましい足をむきだしにした。サンドラはこれまでじろじろ見るのは無作法だと教えられてきたが、今夜は考えうるかぎりのルールを破ってしまいそうだった。しかし喜ばしいことに、この礼儀だけは破らずに済んだ。

「おいで」ぶっきらぼうにささやくと、マイクはサンドラを腕に抱いた。そして上掛けをわきに押しやると、彼女と顔を向きあわせながらベッドに倒れこんだ。そして二人は夢中になって手と唇で互いをまさぐりあった。激しく求められるというのはなんという喜びだろう。だが、そんな彼のまっすぐな欲望にはたして自分は応えられるのだろうか？　そう思うと、ふと気持ちがひるんだ。

「今度はなんだ？」彼が尋ねた。「またなにか考えてるな」

「わたし……」サンドラは知識を得ようと以前読んでいた雑誌、コスモポリタンに書いてあったアドバイスを働かない頭で思いだそうとした――〝彼を興奮させる方法（でもキッチンはきれいに使うようしつける）〟、〝浮気の見抜き方〟、〝売春婦の商売の秘訣〟などなど。

なに一つ思いだせない。マイクの息づかいが荒くなり、体をぐいぐいとより深く積極的に押しつけてくる。そのようすからすれば、そんなことはべつに思いだす必要もなさそうだった。狂ったように体をからませあっている今は、頭よりも自分の手や心のほうがこの最高の日になにがふさわしいかを知っているのだ。

彼の唇が貪欲にサンドラの胸を愛撫すると、彼女の思考はすべて蒸発した。彼に激しく求められていると思うと、喜びで体がとろけそうだった。あからさまで単純な欲望はそれ自体が純粋なのだ。喜びにあふれ、自由で、気取りのない、まるで腹の底から笑う大笑いのようだ。サンドラにはうしろめたさも罪悪感もなかった。二人の体は自然に動きだしてともにダンスを踊り、この夜を純粋な魔法に変えたのだ。彼女はあらゆる感覚に満ちあふれた——船の匂い、彼のベッド、そして彼。指の下で彼の胸は重く鼓動を打っている。

サンドラが触れるたびに、マイクは低いうめき声をもらす。彼は深い欲望と驚くほどのやさしさを込めて、彼女を情熱的に愛撫する。やがて彼女の腰を持ちあげると、すばやい動作で中に入った。その瞬間、サンドラは息をのんだ。驚きのあまり身動きもできない。まったく初めての、まったく異なった……未知の感覚が突然に彼女を襲った。嵐のうなり声や波が打ちつける音を聞きながら、ひりひりと燃えるような欲望にただ身をゆだねた。あたかも船が火事になったかのようだ。いつしか、彼女は耐えがたいほど鋭い感覚の高みへと押しあげられていた。

完璧なリズムで動きながら、マイクはいつ攻めたてて、いつ引くかを心得ているようだった。息づかいや鼓動の速さから、彼女を完全に燃え尽きさせる瞬間を推し量っている。サンドラが弓なりに体をそらせて、あえぎ声をもらす。彼女の両脇で体を支えていた彼の両腕が緊張で震える。次の瞬間、サンドラは圧倒的な衝撃に押し流され、全身を痙攣させながら絶頂へとのぼりつめた。

驚いて目を閉じると、さまざまな色が融合し、混ざりあい、イメージを形づくる前にぼやけていく。それは至福の喜びの、驚きの、そして充足の色だ。彼ももう少しで彼女のあとを追うところだった。興奮は最高潮に達し、サンドラの名を口にしたかと思うと、彼女の上におおいかぶさった。彼の体の重みはなんと心地いいのだろう。荒い息づかいが耳もとをくすぐる。

驚きに満ちあふれて、サンドラは船の揺れる動きと、彼の温かく速い呼吸に身を任せた。目をぱちくりさせて開けると、彼女は自分がドロシーになったような気がした。さえない白黒の世界から、うっとりするような原色のおとぎの国に迷いこんだかのようだ。

「あなたはよい魔女？」彼女はささやいた。「それとも悪い魔女？」

マイクはけだるそうに体を起こして離れると、彼女のかたわらに横たわった。手は挑発するように彼女をなでている。「なんだって？」

「ドロシーがオズの国に着いたときに尋ねられた言葉よ」

「少なくとも、ウィンスロー一家とのスキー旅行のことを考えているわけじゃないんだな」

サンドラは真剣な目で彼を見つめて言った。「それよりももっといいところに行ってきたわ」〝そう、わたしはオズの国に行ったの。もう二度と戻りたくはない。ドロシーは愚かな、臆病者。そこに永遠にいればよかったのに〟。

「そうかい？」彼の手がさきほどの興奮を呼び戻すかのように動き続けている。やがて、ぐったりとしていた彼女の四肢に再び快感が波のように押し寄せ、息づきはじめる。マイクは手にくわえて唇や、舌や、歯を使って、あらゆる敏感な部分をぞくぞくとうずかせる。気づけば、二人はまた愛しあっていた。だが今度はさっきとは違っていた。ゆっくりといとおしむように愛しあい、それはあたかも最初の衝突でちりぢりになった自分たちを拾い集め、探求しているかのようだった。

新しい発見があるたびに官能があざやかに花開く。二人は今、これまでとは違う自分たちをそれぞれに知った。彼の心はいまだ未知の領域だが、その体はサンドラの目の前に投げだされ、探索されるのを待っている。神秘的で本能的な英知で、彼を愛撫し、彼の体の輪郭を手でなぞっていくと、満足げな反応を返してくる。なにげない興奮が再びゆっくりと高まっていく。不思議な感覚が彼女の心をとらえる。こんなことが本当に起こっているのだろうか？　このわたしに？

マイクは目に欲望の色をきらめかせながら、うっすらほほえんでいる。探るようになでると、手の下で彼の筋肉が躍動しているのを感じ、すばらしい、そしておそらくいわれのない達成感を覚える。それは思いがけずサンドラ自身の快感を強め、彼女はもっと彼にせがんだ。彼はキスすると、腕の中でサンドラの体の向きを変えた。そして手で秘めやかな場所を愛撫しながら、耳もとで禁断の言葉をささやく。サンドラはもう恥じらうことも困惑することも忘れていた。二人のあいだに甘美な緊張がしだいに高まっていく。それはさらに高まり、やがて頂点に達して、彼女の中にあふれだした。あとに続く炎のような感覚が初めて経験する官能の衝撃に甘くこだまする。

そのあと、自分を無防備にさらけだしたことに混乱し、サンドラはすすり泣いた。マロイは彼女を抱き寄せると、その涙を裸の胸に受け止めた。彼はなにも言わなかった。おそらく彼女に自分の気持ちを説明することができないことがわかっていたからだ。愛の行為があまりに濃密すぎたせいだろうか？　それとも、自分の隠れた部分をついに発見した喜びのせいだろうか？　ひょっとしたら、人間的な触れあいの温かさと親密さを再び知ってすっかり安心したせいだけなのかもしれない。

感情の高ぶりが鎮まると、マロイは片ひじをついて体を起こし、親指でサンドラの涙をぬぐった。そしてかがんで彼女の頰にキスすると、続いて唇、喉、胸、さらに下へと……キスを浴びせていった。サンドラは彼にしがみつき、愛撫には愛撫で、キスにはキスで応えた。彼女のしていることはまちがいなくコスモポリタンには書いていないことだった。信じられないことに、二人は三度目の愛を交しあっていた。サンドラにはもう時間の感覚がまったくなかった。唯一わかるのは、今が夜で、外では波が嵐でわきかえり、船の個室のベルベットのような繭の中で、燭台の薄暗い炎がもつれあう二人の影を船体に投げかけていることだけだ。

ずっとあとになって二人は少し眠ったが、そのときもサンドラは彼が荒れ狂う海での救命ボートででもあるかのようにしがみついたままだった。

22

真珠色の夜明け前、マイクは再び彼女と愛しあった。今度はゆっくりと穏やかに動いたので、オーガズムに達するまで彼女は完全に目を覚まさなかった。サンドラは目をしばたたかせて彼を見あげた。当惑したようすの愛らしさに、マイクは思わずほほえんだ。

「やあ、茶色のおめめさん」彼はささやいた。

「まあ、なにが起こったの？」

「今説明するにはちょっと遅いかな」

サンドラはマイクから離れると、ひじを頬の下に引き寄せて、彼が愛撫した場所に手を触れた。ゆうべ、彼女は火を噴く銃を持ってここにやってきたようなものだったが、今朝はまた用心深い内気さの中に引きこもっている。

「あのことをしたなんて信じられないわ」

マイクは彼女に手を伸ばした。「もっと証拠がほしいなら……」

「信じるわ」サンドラは手を彼の胸にあてて、押しとどめた。

ああ、彼女はなんていい匂いがするんだろう。それに、触れられると天にも昇る気持ちだ。

何日ものあいだ、二人は火花を散らせて輝くのを待つ火だった。残り火は灰がかけられくすぶっていたが、とうとう欲望の誘うような息づかいに応えたのだ。彼女を求める気持ちは強かったが、鉄の意志でコントロールしてきた。しかしついに愛を交わしたときでさえ、心の準備はできていなかった。

サンドラを求めてやまないのは、長く女性のいない生活を送ってきたせいだと、自分に言い聞かせてきた。だが実際には日を追うごとに、彼女への特別な気持ちがしだいに強くなっていった。そしてこの気持ちは、彼女が家を売って立ち去っただけでは消えないこともわかっていた。

「お腹すいたかい？」

「少し」

マイクはベッドの端にある引き出しをかきまわして、M&Mの一ポンド入りの袋を取りだした。「じつはこれ、きみのことを考えながら買ったんだ。家に持っていくつもりだったんだよ」

「朝食に食べるにはどうかしら」彼女が指摘した。

「なにかないか見てくるよ」彼はベッドからするりと抜けでると、スウェットパンツをはいた。

サンドラは起きあがり、おそるおそるわずかに体を動かした。

そのときマイクははっとした。ヴィクターが死んで以来、自分は初めて彼女とベッドをともにした男に違いない。

「大丈夫かい？」彼は尋ねた。

彼女は指で髪の毛をといている。

マイクはうなずいた。おそらく彼女は少しのあいだ一人きりになりたいのだろう。「バスルームはそこだよ。なんでも自由に使ってくれ。コーヒーを入れてくるよ」

彼はジークを朝のひとっ走りに外へ出してやると、ラジオで天気予報を聞きながら、朝食の準備をした。嵐は通り過ぎたが、今日一日は強風注意報が出ている。彼女はいったいどんなものを朝食に食べるんだろう？　あるのは、子ども用に買ってあるポップタ ーツのペストリーくらいだが、こんなものを食べる大人がはたしているだろうか？　シリアルなら間違いないだろう。シリアルの嫌いな人間なんていないだろうし。

ジュースを注いでいると、背後に気配を感じた。振り返ると、サンドラがそこに立っていた。彼のタオル地のローブを着て、歯磨き粉の匂いを漂わせている。大きすぎてまるでローブに着られているようだ。それはケビンとメアリー・マーガレットが父の日にプレゼントしてくれたものだった。

子どもたちのことを考えたとたん、マイクはぎくりとした。二人は今ちょうど傷つきやすい年頃だ。それに父親を必要としている――そのすべてを。

それから彼はにやりとした。どうも先走りすぎだ。それにしても、ぼくのローブを着たサンドラはなんてすてきなんだろう。「コーヒーは？」彼は尋ねた。

「ありがとう」彼女はテーブルに座った。マイクは牛乳と砂糖を彼女のほうへ押しやった。サンドラは牛乳を入れ、それから砂糖をスプーン一杯入れた。それからもう一杯、さらにもう一杯くわえる。視線をあげると、じっと見つめるマイクと目が合った。

「甘いのが好きなんだね」彼は言った。「初めてきみにコーヒーをおごったときに気がついたよ」

彼女はうなずくと、あわてて下を向いた。「覚えてるわ」

「ねえ」テーブル越しに手を伸ばして、マイクは彼女のあごをあげた。「ゆうべのことが恥ずかしいからかい、それともなにかまずいことでもあるとか？」

彼女はコーヒーをかき混ぜた。「ゆうべはあなたとヴィクターのことを話すために来たの、あんなつもりじゃ……わかるでしょ」

「でも結局うまくいったじゃないか、そうだろ」本当にゆうべは最高だった。あんなにすばらしい夜は久しぶりだ。マイクはグラスに入ったオレンジジュースをいっきに飲むと、さらに注いだ。

サンドラはコーヒーをスプーンですすっている。

マイクはシリアルをボウルに入れると、彼女のほうへ差しだした。

すると彼女は首を横に振って、カウンターの上のものをちらっと見た。「ポップターツもらえる？」

これは驚いた。彼女はポップタ一ツが好きなんだ。

マイクがパッケージを開けていると、サンドラは彼とヴィクターの写真を拾いあげた。

「ほかにもある？」

「あるよ。でもどこにあるかは聞かないでくれ。この写真を船に持ってきたのは、それが思い出の日だったからなんだ」トースターから飛びだしたポップターツを手から手へ放り、皿に移した。

「ありがとう」彼女はペストリーを口で吹いて冷ました。唇をすぼめた彼女を見た瞬間、ゆうべの官能的な記憶がさっと頭をよぎる。個室に続くドアから、乱れたままのベッドが見える。

マイクは彼女の向かい側に座って、コーヒーを飲んだ。サンドラは写真を見おろすと、そこに写ったマイクに触れた。今にも泣きだしそうだ。どうか泣かないでくれと、マイクはひそかに祈った。彼女の涙を裸の胸に受け止めるのはゆうべでもうたくさんだ。あの涙はヴィクターにはなんの関係もなく、マイクの無言の慰めだけで十分だった。だが今朝は事情が違う――彼女はあの古い写真にまたもや気持ちを集中している。

「このとき何歳だったの？」

「はっきりは覚えてないけど、たぶん一二歳だと思うよ」彼は話題を変える方法を懸命に考えた。まったく、この女性は一夜の最高のセックスだけじゃ物足りないんだろうか？　情事の翌朝の会話でふつう死んだ亭主の話はしないだろ？「きみが一二歳のときはどんなことしてたんだい？」

彼女は写真を指し示した。「こんなんじゃないわ」マイクのけげんそうな視線に気づいて、つけくわえた。「あまり友だちがいなかったの、子どもの頃は」

「まさか」彼は幼い少女の頃のサンドラを想像してみた。大きな黒っぽい目に、長い黒っぽい髪、がりがりの足。そしてポップターツが大好きな女の子。

「本当にいなかったのよ。それがおかしいとさえ思わなかったの。本の世界に夢中になって、息抜きすることもほとんどなかったの。だから一度も経験がないのよ……あなたとヴィクターが経験したようなことは」

「ぼくらの関係にそんなに深い意味はないよ。ただつるんでいただけさ」

「学校に通っているあいだずっとでしょ」彼女はペストリーを小さく割っていたが、こなごなに砕いているのに気づいていないようだ。

「学校の話をするのはよさないか？」写真をわきに押しやりながら、彼が提案した。

「わかったわ。そのあとどうなったの？」

「もう話したと思うけど、大学を途中でやめたんだ」マイクはサンドラの顔をまじまじと見た。彼女はいったいどういう人間なんだろう？　彼女の話を聞く態度には、自分から説明しなければいけない気にさせるなにかがあった。「ぼくは怪我で試合に出場できなくなり、はめをはずして遊んでた。アンジェラ、元妻なんだけど、そのアンジェラはチアリーダーだったがチームをやめたんだ」本当のところは彼女も仮及第で出場できなくなったのだが、結局、成績不良で退学した。「ぼくは学校をやめて彼女と結婚し、生まれてくる子どものための準備をはじめたんだ」

「まあ」事実を考えあわせて結論に達すると、サンドラの目に熱がこもってきた。だがアンジェラの父親までは想像できないだろう。伝説的なイタリア人の気性を持つこの義父はマイクが〝正しいことをする〟まで、その古風な世界観を徹底的に振りかざしたのだ。

「じゃあ、大きな子どもがいるのね」サンドラは結論づけた。

彼は自分の手をじっと見つめた。そして長いあいだ考えなかったことを思いだすように、ぐっとつばを飲みこんだ。「アンジェラは流産したんだ」

その強烈な皮肉はいまだに痛みをともなってよみがえる。二人はその赤ん坊のために結婚したのだ。子どもを失ったあとの悲しみの中で、不謹慎ではあっても、どちらも心の中ではもういっしょにいる理由がなくなったことを喜んでいたに違いない。だが二人は結婚生活のほとんどを努力によって最後まで頑張り抜き、流産の前からすでにゆっくりとこの結婚がこわれはじめていたことを認めようとはしなかった。

自分たちの心の声にもっと耳を傾けるべきだったのだ。だがもしそうしていれば、メアリー・マーガレットとケビンはこの世にはいなかったのだが。

マイクは調理室の窓をじっと見つめた。そこにはサウンドの白く砕ける波頭の風景が切り取られている。「学校をやめたあと、ぼくらはニューポートに移ったんだ。ヴィクターには一言も伝えなかったし、結婚の報告さえしなかった。ぼくの失敗をぼく以上に苦にすることはわかっていたからね」

「どうして失敗なの？　あなたは家庭を持って落ち着いて、すばらしい二人の子どもに恵まれたんじゃない。自分の達成したことを見てごらんなさい。スパーキーから、あなたのビジネスは以前とても成功していて、仕事の功績で国から賞までもらったって聞いたわ」

「大学の学位がないんだ」

「あんなのはただの紙切れよ」彼女は髪の毛の束を耳の後ろにかけた。「本当よ。聖杯でもなんでもないわ」

高学歴の人々はたいていそんなふうに考える。彼らは、大卒の資格がないばかりに何度鼻先でドアを閉められたかわからないのだ。マイクは自分の会社を立ちあげて賞賛を博した。ほかに選択の余地がなかったことに気づく者は誰もいないようだった。彼は義父にへこへこして融資を受けなければならなかったのだ。

ジークがドアをひっかいたので、マイクは犬を中に入れた。「とにかく」また腰かけながら、彼は言った。「きみはヴィクターのことを訊いたのに、ぼくはここで自分の身の上話をしているというわけだ」

「わたしは平気よ」彼女は頬づえをつくと、柔和な夢見るような目をした。「彼は過去のことはあまり話してくれなかったの。幸福な子ども時代で、両親にとても甘やかされて育ったけど、それを外に出さないように努力しているって言ってたわ。ロナルドとウィニフレッドはほとんどなにも話してはくれなかったわ」

〝わたしたちは彼女のことをまったく理解できなかった……彼女はヴィクターがした唯一の

お粗末な選択だったのよ〃ウィンスロー夫妻とした最後の会話が彼の心にこだまする。「だから、あの連中はいかれてるっていうんだ」マイクが言った。「きみは美しいし、頭がいいし、心が広い」

サンドラは彼が外国語でも話したかのようにじっと見つめた。「なんですって?」

「義理の娘にこれ以上なにを望むんだ?」

「家柄よ」彼女はあっさりと言った。驚きも怒りもなく、ただまぎれもない事実を告げるように。「ヴィクターからは両親に紹介される前から警告されてはいたの。二人とも〃とても保守的〃で息子に〃途方もない希望ばかり抱いている〃って。それがウィンスロー家のおきてなの。血統は重要なのよ」

マイクはジークをちらっと見た。犬はお気に入りのクッションの上に横になり、朝のひとっ走りの疲れを眠って癒すところだった。「たしかにそうだ」

「実際、好きとか嫌いの問題というより、わたしはただあの人たちの選択肢ではなかっただけなのよ」

「ヴィクターの結婚相手のかい?」

「そうよ」

「ということは、ほかに考えている女性がいたんだ?」

「当然でしょ? あのロナルドとウィニフレッドよ。おそらくヴィクターがまだ受精卵だった頃から探しはじめていたんでしょうね」サンドラはマイクのほうに視線を向けた。「きっとあなたも彼女のこと知っていると思うわ」

「誰を知ってるって？」

「あの人たちがヴィクターと結婚させたがっていた女性よ」

「誰だい？」

「コートニー・プロクターよ」

地元テレビ局のキャスターだ――ブロンドで、威勢がよくて、野心的な女性。「へえ？納得だな」

「彼女は上流社交界の娘で、ヴィクターと同じ時期にブラウン大学に通っていたの。彼女の両親はウィンスロー夫妻の友人なのよ。ヴィクターはコートニーを二、三回デートに誘ったことがあるの。わたしと結婚したあとでさえ、ウィニフレッドはわざわざ二人の写真を何枚かまわりに置いていたわ。正装した幸福そうなカップルがパーティーに出かけるところを撮った写真よ。でも一度だけ、たぶん初めて、彼は両親に反抗したのね」

「それはヴィクターがきみと会う前のことかい、それともあとのことかい？」

彼女は笑った。「ひょっとして、ヴィクターが彼女からわたしに乗り換えたなんて思ってるの？」

「ああ」

「そんなことあるはずないわ」サンドラは誰かが彼女のことを魅力的だと思うことがどうしても信じられないらしい。「彼はわたしを見つけるずっと前に彼女を捨てたのよ」

「きみたちはどんなふうに出会ったんだい？」

「それは言えないわ」彼女は警戒するように早口で言った。

マイクは上半身を後ろにそらせて船体に寄りかかると、胸の上で腕を組んだ。「きみはたいした女性だよ」彼は言った。

「どういう意味？」

マイクは腹を立てていた。だがそれがなぜかはよくわからなかった。たぶんゆうべのあとで、彼女にもっと信頼してもらいたかったからかもしれない。ベッドをともにしたというのに、サンドラはまだ警戒していて、それが彼をひどくいらいらさせた。「きみはここに押しかけてきて、ぼくが隠し事をしていた理由を教えろと迫った。だからぼくは誰にも教えたことのない記憶を洗いざらい話したんだ。なのにきみは、夫とどんなふうに出会ったのかされ説明できないのか？」マイクは彼女をじっと見つめた。そして彼女は冷たく見つめ返した。

「いいかい。ゆうべのことはたぶん間違いだ。きみはクライアントで、ぼくは建築業者。そのままの関係のほうがいいかもしれないいな」

「そう思うの？」

どうか行かないでくれ、とマイクは思った。ここにいていっしょに話してほしい。だがそれは彼女に決めてもらいたかった。

ほっとしたことに、サンドラは立ちあがろうとはしなかった。彼女はマイクの顔をしばらくのあいだしげしげと眺めた。その視線は心を見透かしているようで、彼は居心地が悪かった。それから彼女はオレンジジュースを飲んだ。「彼はわたしの人生を変えたの」

それはマイクがまったく予想もしなかった言葉だった。「意味がわからないな」

「ある意味、本当にそうだったの」サンドラはテーブルの上に両手を広げた。喉が苦しそうに動いている。たしか前にも見たことがある。「これを説明するには、昔に戻らなければならないわ。じつはわたし、子どもの頃、吃音症だったの」

彼は驚きを隠し、すばやくこの言葉の意味を考えてみた。たしかに何度か彼女が言葉に詰まったり、口ごもったりしたことはあった――だがそんなことは誰にでもあることなのではないか？「多かれ少なかれ、そういう子どもはたくさんいると思うけど」

「わたしのとは違うの。すべての言葉なのよ。深刻な障害だったの。両親はありとあらゆる言語療法士や児童心理学者を雇ったわ。父はその治療費を支払うために残業していたの。そして母は訓練したり唄ったり、考えつくかぎりのことをしてくれた。それが……わたしの人生に強烈な影響を与えたのよ」

マイクは、子どもの頃に彼女が耐えたであろうからかいや、たくさん話したいことがあるのに思うように話せないいらだちを想像してみた。彼女が作家になったのも不思議ではない。

「とにかく」彼女は続けた。「わたしは誰も出版したがらない本を書いていたの。業界にはわたしのエージェントになってくれる人など誰もいなかった。選べた中でもっとも有望な仕事が、ナラガンセットにあるトロールワークス社のオフィスアシスタントだったの。あるとき、わたしの言語療法士からサポートグループに行くように言われて。ヴィクターとはそこで出会ったのよ。彼はボランティアをしていたの」

それを聞いてもマイクは驚かなかった。地域奉仕活動はヴィクターのお家芸だ。

「彼とは話せたの、ふつうにね。あんな人に出会うなんて本当に幸運だったわ。黙って話を聞いてくれて、途中で終わらせようとしたり、せかしたり、かわりに言ってしまったりしない人に。どうしてなのかよくわからないけど、彼はわたしにとても関心を持ったの。わたしは彼の選挙運動を手伝って、スピーチをいくつか書いてあげたのよ」彼女はマイクの表情をじっと見つめた。「たぶん、わたしが彼に忠実だったところが好きだったんだと思うわ。わたしの……口数の少ないところも」

「いいかい、彼はそれ以上にきみが好きだったんだよ」ぶかぶかのローブから彼女の胸の谷間が見える。マイクは凝視せずにはいられなかった。

サンドラは顔をしかめてローブの胸もとをしっかり握った。「あなたはわたしたちのことをなにも知らないから」

「じゃあ、教えてくれよ」彼は二人のコーヒーカップを再び満たした。

「あるとき、ヴィクターが郡のカーニバルに招待してくれたの。彼はその夜、そこで公式の行事に出ることになっていたわ。そのとき初めて、カーニバルの乗り物のことでけんかしたのよ」船がわきたつ波に揺れて傾く。「彼は観覧車に乗りたがったんだけど、わたしは乗りたくなかった。でもヴィクターはほとんど無理やり連れていったの。わたしが恐がっているのを知っていて。あの日の記憶があざやかなのはそのせいね。あれは夏で、空気はディーゼルエンジンの排ガスや綿菓子の匂いで重くじめじめしていた。観覧車はその夜いちばん人気のある乗り物だったの。だから混んでいてくれればいいと願ったわ。そうしたらヴィクターの気が変わると思って。でも、あれはいわゆる宇宙がなにもかも自分にとって不利になるよう企む瞬間だったのね。すべての惑星が一列に並び、ぱちんこから石を投げてわたしに命中させた感じだったわ。群衆はさっといなくなり、突然行列がなくなったの。わたしは厚紙のチケットを手にして入り口に立っていた。そしてヴィクターはわたしを押してタラップに乗せたのよ」遠い過去の思い出に心ここにあらずという表情を浮かべて、どこか遠くを見つめている。「案内係もよく覚えているわ、べとべとしたブロンドの髪、黒く焼けた肌に袖なしのTシャツ。乗るのは恐かったけど、騒ぎたてるのはもっと恐かった。そのことはヴィクターもよく知っていたと思うわ。醜態を演じるくらいなら死んだほうがましよ」

　取りつかれたようなほほえみがサンドラの唇に浮かぶ。「それで、わたしは上にあがるまで待ってから、彼に怒りをぶちまけたの。ものすごく腹が立って、吃音すら忘れていた。ヴィクターはわたしのすぐ横に座って黙って聞いていた。何回乗ったか、何回案内係にチケットを渡したか覚えていない。ただぐるぐるまわり続けながら、わたしはまるでそれまで誰とも話したことがないみたいにしゃべりまくったの。あれはまるで……」彼女は少し間《ま》を置いてから、にっこり笑った。「ちょっとゆうべのわたしたちみたいな感じよ。ちょうどてっぺんに来たとき、話が行き詰まってしまったの。そのときよ。彼に結婚を申しこまれたのは」

　サンドラはテーブルの上で両腕を組みあわせた。「すごくロマンチックでしょ？」その声はつまらなそうだった。なにがこの思い出を苦々しいものにしているのだろうか?

「そして彼は実現させたんだろ?」

「盛大にね。三週間後、わたしたちはプロヴィデンス・プランテーション・ファンダー・ボールで婚約を発表したの」

「ヴィクターはなんでも派手にやるからな」

「そうね」マイクの目をじっと見つめながら、彼女は言った。「死ぬときさえも」

23

打ち明けたあと、サンドラは次になにを話していいかわからなかった。波が古いトロール船の船体に打ちつける音だけが、沈黙を破っている。最後に言った言葉があたりに漂っているようだったが、それもやがて風に乗った煙のように消えていった。どうやら話しすぎてしまったようだ。人はありのままの事実を好むことはめったにない。たとえ自分から尋ねたことであっても。

マロイは思いがけず親密になって、そこに座っている。くしゃくしゃの髪、嵐のあとの空のように澄み切った目。手は彼女の手を包みこんでいる。サンドラは彼の表情を読みとろうとした——不可解さと、最初にこの話題を持ちだした後悔とが入り混じっている。とはいえ、ゆうべのあと、彼女はマロイに心を開きたかった。「あなたが頼んでもいない料理を運んだウェイトレスになった気分よ。どうしてかしら?」そう言って、彼女は手を引っこめた。

上半身を後ろにそらして、彼はぼんやり裸の胸をかいた。そのしぐさはとても異質で、〝男性的〟で、サンドラは思わず惹きつけられた。「ぼくが予想していたのはなにかもっと……」

「軽くて、すてきな話でしょ。どんなカップルも楽しい出会いの物語を持っているものだもの。コインランドリーで互いの下着がからまったとか、幾何学のクラスで恋に落ちたとかね。ヴィクターとわたしにはそんな楽しい話はなにもないの。彼はわたしの深刻な障害を助けてくれたのよ。半年後の結婚式で、わたしは五〇〇人の招待客を前にして〝誓います〟って言っていたわ。本当は〝はい、誓います〟だったんだけど、それだとうまく言えそうになかったの」サンドラは首を横に振った。「こんなことをあなたに話すなんて。誰にも言ったことがないのに」

「いいじゃないか。いい話だよ。きみたち二人はお似合いの夫婦だったみたいだね」

マロイの言っていることは正しい。だが彼の言っている意味ではなく。ヴィクターは、サンドラが彼を必要とするくらい強く、彼女を必要としていたのだ。最後の最後になって初めてそのことに気がついた。彼はサンドラの絶対的な忠誠心、純真さ、用心深さを必要としていたのだ。

マロイは彼女の手を再び握った。「それを話せばきみの気分がよくなるかと思ったんだ。でもきみのようすはまるで……」

彼は急に言葉を切った。だがその空白をサンドラが埋めた。「親友を失ったみたい？」自分でもそう思う。だがあの事故の夜にすべてが変わってしまったのだ。彼女は思いつくかぎりの問いを自分に投げかけた。なにを悼めばいいのだろう？　ヴィクターと分かちあった生活？　それともヴィクター自身？

「つまり、彼はきみの生涯最大の愛だったわけだ」彼女の顔に浮かんだ表情を誤解して、マロイが言った。

「わたしは……どうしてそんなこと言うの？」

彼はちょっとためらってから言った。「前に進もうとしないからさ。ヴィクターが死んでからもう一年だよ。でも今から五年後も、きみはあいかわらず彼のことをくよくよ考えているような気がするな」

その言葉はサンドラに突き刺さった。「どうして気にかけるの？」

「そんなことわかってるだろ」立ちあがると、マロイはテーブルをまわって彼女の座っている側に行くと、ベンチから立たせて腕に抱きしめた。「ほかの誰かの入る余地があるか、必死に考えているところなんだ」彼は唇をサンドラの唇に重ねると、調理室を抜けて個室へと連れていった。そして彼女を持ちあげて、敷居ごしにベッドの上に下ろした。マイクはサンドラの口に残るオレンジの味を心ゆくまで味わい、彼女はただなすがままになって、快感の波間に身をゆだねた。マロイのわたしを求める情熱はめまいがするほどの激しさで、拒む気などとうてい起こらない。人生で初めて、彼女は貪欲な欲望とはどういうものかを理解した。

ずっとあとになってサンドラが目覚めると、金色の光の糸が前方の昇降口のあたりに降りそそいでいた。たいへん、いったい何時なんだろう？

マロイはまだそこにいて、子どものようにぐっすりとあどけなく眠っている――あるいは、やましい心を持たない大人のように。

彼女は息をする勇気もなかった。わたしはなんてことをしてしまったのだろう?

これまで人の顔色ばかり気にして生きてきた。そうやって自分自身をごまかし、生来の冒険好きな性格を小説の登場人物に投影してきたのだ。だが二人でこうして過ごしている今こそが人生なのだ。マロイはまさに現実そのもので、荒れ狂う海の嵐のように生き生きとした力強さに満ちあふれている。ゆうべ、自分を縛ってきたルールをすべて窓の外へ放りだした。あれは初めて出会った見知らぬ自分。船がぱっと燃えだしたかのようだった。

頬づえをつきながら、サンドラは彼の顔をじっと見つめた。彼のことをごく平凡なただの肉体労働者だとばかり思っていたが、それは正しくなかった。彼にはさまざまな複雑な面が無限にあって、彼女は今それを発見しはじめたばかりだ。

こわれたものを直す便利屋。その意味では、彼こそまさしくサンドラが求めていたものだった――彼女の人生にやってきて、外の世界へと連れだしてくれる誰か。ずいぶん長いあいだ、自分の考えに凝り固まり、素直な感覚を無視してきたことに今の今まで気づかなかった。

マロイに愛されたとき、彼女は考えることをやめた。彼の腕の中で、ただ感覚と直感に身をゆだねることを学んだのだ。それは必ずしも居心地のよいものではなく、ときに危険さえ感じたが、あれほど濃密で魅惑的な夜になろうとはまったく予想もしなかった。

サンドラは波と風の音に耳を傾けながら、昇降口に揺らめく光を眺め、愛の行為のかすかで官能的な残り香を胸いっぱいに吸いこんだ。二人で分かちあった肉体の親密さによってなにもかもが高揚していた。互いの体をむさぼりあったあとでさえ、二人はまだ互いに惹かれあっている。

でもこれからどうすればいいのだろう？

不安が彼女の中でとぐろを巻く。マロイは危険なほど重要な存在になりつつあった。だがこれ以上なにも約束することなどできなかった。たとえ心が強くそれを求めていたとしても。そうするわけにはいかないのだ、とくに今は。自分は自分で決めた道を行き、マロイはばらばらになった家族の問題に対処すべきなのだ。またサンドラには、二人の関係がさらに深まるにつれて、秘密を守ることがむずかしくなることもわかっていた。さっきの朝食のときでさえ話しすぎてしまったのだから。

また涙があふれそうになるのをぐっとこらえたとき、心ならずも鼻をすすってしまった。マロイは目を開けると、太陽がのぼるようにゆっくりと笑った。今度はキスすることも話すこともなく、また興奮を呼び起こすための愛撫もなく、ただ無言で二人は一つになり、時の空間の中で互いを味わいつくした。

時間が止まってくれればいいのに。サンドラは再び燃え尽きたが、もっともっと愛してもらいたかった。眠そうな顔に満足げな笑顔を浮かべてマロイが体を離すと、彼女は低く抗議のつぶやきをもらした。彼は棚から水の入ったボトルをつかむと一息に飲んで、サンドラに差しだした。彼女は申し訳程度に一口すすった。「わたしが考えていたのはこれじゃないわ、マロイ」

彼は笑った。「きみにはオフのスイッチが必要だな」

彼女は枕の小山に寄りかかると、船のゆるやかな揺れにうっとりと体を預けた。これなしでどうやってこんなに長く生きてこれたのだろう？　欲望や官能は自分には無縁のものだと思っていた。それはあいまいで抽象的な存在以外のなにものでもないと。情熱は自分には手の届かないもので、おとぎ話やカントリーミュージックの中で起こるものだとずっと思いこんでいた。それは理想で、自分のような人間にはけっして起こらないはずのものだった。こうしてそのやさしさと親密さと興奮とエネルギーを知った今、彼女の世界全体が変化したのだ。

「すごく妙な顔をしてるよ」彼が言った。

サンドラはあわてて水をぐいっと飲んだ。「そう？　ゆうべここにあなたと対決するために来たのに、議論さえしないで、あお向けになってしまったのよね」

マロイは彼女の胸をおおっているシーツの上にさりげなく手を置いた。「ぼくだって予想もしていなかったさ。期待はしていたけどね」彼はサンドラを挑発するようになでた。「今もだけど」

体が自然に反応して全身に震えが走る。ゆうべ船に怒鳴りこんできたとき、ヴィクターのことはそれほど重要ではなかったのかもしれない。「わたしの回路は過負荷状態よ」サンドラは脇の下にシーツをたくしこんだ。「それはともかく、今何時？」

「気にすることはないよ。今日は土曜日だ」彼が手の動きを止めて、じっとこちらを見ているのを感じた。「ヴィクターと結婚したとき、きみは処女だったんだろ?」

サンドラは凍りついた。「どうしてそんなことが言えるの?」

「経験的にね」

屈辱感が全身を焼き尽くす。ようするにマロイはわたしに経験がないこと、その方面には未熟であることに気づいたのだ。彼の反応から自分がうまくふるまえていると思っていたのに、そうではなかったのだ。「ど、どうしてわかったの?」

彼は肩を必要すくめ、シーツの下の彼女のひざになにげなく手を置いた。「きみはロードアイランドのパーティー好きにはぜんぜん見えなかったからさ」

「世間から引きこんだ人生を送ってきたから」彼女は言った。「でも弁解する必要なんてないわね。どうせあなたはなんでもお見通しなんだから」

彼は体を離し、眉をあげた。「非難しているわけじゃないんだ、まったくその反対だよ」

「意味がわからないわ」

彼は豊かな髪を手ですいた。「ぼくはきみとは違うんだ、サンディ。うまく言葉で表現できないんだよ。だから誤解を生む言い方をしてしまうかもしれないけど。ゆうべのきみは……驚くほど意外だった。ものすごく正直なところが信じられないくらいセクシーだったんだ」

わたしが正直だった?　ある意味ではそうかもしれない。体も感情も嘘をつくことはできなかった。「そういうことなの」

彼の唇の端があがって、うっすら笑顔になる。「また深刻に考えてるな。感じるままに言ってごらん。なんでも分析しようとするのはやめてさ」

「わかったわ。わたしぜんぜん知らなかったの。セックスがあんな……あんなふうに……」

「こんなふうに？」マロイの手が彼女のひざから上へすべっていくと、快感がさざ波のように全身に広がる。

サンドラはあえぎ声をもらし、頭の中が真っ白になった。またしても。

「きみとヴィクターはあまりべたべたした関係じゃなかったんだね」彼が言った。それは質問というよりむしろ、断言だった。

当惑して、サンドラは体を離した。「あなたにそれを裁く資格はないわ」

「きみを裁くつもりなんてないさ。ただきみを知ろうとしているだけだよ」

「わたしがあなたに同じことをしたとしたら、どう？」サンドラは両ひざを胸に引き寄せた。「あなたの前の奥さんとの過去をあれこれ詮索したとしたら？」

彼は両腕を広げた。シーツが腰の下まですべり落ちたが、気づいていないらしい。「なんなりとどうぞ。隠すことなんてなにもないよ。きみはどうなんだ？」

サンドラには訊かなくてもわかっていた。マイクとアンジェラのあいだでセックスの問題などなにもなかったに違いない。二人のセックスはきっとすばらしいものだったのだろう。彼はただ喜びを追い求めることだけに集中し、世界のほかのものすべてを忘れさせてくれるのだから。

「顔がすごく赤いよ」彼女の顔をしげしげと見ながらマイクが言った。「それって好きだな」

どう返事をしていいのかわからず黙りこむと、サンドラは過去に思いをはせた。彼女とヴィクターは同じベッドで眠っていた。いっしょにダンスをし、手をつないでプロヴィデンスの濡れたレンガ敷きの通りを歩き、高級レストランのリネンをかけたテーブル越しに見つめあい、休暇を楽しみ、休日をともに過ごした。

ほかに比べるものもなく、彼女はこれが結婚なのだと思いこんでいた。しかしある嵐の夜に、マロイはまったく新しい世界を見せてくれたのだ。それまで見たこともない驚きと、感じたことのない感覚に満ちた世界を。

マロイは彼女の肩に触れて引き寄せると、顔を自分のほうへ向けさせた。その目はなにかを問いかけている。

サンドラは咳ばらいをした。「ヴィクターとわたしは、つまりわたしたちは、わたしたちの結婚生活の中心は……寝室ではなかったの」

「ほかに女性がいたのかい？」

サンドラはその言葉にひるみ、彼を押しやった。「誰もがセックス狂いというわけではないわ」マイクの探るような視線から身を隠したかった。彼は夫と一〇年、いや、ひょっとするとそれ以上も親友同士だったのだ。ヴィクターが少年から大人の男へと成長する姿を見守り、親友だけが共有する秘密も持っている。彼なら知っているかもしれない。きっとすべての成り行きを知っているに違いない。「答えて、マロイ。なにが訊きたいの？」

「答えはおおよそ見当がついてるんだ」なおも不思議そうに彼女を見つめながら彼は言った。「なにか悪いことでも訊いたかい？　それとも、きみは正気かって訊くべきだったかな？」彼はほほえんだ。そのときサンドラははっとした。無精ひげをはやし、くしゃくしゃの髪をした男がこんなにもチャーミングだったとは。「ゆうべのあと」彼は続けた。「その答えがわかったんだ。つまりヴィクターは、はっきりとはわからないが……なにか問題があったんじゃないかって思ったんだ……性的機能に」

その言葉の皮肉にサンドラははっとした。彼の性的機能。ヴィクターが彼女を抱いたのは初夜だけだった。

新妻として、サンドラは結婚に刺激を与えるハウツー本を読んで勉強し、自分からセックスを持ちかけてみたりもした。だがそのたびにヴィクターは、ありきたりの言い訳を並べて拒絶するのだった――疲れている、食べすぎで胸がむかむかする、偏頭痛がする、などなど。彼は夜遅くまで起きていたので、サンドラは結局、灯りをつけたまま、読みかけの本を胸に置いて眠ってしまうことが多かった。朝はたいてい、彼女が目覚める前にベッドからいなくなっていた。あるときサンドラが医者に診てもらうよう勧めると、彼は激しく怒りだした。ヴィクターが彼女に腹を立てたのはこの時を含めて二回だけだ。

サンドラは自分が魅力的でなく、洗練されてなく、セクシーではないせいだと思い悩んだ。たしかに、ほかの男性が言い寄ってくることもときどきはあった。ヴィクターとの社交生活はいやおうなく彼女を世間の目にさらしたからだ。

もちろん、一度も誘惑に乗ったことはなかった。ヴィクターが彼女を妻に選んだとき、彼はじつに賢い選択をしたのだ。最高の結婚相手だったということではなく、彼がなによりも必要としていたある資質をサンドラが持っていたからだ――けっして夫の信頼を裏切らないという資質を。

そう、彼が死んだあとでさえ。

24

新しい投光照明灯はひどい代物だった。マイクは自分の家の前で車を降りたときに気がついた。正確に言えば、自分の家ではなく――いったいなんて呼べばいいんだ？　かつての自分の家？　それとも継父の家？　ふつうであれば、その言葉の悲しい意味にくよくよするところだが、最近はほかに考えることがある。

それもたくさん。

マイクは立ち止まり、車の黒いスモークガラスに自分の姿を映して点検した。〝父娘のダンスパーティー〟のために、カーマイケル家のカトラス・スプリームを借りたのだ。だが髪が長すぎる。最後にカットに行ったのがいつだったかも思いだせない。しかし一五年前に買ったタキシードは今もぴったりだ。カフスボタンまでわざわざつけたが、これは自分の結婚式のときに身につけたものだった。蝶ネクタイがクリップ留めであることにメアリー・マーガレットが気づかなければいいが。マイクの知っている中で実際に蝶ネクタイを結べる男は、ヴィクター・ウィンスローただ一人だ。一〇歳のときにはすでに完璧な腕前だった。

またヴィクターか。近頃は彼のことが頭から離れることはない。ヴィクターがサンディと結婚していたというだけでなく、なにかが、彼の死に関するなにかがマイクをいらいらさせていた。WRIQニュースの執拗な取材にもかかわらず、あの事故の夜の説明にはなにかが欠けている気がしてならなかった。マイクは報告書を何度も読み返してみた。公文書としてインターネットで公開されている死因審問の証言記録さえ読んでみた。新しい発見はなにもない。サンディに訊いてみることも考えてはいるが、無理強いはしたくない。親密な関係にはなったものの、一定の境界線は残ったままだ。ヴィクのこととなると、彼女は野良猫のように神経質になる。たぶんこのまま放っておいたほうがいいのだろう――だが多くの理由から、彼女を一人きりにはしておけないと急に思うようになっていた。

カラーの硬い縁に指をぐるりと走らせながら、マイクは正面玄関に歩いていった。ケビンの戦闘軍の人形が歩道の端でポーズをとったり、花壇に掘ったトンネルにうずくまったりしている。それを見て、マイクは胸が激しくうずくのを感じた。こんなささいなことが恋しかった――息子が空想の世界に夢中になって真剣に遊んでいるのを見るのが。

彼は呼び鈴を鳴らした。ドアのそばには〝セールスお断り〟の新しい札がかけられている。

「ちょっと待って」アンジェラのヒールが木の床にこつこつと響いたかと思うと、ドアが開いた。彼女はイヤリングをつけているところで、頭を片側に傾け、明るいブロンドが肩の上に落ちている。

「やあ、アンジェ」マイクは中に足を踏み入れた。

彼女はイヤリングを落とし、それは床を横切って彼の足もとに飛んできた。拾おうとして二人ともかがんだので、偶然に肩がぶつかった。「ごめん」マイクは体を起こすと、小さな金の輪を彼女に手渡した。「ほら」

ちょっとして、マイクは彼女がじっと自分を見つめていることに気がついた。アンジェラのふっくらした唇はかすかに開かれ、目は大きく見開いている。彼のタキシード姿を見るのが久しぶりだからだろう。「ありがとう、マイク」ようやく彼女は言った。

「ぼくの恋人は準備はできたかな？」

彼女は階段のほうへ視線を投げた。「ほとんどできてるわよ」

マイクは体重を片方の足からもう片方の足へ移動させた。この家には一五年以上住んでいたが、来るたびに見分けがつかなくなっていく。アンジェラがしょっちゅうインテリアを変えているせいだ。家の匂いも違う。悪くはないが……以前とはぜんぜん違う匂いだ。かつての家、かつての妻、かつての人生。

「ケビンはどこだ？」

「あの子は今日の午後ずっとメアリー・マーガレットをいらいらさせていたものだから、カーマインにレストランに連れていってもらったのよ。そこの休憩室で宿題をするのが好きだから」彼女はホールテーブルにあった赤い紙のハートを手渡した。「ケビンからあなたにバレンタインのカードよ」

カードを開いたとたん、ほほえみがマイクの口もとに浮かんだ。ていねいな字で息子はこう書いていた。「パパへ。ハッピー・V．D．」

それをアンジェラに見せながら、彼は言った。「これはとっておく価値があるな」

「ほんとね」彼女は笑いながら首を横に振った。なんて美人なんだろう、と彼は思った。昔から変わらない。

「じゃあ」マイクは言った。「九時までに送り届けるよ」

「ええ。明日は学校があるから」彼女はそっけなく笑った。「わたしったらなにを言ってるのかしら？　そんなこと、わかってるわよね。あの子はダンスパーティーに行くのをすごく楽しみにしているのよ。ねえ、マイク。あの子は急に大人びてきているの」アンジェラは彼を見あげた。その目が昔のように親密でやさしげだったので、一瞬マイクは自分の立場も、自分がどこにいるのかも忘れてしまいそうになった。ここはもうぼくの家じゃないんだ、そう自分に念を押す。

動揺して一歩後ろに下がると、彼は両腕を広げた。「ぼくのタキシード姿はどうだい？」

アンジェラは彼を頭の先から爪の先まで眺めた。「町の住民としては悪くないわね。でもネクタイが曲がっているわ」彼女は前に進みでると、手をあげてネクタイを整えた。

彼女がすぐそばにいるという事実がマイクを包み、飲みこむ。二人のあいだには何年もの歳月が作りあげた親密さがあった。マイクは彼女の体の隅々まで知っているし、香水も、呼吸する音も知っている。離婚判決が下されても、それはけっして消えはしない。

ネクタイを直すアンジェラの指が震えている。きっと同じことを考えているのだろう——彼女の目には苦痛と敗北の色が浮かんでいる。ネクタイを直し終えても離れずに、手のひらをマイクに押しあてた。それはまるで、そこから彼の熱を吸収しているかのようだ。かすかなため息が彼女の口からもれる。「ときどき思うの、もしできることなら……でもだめよね、マイク」彼女はささやき、それから黙りこんだ。目に涙があふれている。マイクは歯を食いしばり、気を引きしめて言った。「アンジェ、ぼくだって家族のためにどれだけそう望んだかわからないよ」

彼女は指をマイクの襟の折り返しに押しこむと、なでおろした。マニキュアをした爪がぴかぴか光っている。「わかってるわ、マイケル」涙声になる。「どうしてわたしたちはうまくいかなかったの？」

「それはきみがよく知っているだろう」彼は言った。「だが、きみはぼくの子どもたちの母親だ。子どもたちのために、ぼくはきみをその立場から引きずり降ろしたりはしないよ」

アンジェラの顔が青ざめ、それから険しくなった。階段で足音が聞こえ、マイクが見あげると、陰になった踊り場からメアリー・マーガレットがこちらを見つめていた。まいったな。いつからそこにいたんだろう？

彼とアンジェラはぱっと離れた。「ネクタイは大丈夫かな？」彼が尋ねた。

「完璧よ」目をしばたたかせて、ぐっとつばを飲みこむと彼女は答えた。

「用意はいいかい、プリンセス？」

メアリー・マーガレットは躊躇し、それからゆっくりと階段を下りてきた。彼女が玄関ホールの灯りの中に足を踏み入れたとき、マイクは感動で胸が詰まりそうになった。きれいな緑色のドレスを着て、髪を結いあげ、ピンクの口紅が唇でつやめき、目を輝かせているその姿は信じられないほど美しかった。彼の小さな娘はもう小さくはなかった。

「失礼、お嬢さん」無理に笑いながら、彼は言った。「ぼくの娘を探しているんですが」

メアリー・マーガレットはくすくす笑った。「パパったら」

「とってもきれいよ」二人のためにドアを押さえながら、アンジェラが言った。「楽しんでいらっしゃい。ダンスフロアに出る前に風船ガムは出すのよ」

マイクは腕を折り曲げた。メアリー・マーガレットが気づかないので、彼はひじでつついた。彼女はまたくすくす笑うと、手をそこに押しこみ、いっしょに車のほうへ歩いていった。

メアリー・マーガレットはYMCAに向かうあいだずっと、ぺちゃくちゃしゃべりまくっていた。マイクはそんな娘をちらちら盗み見た。丸い赤ん坊のような頬や、ぽっちゃりしたえくぼのできる手はもうない。矛盾に満ちた年頃の娘は、口紅をつけた唇で風船ガムをふくらませながら、塗りたてのマニキュアに見ほれている。

マイクが車を駐車すると、メアリー・マーガレットは父親がドアを開けてくれるのを待つのも忘れ、車から降りた。そして地面にガムを吐きだすと、うきうきと跳ねるように歩きながら、ろうそくの火に照らされた部屋へと入っていった。そこにはくすくす笑う娘たちとその父親があふれていた。父親たちは夕食を抜いて娘をダンスに連れてきて、YMCAのために資金集めをしているのだ。男性のほとんどは縁を切り落とした小さな三角形のサンドイッチやハート型のクッキーを食べるのに忙しい。紙コップに入ったパンチでみんなの歯は真っ赤だ。天井からは紙のハートがぶらさがり、ミラーボールが灯台の灯りのようにゆっくりと明滅してまわりながら、興奮した人の群れに輝く粒を投げかけている。勇気のある父娘が何組か『わが心のジョージア』に合わせて踊っている。

マイクとメアリー・マーガレットはしばらく部屋の隅に立って、あたりを見まわしていた。「あれはアリー・モンローよ」巻き毛の女の子を指さして彼女は言った。「彼女は歯列矯正器をつけたばかりなの。そしてDJの右隣で踊っているのがカンディ・プロクターよ。彼女のお父さんは有名な女性ニュースキャスターの親戚なの。あのお父さんってはげ頭よね?」メアリー・マーガレットの顔が輝いたかと思うと、マイクの手をつかんだ。「みんながパパをちらちら見てるわ。パパって、最高」

「ぼくが踊るところを見たら、気が変わるかもしれないよ」

「いやだったらべつに踊らなくてもいいのよ」

曲が『マイ・ガール』に変わった。完璧だ。「冗談だろ?」彼は言った。「さあ、おいで、すてきな人。いっしょに踊ろう」

娘をフロアへと誘いだすと、マイクはサンディが教えてくれたステップを何度も思い返した。前、左、後ろ、右、前だったな。どうかへまをしませんように。

マイクはへまをやらかさなかった。彼とメアリー・マーガレットはまるで熟練者のように踊り、一度もまごつかなかった。目に驚きの色を浮かべた娘に見あげられながら、彼はとても誇らしい気持ちになった。この一年、失ったものへの苦い後悔を抱えて生きてきた。だが今ようやく前へ踏み出すときが来たのだ。娘とこうして踊っていると、たとえどんなことがあろうと、ずっと自分の心の一部であり続けるものがあるのだと信じることができた。

曲が終わり、マイクはサンディがやって見せてくれたように、腕の下で娘をくるりとまわした。

「踊り方を知らないって言ってたわよね」メアリー・マーガレットはにやにや笑いながら言った。

「ああ、じつは二、三回レッスンを受けたんだ」

「そうなの？　誰から？」

娘の顔に訊かなければよかったという表情が浮かぶ。だがもう遅かった。「じつは、サンドラ・ウィンスローなんだ」彼はためらいがちに言った。「なにかまずいことでもあるかい？」

メアリー・マーガレットは躊躇したが、なにも言わなくても顔に答えが出ていた。「お腹がすいたわ、パパ」彼女は軽食が用意してあるテーブルに向かった。

まあいいさ。娘のあとに続きながら、そう彼は思った。知りたくなかったのだろうが、いずれ知らなければならない日が来るかもしれない。先週末、サンディと船をも燃えあがらせるほど情熱的な時を過ごしてからというもの、彼女と人生をともにすることについてずっと考え続けていた。一度彼女を子どもたちに引きあわせたほうがいいだろう。それもただの偶然ではなく。だがそんなことをしても大丈夫だろうか？

25

風の吹きすさぶ土曜の午後、メアリー・マーガレットとケビンはパラダイス波止場で先を争って車から出た。彼女は母とカーマインにさよならを言うのもほとんど忘れて、トランクから荷物をつかみだした。その日はめずらしく快晴で、さえない真冬の思いがけない贈り物となった。父は天気がもてば船を出そうと約束してくれていたのだ。メアリー・マーガレットは、バックストリート・ボーイズとペパロニのピザとフィールドホッケーを合わせたよりも船に乗るのが好きだった。

父は港長の事務所のそばで待っていた。ジークとケビンが駐車場を横切って駆け寄り、大喜びで抱きあう。母は父に近づいて、カーマインがエンジンをかけた車の中で待っているあいだ、話をはじめた。

メアリー・マーガレットの耳に、母がいつもどおりの指示をすらすらと唱えるのが聞こえる。必ず救命胴衣を着させて。ケビンにカフェインの入ったものを飲ませないで。子どもたちを明日の朝早くに送ってきて、二人とも宿題があるから……。

メアリー・マーガレットは、このあいだ父がバレンタインデーのダンスパーティーに迎えにきてくれたときの両親のことを考えていた。二人のやりとりを見たとき、途方もない希望に心臓が胸から飛びだしそうになった。だが次の瞬間には、すべてがいつもどおりに戻ってしまった。

父はうなずき、母を安心させている――二人のことは心配ない。明日は遅くまで引き止めないようにする。歯もちゃんと磨かせるから……。母にはつねに全面的に協力的だ。というのは、ソーシャルワーカーに悪い評価をもらいたくないからだ。ソーシャルワーカーは父子の様子を調査して、母にくだらない報告書を書く。メアリー・マーガレットは裁判所の担当者が自分たちを監視し続けているのが気に食わなかった。悪いことをしたわけでもないのに。

メアリー・マーガレットは母とカーマインが車で走り去るとき、振り返って手を振るのを忘れなかった。父は子どもたちに特別の歓迎の笑顔を見せて言った。「二人とも準備はいいかい?」

「もちろんさ」ケビンは大声で言うと、波止場を駆けおりていった。ひものほどけたスニーカーが厚板の上でぱたぱたと音をたて、あとを追いかけるジークの足の爪が木の上を軽快にすべっていく。

メアリー・マーガレットは父と歩調をそろえて歩きだした。「今日はどこに行くの?」

「ウェザリルの州立公園に行こうかと思うんだけど、どうだい?」

「わたしはいいけど」行き先はどこでもよかった。そこに行き着くまでが重要だからだ。

「今日は仲間がいるんだ」とてもなにげない調子で、彼は言った。

「どういうこと？」

「友だちを一人誘ったんだ」

こんなことは初めてだった。パパが舟遊びに連れていってくれるときはいつも三人だけで、海面を切って船を走らせながら島や海岸の入り江を探検するのだ。夏には、ブロック島まで足を延ばすこともあった。だがほかの人間がくわわったことは一度もなかった。両親がいっしょにいた頃は、ママも来て調理室でエッグサラダのサンドイッチを作ったり、ケビンに救命胴衣を着なさいとわめいたりしていた。

「ほかの誰かがいっしょに行くってこと？」

「そうだ。あの氷の袋を持ってくれるかい？」

彼女は顔をしかめた。これはパパにとってどのくらい重要なことなのだろうか？　冷静にふるまっているが、それはいつもと変わらない。二人はファットチャンス号に着いた。メアリー・マーガレットはそこで待っている人物を見て凍りついた。その人物はコックピットの中で、アルミの梯子につかまっていた。

「おまえたち、サンドラ・ウィンスローさんを覚えているだろ？」父が言った。

「やあ、こんちわ」ケビンは船に飛び乗った。ジークもあとに続いた。ケビンはサンドラに向かってにやっと歯を見せて笑った。彼女がいることなどまったく気にしていないようだ。

メアリー・マーガレットはうつむいて自分の手をじっと見つめた。バレンタインデーのときに塗ったコーラルキャンディー色のマニキュアが醜くはげ落ちている。リムーバーで全部ふき取ってくればよかった。

「元気、ケビン？」サンドラが声をかける。「あなたのお父さんの船で出かけるのは初めてなの。どうしたらいいかいろいろ教えてね」

「救命胴衣を着なくちゃだめだよ」ケビンが偉そうに言う。「船に乗っているあいだはそれをずっと着てなきゃいけないんだ」

「これなら自分で着られそうだわ」彼女は操舵室の積荷を入れるロッカーから黄色の救命胴衣をケビンに手渡すと、もう一つを自分用に取りだした。

「それはわたしのよ」船に乗りこみながら、メアリー・マーガレットが突然叫んだ。「それはいつもわたしが着てるの」

「嘘つきめ」ケビンが言った。この裏切り者。「どれも同じじゃないか」

「なんにも知らないくせに」メアリー・マーガレットは言った。「これはわたしがいつも着ているやつよ」彼女は対決する覚悟をしたが、サンドラ・ウィンスローはただ黙って厚い黄色の救命胴衣を手渡した。

「ストラップは姉ちゃんのでかいケツに合わせてあるんだ」体をくの字に曲げてきゃっきゃと笑いながらケビンが言った。

メアリー・マーガレットは怒りで煮えくり返ったが、反撃する前に、サンドラがケビンの救命胴衣をつかまえて言った。「じゃあ、これはあなたのおしゃべりな大口に合わせてあるのね？」

それを聞いてケビンはますます笑い転げた。パパはなにも言わなかったが、自分たちのようすを眺めているのがわかる。でも、なにを考えているんだろう？

サンドラは別のカビのはえた救命胴衣を着て、それを緑色のパーカーの上にクリップでとめた。父が立ち止まり、ナイロンのベルトを締めてやりながら、彼女のほうへ体を傾けて低い声でなにかささやいた。サンドラが彼を見あげたとき、その目にあったものは見まがいようもなかった。メアリー・マーガレットはそれをほかの一〇〇人の女たちの目の中に一〇〇回見てきたのだ――図書館の司書、スーパーのレジ係、学校の地球科学の先生――みんなパパを欲していた。そして今サンドラもそのクラブのメンバーになったのだ。

サンドラは二、三歩後ろに下がると、とても感じよくほほえんだ。「また会えてうれしいわ、メアリー・マーガレット」

メアリー・マーガレットはなんと返事をしていいかわからなかった。どうしてサンドラがそんなにやさしいのかはもうわかっていた。それは自分やケビンにはなんの関係もないことで、ようはパパがお目あてなのだ。女たちがパパの気を引きたいばかりに自分たちにやさしくしてくるのは大嫌いだった。だがそれは日常茶飯事だった。そんなことにはもううんざりなのだ。

彼女はかっと腹が立った。これはパパとわたしだけの週末なのよ。パパを誰とも共有なんてしたくない。たとえ有名な作家でも。

「エンジンを始動させるのを手伝うかい？」父はケビンに尋ねた。二人とも、わたしの口数が少ないことに気づいていないみたいだ。サンドラがじっとこちらを見ているのを感じる。サンドラは気づいたのだろうか？

父は操舵室に行くと、エンジンを始動させた。エンジンは咳こんで息を吹き返し、ディーゼルの煙があたり一面に立ちこめる。彼は他人が一人乗っていたところでなにも変わりはないのだというふりをしている。彼が友だちと呼ぶ他人が乗っていたとしても。「船を出すぞ」父はエンジンのやかましい音に負けないように言った。「メアリー・マーガレット、ロープをはずせるかい？」

「もちろん」彼女は急いで船首のほうへ行くと、波止場につながる大きな索止めからロープをほどいた。この作業には熟練していて、それを誇りに思っていた。ロープを解き放ち、それが汚れたり濡れたりしないように船に乗りこむにはどうすればいいのか熟知していた。まず港側からはじめて、つぎに右舷側、そして最後に船尾をほどくのだ。サンドラは操舵室の中で、役に立たない底荷のように立っていた。

数分後、四人はポイントジュディスポンドと青く広大な大西洋を結ぶ狭い海峡を進んでいった。すがすがしい寒気が空気をさわやかにしている。ケビンは操舵室から走りでると、漁師の記念碑に手を振った。これは彼が小さな頃から続けている儀式だった。父もまた霧笛を鳴らし、自分のしきたりを忘れない。ジークは前足を船べりにかけ、旋回して飛ぶカモメに吠えている。

船が港を出ると、陸地は後方に遠のき、低い建物がパラダイスをおもちゃの町に変える。

外海に出ると船は速度をあげ、波を切って走りながら、通ったあとに二本の線を残していく。冷たい風を顔に受け、太陽を目に感じているうちに、メアリー・マーガレットはちょっとのあいだ憤りを忘れた。海上に出て、陸地を振り返るのは最高の気分だ。陸地の木々や小さな家々は無限に広がる青い大西洋に比べれば取るに足りないもののように見える。

前甲板に登ると、ケビンは舳先の手すりにまたがって、顔を風に向けた。そして海賊の言葉を手当たりしだいに叫びながら、空想の世界に夢中になっている。サンドラは父といっしょに操舵室へ入っていった。二人は並んで立ち、父が水平線のなにかを指さしながら、前方の景色を眺めている。二人は寄り添い、互いの腕が触れあう。父がサンドラのほうを向き、頭をかがめて話しかける。メアリー・マーガレットはそのようすが気に食わなかった――私的で、親密で、まるで共通の秘密を持っているようで。

顔を潮風のほうへ向け、彼女は港の側にある灯台の眺めに意識を集中した。灯台にはアンテナやレーダー機材がたくさんついていた。だが遠くから見ると古めかしい感じで、丸々とした層雲を背に、磨きあげた窓に太陽がきらきら照りつけるさまは絵はがきのような美しさだ。

メアリー・マーガレットは二人のようすをひそかに探らずにはいられなかった。再び操舵室をちらっと見ると、父がお気に入りのキャップを脱いで、つばを後ろ向きにしてサンドラの頭にのせていた。二人はともに笑い、手が軽く触れている。

もうたくさん。できるかぎり大きな音をたてて、メアリー・マーガレットは甲板を力強い足取りで歩き、操舵室に乱入した。寒くなったケビンはジークを連れて昇降口から船室に下りていった。

「今日はどこに行くの、パパ？」いつもより少し大きな声で彼女は尋ねた。

「レニー・カーマイケルがパーゲトリーポイントにわなをいくつか仕掛けたんだ。中を調べてみて、なにか入っていたら自分たちのものにしていいってさ」

操舵室に三人は窮屈だった。だがメアリー・マーガレットはぜったいに譲りたくなかった。

「よかった。レニーのわなにはいつもロブスターが入っているもの。ロブスターはわたしの大好物よ」

「運がよければ、夕食に食べられるぞ」

「操縦していい？」

「いいとも、プリンセス」

わざと父とサンドラのあいだに割りこむと、彼女は舵輪を握った。サンドラはドアのほうへ行った。「中に入って、ケビンがなにをしているか見てくるわ」

サンドラは冷たく渦を巻く風の中を去っていった。メアリー・マーガレットは父も行ってしまうのではないかとおびえた。彼女は熟練した操舵手だったので、よく一人で操縦させられていたのだ。ほっとしたことに、父はそのままとなりにいてくれた。

彼女は父のほうを見ずに、水平線をじっと見つめていた。そして、行く手に漂流物がないかどうかくまなく見わたした。大きな丸太にでも衝突したらたいへんだ。だから横波を受けないように注意しなければならなかった。

「そのふてくされた顔はどうしたんだ？」父が尋ねた。

やっぱり、気づいてたんだ。よかった。「いつもと同じ顔よ」

パパはその言葉を信じていない。首を横に振るしぐさでわかる。「サンドラを連れてきたから怒ってるんだろ」

「三人だけで行くと思ってたから」

「おまえが気にするとは思わなかったよ」

冗談でしょ？　気にするに決まってるじゃない。だが突然、彼女は自分がわがままで、心の狭い人間に思えてきた。「あの人はパパのガールフレンドなの？」

父はしばらく黙っていた。モーターは一定の速度で泡立つような音をたてている。ジェームズ島がはるか北の方向に見えてくる。空は晴れわたり、何マイルも先まで見通せた。

「ねえ、そうなの？」メアリー・マーガレットはせっついた。

「ああ、そうだ。いやなのか？」

もちろんいやだ。それも、すごく。ママとカーマインでたくさんだったのに。今度はパパにまで恋人ができた。こんなことは時間の問題だと知っておくべきだった。独身の父親はデートをする。それが人生の醜い現実なのだ。

「どうなんだ？」今度は父がせっついた。

メアリー・マーガレットはまっすぐ前をじっと見つめていた。そして一度しっかりとうなずいた。

「それを聞いて残念だよ、プリンセス。おまえたちと会えないとき、パパとジークは本当に寂しいんだ。ぼくはサンドラのことが大好きだし、彼女もぼくのことが好きだと思う」彼は娘の後ろ頭を手でなでた。覚えているかぎり同じなで方で。「彼女といっしょにいるのが好きなんだ。おまえといっしょにいるのも大好きだ。気楽にやっていこうよ」

父の話は筋が通っている。通りすぎるほどに。彼の性格の一つは……物事を真剣に受け止めるところだ。だからもし本気でなければ、サンドラを連れてきたりはしなかっただろう。

思わず、熱い涙がこみあげてくる。なにもかもが変わっていくのがいやだった。同じ状態のままでいてくれるものなどなに一つない。今日までは、パパが自分一人のものだと信じることができた。だがそれももうおしまいだ。

少なくとも、パパはサンドラに礼儀正しくしろと説教したりはしない。ママがカーマインを紹介したとき、メアリー・マーガレットとケビンは感じよくしろと脅され、買収され、警告された。パパはそんなことはいっさいしない。ただ行儀よくしてほしいと望むだけだ。メアリー・マーガレットは程度の低い不機嫌な気持ちとたわむれていた。きっとこれは船酔いのせいだ。だがパパには見抜かれてしまうだろう。サンドラのことをどう思おうと、パパをがっかりさせるのは耐えられない。

二人はそれ以上話をしなかった。太陽が頭上高くで弧を描く下を、ただ船は進んでいく。海は変化する鏡のようだ。神秘的で、強烈な紺青色をしていて、一年のこの時期にはめずらしく穏やかだ。およそ三〇分後、父はレニーのロブスターのわなの目印を指さした。わなは三つ並んでいて、流れの中で静かに上下に動いている。

「あそこまで行ってエンジンを切るんだ」彼が指示した。

メアリー・マーガレットは指示に従ったが、一瞬の沈黙が降りたとき、下の船室でケビンが笑っている声が聞こえてきた。あの恥知らず。ケビンはサンドラのことがとても好きみたいだ。ばかは誰でも好きになる。おそらくサンドラにお気に入りのばかげた冗談をすべて聞かせてやっているのだろう。そして彼女は無理に笑っているに違いない。

「弟とサンドラに上に来てわなを引きあげるのを手伝うように言うんだ」父が言った。

メアリー・マーガレットは船室に大きな足音をたてて下りると、ドアを開けた。「パパがロブスターを引きあげるのを手伝いなさいって」返事も待たずに、ドアを開け放したまま彼女は立ち去った。しばらくして、二人はいっしょに現れた。クリスマスの朝の子どものように興奮している。

父は錨を下ろし、厚いゴム手袋を全員に配った。メアリー・マーガレットは船の鉤をつかむと、勝ち誇ったようにあざやかなオレンジ色のブイをさっとひっかけて、わなを船のほうへ引き寄せた。この作業はもう一〇〇回もやったことがある。彼女は深い海をのぞきこむのが大好きだった。ロープは暗い永遠の中に消えていくかに見える。彼女はロープを両手で引きあげながら、わなの中になにが入っているかはらはらして見守った。

すばやく手際よく作業を進めながら、濡れたロープを甲板の自分のかたわらで巻きとる。

ついにイグルーの形をしたわなが海草と金属の認可票をたなびかせて姿を現した。メアリー・マーガレットはかたずをのんだ。かごは水から出ると重くなったが、彼女はロープをずり落としたりはしなかった。父が来て船の上に引きあげるのを手伝った。どきどきしながら彼女はふたをぱっと開けた。ジークが狂ったように匂いをかいでいる。

わなは空っぽで、餌《えさ》はニシンの砕けた骨と牛の背骨だけになっていた。「なにも入ってないわ」

「全部が入っているわけじゃないさ」父は変形した古いクーラーボックスを開けた。「わなにまた餌をつけて下ろそう」

メアリー・マーガレットはわなに餌をつけるのが大嫌いだった。餌は鶏の足と古い牛の骨だ。まったく胸が悪くなる。彼女はサンドラのほうを向くと、甲板で別れてから初めてじかに話しかけた。「わなに餌をつけてみたい？」

「もちろん」サンドラは答えた。「一度もやったことがないから、やり方を教えてね」

「そんなの朝飯前さ」ケビンが話に割りこむ。「餌箱に入ってる気持ちの悪いものをわなのくぼみに入れるだけだよ」

サンドラは餌箱をおそるおそるのぞいた。「そんなものはなにも入ってないわよ」ふたを開けながら、彼女は言った。「これのどこが気持ち悪いの、ケビン？」

メアリー・マーガレットは彼女が恐がって大騒ぎすればいいと思っていた。パパはそういうタイプの人間には我慢ならないのだ。だがサンドラはおびえることもなく、ただ顔をちょっとしかめただけで、手袋をした手を突っこむと古い骨と魚の頭をつかんだ。それを餌を入れるくぼみに押しこむと、メアリー・マーガレットに尋ねた。「このくらいでいい？」

「もう少し」思わず答えてしまう。

サンドラがくぼみいっぱいに餌を入れると、メアリー・マーガレットはわなを船外に突き落とした。わなは大きな水しぶきをあげ、一瞬浮かんだあと、深く青い虚空の中に沈んでいった。

「なかなか面白かったわ」サンドラは言った。「手伝ってくれてありがとう。あなたはプロね、メアリー・マーガレット」

「ええ、そうよ」彼女はぼそっと言った。

「船の操縦も上手なのね」サンドラはつけくわえた。「わたしは今まで一度も船に乗って出かけたことがないの」

「そうなの？　かわいそうね」

「そんな機会がなくて。海好きの人間じゃないものだから」

「わたしはそうよ」メアリー・マーガレットは言った。

「今年は水泳チームの適性試験を受けるんだ」ケビンが突然声を張りあげる。「水泳は好き？」

「じつは、泳ぎを習ったことがないの」

「うそでしょ？」メアリー・マーガレットはだしぬけに言った。ほんとかわいそうな人だ。

誰でも泳げるものだとばかり思っていた。パパも同じくらいショックを受けているように見える。彼は目を細くしてサンドラをじっと見つめている。

「次はぼくがわなを引きあげるよ」ケビンが鉤をつかんだ。彼はゆっくり時間をかけてロープを巻きあげた。

これも空っぽで、メアリー・マーガレットはがっかりした。彼らはまた餌を入れると、船外に投じた。

「次はサンドラにやってもらおうよ」ケビンが言った。

メアリー・マーガレットは後ろに下がって、冷酷な満足感を覚えながら、サンドラがぎこちなくロープを扱い甲板の上でもつれさせるのを眺めていた。わなを引きあげるのに倍の時間がかかったが、彼女がわなを甲板に置いたとき、まぎれもないロブスターのかちっという音が聞こえた。ジークはうなり声をあげて、わなから後ずさりした。ケビンは興奮して小躍りした。「やった、二匹だ！」彼は叫び、ガッツポーズをとる。「二匹ともすごくでっかいよ。きみがつかまえたんだ、サンドラ」

「わたしの手柄じゃないわ」かがんでわなをのぞきこみながら、サンドラは言った。「どっちもすごく大きいわね？」

「一ポンドのロブスターは七歳だって知ってるかい？」ケビンはまた得意のうんちくを披露しはじめた。

「雌のロブスターが一度に一〇万個も卵を産むって知ってた？」サンドラが尋ねる。

どうしてなんでも知っているんだろう？　彼女の脳には不要な情報を取り去る〝糸くず取り〟がついているに違いない。

「これで夕食にロブスターが食べられるぞ」父が言った。「楽しみにしてたんだ」

ケビンはすでにお気に入りの遊びをはじめていた。ロブスターの背中をつかんで、怪獣の声を真似ながら甲板を歩きまわらせるのだ。それに犬が吠えついている。あんなにばかなのに、サンドラとパパはそれを見て愉快そうだ。

ようやくケビンは、互いに攻撃しあわないようにそれぞれのロブスターのはさみをゴムでとめ、大きな白いプラスチックのバケツに放り投げた。

「寒い」メアリー・マーガレットはいきなり言うと、濡れたゴム手袋をロッカーに脱ぎ捨てた。「中に入るわ」

「操縦を手伝わないか？」父は錨をあげながら、ケビンに尋ねた。

ふてくされて、メアリー・マーガレットは個室の戸口に立っていた。その部屋は、父の船に泊まるときいつもケビンといっしょに使っていた。ベッドにはマロイのおばあちゃんのキルトがかけられ、もう何年も大事にしている古いよれよれになったぬいぐるみが二、三個置いてある。抑えきれないほどの悲しみがどっと彼女を襲う。両親が離婚して以来、ベッドの上に身を投げる技を極めていた。実際に空《くう》を舞って、一秒の何分の一か宙に浮き、それからうつぶせに着地して絶望に声をあげて泣くのだ。

ああ、今そうしたかった。でもそんなことをしてもみじめになるだけだ。顔をしかめて、彼女は主船室に行き、クッション付きの椅子の一つにどさりと腰を下ろした。そしてバックパックを探ると、読みかけの本を取りだした。そのとき、ぞっとするようなことに気がついた——今読んでいるのはサンディ・バブコックの本だったのだ。サンドラに見られる前に隠そうとしたが、すでに遅かった。サンドラが入ってきて、引き戸を閉めるとパパの帽子を脱いだ。

「読んでみてどう?」

「さあ」メアリー・マーガレットは腕を伸ばして本を持った。「読みはじめたばかりだから」実際にはほとんど読み終えていて、大好きな本になっていた。だがこの本が好きな自分が嫌いだった。サンドラ・ウィンスローに関するものはなにもかも好きになりたくなかった。

じつを言えば、この本が今のところ大のお気に入りだった。カーリーという名の父親のいない少女の物語で、父親が誰かさえもわからない。母親はほかの女性と住んでいたが、二人はレズビアンだったので、学校の子どもたちはカーリーの人生を耐えがたいものにしていた。

メアリー・マーガレットはこの本にあるカーリーの感情描写に心を奪われた——どれほどおびえ、どれほど人々が彼女の家庭環境について話すのを聞いて恥ずかしい思いをし、どれほどいつも腹を立てているか。母親のルームメートをどれほど憎みたかったか。だが最後は彼女のことが好きになるのだ。

サンドラは調理室でポットに紅茶を入れているあいだ、ずっと黙っていた。出てくると、マグを二つ持っていた。「お父さんから、あなたはクリームと砂糖を入れるのが好きだって聞いたの」

メアリー・マーガレットはあまりおいしくなければいいと半分願いながら、気のないようすで紅茶を一口すすった。カップをわきに置くと、マニキュアをいじくり、親指の爪から大きなかけらをはがした。それから、サンドラには話しかけたくなかったにもかかわらず、こう言った。「あなたの本の主人公は、ほかの子たちにすごく意地悪されるのにどうして毎日学校へ行くの？」

「あまり楽しくはないわよね？」

「どうしてみんなから嫌われている少女を主人公にするのかわからないわ」

「みんながその女の子のことが大好きなら、ぜんぜん面白くない話になってしまうでしょうね。わたしはそんな本を書く気にはなれないわ」彼女は温めるように、両手でマグを持った。

「申し分ない人生を生きている人々はつまらないわ」

「でも、あんなひどい目にあう女の子を書いていて気がめいらない？」

「申し分のない人生を生きている申し分のない女の子の話のほうが読みたい？」サンドラはメアリー・マーガレットの表情を見てほほえんだ。「うそじゃないわ。そんな話のほうがよっぽど気がめいるわよ」

「主人公のお母さんがルームメートを捨てて、本当のお父さんを見つけて結婚すればいいと思うわ」

「そんなふうになると思う？」

「もしわたしがこの本を書いたら、そうなるわ」

「それが書くことの楽しさなの。自分の思いどおりに物事を展開していけるところがね。わたしの本では、必ず正直な結末になるようにしているのよ。現実的な結末にね」

「つまり、気のめいるような結末ってことね」

「ときどきはね。でも最後に必ず希望があるの。少なくとも、そう思うのが好きだわ」

メアリー・マーガレットは適当にページを開いた。そのとき、このページに印刷された言葉が今ちょうど自分といっしょにこの部屋にいる人物によって書かれたことを思いだし、興奮を覚えた。だがそんな自分にうんざりして顔をしかめる。「これだけの言葉や文章をどうやって考えだすの?」

マグを置くと、サンドラは大きなトートバッグをかきまわして、古風な万年筆をとめた使い古したリングタイプのノートを取りだした。そしてノートを開き、青緑色のインクの読みにくい字がびっしり詰まったページをぱらぱらとめくって見せた。彼女はメアリー・マーガレットに万年筆を示すと、それを指でくるくるまわした。「いい質問だわ。あらゆる言葉や文章がこの万年筆の中に用意されているような気がするときがあるの。そしてわたしが書きはじめると、ただあふれでてくるのよ」

メアリー・マーガレットは目を丸くした。「その万年筆を借りたいわ」

サンドラが笑った。とてもすてきな笑い方だったが、そのあとに続く沈黙のほうが少しだけ心地よかった。

「そのノートは次に出す本なのね？」

「そうよ。タイプして清書し終えたらね」

「じゃあ、それが唯一の原稿ってことでしょ？　それにもしものことがあったらどうするの？」メアリー・マーガレットは身震いした。『若草物語』でエイミーがジョーの原稿を燃やしてしまう場面を思いだしたからだ。ベスが死ぬところなんてなんでもなかった。それよりも、彼女が泣いたのはその場面だった。

「秘密を守れる？」サンドラが尋ねた。「わたしがすごく変わった人間だってことを人に知られたくないの」

メアリー・マーガレットは前を向いて座った。「どういう意味？」

「じつはね、毎晩寝る前にノートを冷凍庫に入れるの」

「冷凍庫？」

「そうしたらもし家が焼け落ちても、原稿は焼失しないでしょ」

ほんと、すごく変だ。「ほかの人に言ってほしくないのわかるわ」

サンドラは万年筆とノートをしまうと、座って紅茶を飲みながら、窓の外を過ぎていく景色を眺めた。

「パパにあなたのこと、ガールフレンドかって訊いたの」頭の中を整理する前に、口が勝手に動いてしまった。

サンドラは喉からひゅーという音をたてた。言葉が思うように出せないかのようだ。「な……な……」彼女は咳ばらいをしてから、言い直した。「それでなんて言ったの、お父さんは？」

なんてこっけいなんだろう。そのうろたえぶりは、意中の男の子が自分のことを好きかどうか確かめようとしている六年生の女の子みたいだ。メアリー・マーガレットには今が嘘を言うチャンスだとわかっていた。〝サンドラなんてぜんぜん好きじゃないって言ってたわ〟と告げることもできる。そう信じこませることだってできるだろう。それとも、〝家の修復の契約がほしいからつきあっているだけなんだって〟と言ってみようか。「なんて言ったと思う？」

またしても、サンドラは口からおかしな息がもれるような音を出した。くしゃみかなにかをしたそうな感じだ。彼女の顔が赤くなり、喉の筋が突きでている。

「大丈夫？」メアリー・マーガレットは尋ねた。

サンドラは頭を下げてうなずいた。そして音をたてるのをやめると、二、三回深呼吸をした。「ごめんなさいね」いつもの声に戻っていた。

「喘息かなにかなの？」

「ほかのものよ」メアリー・マーガレットの顔に心配げな表情がよぎったせいだろう。サンドラは打ち明けた。「病気じゃないの。吃音なの。なんだかわかる？」

メアリー・マーガレットは驚いてうなずいた。吃音。もちろん、吃音がどういうものかは知っている。言語障害の中でももっともいやなものだ。もっとも目立って、もっともからかわれやすい。三年生のとき、ピーターという少年に吃音があった。子どもたちは彼を追いまわし、「ピーター、ピーター、パ、パ、パンプキン・イー《食》ター《い》」と吃音をからかう歌を唄っては泣かせていた。メアリー・マーガレットは自分もそれにくわわったことがあったかどうか思いだそうとした。

「もう今ではそんなに起こることはないのよ」サンドラは言った。「子どもの頃はとても大きな悩みだったけど」

メアリー・マーガレットは〝ピーター・ピーター・パンプキン・イーター〟のことを考えながら、それがいかに大きな悩みだったかを理解した。「今は大丈夫なのね」

「たいていはね。ときどきさっきみたいに、うまく言葉が出なくなることがあるけど。緊張したり神経質になったりすると出てくるときがあるの」

メアリー・マーガレットは彼女を緊張させたことをちょっと後悔した。これほど率直に、こんなひどく屈辱的なことを話す大人がいるなんて不思議だった。たいていの大人は、子どもに自分が緊張しているなどとけっして認めたりはしない。「どうやってそういうのをやめたの？」

「実際にはやめたんじゃなくて、コントロールできるようになったの。何年も辛い演習と練習を重ねて……ほとんど母親といっしょに、あとになってからは自分でね。ほかの専門家の人たちといっしょに取り組んだのよ。言語治療とカウンセリングを受けたの。成長するにつれ自信がついてきて、それが助けになったわ。それにいくつか戦略もあるの」

「どんな戦略？」

「横隔膜に関係のあることなの。たくさんの代用語を使うのよ。たとえば、わたしは電話をとるとき〝もしもし《ハロー》〟って言わないの。この言葉はわたしがもっとも苦手とする言葉の一つだからよ」

メアリー・マーガレットは胃のあたりが陶酔感で締めつけられるようだった。それはラーニングチャンネルでヘビの生態に関する番組を観たときと同じ感じだった。「じゃあ、なんて言うの？」

「ふつうは〝はい、もしもし《ハロー》〟、あるいは〝サンドラです〟ね。療法士とわたしで問題が起こりそうな箇所はどこか見つけだして、それを避けて話ができるようにいろいろ頭をしぼったの」

メアリー・マーガレットはうっとりした。飛行機事故や竜巻の生還者にインタビューしているみたいだ。サンドラが唯一無二の力強い人間に見えてくる。「だから作家になったの？話すのが好きじゃなかったから？」

「たしかにそれは大きいわね。言いたいことがたくさんあったのに、吃音のせいで言えなかったから。それで自分の考えや気持ちを紙に書くようになったの。その二つを結びつけるなんて、あなたすごく頭がいいわ」

「わたしも本を書きたいな、いつか」メアリー・マーガレットは言った。願いが思わず口から出てしまった。口にするやいなや、その言葉を引っこめたくて手で口をふさいだ。それはすべての憧れの中で二番目に秘密にしていたものだった。それを、よりによって好きになってはいけない人に言ってしまった。わたしったらいったいどうしちゃったんだろう?

「今日からさっそくはじめてみたら?」サンドラが勧めた。

メアリー・マーガレットは気まずそうに肩をすくめた。「なにを書いたらいいのかわからないの。というか、その前に書く理由がわからないの」

「じゃあこうしましょう」サンドラは再びトートバッグをかきまわした。「このノートをあげるわ。いつも予備を持ち歩いているの」彼女はそれをメアリー・マーガレットに手渡した。

「それに好きなことを書くといいわ」

ノートはメアリー・マーガレットの手に思ったより重く感じられた。彼女はノートを開くと、広い空白のページを手でなでた。「なにを書いたらいいのかわからないわ」

「大丈夫よ。自然と言葉が出てくるから。なにを書いたらいいのかわからないときには、わたしはリストを作るの」

「一〇のもののリストね」メアリー・マーガレットは冷蔵庫に貼ってあったメモを思いだした。

サンドラは自分のノートをぱらぱらとめくった。「会ってみたい一〇人の有名人……広場恐怖症の一〇の症状……」彼女の顔が赤くなった。

「体育の授業をさぼる一〇の方法」メアリー・マーガレットが言った。

「そんな感じよ。手紙みたいに誰かと共有してもいいし、自分だけの秘密にしておいてもいいの。それはあなたしだいよ。きっと気に入ると思うわ。もし運がよければ、嫌いになるかもしれないけど」サンドラはにやっと笑ってウィンクした。「作家はいつでもひどく苦しんでいるふりをするのが好きだけど、本当は、書くことはすごく楽しいことなの。わたしの場合は、書くことで気が変にならずに済んだのよ」

「そうなの？」

「ええ。それと、徹底的な言語治療のおかげでね」

サンドラと話すのは、大人というより、いい人と話しているようだった。たぶん、次の言葉が飛びだしてしまったのはそのせいだ。「まだ生理がはじまらないの」

メアリー・マーガレットは本当に死んでしまいたかった。

だがサンドラは笑うことも、当惑することもなかった。彼女は言った。「もうはじまっている友だちがたくさんいるんでしょうね」

「みんなよ。一人残らず」

「みんながあなたの入れない秘密のクラブに入ってしまったような気がしてるのね」

「そうなの」どうしてわかるんだろう？

「その気持ちわかるわ。メアリー・マーガレット、でもそのうち必ずはじまるから。今のところ、健康で正常な女の子でそれを免れた人は一人もいないのよ。あれは人それぞれ違う時間で起こるものの一つなの。こんなことを言ってもなんの助けにもならないけど」

だが少しは助けにはなった。サンドラが吃音を認めたときと同じように。「ママは、生理になるのは苦痛なんだからありがたく思いなさいって言うの」

「お母さんは正しいわ」

「そうね」メアリー・マーガレットは万年筆を返した。「ママとはときどき大げんかをするの」言ってしまってすぐに、今の言葉を引っこめられたらいいのにと思う。陰で母親の悪口を言うのはいけないことだ。

サンドラはただうなずいただけだった。「わたしもよく母とけんかしたものよ。今でもときどきするけど。でもいつも許しあっているわ」そしてちょっとためらってから言った。

「両親が数週間前に別れたの」

メアリー・マーガレットは呆然とした。「本当に？」

「ええ」

「すごくいやでしょ？」

「本当にすごくいやだわ」

二人の結びつきが強まった。それからメアリー・マーガレットは尋ねた。「あなたのお父さんにガールフレンドがいたらどんな気がする？」

「気が変になると思うわ。これは彼の人生で、彼の幸せなんだって言わなければならないんでしょうけど、それは嘘よ。また両親がいっしょになってほしいわ」彼女はため息をついた。

「でもわたしにはどうすることもできないのよね」

二人は黙ったまま並んで座っていたが、サンドラが自分の救命胴衣のバックルをとめた。

「外に出て景色を見るわ」

「わたしも」

二人が甲板に出たとき、太陽は高くなっていた。ジークは前足を大きなロッカーにかけてバランスをとりながら、空気の匂いをかいでいる。風がその縮れた汚い毛皮を通り抜けていく。メアリー・マーガレットが頭をなでると、犬は身をくねらせ尾を振った。「ジークが本物のプードルだって知ってた?」

「うわさには聞いたわ」

「血統書もちゃんとあるのよ。でもパパは一度もお風呂に入れてやらないの。プードルのカットをしてやれば、ぜったいすてきになると思うんだけど」

「そのうちお風呂に入れてあげましょうか」

「いいわね。そしたら……」メアリー・マーガレットは話すのをやめた。

サンドラが船尾の手すりによろよろとぶつかると、それに両手でしがみついたからだ。顔は真っ白で、前方に見える高いアーチ型の幹線橋を凝視している。

「大丈夫?」メアリー・マーガレットが尋ねた。サンドラが答えなかったので、メアリー・マーガレットは叫んだ。「来てパパ、サンドラの具合が悪いの!」

父はすぐにエンジンを切り、ケビンといっしょに操舵室から出てきた。両腕で梯子をしっかりつかんで飛びおりると、彼女に言葉をかけた。「気分が悪いのかい?」

サンドラの呼吸は激しく速く、吃音とは違う、別のパニック状態に陥っていた。「あの橋」

サンドラがあえいだ。「は、橋よ、前方の。あれはシコンセット橋でしょ？」

父はくそっと言いかけたが、最後まで言わなかった。「サンディ、すまない。頭になかった」

メアリー・マーガレットは混乱した。二人はどうして橋のことであんなに動揺しているんだろう？

父は片腕をサンドラの体にまわした。

「わたしは大丈夫よ」彼女は言った。「あの橋はいつも車で渡らなければならないし。ただ、この視点からは一度も見たことがなかったものだから」

「どうしたの？」ケビンが尋ねた。

「余計な口を出すな」父が言った。

サンドラは意味の読みとれない目で彼を見ると、ケビンのほうを向いた。「一年くらい前、あの橋でひどい事故にあったの。わたしが運転する車が橋から転落して、海に落ちたのよ。夫がいっしょに乗っていたんだけど、彼はその事故で死んだの」

「うわあ」ケビンは小声で言った。メアリー・マーガレットは弟と意見が合うことはめったになかったが、今はまったく同感だった。〝うわあ〟そして思わずサンドラの手をとり、ぎゅっと握りしめた。

「メアリー・マーガレット、しばらく操縦してくれないか」父が言った。「とにかく、すぐに港に戻らなければ」

彼女はエンジンを再始動させると、GPSで自分たちの船の位置を確認しながら、最初は西へ、次に南へ向けて進路をとった。父はサンドラに片腕をまわしたままで、彼女は疲れた表情で彼に寄りかかっている。メアリー・マーガレットは橋の上の事故のことを考えた。サンドラがそんなひどい出来事に巻きこまれたことがあるなんて、なんだか信じられない。

「ねえ、パパ」ケビンが言った。「ぼくたちと同じ年の頃に遊んでた場所を見せてよ」父は橋から遠ざかるのに頭がいっぱいのようだったが、子どもの頃の話を聞くのがケビンは大好きなのだ。父がパラダイスに戻って以来、面白い話を思いだしては子どもたちに聞かせていた。

「あの小さな入り江が見えるかい？」父が岸を指さすと、突きでた岩と岩のあいだがワラビで縁取られているのが見えた。「あそこに友だちといっしょに隠れ家を持ってたんだ。もう使われていない古いボート小屋だ」

「見に行ける？」ケビンが飛び跳ねながら尋ねた。「いいでしょ、パパ？　お願いだよ」

父がサンドラをちらっと見おろすと、彼女はうなずいた。「時間はまだあるな。でも、もうなくなっているかもしれないぞ。あれからずいぶん経つから」

四人は船を停泊させ、平底の軽船を降ろした。それに全員がぎゅう詰めになり、ジークはサンドラのひざの上に跳び乗った。メアリー・マーガレットとケビンがそれぞれオールを手にとって、岸までこいだ。波にかき混ぜられ、浜辺のさらさらした砂はビーズが袋からこぼれ落ちるような音をたてている。父が子どもたちに船を停泊させる場所を教えた。ボート小屋はまだそこにあったが、屋根はたわんで緑色のコケにおおわれ、見捨てられた幽霊屋敷のように陰気な姿をさらしていた。

「これすごくかっこいいわ」子どもだった父がまさにこの場所でふざけまわっている姿を想像しながら、メアリー・マーガレットは言った。

「保存状態はいいな」父が言った。「この入り江は人がほとんど来ないんだ」

船を進水させる斜路はこわれ、開口部をおおう風雨よけの布はぼろぼろになってたれさがり、ヘドロで緑色になっている。

「降りて見てまわっていい?」ケビンが訊いた。

「いいとも。足が濡れてもいいなら」

メアリー・マーガレットとケビンは靴と靴下を脱ぐと、ズボンのすそをまくりあげた。

「ぎゃあ、冷たい!」ケビンは海に足を踏み入れたとたん大声でわめいた。それは本当だった。メアリー・マーガレットは砂浜に向かってよろよろ歩いていくにつれて、足が土色になるのを感じた。ジークは吠えまくったあと、ついに海に飛びこみ、岸まではうように泳いでいった。犬はすぐに片足をあげて水を振り落とすと、狂ったようにくんくん匂いをかぎまわりはじめた。

「パパもおいでよ!」スニーカーに足を押しこみながら、ケビンが叫んだ。「サンドラも!」

父は凍るような海水の中を歩いて渡るのは気が進まないようすだったが、サンドラと手をつないで岸にあがってきた。

「ここがあなたと友だちがたむろしていた場所なのね」サンドラは言った。

彼はボート小屋を見つめながら、遠くを見るような目をした。「ときどきね。最後にここに来たのは一九八二年の卒業記念ダンスパーティーの夜だよ」

「卒業記念ダンスパーティーの夜にどうしてこんなところに来るのさ？」ケビンが尋ねた。

「もっと大きくなったらわかるよ」

「なにしてたんだよ？」ケビンは言った。「わかった、悪いことしてたんだな！」

父はにやっと笑った。「くだらないことさ」

「煙草を吸ったり、ビールを飲んだりしてたんだろ？」ケビンは知りたがった。「女の子をここに連れてきたのかい？」

「ぼくは知ってる人で、おまえは見つけだす人」父とサンドラは顔を見あわせた。笑いをこらえるように二人とも口を固く結んでいる。

ジークが最初に中に入り、すばやく走りまわりながら、本物の猟犬のように匂いをかいでいる。そして二度、短く、大きく吠えた。

ケビンは犬のあとを追いかけて、きしむ木造の建物をどしんどしんと音をたてて歩いた。

「うえっ」彼が叫ぶ。「クモの巣だ」

暗い虚空に足を踏み入れると、フジツボにおおわれた床は足の下で腐ってやわらかい。ジークがうなり声をあげながらあわただしく動きまわっている。首の後ろの毛が逆立っているようすからすれば、なにか小さな生き物でもかぎつけたのだろう。

メアリー・マーガレットは父が友人たちとここでぶらぶら時間を過ごしている姿を思い描いてみた。パパの高校時代の写真を見たことがある。肩幅の広い、人なつっこい笑顔を浮かべた運動選手だ。なんの心配事もなく学校の中を歩けて、ダサい連中からどうしたらあんなふうになれるのかと憧れられるタイプだ。学校に関することは時代が違ってもほとんど変わりはしない。メアリー・マーガレットにはそれがわかっていた。というのも、自分こそまさにダサい連中の一人で、人気者の子どもたちのようになりたいと望んでいたからだ。

どうして〝イケてる〟グループの中に入れないんだろう？　パパはそれを知っているんだろうか？　娘が人気者でも運動が得意でもないことを恥じているだろうか？　ああ、あんなふうになれたらどんなにいいだろう。かっこいい女の子たちはたいていテニスをしたり、チアリーダーになったりしている。運動選手はみなどこに行くにも大きな集団になって行動し、楽しそうに笑っている。ときどき、自分がその輪に入っているところを想像するときがある。それはまるで映画に出演しているみたいなものだ——はなばなしくて、愉快で、背景にテーマソングが流れている。

「この壁に彫ってあるやつを見てみてよ」ケビンは〝LC＋GV〟というイニシャルと〝今夜よ永遠に〟というメッセージを囲むいびつなハートを指でつついた。「これってどういう意味？」

メアリー・マーガレットにはよくわかっていたが、知らないふりをした。

「ねえ、ＭＰＭって……これ、パパのことだよね？」ケビンは迫った。誰もその前の質問に答えていないことに気づいていないらしい。

父は遠くを見つめるような目をした。「はるか昔のことだよ」そして古い木の手すりを手で揺らした。「ここに小さな釣り船がいつも置いてあったんだ。誰のものなのか知っている者はいなかった。それでぼくらはその船を〝ロバート・チャンス号〟と名づけて、ときどき勝手に持ちだしたんだ。嵐で溺れ死にそうになったことが一度あるよ」

「どうしてロバート・チャンス号なの?」メアリー・マーガレットが尋ねた。

「ロバート・チャンスは地元の漁師で、大恐慌のすぐあとの一九三〇年代にガリリー波止場からやってきたんだ。ある日彼はアミキリ漁に出かけたきり、姿が見えなくなった。それで人々はてっきり彼が溺れ死んだものと思った。その名前が有名になったのは、彼がいなくなって何年も経った頃、ロバート・チャンスが世界じゅうのあちこち……プリンスエドワード島、シカゴ、カリフォルニア……に出没するといううわさを土地の人が耳にしたからさ。でも、実際に彼を再び見た人はいなかったんだ」

サンドラは誰かにつつかれたようにびくっとした。

「どのみち、ただの言い伝えさ。そろそろ出発しようか」しばらくして父はつけくわえた。

「夕食用に新鮮なロブスターがあるんだぞ」

彼らはボート小屋を出た。メアリー・マーガレットは、父がちょっとのあいだそこに残って壁の落書きを調べているのに気がついた。

日記——二月一六日、土曜日

悩んでいる一〇のこと

一．〝歴史の日〟の研究課題を終わらせること。

二．ロブスターのバターソースで太ること。

三．おでこのにきび。

四．学校で生理がはじまること。

五．真夜中に生理がはじまること。

六．パパのところに泊まっているときに生理がはじまること。

七．ずっと生理がはじまらないこと——


「もう消灯の時間だよ、プリンセス」父が戸口でささやいた。

うしろめたさにぎくりとして、メアリー・マーガレットは新しいノートを上の寝台のキルトの下にすべりこませた。「週末なのよ」肩ひじをついて体を起こすと、彼女はささやき返した。個室はこぢんまりとしていて、頭がほとんど天井につきそうだ。「消灯時間はないのよ」

「そうなのかい？」彼はドアの縁に肩をもたせかけた。「いつから？」

〝ママとカーマインがもう大きくなったんだから寝る時間は自分で決めなさいって言った

の〟それを声に出さないように、彼女は唇をかんだ。家族カウンセラーは、家庭のルールを比較するのはよくないと言っていた。ビルケンシュトックのサンダルをはいた、ヤニー好きのあのカウンセラーが正しいこともときにはある。

「もう少しで一三歳だからよ」彼女は答えた。

父は首を横に振った。「いつのまにそんな年になったんだ？　おまえにババールの絵本を読んでやったのがつい昨日のことのようだよ」頭をひょいと下げて、部屋に入ってきてかがむと、ケビンの手からハリー・ポッターの冒険物語の最新刊をやさしく取りあげた。弟はすでにぐっすりと眠っていて、幸福に満ちあふれたジークを腕に抱いている。

「好きにしていいよ。でも適当な時間になったら眠るんだぞ」そう言うと、父は娘の頭を手で包みこんだ。そんなふうにされるとなぜか悲しくなる。「ママが明日の朝早くに帰ってくるように言ってたよ」

「わかったわ。本を読み終えちゃっていい？」

「サンドラの本だな」

「うん」

「それで、おまえはどう思う？　本じゃなくて、彼女のこと」

メアリー・マーガレットは髪の毛を指に巻きつけた。「いい人だと思うわ」サンドラに関してはほかにもたくさん思うことがあったが、それ以上は言いたくなかった。だが父はじっと娘を見つめながら待っている。それでしかたなく口を開いた。「パパのガールフレンドだっていう理由だけで誰かを好きになんてなれないわ」

傷ついた表情が彼の顔を曇らせ、メアリー・マーガレットは泣きたくなった。パパも傷つくことがあるなんて思いたくない。いつも無敵の存在でいてほしいのだ。深呼吸をして彼女は言った。「彼女はいい本を書くし、ちょっと変なところはあるけど、けっこう好きよ」

父はかがんで娘の額にキスをした。「おまえもちょっと変なところはあるけど」彼がささやく。「けっこう好きだよ」

「おやすみ、パパ」

「おやすみ、プリンセス。愛してるよ」

ほの暗い読書灯をつけておくことを許してもらい、彼女はサンドラの本を開いた。父のいる主船室から、コンピュータのモデムがインターネットにつながる音が聞こえる。いったいなにを調べているのだろうか？　眠りこむ間際、彼女はふと思った。

26

日曜日の夕暮れ、マイクはブルームーンビーチの家へ行った。今ではもう古家の修復はかなり進んで、素人の目にもはっきりわかるほどだった。屋根窓とたわんだポーチも水平線のようにまっすぐになり、造園職人たちが庭を片づけ、花壇の植物の剪定をはじめていた。よろい戸は取り外されて表面を新しくしている最中で、ぞっとするような波型鉄板の差し掛けガレージは撤去された。家はなかば快方に向かっている事故の犠牲者に似ていた。

トラックから降りると、マイクはジークのためにドアを開けてやりながら、サンドラがいなくなったあとここに誰が住むのだろうと考えた。若い家族が住んで、子どもたちが庭を駆けまわったり、砂丘を飛び越えたりするのだろうか？　それとも年配の夫婦が住んで、手編みのマフラーを巻いて腕を組みながら砂浜を散歩するのだろうか？　あるいは裕福なヤッピーの夫婦が巨大な冷蔵庫と電子レンジを設置して、ディナーパーティーの凝った味つけの料理でも作るのだろうか？

深く考えるのはやめよう。マイクはキャップのつばを整えた。そして土地の境界線の確認に集中し、小さな境界標識をクリップボードの土地測量図と比較した。符合するものはなに一つなかったが、彼は驚かなかった。つねに形を変える砂丘と野生の植物は、それ自体が意志を持っているのだ。一九二〇年代に測量が行なわれて以来、境界線のことで迷惑する人間は誰一人としていなかった。

サンドラはぼくが来ることを知らない。二人は互いの生活のリズムやパターンを把握していなかった――今はまだ。マイクには自分が彼女の人生にどんなふうに収まっているのか、あるいはその逆についてもわからなかった。それどころか、二人が〝一つになる〟ことを求めているのかさえわからない。どちらか一方が境界線を引くたびに、もう一方がそれを押して位置を変えていた。

最初のうち二人の関係は明白だった。彼は建築業者で、彼女はクライアント。だが互いの人生は境界線をはさんで行きつ戻りつしながら、しだいにからみあっていった。そしてサンドラが船に押しかけてきたとき、境界線を完全に飛び越えて……彼の腕の中に落ちたのだ。

あの夜の瞬間の一つひとつがいとおしくてたまらない。

あれほど激しく貪欲に彼女を求めてしまったのは、長いあいだ女性のいない生活を送ってきたせいだと自分を納得させようとした。だが実際には、日を追うごとに彼女への想いはますます強くなっていくばかりだ。そしてこの気持ちは、彼女がパラダイスを去っただけではけっして消えはしないこともわかっていた。この年齢になって、これほど捨て身で誰かを愛せる自分が少し恐ろしくもあった。離婚にいたったのはアンジェラのせいだとばかり思ってきたが、彼女が唯一の問題ではなかったのかもしれない。アンジェラには、今サンドラに抱いているような感情——荒々しいまでの情熱、痛切な思いやり、めくるめくような欲望——を覚えたことは一度もなかった。

アンジェラはその超人的な直感で、なにかが、なにか新しいことが進行していることにすでに気づいているはずだ。子どもたちを迎えにきたとき、口ではなにも言わなかったが、顔にそう書いてあった。前妻はなにか強烈なことが起こっているのを見て、間違いなく不快に感じている。彼女はマイクにほかの誰とも再婚してほしくなく、彼がサンドラにどれほど夢中になっているか知ったら気も狂わんばかりになるだろう。どういうわけか、彼女はそれを恐れているのだ。

アンジェの考えなどどうでもいい。だが、サンディと子どもたちとを結びつけることにはずっと不安を感じていた。それは今も変わらない。メアリー・マーガレットとケビンにもそれぞれ心があって、そこにどのように新しい女性が収まるのか見当もつかない。そんなことは重大な問題ではないと思いこもうとしたが、だめだった。今サンディを失うのは死ぬほど辛いことだが、現実を直視しなければならない。彼女は去り、自分は子どもたちのそばにいてやらなければならないのだ。

親密な関係になったにもかかわらず、いくつかの境界線は無傷のまま残っていた。口で言わなくても、子どもたちが船に泊まったときにサンドラは泊まろうとしなかったし、メアリー・マーガレットとケビンをニューポートの母親のもとへ送っていったときもいっしょに来なかった。こういったことには不文律があった。カーマインでさえ子どもたちのことになると、目に見えない境界線を尊重した。それをないがしろにすれば、マイクの顔をつぶすことになると知っているのだ。

マイクは翌朝来ることになっている検査担当者に宛てて、いくつかメモを書いた。それから玄関に行ってドアをノックした。彼は新たな障壁を押しのけようとしていた。彼女は当然、抵抗するだろう。帰れとさえ言われるかもしれない。だが案外、自分のほうへさらに引き寄せることができるかもしれない。

サンドラはノックに応答しなかった。マイクは小声で悪態をつくと、ポケットに手を突っこんで鍵を取りだした。そのとき、ジークが一声吠えた。砂丘の端で犬は経験を積んだポインターの真似をして、片足をあげ、鼻と尾を風見の先端のようにして獲物を指し示している。マイクはこの雑種の直感を信用していいものかどうかわからなかった。ジークは行方不明の子どもでもあるかのように、死んだタラの幼魚を掘りだすに違いないからだ。

彼は砂浜にまわり、水面に反射する夕日のまばゆい輝きを目からさえぎった。夕日を背後にして、彼の影がさらさら音をたてる黄色い塩生草を横切って長く伸びる。

遠くのほうに、サンドラが砂浜を歩いているのが見えた。海草や漂着物の散乱する広く続く砂浜に、彼女はたった一人きりだった。そのほっそりとしたシルエットが光り輝く空を背景に黒く浮かんでいる。彼女が知らず知らずに描いている絵は、圧倒的な自然に対してとてもはかなげなその姿は、マイクの魂にあざやかに焼きつけられた。世間に抵抗するサンディ。まったくの孤独で、味方一人さえいない。こんな人里離れた場所に押しやられて、まる一年もどうやって生き抜いてきたのだろうか？　これからなにが起ころうとも、いつもこの彼女の姿を思いだすに違いない。孤立して、自分の影が行く手をおおっているその姿を。

砂浜には塩と腐敗の匂いが漂い、空気は凍るように冷たく肺を切り裂くかのようだ。ジークの鋭い吠え声に気づいて、サンドラは立ち止まった。マイクはゆっくり走って追いついた。彼女はほほえみも、言葉をかけもしない。なぜかはわからない。ひょっとしたら彼女は察したのかもしれない。マイクが彼女の人生の歓迎されない場所に立ち入ろうとしているのを。壁で囲って自分だけの秘密にしているその場所に。

サンドラは寂しげで悲嘆に満ちあふれていたが、それでもとても美しく、マイクの心はその姿に痛みさえ覚えた。そして黙って肩を抱くと、思わず激しくむさぼるようにキスをした。彼女はただ身を任せ、全身をかすかに震わせる。サンドラはまるで、永住する住人を入れるために自然が彼の中に作った空間にぴったりとはまっているようだ。

彼女の頭の上に手を置くと、マイクは冷たくなめらかな髪をなでた。「ねえ」彼が言う。「玄関に出てこなかったから心配したよ」

「会いたかったわ」

「ぼくもだ」土曜日の夜から一六時間くらいしか離れていないのに、その一〇倍も長かったような気がする。船のベッドにはすでに彼女の体の跡と匂いがつき、枕には頭を横たえたくぼみができている。

「電話をしていいのかどうかわからなかったの」彼女は身震いしながら言った。「だから、かけなかったの」

「かけてくれればよかったのに」彼はかがんで、一つかみの流木を集めた。一年のこの時期、貪欲な観光客に邪魔されない砂浜では見つけるのは簡単だった。なめらかな流木は波に洗われて色あせ、たえまない風に吹かれ乾燥している。彼はたきぎを古い丸太の陰に並べると、紙マッチを求めてジャケットのポケットを探った。「煙草をやめてから、マッチを持ち歩かないんだ」彼は言った。

「いつ煙草を吸いはじめたの、マロイ？」

「真実を言うのかい？」

「真実を言って」

「一九八〇年だよ。同じ年にビールを飲むのも覚えた。ビールはそのうち飲まなくなったけどね」

「どうして？」

彼はようやくグロリア・カーマイケルの総菜屋からもらった曲がった厚紙の紙マッチを見つけだした。「ある女性のせいなんだ」

「リンダ・リプシッツね」

マイクはにやっと笑い、彼女があの会話を覚えていたことに驚いた。「彼女はあの匂いに耐えられなかったんだ。それでやめたのさ」

彼は片ひざをついてマッチをすると、片手でおおい、しわくちゃの紙切れに炎を触れあわせた。それから火をだんだん大きくしていくと、やがて小枝に燃え移ってぱちぱちと音をたてはじめた。数分のうちに、十分な炎が燃えあがった。

サンドラは砂の上であぐらをかいて座ると、両手を火のほうへ伸ばした。オレンジ色の炎が彼女の顔を神秘的な色に染める。

「すばらしいわ、マロイ」彼女は感嘆した。「勲功バッジかなにかあげなくちゃね」

マイクはとなりに座ると、手を彼女のジャケットにすべりこませた。彼女の従順な肉体はやわらかなセーターの下で温かく息づいている。「もっといい考えがあるよ」彼は言った。そして彼女の耳にあからさまな提案をささやいた。

サンドラは彼の肩の上に頭をもたせかけた。「それってわたしを元気づけてくれるの?」

「いや、ぼくを元気づけてくれるんだ」だが彼はここに話をしにきたのであって、彼女を誘惑しにきたわけではない。マイクは彼女の頭のてっぺんにキスすると、手を彼女のジャケットから引き抜いた。

サンドラの手が彼のポケットに入って、彼の手を見つける。「子どもたちといっしょに過ごせて楽しかったわ」

「そうかい?　メアリー・マーガレットのことがちょっと心配だったよ……なんだかいらいらしてたから」

「意外だった?」

「ああ。あの子は気分屋だが、あんな無作法な態度は今までとったことがないんだ。無視したらいいのか、それとも怒鳴りつけたほうがいいのかわからなかったよ」

「これまで女の人を船に乗せたことはあるの？」

「アンジェラのほかは誰も」

「メアリー・マーガレットがよく言っているようなものよ、〝うんざり〟って。あなたは彼女のヒーローなのよ。今までずっと独り占めにしてきたのに、自分の領分に他人を連れてこられたらどう思うかしら？」

「きみのほうがぼくよりあの子のことがわかっているみたいだな」

「いいえ、わたしにはもっとはっきりあの子のことがわかるの。彼女はすばらしい子どもよ。でも、いつもそうとは限らないのよ」

「ケビンもすばらしい子だよ。あの子はいつもそうだ。それが心配なんだ」

「ちょっと待って。自分の子どもがすばらしいことが心配なの？」

「あの子はいい子すぎて本当の自分を出せないんだ。本心を抑えこんでいるうちに、いつか頭が爆発するんじゃないかって心配なんだ」

「あなたはいいお父さんなのね、マロイ。そんな心配の仕方って好きだわ」

「変わったほめ言葉だな」

サンドラは頭を彼の肩からあげた。「わたしって変わってるの」

「メアリー・マーガレットは午後にはずっと愛想がよくなってたみたいだけど、きみに好意を寄せるようなことをなにか言ってやったのかい？」

「そう思う？」

「ああ。それでなんて言ったんだい？」

彼女はためらった。「わたしの本のことを話したの。書くことについて。ほかにもいくつか話したわ」

「どんな……」

「女同士の話よ。これ以上しつこく訊きたがるなら、一語一語、話したことを正確に言うわよ」サンドラは手を彼のポケットから引き抜いた。

マイクにはこれが警告だとわかった。「わかったよ」彼は棒切れを一本火にくべた。たそがれが空を濃い紫色に染め、流木の炎は砂の上にやわらかな火灯りのベールを広げている。熱は壁のない繭を作りだし、二人を金色と影の中に包みこむ。

「サンディ、きみに訊きたいことがあるんだ」言葉を押しだすように、彼は言った。

サンドラは丸太に腰かけると、彼のほうを向いた。揺らめく光を受けて、彼女の目は大きく見開かれ、警戒するような色が浮かんだ。「どうして今、世界全体が位置を変えたような気がしたのかしら？」

「きみの直感は当たっているよ、たぶん」それは本当だった。二人のあいだにはいつも、初めて出会ったときからずっと、言外の意味が存在していた。二人の語る言葉の下にはつねに別々の意味の潮流が流れていて、その潮流は今や強さを増していた。彼女はレーダー受信機のようにそれをとらえたのに違いない。マイクから離れると、彼女は引き寄せた両ひざに腕を巻きつけた。

マイクは彼女をまっすぐに見た。「ヴィクターが死んだ夜、なにがあったのか教えてほしいんだ」

「いやよ」彼女の返答は平手打ちのようにすばやく強烈だった。

マイクは以前にも彼女から言葉の平手打ちを食らったことがある。そこで彼はただ座ったまま、彼女をじっと見つめていた。「サンディ」ようやく彼は言った。「話してくれよ」

「どうしてなの、マロイ。わたしが幸せな気持ちでいるのを邪魔したいの？　本当に昨日は楽しい一日だったのに」

「きみが橋を見て、パニックに襲われるまではね」

サンドラは悪意のある目つきをした。「わたしの不幸指数が下がりすぎないようにするのがあなたの役目なのね」

「そうじゃないことくらい自分だってわかってるだろ」一日中どうやってこの話題を持ちだそうかとずっと頭を悩ませていた。直感がひらめいたんだとは言えない——ぜったい彼女は信じないだろう。自分でさえこの直感を信じていいのかどうかわからないのだから。だが昨日ボート小屋にいたとき、ひどく妙な気持ちに襲われたのは確かだった。それはクモの巣のように空疎なものだったが、あれ以来どうしても頭から離れない。これは困難ではあるが、やらなければならないことだった。過去を暴き、パラダイスに住み続けても大丈夫なのだと彼女を納得させるのだ。

サンドラの語る事故の夜の説明にはなにかが欠けている。マイクにはそれが本能的にわかった。嘘を言っているわけではないが、捜査官の尋問へのそっけない返答にはそれよりはるかに多くの事実が隠されている。「前にも話したことがあるのはわかっている。でもなにが起こったのか教えてほしいんだ」彼は言った。

「話さないわ、マロイ。たとえあなたであっても」

「どうしてなんだ？」

「話したところでなにも変わらないからよ」

「彼はかつてぼくの親友だったんだ。だから、なにがあったのかどうしても知りたいんだ。とくにきみにいかれてからは……」

「わたしにいかれてるですって？」

彼は両手を広げた。「なんだよ、気づいてなかったのかい？」

サンドラは両腕を彼の首にそっと巻きつけた。「今まで言われた中でいちばんすてきな言葉だわ」

「それじゃ、もっと多くの人と会ったほうがいいよ」

「わたしにいかれてる」彼女は繰り返すと、身を引いて彼をしげしげと眺めた。「本当に？」

マイクは船首の個室で二人がしたことを思った。心ゆくまで愛撫し、心を奪われた彼女の体の隅々を。「当たり前だろ。だから事故のことを話してほしいんだ。きみの人生を変えたあの夜のことを」

「わたしの言ったことを聞いてなかったの？　ぜったいに話さないわ。誰にも。永遠に」

「きみは話さなきゃいけないんだ」マイクは彼女の顔を両手ではさんだ。「お願いだ」

目に砂でも入ったように、彼女は目をぱちぱちさせた。「意味がないわ」

マイクは手を下ろしてサンドラの手を握ると、からめた手を彼女のジャケットのポケットに深く押しこんだ。「教えてくれよ、サンディ。あの夜のことを」

「このことがあなたにとってどうしてそんなに重要なの？」

それはマイクが自分自身に何十回も問いかけた質問だった。「それは、きみがぼくにとって重要だからさ。あの夜に起こったことはきみの一部になっている。だから、知りたいんだ」

サンドラは潜水しようとするダイバーのように深く息を吸いこんだ。「あの夜はニューポート・マリーナでの晩餐会だったの」彼女は言った。「政治資金集めのパーティーよ、決まってるでしょ？」

「きみとヴィクターはそういったパーティーによく出席してたんだね」この事実に目新しいことはなにもない。だがゆっくりはじめさせて、臨界点へと積みあげていけばいいのだ。

「彼は法律を起草することより、政治資金集めのほうに多くの時間を使っていたの。政治の世界ではそれが当たり前なの。最大の軍資金を持つ者が勝つのよ。とにかく、これは盛大なパーティーで、ウィンスロー夫妻ももちろん出席していたわ——義父母は元戦争捕虜と乳がんを克服した人々のテーブルを後援していたの。ヴィクターの両親にはいつも頼りっぱなしだった。顔を出してもらえば、大勢の寄付者が集まるから。二人はヴィクターの成功の大部分を占めていたの。彼はすばらしい政治家だったけど、自分のカリスマ性だけでは当選はできなかったでしょうね。

「あの夜、彼は普段より酔っていたの」彼女はマイクをぱっと見た。「仕事のストレス、次の選挙の資金集めのプレッシャー、母親の健康状態。彼には悩みがたくさんあったのよ」

「誰だって仕事と家族のことでは悩んでいるよ。だからと言って、みんなが酒を飲むわけじゃない。どうしてヴィクターは酔っぱらったんだ？　なぜそのときに？」

「酔っているなんて誰もわからなかったと思うわ。演説もみごとにやり通したし」

マイクは彼女が質問に答えていないのに気がついた。

「そのあと」彼女は続けた。「彼はいらいらして、怒りっぽくなっているように見えた。それでダンスに誘ったの。彼はくつろいで、冗談を言ったりしたわ。でもわたしがばかなことを言ったせいで、彼を爆発させてしまったの」

面白い言い方だな、とマイクは思った。爆発させる、か。「きみはなんて言ったんだ？」

「なにげないことよ。覚えてさえいないわ。わたしはとても率直に赤ちゃんがほしいって言い続けていたの。彼も賛成してくれているようだった。それでわたしは赤ちゃんを授かる努力をしたいって言ったの。子どもがどうしてもほしくて、もう我慢できなかったから。まずかったのは、彼があきらかにほかの問題で悩んでいたときに、それを言ってしまったことね。

でもあの夜、わたしは……わたしはそれまでとは違った態度でその話題を持ちだしたの。たぶん彼に最後通牒を突きつけた感じになったのね、よく覚えていないけれど。それを聞いて彼は……醜態を演じた。それはとても奇妙で、いつものあの人らしくなかった。ダンスフロアにわたしを置き去りにするなんて。あのときは顔から火が出るほど恥ずかしかった。わたしたちの最悪の瞬間だったわ」

サンドラが乾いた棒切れをたき火の中心に突き刺すと、青い炎がくるりと縁に巻きついた。

「まわりには大勢の人がいたわ。それに彼はいつも体裁をひどく気にする人だった。なのに、あの夜の彼は、どういうわけか……狂ったように取り乱していたの。みんなわたしのほうをじろじろと見ていた。どうしたらいいかわからなくて、その場から逃げたの。車で家に帰ろうと思って」彼女がたき火から棒切れを引き抜くと、燃える先端が深まる夕闇にあざやかに映えた。「彼は駐車場までついてきて、そして……」彼女は口ごもった。

マイクは待った。彼女は自分の考えを整理しているのだろうか？　それとも吃音の出やすい言葉の一つを言うべきか迷っているのだろうか？　そのどちらでもないのかもしれない。だが、彼女の短い沈黙の質がどことなく変わったことに彼は気がついた。たぶんそれは重み、あるいは慎重さかもしれなかった。

「彼は車に乗りこんできたの」

「拒絶しなかったんだね」

「わたしは怒り狂っていたし、同じくらい混乱してもいた。でもほかにどうすればよかったの？　彼はわたしの夫で、同じように家に帰りたがっていたのよ」彼女は考えをまとめるように一呼吸置いた。「あの事故のことは一日に何十回と考えるの。眠れば悪夢に出てくる。あの夜はみぞれが降っていたわ。風も強かった。橋の風速計は時速四〇マイルもの強風を記録していた。ヴィクターとわたしはそれでも……車の中で言い争っていたの」

「なにを言い争っていたんだい？」

サンドラはしばらく黙っていた。彼女のポケットの中で、マイクは彼女の手をやさしく握りしめた。サンドラは彼のほうを見た。その目は絶望にあふれている。そして頭をたれて、たき火をじっと見つめた。「嵐はどんどんひどくなっていったわ。でもヴィクターはわたしの運転が不安定で危険なものになっていることなど気にもとめていないようだった。そして橋の上で、車は制御不能になったの」

「どうして？」

彼女はたき火の中心から火花が舞いあがるのを眺めていた。「わからないわ。路面に薄く氷が張っていたせいだと思うわ」

マイクはその場面を想像してみた。二人は怒鳴りあっていたのだろうか？　ヴィクターは彼女につかみかかったのだろうか？　まさか、殴ったのだろうか？「きみは酔っていたの？」

「いいえ。パーティーでシャンパンをグラスに一杯飲んだだけよ。あの夜の血中アルコール検査の結果を見たい？　きっとあるはずよ。考えうるかぎりの検査をされたから」

「きみは運転歴が長いし、あの道路もよく通っている。どうして橋から落ちたのかわからないんだ」

「口論に気をとられているうちに、車が橋に張った氷の上を通ってしまったのよ。車はそのまま欄干に激突したわ」ようやくサンドラは苦悩に満ちた目で彼のほうを振り返った。「その瞬間、エアバッグが作動したの。あの音は今でも覚えている。爆竹に似たぽんと弾けるような音に続いて、しゅーっという大きな音がした。エアバッグは巨大で、わたしは座席にたたきつけられた。白い粉が舞っていたわ……でも、そのあとのことはなにもわからない。車は海中に転落したけど、その記憶はまったくないの。次に目覚めたときには、病院のベッドにいたのよ」

「救急隊はきみを岸で発見したそうだね」

疑念が彼女の目にさっとよぎる。「予習してきたのね」

「車から脱出したときのことを覚えていないんだね」

「わたしを診察した医者が言うには、トラウマを経験した人々はしばしば記憶に欠落部分ができるそうよ。その空白は真実でも埋められないことがあるんですって。捜査官によれば、わたしはフロントガラスから出て、岸にたどりついたらしいわ」

「イブニングドレスと長いコートとハイヒールでかい？」

「靴は脱げていたの。でも、自分で脱いだのかどうかは覚えていないわ。靴は結局見つからなかった。でももちろん知っているんでしょ。調べたみたいだから」

「ヴィクターはなにを着ていたんだ？」

「タキシードよ」

「彼はポケットになにを持っていた？」

「いいかげんにしてよ、マロイ。ばかげてるわ」

マイクは彼女の憤慨を無視して、方針を変えた。「誰かにきみが泳げないことを話したかい？」

サンドラは表情を変えなかった。「誰も訊かなかったわ」

「そのことを話そうとは思わなかったのかい？」

「あれは死に物狂いになっているときにアドレナリンが生じて起こる離れ業の一つだと思うわ。死ぬか生きるかの瀬戸際にあるとき、人は不可能を可能にすることができるのよ」

「極寒の海でも？」

「そうよ」

「信じられないな」

「でも前例がないわけじゃないのよ。犯罪捜査官が説明してくれたわ。こういう状況下では、泳ぎは達人にとってさえ選択肢の一つではないんですって。報告書を読めば、あなたにもわかるわ」

「ヴィクターの血がきみの服についていたそうだね」

「ほんの少しね。衝突で彼が怪我をしたんだと考えられているわ。血痕は必ずしも海水で洗い流されるわけじゃないの」

「じゃあ、弾痕は？」

「未解決の謎よ。わ、わたしたちはどちらも銃は所持していなかったから」

マイクはサンドラのあることに気づいた。彼女は嘘をつくときに口ごもることがあった。この会話の中で彼女は二度口ごもっている。一度目はヴィクターとの口論について説明したとき、そして今、銃について話したときだ。

27

日記——三月一九日、火曜日

家を売ったあとに行く一〇の場所

一．~~マンハッタン~~
二．~~ビッグサー~~
三．~~ケープコッド~~
四．~~カリブ海~~

サンドラはあきらめた。立ち去ったとしても、自分自身からは逃れられないことに気がついたからだ。ここ数日、目覚めると自分が誰なのかさえわからず、なにをしたいのかも決められずにいた。心の奥底で、自分とマイクがトラブルに向かって突き進んでいることはわかっていた。今のところは、猛り狂うホルモンに二人とも心を奪われている。だがある時点で、より深いレベルでかかわらなければならなくなるだろう——あるいは、離れていくか。

けれど別れるなんて、サンドラにはとてもそんなことはできそうになかった。最初は二人のあいだに飛び交う奇妙な電流を無視しようとした。だが、結局は彼の魅力に屈してしまった。あの嵐の夜に彼の船で一夜を明かして以来、それはずっと変わらない。彼が知らず知らずに発する本能的な磁力は、つねに彼女の意志を無力にする。彼を求める気持ちは強大な力となって、常識や恐れや、不安な心が生む消しがたい抵抗さえも圧倒していた。

時が経つにつれ、手放さなければならないはずのブルームーンビーチの家により固く結びつけられていく気がする。引っ越す決意はしたものの、本当はわが家と呼びたいこの家に後ろ髪を引かれる思いを感じていた。しっくいを塗ったばかりの居間を歩いていると、ついいらだってしまう。知ってか知らずか、マイク・マロイは彼女が本当に求めるものに目を開かせた――この家にとどまりたいという本心に気づくことは、あまり愉快なものではなかったが。

だが今、彼女の世界全体があやうくなっていた――人生も、そして未来も。マイクにしがみついているときでさえ、あらゆるものがゆっくりと手の中をすり抜け、消え去っていくような気がする。家も、地域社会も、両親の結婚も、ヴィクターと築いていたはずの人生も。刺すような罪悪感が彼女の心をよぎり、マロイとの許されない関係はまちがいなく破局へと向かうだろうと警告する。彼は過去に関心を持ちすぎている。そのすべてを忘れたいと思っているのに。

衝動的に、サンドラはプロヴィデンスに車を走らせ、父親に会いにいった。母が去ってからというもの、ほとんど連絡がなかった。自分の気持ちをざっくばらんに語るタイプではない。母との別れにどう対処しているのか知るのは不可能だろう。それは死を悼むのに似ているのかもしれない。何年もともに暮らした誰かが突然、会うことも、触れることも、シャワーの中で歌う声を聞くことも、コーヒーフィルターがどこにあるか尋ねることもできない場所に行ってしまうようなものだ。

こんな気持ちを娘に打ち明けるはずがない。父は感情表現の豊かな人間ではなかった。とはいえ、彼の娘への愛情は静かな小川のように彼女の人生を流れている。幼い頃、父がかたわらに座って、言語療法士が勧めた呼吸法の練習をいっしょにしてくれたことを今でもはっきりと覚えている。単調で退屈な練習をゲーム仕立てにして、頑張ったときにはごほうびにM&Mをくれたり、表に金色の星を貼ってくれたりした。五歳になった春には、新品の自転車に乗せてくれて、彼女が興奮してつっかえつっかえしゃべるのを聞こえないふりをした。補助輪をとって練習をしたときには、自転車のサドルの後ろを手でつかみ、娘と並んで小走りに歩いた。そしてある時点で手を離すと、彼女が自分の力でこいでいることに気づかないようにそのままとなりを走り続けた。

大学に通うため家を離れたときには、内心では悲しみながらも励ましてくれた。そしてヴィクターと結婚したときもまた、ほとんどなにも言わなかった。「彼がおまえの面倒を見てくれるさ」父はそう言ったが、それは確信というよりむしろ希望だったのかもしれない。事故のあと、両親は病院のベッドのかたわらでまんじりともせず座っていた。どういうわけか、父はいつも〝そこ〟にいたのに、必ずしも彼女が求めるような形で存在していてはくれなかった。だがそれは彼の責任ではない。彼女自身でさえなにを求めているのかわからないのに、どうして父にわかるだろう？

サンドラは小さなバンガロー式住宅の前に車を停めた。この通りには一八歳になるまで住んでいた。こぢんまりとした気取らない界わいで、弧を描く木々の根が歩道を波打たせ、レンガ造りの家々が猫の額ほどの庭に身を寄せあうように立ち並び、一九四〇年代に建てられた小さなガレージからは車がはみでている。

父の家の前の階段は掃除が必要で、郵便受けにはカタログやチラシ、一、二通の請求書があふれている。彼女は郵便物をつかむと、ドアをノックした。返事がない。来る前に電話をすべきだったかもしれない。だが父の車は私道に停めてあり、歩いてはどこにもいかない人間だ。

まさか倒れているんじゃ？　そう思うと不意に恐怖に襲われた。ひょっとすると、具合が悪いのかもしれない。サンドラは震える手で家の鍵を取りだした。それは一〇歳になったときに自分の鍵を持つことを許されて以来、ずっと持ち歩いていたものだった。以前はひもに通していつも首からかけていた。

彼女は中に入り、薄暗い居間に立った。ブラインドは下ろされ、かすかなかび臭い匂いがほこりのようにあたりに漂い、掃除を怠っているのがわかる。

「お父さん？」彼女は大声で呼んだ。「お父さん、わたしよ」彼女は郵便物をホールテーブルの上に置くと、家の裏に向かった。ひょっとしたらガレージのとなりの作業場にいるのかもしれない。父はそこでよくゴルフクラブや釣りのルアーをいじくりまわしていた。

「お父さん」彼女はまた大声で呼んだ。

そのとき二階の書斎から父の声が聞こえた。ほっと安堵のため息をつくと、サンドラは彼のもとへ向かった。わずかに開いたドアから、父がヘッドフォンをつけコンピュータの前に座っているのが見えた。こちらに背を向けている。

興味をそそられ、サンドラはしばらくようすを眺めていた。つづれ織りのスーツケースの絵がスクリーンに現れると、父は「ラ・マレタ」と言った。一呼吸置いて、傘の絵に変わると、「ウン・パラグアス」と言った。

サンドラの心はとろけそうになった。アクセントはひどかったが、あんなに集中して一生懸命に発音している姿に、思わずほほえみがこぼれた。ああ、お父さん。手遅れになっていなければいいんだけど。

絵が旅客列車に変わったときようやく、彼女は部屋に入って彼の肩に触れた。「ねえ、お父さん……」

父は仰天して跳びあがり、ほとんど椅子から転げ落ちそうになった。「なんだ、サンドラじゃないか」彼はヘッドフォンをもぎ取った。「あやうく心臓発作を起こすところだったぞ」

「ごめんなさい」サンドラは父の肩をぎゅっと握りしめると、頬にキスした。そのざらざらした肌触りはなつかしく、ほっと気持ちをなごませる。「呼び鈴を鳴らしても、大声で呼んでも聞こえないはずね」彼女は父が目の前に開いている挿し絵入りの本を手にとった。「スペイン語のレッスン？」

父の顔色がわずかに濃くなる。「新しいコンピュータのプログラムなんだ。ちょっと試してみただけだよ」

「レ・アドミロ」彼女は大学のスペイン語講座で覚えたフレーズを言った。

「グラスィアス」彼は答えた。「プエド・コンセギルレ・アルゴ・ベベール？」

サンドラは感心してほほえんだ。「紅茶がいいわ」父の顔に紅茶を入れるのだけはかんべんしてくれと書いてあるのを見て、こう言い直した。「じつは、ソーダのほうがいいの」

いっしょにキッチンに下りていくと、父は冷蔵庫からジンジャーエールを取りだした。冷蔵庫は最後に訪ねたときよりもさらに驚くべき状態になっていた。これを見たら、母は卒倒するに違いない。だが見ることなどあるのだろうか？　ここには二度と戻ってこないかもしれないのだから。

サンドラは冷蔵庫にマグネットで名刺がとめられているのに気がついた。「聴覚学者？」

父のほうを振り返りながら、彼女は尋ねた。

「聴覚の検査を予約したんだ」彼は貧乏揺すりをし、スペイン語のレッスンのときよりもいっそう悔しそうだった。

彼女はジンジャーエールを置くと、父を抱きしめた。「ああ、お父さん。すばらしいわ」

彼は肩をすくめた。「おまえの母親がいつも検査しろとうるさかったんだ」

「お母さんもきっと喜ぶわ」サンドラは言った。

「わかるわけないだろ？」彼は新聞の束をよけると、娘に座るよう身ぶりで示した。

「調子はどう？」サンドラは尋ねた。

「いいよ」

「どんなふうにいいの？」

「ゴルフも釣りもやりたい放題だし、足をふけとか、そんなに塩をかけるなとかいう人間もいない」

彼女は父の親切そうな赤ら顔をしげしげと眺め、わざと平然を装っている態度の奥を見通そうとした。「寂しいんでしょ？」

「こんなに忙しいことはないね。ゴルフコースに行けば友人がいるし、木曜日の夜のポーカーの集まりにも入ったんだ」

「お母さんがいなくて寂しいのね」サンドラは言い直して、父の手に触れた。一家は愛情をはっきりと表す家族ではなかったが、そんな家族のほうがよかったとふと思う。マイクによって人間的な触れあいの持つ力を教えられ、サンドラは初めて言葉を用いなくともいかに人と人が親密になれるかを知った。

「お母さんが恋しいって言ったっていいのよ」彼女は言った。「恋しくないふりをしてなんになるの？」

「ふりをしてると思うのか？」

「ええ、そう思うわ。そんなの意味がないわ、お父さん」彼女はヴィクターのことを思った。自分もこんなふうに偽っていたのだろうか？　誰かが指摘してくれていたら、結果は違っていただろうか？

父は重ねあった手をじっと見おろした。「わかったよ。考える時間はたっぷりあったからな」

「なんについて？」

彼は顔をしかめた。「ドリーといっしょにいるのが好きなんだ。彼女の作る料理も。夜にいっしょに座って新聞を読んだりテレビを観たりするのも。彼女の小言さえも好きなんだよ」父は首を横に振った。「こんなことを彼女に言ったことはないよ」

「まだ遅くないわ」サンドラはあわてて言った。「旅行から戻ったら、家に帰ってきてくれって頼めばいいのよ」

彼は手を引っこめると、その手で伸びすぎた髪をかきあげた。「もう何年もまぬけな男をやってきたんだ。補聴器やスペイン語のレッスンだけじゃ、すべてをぬぐい去るのは無理だよ」

父は間違っている。サンドラはこれまで両親がどんなふうに暮らしてきたかを思った――母は夫の靴下をそろえ、散髪の日程を決め、一方父は、車のタイヤを点検し、どこにいようと必ず一日二回家に電話を入れた。二人はいつもお互いのことを考えていたのだ。それを意識していないときでさえ。

「お父さん、補聴器やスペイン語のレッスンが重要なわけじゃないのよ。重要なのはその背後にある気持ちよ。お母さんを説得するのよ。もし戻ってくれたら、事情はまったく違ったものになるだろうって。そして本当に変えて見せるのよ」

「今も努力はしているんだよ」彼はがっかりした顔で散らかったキッチンを見まわした。「もっと努力するよ。それでドリーからは便りはあるのか？」

「絵はがきを送ってくるわ。クルーズはすばらしいけど、禁煙セミナーは退屈だとか……」

父は椅子に座り直した。「煙草をやめる気なのか？」

「努力はしているみたいね。このツアーは〝新しい自分へのクルーズ〟っていうのよ。あらゆる種類の自己改善プログラムが経験できるの。知らなかった？」

人好きのする、片側だけあげたにやにや笑いがぱっと顔を輝かせる。「まさか」

「本当よ。別の絵はがきには太極拳の上級クラスに進んだって書いてあったわ。それから、トロフィーくらいの大きさのカジキを釣ったんですって」

「そうなのか？　じゃあ、おまえの母親は釣りもしてるんだな」

サンドラはジンジャーエールを飲み終えた。「お母さんも結婚を解消しようなんて考えていないと思うわ、お父さん」

「じゃあ、どうして出ていってしまったんだ？」

「お父さんが話を聞かないからよ」

彼の目にはちょっと前にはなかった輝きがあった。希望。父は手を娘の頬にあてた。めったに見せない愛情表現だった。「それはともかく、おまえのほうはどうなんだ？」

ここに車を運転してくるあいだ、なにも話さない決心をしていたが、父がこんなに率直に話し、こんなに聞く耳を持ってくれるとは思ってもみなかった。父のことはいつも大好きだったが、それは娘であれば誰しも抱くちょっとよそよそしい愛情だった。だが今、二人の関係がずっと深まったことにサンドラは気がついた。

「証拠審問が予定されているの。ミルトンの話では、判事は訴訟を退けるだろうって」

「けっこうなことだ」

「わたしに有利に判決が下されればね」サンドラは言った。

「当然そうなるだろ？」

「ウィンスロー側は新たな証拠を見つけだそうとしているの」

「なにも見つけられっこないさ」父はちょっと間《ま》を置いた。「だろ？」

「さあ。水晶球は持ってないもの」

彼は立ちあがり、キッチンを行ったり来たりした。「ウィンスローの連中はいったいなにを考えているんだ？　金だって必要ないだろうに」

「お金の問題じゃないのよ、お父さん。あの人たちはただ……よくわからないけど、わたしがヴィクターを奪ったと思いたいのよ。わたしはこれからずっとあの人たちの息子を死にいたらしめた人間とみなされるの。あれはあまりに無意味な死だったのよ。だから、こうすることで息子の死に意味を見出したいんだと思うわ」

父は立ち止まり、椅子の背をつかんだ。「どうしておまえはあの連中にそんなに理解を示すんだ？」

どれほど自分の中の悪夢を声に出してしまいたかったか、父がそれをわかってくれさえすれば。だができなかった。けっして。ぜったいに。それは理解でもなんでもなく、低俗でもっとも臆病な形の自己防衛だった。ウィンスロー夫妻を守るためなんかではない。

自分自身を守るためなのだ。

「あの人たちは悪い人たちではないわ」彼女は言った。「あの人たちはただ……苦しんでいるのよ」

「おまえを傷つけることが助けになるってわけか？」

「わからないわ、お父さん。でもわたしは大丈夫よ。ミルトンはウィンスロー側が勝てるとは考えていないの」

「勝てるわけがないさ、どう考えたって」

サンドラは父をこの問題であまり興奮させたくなかった。「家の修復工事は順調に進んでるのよ」そう言って話題を変えた。

「そうか？　それはよかった」

「スパーキーっていう名前の不動産仲介人を雇ったの」

「中古車のセールスマンみたいな名前の男だな」

「女性よ。ミルトンが言うには、このあたりで最高の不動産仲介人ですって。彼女はあの家にはかなりの価値があると考えているの」

「けっこうなことじゃないか。あの場所なら当然だ。でも、家が売れそうだっていうのにあまりうれしそうじゃないな」

知らず知らずのうちに迷いが顔に出ていたのだ。事故の前、彼女とヴィクターはブルームーンビーチを修理して夏の別荘にしようと話していた。よく二人で、年をとってすっかり落ち着いた自分たちが、毎夕ポーチでブランコ椅子に揺れながら海を眺める姿を想像したものだ。そのときでさえ、ヴィクターはそんな日がけっして来ないことを知っていたに違いない――だがサンドラは心の底から信じて疑わなかったのだ。

「自分の気持ちがよくわからないのよ」彼女は父に言った。「どこに行けばいいのか想像できないの」

「もちろん、できるさ。家を売ったあと、車でケープコッドに行ってもいいし、南のほうに行ってもいいじゃないか。ヴィクターはいつもフロリダの話をしていなかったか？」

彼女は締めつけられるような恐怖を飲みこんだ。「一度も行く機会がなかったわ」

「今こそ待ちに待ったその機会じゃないか。じっくり時間をかけて、住みたい場所を見つければいいさ」

だがフロリダはヴィクターの夢であって、サンドラの夢ではない。彼女はいつもパラダイスと名づけられるにふさわしいあの町に満足していた。ブルームーンビーチのような場所は、どれだけ遠くへ旅しようとも、どれだけお金を使おうとも、けっして見つけられないことはわかっていた。無邪気な驚きや、魂を豊かにしてくれるとらえどころのない畏怖の念で彼女を満たしてくれる家にはもう出会えないだろう。砂浜は独特の雰囲気を漂わせ、霧笛やささやくような波の音、空気を輝かせる光に満ちて、芝生や生垣は緑濃く、はてしない空の下には広大な海が広がっている。日を追うごとに、この場所を手放すことが不可能に思えてくる──だが一方で、それはますます避けがたいものにもなっていた。

「それに、パラダイスの人間はおまえにひどい態度をしているじゃないか。あんな町にとどまるよりは……」

「ある人と知りあったの」言うつもりはなかったのについ口から出てしまい、二人とも驚いた。

父はふさふさした眉を片方あげた。「そうなのか？」

「彼は、その、じつは家を修理してくれている建築業者なの」

父は再び椅子に腰かけ、娘をじっと見つめた。「なんとかマロイだな。前におまえが言っていた」

「マイクよ。わ、わたしはこんなことになるなんてぜんぜん思ってなかったの。誰かと出会うなんて。でもわたしたち、マイクとわたしは……」だが、いったいどうなったというのだろう？　二人の関係は具体的にはどうなっているというのだろう？　サンドラには正直なところわからなかった。とはいえ彼に会った最初の瞬間から、失意の涙にかすむ目を通して、世界はその姿を変えていったのだ。より明るく、より安全で……より誠実な場所へと。自分自身にもうまく説明できないのに、まして父になど説明できるはずもない。

「初めは誠実な関係だったの……お父さんの言い方を借りれば。彼を雇ったのは、悪いところを直してくれるって約束してくれたからよ」

「おまえの家のかい？」

「そうよ。言わなかった？」彼女は顔をしかめ、さらに続けた。「家の修理をしてくれていたから当然よく顔を合わせてはいたんだけど、最近とても親しくなったの」彼女はそれ以上なにも言わなかった。また父のほうも、自分が聞くに耐えられること以上は尋ねないこともわかっていた。

父は背すじを伸ばした。「それで、その男はどんなやつなんだ？」数年前、ヴィクターのことも同じように訊かれた。

そのときのサンドラの答えは無邪気なほど正直だった。〝申し分ない人よ〟彼女は答えた。〝まったく非の打ちどころのない人なの〟

マロイについてはそんなことはけっして言わないだろう。あれから自分も成長したし、悲しい経験を経て賢くもなった。マイクが完璧ではないことくらいよくわかっている。だが彼は……それ以外のすべてに当てはまるのだ。いたわり。力強さとやさしさ。みだらなほどの性的魅力。嵐の海の安定した錨。「彼のこと、お父さんもきっと気に入ると思うわ。彼は男の中の男よ。以前ニューポートで歴史的建造物を修復する会社を経営していたの。今はパラダイスで仕事をはじめたばかりよ。シングルファザーで、九歳の男の子と一三歳になったばかりの女の子がいるの」

「真剣につきあっているのか？」

「わからないわ」だがこれは本心ではなかった。本当のところは、マイクを思うたびに体に震えが走り、欲望に曇る目でじっと見つめられると天にものぼる気持ちになる。こんな会話はジョイスやバーブとすべきなのに、今こうして父に打ち明けている。信じられない。おそらく彼がとても変わったせいなのだろう。「知っておいてもらいたいことがあるの。彼とヴィクターは子どもの頃友だち同士だったのよ」

「なんだって？」

「彼はパラダイスで育ったの。町の人たちのこともよく知っているのよ」

「サンドラ、このことを弁護士に話したか？」

「どうしてそんな必要があるの？」

「その男はおまえをだまそうとしているのかもしれないぞ。家を引っかきまわして、あらゆることを詮索してるんだ。おまえの不利になる証拠を探しまわっていたらどうするんだ？」

「メロドラマの観すぎよ、お父さん。それにわたしには、か、隠すものなんてなにもないわ」話しながら、サンドラは言葉が喉に詰まりそうになった。

「気をつけるんだ」父は警告した。「訴訟が迫っている。おまえは微妙な立場に置かれているんだ。その男につけこまれるなよ」

「彼はぜったいにそんなことはしないわ」そう言ったものの、自信は揺らいでいた。

だが父の疑念は帰りの車の中でもずっと彼女から離れなかった。父を訪ねたのは、両親を和解させたいという切なる思いだけではない。マイクとの関係がけっしてだめにならないという確信がどうしてもほしかったからだ。しかしマイクとかかわることへの不安を鎮めるどころか、父はさらなる問題を提起してきた。

28

家に戻るとすぐに、サンドラはマイクを探しにいった。職人たちはもう仕事を終えて帰っていたが、彼はまだ残っていた。ラジオからスプリングスティーンの曲を流しながら、食堂の天井蛇腹の仕上げをしていた。

働いている彼を見るのはいつも新鮮だった。その物腰やしぐさにはどこか神秘的なところがある。どんなところに惹かれるのかはっきりと具体的に指摘することはできなかったが、彼の動きの一つひとつが彼女の心の琴線に触れるのだ——とくに巧みな手の動きが。彼のヒップの角が脚立の最上段に押しつけられている。水準器で確認しながら、平たい青鉛筆でしるしをつけるときのあごの格好と熱心なまなざし。こうしたことは決まりきった仕事で、たぶん単調で退屈な作業なのだろう。だが、彼はなんなくやってのけてしまう。途方もない……巧みさで。これこそぴったりの言葉だ。

彼女自身にも説明できなかったが、それは心を動かされずにはいられないほどの巧みさだった。

彼のすべてがサンドラには刺激的だった。それは思いがけないことだった。とくに外見について言えば、彼女は世界じゅうが刺激的だと認める男性と結婚していたのだから。ヴィクターが初めて州議会議員に当選したとき、彼は――本人にしてみれば屈辱的なことだったに違いないが――その月のコスモポリタンの有望な独身男性に選ばれたのだ。その容姿とカリスマ性に魅了されたファンが立ちあげたウェブサイトまであり、そこでは毎週、きわどい性的な誘いから、マウイ島にある別荘の提供にいたるまでありとあらゆる情報が吐きだされていた。そのサイトはひょっとするとそれ以上のことをそそのかしていたのかもしれない。そう思うと、サンドラはぞっと悪寒が走った。

とりとめない考えから意識をマイクに戻すと、彼が賄賂をもらって自分を探っている姿を想像してみた。家をくまなく調べ、ウィンスロー家の調査員に情報を提供する。そんな図はとてもばかげていて、けばけばしく塗りたてた肖像画のようだ。彼がそんなことをするはずがない。こんなふうに疑うなんて、自分が愚かで被害妄想のかたまりのように思えてくる。

ジークが窓下の腰かけで昼寝から目覚め、小走りでサンドラにあいさつをしにくる。その音でマイクが気づく。彼は水準器とハンマーを工具ベルトにしまいながら、彼女のほうを振り返る。そのしぐさもとてもセクシーだ。まばたきして、彼は注意のすべてを、自分自身のすべてをサンドラに向け、彼女を世界の中心にした。

「やあ」脚立から下りながら、彼が声をかけた。「入ってきた音が聞こえなかったよ」

サンドラの腰をつかむと、彼は情熱的にキスをした。彼女の体がすったマッチの炎のようにぱっと燃えあがって息づく。彼に触れられるたびに、親密な感覚は新たに生まれ変わる。

彼にとって、彼女はいまだ未踏の領域なのだ。そしてマイクは、その大胆でやさしい愛撫でもっとも密やかな場所を探りあて、わがものとする。彼のキスは息がつけないほど激しく、サンドラはやっとの思いで体を離すと、彼に言うつもりだったことを思いだそうとした。だがかわりに、こうささやくだけだった。「今日はとても会いたかったわ」

「ぼくのかわいい人」彼はそう言うと、サンドラをきつく抱きしめた。「ぼくもだよ」工具ベルトを落として、彼はまた唇を重ねた。そしてそのまま後ろ向きに歩かせると、玄関ホールを横切り、階段をのぼらせる。ああ、こんなふうに彼に求められるのはなんてすてきなんだろう。わたし以外は世界じゅうのなにもかも忘れてしまったかのようだ。そして同じように忘れさせてくれる……。

二階にあがると、本能の糸に引き寄せられるように、二人はいっしょにベッドに倒れこんだ。サンドラは彼のすべてを奪いたくて、むさぼるようにキスをした。そこには彼があふれていた――広い肩、大きな手、思いがけないやさしさで彼女の唇の上をはう唇。

彼はサンドラの上にのしかかり、夢中で体じゅうをまさぐっている。汗と工業用接着剤の匂い。彼女はまだ肩からバッグをさげたままだった。マイクがブラウスのボタンをはずそうと手を伸ばしたとき、バッグのストラップがからまった。

「ここを片づけようか」体を離しながら、彼が言った。

彼女は笑った。「誘惑される予定じゃなかったから」ようやく思いだす。今訊かなければ。

「予定外の誘惑が最高なのさ」マイクは立ちあがると、彼女をかたわらに引きあげた。そしてバッグを置くと、ブラウスを頭から脱がせる。

　サンドラの疑念は空に放たれたヘリウム風船のように流れ去り、取り戻すことができなかった。だが、もうそうしたくさえなかった。彼女はマイクの青いデニムシャツのボタンをはずし、それを広げて胸をむきだしにした。外はまだ明るく、弱い日光が窓から差しこんで彼の体の輪郭を輝かせる。真っ昼間にこんなことをするのはどこかみだらで官能的な感じがする。

「シャワーを浴びなきゃ」サンドラが彼のジーンズからシャツのすそを引きだすと、彼が言った。

「今？」

　マイクは彼女のストッキングを脱がせながら、途中で手を止め、ひざの内側にキスをした。何度か、そっと。「そう、今だ」

「でも……」

　立ちあがり、サンドラのブラジャーのホックをはずすと、彼は後ろに下がって彼女を眺めた。「今だ」マイクは繰り返し、指を彼女の唇にあてた。そして彼女の手をとり、となりあうバスルームに連れていった。

　それは夏の別荘によくある古風なバスルームで、黒と白の六辺形のタイルの上に白い陶器製のかぎ爪状の足がついた大きなバスタブが置かれている。マイクがお湯をひねると真鍮製のシャワーヘッドは身をよじって息づき、彼が残りの服を脱ぎ捨てるあいだ、流れ続ける。

熱く渦巻く蒸気がバスルームを満たし、白っぽい霧の向こうで彼がにっこりほほえみかける。妙に礼儀正しいしぐさでサンドラの手をとると、彼はバスタブに入るよう身ぶりで合図した。水しぶきがキスする二人の体に打ちつける。やがてマイクは彼女の手に石けんを持たせた。

サンドラはそれを何度もひっくり返し、指のあいだですべらせる。マイクは身をかがめると、彼女の耳にささやいた。「そんなに一生懸命考えなくていいんだ」

「わたしはべつに」

「顔を見ればわかるんだよ」

深呼吸をして湿気と熱を肺に吸いこむと、彼女はマイクに意識を集中した――彼の体、彼の肌のなめらかさ、彼の唇の味。サンドラはためらいがちに、探るように、手を彼の胸、鎖骨へとすべらせ、石けんの泡の航跡を描いていく。彼の目は中程まで下げたマストのように半分閉じられ、喉の奥からもれるうめき声で、進んでいる方向が正しいことがわかる。サンドラは爪先立ちになって彼にキスすると、今度は手を下へとすべらせた。温かな雨と湯気が二人の上に降りそそぐ。体の隅々を手と唇で愛撫されながら、彼女はついに考えることを放棄した。ただ降りしきる水と彼を求める熱い想いだけが体の中をすり抜けていく。たえまないシャワーの流れの下で、二人の体がすべりながらもつれあい、溶けあい、探りあう。やがてサンドラはめまいがするほど彼が欲しくてたまらなくなった。腕を彼の腰に巻きつけると、唇を彼の耳の横に押しつけた。「ねえ」彼女はささやいた。「お願い」

「ご婦人のご要望とあらば」

濡れた体からぽたぽたとしずくをたらして、半分気が遠くなりながら、彼女は蛇口をしめた。そしてベッドへ急ぐと、そこでため息とともに彼を出迎えた。

二人は寝具をすっかり台無しにしてしまったが、そのことに気づいたのはずっとあとになってからだった。サンドラは彼にピンクのシュニール織りのローブを貸し、それを着た彼を見て笑った。バスタオルを体に巻いて、彼女は濡れたシーツをはがすと、マイクに細かく指示を与えながら、いっしょに乾いたリネンに取り替えた。ベッドカバーを引っぱって整え終えると、マイクは彼女の腰に腕をまわし再び抱き寄せた。「あれこそぼくがすごくしたかったことなんだ」彼女のうなじを鼻でくすぐりながら、彼は言った。

「シャワーのこと？」

「最高のセックスのことさ」

「そうなの？」彼女は尋ねた。「セックスって最高なの？」

「きみはどう思うんだい？」

彼のほほえみが消える。このことについて嘘をついたりだましたりはできない。「天国にいる気分よ。こんなすばらしいものだとはけっして……」この期におよんでばかげているように思えたが、なにもかも分かちあったあとでさえサンドラは気まずさを覚えていた。心が葛藤するうちに興奮も冷め、彼女はマイクの抱擁から身をほどいた。「あなたはとてもテクニックがあると思うわ」

彼は笑いながら起き直ると、いいかげんにローブの前をしぼって閉じた。ローブはかろうじて彼の体をおおっている。「テクニックなんて関係ないよ」彼の目が欲望に暗く曇っていく。「きみをどう想っているかなんだ」

「マイク……」

「わからないのかい?」

「なにが?」

身をかがめ、マイクは手を彼女の頬にあてた。「ぼくはきみと恋に落ちているところなんだ。それも速く、激しくね」

サンドラはショックで呆然としながら彼をじっと見つめた。だが一言も言わなかった。どう答えていいのかわからなかったからだ。ベッドから飛びでると、体を隠したくて保温下着とぶかぶかのトレーナーを着た。

マイクは目に動揺の色を浮かべて、じっとサンドラを眺めていた。「ここできみはこう言えばいいんだよ。〝本当?　うれしいわ。わたしも同じ気持ちよ〟ってさ」

「でも、わたしは恋に落ちているところなんかじゃないわ」ようやく彼女はささやいた。そして喉の奥に熱い涙がこみあげてくるのを感じてぎょっとした。「わたしはもう落ちてしまったのよ」

29

二人は夕食にスクランブルエッグを食べた。ステレオからはナタリー・コールの低い歌声が聞こえる。そのあと、ジークを夕方のひとっ走りに出してやった。サンドラはソファに座って、深まりゆくたそがれを眺めていた。深い藍色が空をおおい、星がまたたいている。二人はさっき二階で話したことについてなにも語らなかったが、新たな感情が霧のようにあたりに渦巻いていた。マイクがストーブの火を起こしているかたわらで、彼女は、誰かが家を温めてくれるあいだゆったりくつろいでいられることに喜びを感じていた。

ピンクのバスローブ——たいていの男性が嫌悪するもの——も、彼の容姿をまったく損なうことがない。マイクほどいつもゆったりくつろいでいる人には今まで会ったことがない。サンドラはそれがうらやましかった。だがふと、彼のそばでゆったりとくつろいでいる自分に気がついた。さっきまで彼女を悩ませていた疑念は消えてなくなっていた。互いに分かちあい、語りあったあとでは、疑念などくだらないものに思える。

マイクはあらゆるものを修理してくれた。彼女の家、人生、絶望を……。どん底にいた彼女を見つけだし、少しずつ引きあげ、愛の可能性を示してくれたのだ。箱に薪を積み重ねるたびに、彼の広い肩でロープの縫い目が引っぱられ、襟からは豊かな髪があふれでている。そんな彼の姿を眺めていると、苦しいほどの愛情が波のように押し寄せてくる。彼を前にしたときにわきあがる感情は、とても激しく、痛みさえ感じてしまうほどだ。彼はどんなものでも面倒をみることのできる専門家なのだ。でも誰が彼の面倒をみるのだろう?

「いい考えがあるわ」不意に思いついてサンドラは言った。彼女はマイクの手をつかむと、キッチンへ連れていった。天井からぶらさがった灯りの下に三脚スツールを置いて、彼女は言った。「髪を切ったほうがいいわ」

彼はうなじに手をやった。「そうかな? そう思うかい?」

「もちろん」彼女は引き出しからハサミを取りだした。

のんきそうに肩をすくめると、マイクはスツールに座った。「いいよ」

ふきんを彼の首のまわりに巻くと、サンドラはバッグからくしをとり、彼の前に立った。そして彼のふさふさとしたやわらかな髪をくしでといた。髪はまだシャワーで湿っている。

「切らせてくれるなんて信じられないわ」

「信用してるよ」彼はあっさりと言った。

「昔から髪を切るのが好きだったの」彼女は白状した。「資格は持ってないけど、こつを心得てるのよ。変だと思う?」

「人それぞれさ」彼は言った。「おそらくフロイト的か、でなければ聖書的だろ。デリラの裏切りで髪を切られて怪力を失ったサムソンみたいな」

「子どもの頃に人形で練習していたの」厚く黒っぽい髪の毛の束を切って形を整えながら、彼女は言った。「持っていた人形はみんな髪を切られてしまったのよ。六歳のとき、自分の髪をモヒカン刈りにしたの。まだ流行る前のことよ」

「そりゃ、見ものだっただろうな」

「母が泣いたのを何回か見たことがあるけど、そのときがそうだったわ。六週間、帽子かスカーフで頭を隠して学校に通ったの」

「きみはすごい子どもだったらしいな」

「残念ながらそうじゃないの、マロイ。わたしはいかれた子どもだったのよ」遠い昔の、失われた歳月のことを考えるのは好きではなかった。それでも、どんなふうに言葉が喉に詰まり、そのあとどんなふうにめちゃめちゃな無意味な言葉となって口から飛びだしたか、そして大人たちのひそひそ話、ほかの子どもたちのあからさまなあざけりを、今でもよく覚えている。彼女はサンディ・バブ・バブ・バブルコック、吃音の女の子だった。

「でも、わたしがあんなにいかれた子じゃなかったら、ものを書きはじめていなかったでしょうね」彼女はつけくわえた。サンドラは年齢をはるかに超えた怒りと雄弁さで文章を書き綴っていた。「自分の書く物語では、わたしはいつも大スターだったの。プリマ・バレリーナや、がんを治す医者や、洪水から町を救うヒロインだったのよ。空想の中では、わたしは英雄的人物だったの。現実では、途方もない空想にふける人間になってしまったのはたぶんそのせいね」

前髪を確認するのに前へまわると、彼がサンドラをつかまえ動けないようにした。「ぼくの現実ではそうじゃないよ」マイクは彼女に短く熱烈なキスをした。

「気を散らせるのはやめて、マロイ。もう少しで終わるから」

数分後、黒い巻き毛が新しく張った床の上に散乱していた。サンドラはふきんで彼の首についた毛をはらうと、後ろに下がって自分の作品に見ほれた。

「わたしって上手だわ」彼女は言った。「ラッセル・クロウみたいよ」

「ラッセル・クロウって誰だ?」

「やだ、『グラディエーター』観てないの?」

「いや」

「それなら観たほうがいいわよ。あなたって彼に似てるの。スパーキーの言ってたとおりだわ」

「スパーキーはぼくのこと、なんて言ってたんだ?」

「あなたのこと、〝地上に降りた恋愛の神〟って言ってたわよ」

マイクは大笑いした。「まあ、そのとおりかな。それで終わったのかい?」彼は手を伸ばして髪をすいた。「ありがとう」そう言うと、ちり取りを持ってきて掃除した。

「鏡で見てみないの?」サンドラが尋ねた。

彼は刈りとった毛を紙袋に捨てた。「きみはいいと思う?」

「まさに、地上に降りた恋愛の神よ」サンドラは請けあった。

「じゃあ、ぼくもこれでいいよ」彼はほうきをしまうと、紙袋をごみ箱に押しこみ、裏口を開けた。ジークがひとっ走りから帰ってきて、暖炉の前でどさっと横になった。

マイクは彼女を二階に連れていき、二人は再び愛しあった。今度はゆっくりとしたリズムで愛を交わしあう。うっとりするような恍惚感はいつまでも消えずに残り、サンドラの心は喜びにうち震える。自分の新しい側面を知り、まるで違う人間になったかのようだ。それは古い家に秘密のドアを見つけ、そこから抜けでて別の世界を発見するのに似ていた。その世界はこれまで行ったこともなく、存在することさえ信じなかった、ネバーランドやオズの国のようなところだった。そこから戻る旅はやさしさとけだるさに満ちて、彼女は戻るのも手放すのもいやだった。

深夜になってから、マイクは彼女にキスをするとベッドからそっと出て、ジーンズを手探りで探した。

「行かないで」「行かなきゃ」彼はささやいた。

「行かないで」彼女がささやき返す。「いっしょにいて」

彼はためらった。

「お願い、マイク」

「わかったよ」マイクが寝具の下に戻ると、サンドラは彼に身をすり寄せた。幸せが彼女の中でほのかに光りながら揺らめく。「でも、どうしてぼくらはひそひそ声で話してるんだ?」

サンドラは答えなかった。今はあふれるほどに満たされている。マイクといっしょにいればどんなものが手に入るのかこれでよくわかった。そして失うものも。この用心深い喜びの下に横たわる純然たる恐れも。

30

女性を腕に抱いて目覚めるのはなんていいものなんだろう。朝の六時、マイクは目を開けるほかは身動き一つしなかった。彼には目覚まし時計が必要だったことは一度もない。毎朝、ひとりでに同じ時間に起きてしまうのだ。

こんな人里離れた家では、カーテンを引いてプライバシーを守る必要もない。大きな窓はすばらしい海の景色を額に入れている。太陽はまだのぼっていなかったが、その銀色の輝きが水平線上の空を持ちあげ、静かな寝室を横切って光のほうきを投げかけている。

慎重に片ひじをついて体を起こしながら、彼はサンドラの寝顔をしばらく眺めていた。彼女を目にするだけでマイクは心を動かされる。なめらかな肌、きれいな額、枕の上に扇のように広がる絹のような髪、ふっくらとした唇はかすかに開かれ、バラの中心のような色をしている。泊まってよかったと思う反面、これで二人の関係が変化することもわかっていた。これにあえて名前をつけることもできたが、それは彼が慎重に避けてきた言葉でもあった。

あらゆる種類の便利な言葉があった――二人は〝つきあっている〟、あるいは〝関係を持っている〟、などなんでも。問題は、そのどれもがもはやふさわしくないことだ。

わかっているのは、彼の中で長いあいだ空っぽだった場所をサンドラが埋めたこと、そしてぜったいに彼女を手放したくないことだ。だが彼女の秘密は深く潜行して、けっして明かそうとはしない。完全に心を開いてくれることなどはたしてあるのだろうか?

彼女のこめかみにそっと唇を触れると、愛情が体じゅうにあふれだす。彼女は寝室のアンティークの窓を縁取るカットガラスのようだ。精巧に細工され、光の移り変わりによって陽光から暗闇へとたえまなく変化し続ける。

初めから、サンドラが自分の感情を抑えこんでいることには気づいていた。彼に身を投げだし、たどたどしく愛の告白をささやいたときでさえ。彼女はまだすべてを与えてくれてはいない。マイクにはそれがわかっていた。いまだその彫面のいくつかを隠し続けているのだ。

ぴったりのタイミングでジークが六時半に目を覚まし、ドアをひっかいた。小声でぼやきながら、マイクが起きあがる。乱れた寝具から切なげに訴える眠そうな声が聞こえたが、すぐに戻ると約束して、彼はジーンズをはいて犬を外に出しにいった。

家の中はとても寒く、息が白く見えそうなほどだった。サンドラがここで来る日も来る日もたった一人きりで目覚め、不確かな未来へ向かっているのだと思うと辛かった。マイクはストーブの火を起こし、コーヒーメーカーのスイッチを入れた。こんなふうに朝の日課をするのは、呼吸をするのと同じくらい自然で健全に感じられる。

コーヒーを入れているあいだ、彼はジークが砂丘をよじのぼって砂浜のほうへ走っていくのを眺めていた。海はどんよりとして近寄りがたく、のぼる太陽は雲にかすんで青みがかった暗灰色をしている。岸辺の荒々しい美しさはいつものように、粗削りで根源的な感情を彼に呼び覚ます。

窓枠にもたれて、マイクは外の景色をじっと見つめた。この家にはめったに感じることのない深い愛着を感じる。それは、これが自分の少年時代の風景だからだろう。この風景の中で、入り江や湿地の秘密、カモメの鳴く声や船の汽笛の音、そして海の営みを学んだのだ。不思議なことに、彼はこの家の持ち主ばかりか、この家そのものとも恋に落ちていた。

ジークはシギの群れを濡れた砂の上一面に追い散らしている。マイクは犬の元気あふれるようすを見てにやっと笑った。コーヒーメーカーがしゅーと音をたてて止まったので、彼はキッチンへぶらりと入っていった。そして二つのマグにコーヒーを注ぐと、二階へ持っていった。サンドラはすでにベッドで起きあがっていた。くしゃくしゃの髪。彼を見ると唇にゆっくりと笑みが広がる。「ありがとう」差しだされたコーヒーに手を伸ばして彼女は言った。「コーヒーの匂いがしたとき、夢を見ているのかと思ったわ」彼女は一口すると、床の上の物体に目をとめて顔をしかめた。「あれはなに？」

親指と人差し指で、マイクはずたずたに裂けた茶色の物体をつまみあげた。「おっと」彼は言った。「きみがベッドの上に置いていたあの古いテディベアだ。ジークの仕業だな」ぼろぼろになった詰め物が残骸からこぼれ落ちた。

「ヴィクターがプロポーズした夜に輪投げでとった景品なの」彼女はちょっとためらってからつけくわえた。「ごみ箱に捨てて」

「ごめんよ」マイクはぶつぶつつぶやきながら、台無しになったぬいぐるみをバスルームに持っていった。部屋に戻ると、サンドラがマグを両手で包んでじっとこちらを見つめていた。そのあまりに熱っぽい視線に思わず顔をそむけ、マイクは最近修理した張り出し窓を見るふりをした。少なくとも、彼女の家を見違えるほど美しくすることはできた。時を経ても価値を失うことのない建物の輪郭と、それぞれの窓から臨むたぐいまれな景色が、この家に強力な魅力を与えていた。修復工事が進むにつれ、家はこの場所と同じくらいすばらしいものになるだろう。

　電話が鳴り、彼は服をかきわけてジーンズのウエストバンドにとめた携帯電話を見つけた。

「マイク・マロイです」

「アンジェラよ」

「アンジェラ」目の隅で、サンドラが体をこわばらせて寝具を引き寄せるのが見える。「子どもたちは元気か？」

「ええ、とっても。ねえ、お願いがあるんだけど。学校が今日早めに終わることになっちゃたのよ、暖房がまた故障したらしいの。でもわたしはプロヴィデンスに行かなくてはならないの。子どもたちを迎えにいってくれる？」

「もちろん。三〇分後にそっちに行くよ」

「ありがとう、マイク」

　彼は服を着ながら事情をサンドラに説明した。「フィルが来たら電話するように言ってくれるかい？　今日また別の電気系統の検査があるんだ。それに立会いたかったんだが、子どもたちがいっしょだからキャンセルしなきゃならない」

「あの子たちを連れていらっしゃいよ」サンドラは当然のように言った。

マイクは無精ひげのはえたあごをなでた。また新たな曲がり角か。彼女を子どもたちとの舟遊びに誘ったのは確かだ。だが子どもたちを彼女の家で過ごさせるのは、また別の話だ。これをどうとらえたらいいのだろう。「頼めないよ、きみに……」

「マロイ。あなたの子どもたちは好きよ。今日いっしょに過ごせたらうれしいわ」サンドラは彼に使い捨てのピンクの安全かみそりを手渡した。「ひげをそったほうがいいわよ」

サンドラは幸福のもやに包まれて、午前中を過ごした。マロイと彼の子どもたちの存在は世界にバランスをもたらしてくれる。すべてが真新しく、魅惑的で、より明るい色で彩られ、より鮮明になったように思える。彼女はインスタント材料を使ってブルーベリーマフィンを焼いたが、その努力はケビンの顔に浮かんだ至福の表情に報われた。彼はオーブンから流れる匂いにつられてキッチンに入ってきた。

ケビンと姉がマフィンをいくつかがつがつ食べたあと、サンドラは彼とチェッカーを六回やった。ケビンは容赦がなく、彼女は五回打ち負かされた。彼女がメアリー・マーガレットに約束していた万年筆とノートをプレゼントすると、少女は一時間ノートにかがみこんで、指がしびれるまで書いていた。サンドラはメアリー・マーガレットに『シンプルな贈り物』

の原稿を読んでみたいかと尋ねると、少女はまたとない機会に飛びついた。彼女は書斎のサンドラの机に座ると、手が切れそうなタイプ原稿を夢中になって読み、敬虔な気持ちで一枚一枚ページをめくっていった。

「綴りを間違えたらどうするの？」彼女が尋ねた。

サンドラは付箋紙の束を手渡した。「これをその箇所に貼って修正するの」

「本当？」

「本当よ。謝辞のページにあなたの名前を入れてあげるわ」

「かっこいい」ほつれ髪を耳の後ろにかけると、メアリー・マーガレットはまた熱心に読みはじめた。たちまち、部屋を通り過ぎていく職人たちの行列のことなど眼中になくなった。

ケビンは材木の搬入が気になってしかたがないようすだった。父親は息子にヘルメットをかぶせると、作業員が新しい木をえり分けて積み重ねているあいだそばで手伝わせた。

子どもたちがまわりにいるとまるで休日のようだった。サンドラは子どもたちが自分とマイクの関係をどう思っているのか気になった。今では、メアリー・マーガレットはおそらく二人が友人以上の関係だと理解しているに違いない。だがサンドラは少女がそれ以上のことを勘ぐっていなければいいと思う。子どもたちが彼女のことを父親の愛情を奪う脅威だと考えれば、二人のためらいがちな承認はたちまち消え去ってしまうだろう。

昼食のあと――焼いたソーセージのサンドイッチにケビンは大喜びだった――サンドラは二人を砂浜に連れていった。ジークが先頭になって走り、押し寄せる波に吠えつき、口やかましいカモメを追いかける。ケビンは大はしゃぎで、ジャケットの前をはだけ靴ひももほどけたまま走りまわり、ジェットエンジンの音を真似ながら想像上の標的に急降下爆撃をくわえている。

メアリー・マーガレットはあてどなく歩きながら、貝殻や色のついたビーチガラスのかけらを拾ってはポケットにしまっていた。「シャルロットのおばあちゃんはよくならないんでしょ？　あなたの本では」

「ええ」サンドラはこの子どもに遠慮して、〝自分で読んで答えを見つけたら〟などと言うつもりはなかった。メアリー・マーガレットは率直さを好む少女だから、ごまかしはすぐに見抜いてしまうだろう。「そうなの、おばあちゃんはよくならないの。でもシャルロットのほうが変わるのよ」

「彼女は本当に多くの問題を抱えているのね。学校は落第するし、お母さんはいつも働いているし、おばあちゃんは日を追うごとに悪くなっていくし」

「そこが小説のいいところなのよ。わたしの小説ではね、とにかく。主人公が完璧な解決策を見つけられないときがあったとしても、とにかく前に進み続けることでかえって幸せになれるのよ」

「気持ちわりー！」ケビンがわめきながら、二人のほうへ走ってくる。ジークがそのあとを追う。

「どうしたの？」サンドラが尋ねた。

「ジークが腐ったなんかを見つけて、その中で転がったんだ。げー、気持ちわりー!」ケビンはげーげー言いながら、砂に吐く真似をした。

サンドラとメアリー・マーガレットは犬からあわてて跳びのいた。なにかの死骸らしく、生臭いいやな匂いを放って犬の毛皮にべったりくっついている。犬は三人の周囲を円を描きながら走りまわり、新しいゲームをしていると思っているようだ。

「うえっ、臭うわ」メアリー・マーガレットは言った。

「みんなでお風呂に入れてあげましょうよ」鼻にしわを寄せて、サンドラが言った。

「いやだよ!　ぼくはぜったい……」

「みんなで協力するのよ」サンドラは口笛を吹きながら太腿をたたいて犬を呼ぶと、家へ引き返した。ガレージで古いピクニック用のテーブルクロスを見つけ、それでジークを包むと、そのむかつくような代物を小脇に抱えこみ二階のバスルームに向かった。

「バスタブにぬるま湯を入れて」彼女はケビンに言った。

「ぬるま湯ってどのくらいの熱さ?」彼が尋ねた。

メアリー・マーガレットは目をぐるりとまわした。「わたしが教えてあげるわ」

サンドラはすばやくこっそりとバスルームを見まわし、マイクがここにいた痕跡に子どもたちが気づかないことを祈った。洗面台の横にあるピンクのプラスチックの安全かみそりがあやしく見えなければいいのだけれど。サンドラはゆうべここで経験した、口では言い表せないほどの陶酔感のことを考えないようにした。だが意に反して、彼女の体には温かな快感がよみがえってくる。子どもたちには彼がここで一夜を過ごしたことを知られたくなかった。その心の準備がまだできていない。子どもたちも同じであることも、よくわかっていた。「犬用のシャンプーある?」ケビンが訊いた。その声が、いつまでも消えずに残っていた官能の名残を消し去った。

「サンドラは犬を飼っていないのよ、ばか」姉が言うと、弟は彼女に向かって舌を出した。「青いボトルのを使って」それは、ニューヨークのバーグドーフ・グッドマンで買ったフランス製のオーガニックシャンプーだった。

メアリー・マーガレットはボトルの半分くらいをどっと入れた。

サンドラはテーブルクロスでいちばんひどく汚れている部分をふき取ると、犬を白い石けんの泡が盛りあがるバスタブに下ろした。ジークはあわてふためき必死でばちゃばちゃ水をかくと、体をぶるっと震わせて泡を振り落とそうとした。ケビンとメアリー・マーガレットは交代で悲しげに震える犬をなだめながらヘチマでこすったが、そのあいだケビンは大喜びで金切り声をあげている。ヘチマは二度と使い物にはならないだろう、とサンドラは思った。「見てよ、なんてがりがりなんだ」ケビンは犬を持ちあげて、ふつうより小さな体格を見せびらかした。

弟がばか笑いしているあいだ、メアリー・マーガレットは犬をこすり続けている。「ねえ、ちょっと見て」彼女は言った。「ジークの毛は本当は白なのよ。てっきりグレーだと思ってたわ」

サンドラはさすがにジークが気の毒になった。そしてバスタブのお湯を抜くと、シャワーの下に置いて押さえた。そのあいだ、犬はみじめそうに遠吠えしている。シャワーを止めると、彼女は犬を厚いエジプト綿のバスタオルにくるんだ。それはヴィクターの大おばからの結婚祝いで、メーシーズのつやつやした赤い箱に入って届けられた一ダースの中の一枚だ。

ジークは激しく震えながら、幼児のようにあわれっぽく鼻を鳴らしている。

「風邪をひいちゃうわ」メアリー・マーガレットが唇をかんだ。

「あのドライヤーをとってちょうだい」サンドラは指さして言った。「それに、ブラシも」

彼女はつけくわえた。

「それってあなたのヘアブラシじゃない？」メアリー・マーガレットが尋ねる。

「別のを買うわ」サンドラはあきらめて言った。

ジークはこの部分だけは気に入った——ドライヤーで乾かしながら、ブラッシングするところが。ケビンはこれを見て大はしゃぎだ。犬は鼻を熱い空気の流れに向かって突きだし、まるで風のトンネルの中に立っているように見える。メアリー・マーガレットはうっとりした。「すごくかわいいわ」彼女は言った。「本物のプードルみたい。でも顔がふわふわした毛に埋もれて見えないわ。これじゃ、たぶん前だって見えてないわよ。ヘアカットしたほうがいいわね」

「呪文を唱えたわね、メアリー・マーガレット」サンドラはたちまち使命を帯びた女性に変身し、ケビンにハサミをとりにいかせた——ゆうべマイクの髪を切ったのと同じハサミだ。

犬の毛を刈るのは新たな挑戦だった。彼女はジークを窓のそばのリネン戸棚の上に立たせると、ケビンに犬を押さえているように指示した。サンドラがハサミをせわしなく動かしているあいだ、子どもたちはアドバイスや意見を口々に言った。「しっぽの毛をまん丸くして。ドッグショーに出てくる犬みたいなやつ」、「ここにこの髪留めをつけていい?」、「リボンはどうかしら?」、「爪も塗っちゃおうよ!」

一時間後、ジークはドッグフードのラベルにある犬と同じくらい完璧に手入れされた姿に変わった。

「完璧だわ」メアリー・マーガレットがささやく。

犬は戸棚から跳びおりると、みんなに注目されているのがうれしくて跳ねまわった。

「自分でもわかるのかな?」ケビンが不思議がる。

「なんとも言えないわね」サンドラはバスルームを見わたした――濡れたタオルと白い犬の毛でひどいありさまだ。

「パパに見せにいこうよ」ケビンが廊下に飛びだすと、メアリー・マーガレットとジークがすぐあとを追った。サンドラはもっとゆっくりとあとをついていきながら、なんて楽しい子どもたちだろうと思った。今日の日がずっと終わらなければいいのに。

子どもたちを眺めていると、気持ちがざわめく。これまで完璧な愛など存在しないと思ってきたが、この気持ちは限りなくそれに近いような気がする。このうえない満足をたしかに感じる。マイクと子どもたちとの幸福の可能性や見込みが目の前にぶらさがり、彼女をじりじりさせる。今日四人はまるで家族のように一つになって機能していた。意図的であろうとなかろうと、わたしとマロイは新しい種類の親密さへの扉を開いたのだ。それはより深く、より真実に近く――たぶんよりいっそう力強いもののように思えた。

だが階段を下りているとき、サンドラはあの恐怖の潮流が体の中を流れていくのを感じた。その不吉な感覚は嵐の前の静けさに似ていた。

階下の居間で、マイクはフィルや職人たちと立ち話をしていた。子どもたちと犬が階段をどたどた下りてくると、彼らは上を見あげた。マイクは白いおしろいパフが玄関ホールを横切り小走りで向かってくるのを、口をぽかんと開けて見ていた。「なんてこった」彼はつぶやくと、鉛筆を床に落とした。

ほかの男たちは貧乏揺すりをしながら、ひじで互いにつつきあっている。

「ジーク」マイクは言った。「ジーク。やれやれ、連中はおまえにいったいなにをしたんだ？」

「かわいらしいと思わない？」メアリー・マーガレットがやさしい声で言う。彼女は犬をすくいあげると、贈り物のように父親に差しだした。「最高にキュートでしょ？」

「いいプードルじゃないか、マロイ」フィルが言った。「おれたちはもう行くよ」三人が出ていくあいだ、マイクは無念さに首を横に振った。

彼は腕を伸ばして犬を抱いた。ジークは喜んで身をくねらせ、彼のほうへ体を伸ばすと顔をなめた。

車のドアがばたんと閉まる音を聞いたのはサンドラだけだった。脇窓からのぞくと、暗紅色のボルボが私道に停まり、背の高い魅力的な女性がドアに向かって歩いてくるのが見えた。

この訪問者が誰であるかは、メアリー・マーガレットにそっくりな顔から明らかだった。不安で喉が締めつけられるようだったが、それをぐっと飲みくだした。サンドラは気を落ち着かせると、マロイの前妻のために玄関のドアを開けた。

「こ……」言葉が止まり、喉で切断される。お願い、今はだめよ。

〝ああこの人が〟という表情から――次に不信感が――女性の顔に表れる。

「こ……はい、こんにちは《ハロー》」サンドラはようやくなんとか空気を吐きだした。

「やあ、ママ」ケビンがポーチに飛びだしてきた。「見てよ、ジークの毛を刈ったんだよ」

「すてきね」近くで見ると、アンジェラはさらに魅力的だった。蜂蜜色の髪に洗練された装いが映えてとても美しい。黒っぽいカシミアのコートを着て、バター色の薄い革手袋をはめている。

サンドラは自分の格好を考えないようにした――古いトレーナーにジーンズ、それも犬を洗ったあとで汚れている。「はじめまして」彼女は言った。「わたしはサンドラ・ウィンスローよ」

「アンジェラ・ファルコよ」言葉は省略され、無礼になる寸前だった。彼女はサンドラを通り越して後ろのほうを見た。「マイク？」

「おいアンジェラ、ここでなにしてるんだ？」

「会合が早く終わったの。それで子どもたちを迎えにいこうと思って。ニューポートまで送る手間が省けるでしょ。港に立ち寄ったら、誰かがここにいるって教えてくれたの」彼女が〝ここ〟と言ったとき、まるでダンテの『神曲』の地獄編に出てくる連環の一つででもあるかのような言い方だった。「いらっしゃい、二人とも。コートを着て帰るのよ」彼女はサンドラのほうに顔を向けた。「会えてうれしかったわ」

子どもたちはどちらも自分からサンドラに礼を言うと、さよならの手を振った。マイクは子どもたちを車まで見送ると二人にキスをし、それからケビンと互いに右手を高くあげて手のひらを打ちあわせた。彼とアンジェラが手短に話すのを、サンドラはジークを小脇に抱えて戸口から見つめていた。

アンジェラがマイクを見あげ、寄り添い、手を彼の前腕に置くようすはとても親密そうで、彼が自分のものだと主張しているかのようだ。これは自分の想像にすぎないのだろうか、それとも二人のあいだにはなんらかの性的なエネルギーが飛び交っているのだろうか？　二人は長いあいだ結婚生活を営んでいたのだ。たとえ離婚しても、長くいっしょにいた夫婦がそうであるように、多くを語らなくても心が通じあう方法をいまだ覚えているのだろう。

車が立ち去ったあとマイクは戻ってきて、ジークをちらっと見ると首を横に振った。「まったくジークらしく見えないよ」

サンドラは犬を置いてドアを閉めた。「気まずかったわ」

マイクは彼女の顔をちらっと見ると、腕の中に引き寄せた。「気にするなよ」

「気にせずにはいられないのよ、マイク。こんなことは得意じゃないの」サンドラの言葉は彼の肩にさえぎられてよく聞こえない。

マイクは体を後ろに引いた。「なにが得意じゃないって?」

「こんな……わからないわ。とにかく、こんなことすべてよ。つきあうことよ。これってつきあってるってことでしょ?」

「ああ、そうだよ」

「あなたには別の惑星のまったく別の人生がある。少なくとも、そんなふうに見えるの。前妻、子どもたち、友人、家族。あなたの人生の中にどんなふうに入っていけばいいのかわからないのよ」

「二人でこれから考えればいいさ」

「二人でこれから?」サンドラは言葉を切り、アンジェラの感触を消し去るように、手で彼の腕を肩から手首まで強くなでおろした。「その必要があるの?」

「だめな理由でもあるかい?」

「理由なら山ほどあるわ。あなたは船に住んでいる。わたしは家が売れたらすぐに引っ越さなければならない。あなたはパラダイスを離れられない。そしてわたしは……住むことができない」

「どうして住めないんだ?　訴訟のせいなのか?」

「いろんなことのせいよ」サンドラは額を彼の胸に押しつけ、穏やかな鼓動に耳を傾けた。

マイクは彼女の顔を自分のほうへ向けさせた。「きみはこの家も、この町も愛しているんだ」

そしてあなたのことも。だがサンドラにはその言葉をはっきりと声に出して言うことができなかった。二人の愛は、水銀のような氷に反射する日光のひらめきと同じくらい不確かで新しい。自由になったあとの行き場所をはっきりと決められないのは、たぶんそのせいなのだ。「ここはただの町よ。わたしはちょっと通りかかっただけなの」

「とどまることだってできるだろ。それとも、それはきみにとってむずかしいことなのかい？」

サンドラは体を離し、彼の質問に刺激されて逆にこう問いかけた。「あなたはそれを望んでいるの？　わたしにいてほしいって頼んでるの？」

彼はためらった。そのためらいに、彼女は自分の敗北を思い知った。マイクにはその理由が彼女と同じくらいわかっていた。

「ぼくがそう望んでいたとしたら？」マイクは尋ねた。

「さあ、どうかしら、マロイ。もうなに一つわからないの」

31

「気は確かなの、マロイ?」ロレッタ・ショットのかん高い声が携帯電話から響きわたり、彼は電話を耳から離した。「まったく正気を失ってしまったわけ?」

船の中に腰かけ、指でテーブルをこつこつたたきながら、マイクは言った。「なにを聞いたんだ?」

彼の弁護士は聞こえよがしに深呼吸をした。「あなたが子どもたちを殺人犯とつきあわせているって。次の親権評価が見ものね」

アンジェラのやつめ、とマイクは思った。あのあと子どもたちをまっすぐに家に連れ帰って、すぐに自分の弁護士に電話したに違いない。あれは本当に楽しい一日だった。子どもたちがブルームーンビーチを走りまわり、サンドラと時間を過ごしているのを見るのがうれしかった。あのときはすべてが正しく思えた。子どもたちが犬を追いかけ、サンドラが昼食を作り、ときおり視線をからめてくるのもたまらなくうれしかった。彼女の顔には前の晩の甘い名残が浮かんでいて、その甘美な記憶に心は締めつけられ、自分がなにを必要とし求めているかを深く思い知らされたのだ。

「まず」彼は言った。「アンジェラのほうから予定外の日に子どもたちを預かってくれと頼んできたんだ。預かるのはとてもうれしいが、今ぼくは大きな仕事にかかっている最中なんだ。二つ目には、サンドラ・ウィンスローは殺人犯なんかじゃない。彼女は事故の犠牲者なんだ。それ以外のうわさにはうんざりだ」

「そんなことは問題じゃないの。彼女は障害になるのよ、不法死亡で訴えられているでしょ。それならぜったいに裁判所の担当者によく思われるはずがないわ。それに、彼女の書いているあの物議をかもす本はどうなの？　アンジェラの話では、メアリー・マーガレットがそれを読んでいるそうね。その本は不適切な題材であふれていて、図書館でも受付の奥にしまってあるっていうじゃないの」

「あれは子ども向けの小説だよ。図書館の司書でさえあの本が不当に扱われているってしぶしぶ認めているんだ」

「頼むから、マロイ。あの子には『少女ポリアンナ』を読ませなさい。無難に立ちまわらなければだめよ。さもなければ、面会権を制限されてしまうわよ。あなたが〝伝統的な家族中心の価値観〟を口にするより先にね」

「それはないよ、ロレッタ……」

「〝それはないよ、ロレッタ〟なんてわたしに言わないで。それで、彼女とはどんなふうにつきあってるの？　もう寝たの？」

「それは行きすぎじゃないか、弁護士さん」彼の声は低く、静かで、ぞっとするほど真剣だった。

「それじゃあ、あなたが向かっているらしい方向へは行かないことね。誰かと寝たければ、告訴されている殺人犯はやめておきなさい。判事はそういった人々に眉をひそめるの」

マイクは歯を食いしばりすぎて、しまいにあごが痛くなった。いまいましいアンジェラ。彼女には前夫を放っておくことができないのだ。ぼくが彼女以上に誰かを愛するのを恐れているのだ。マイクは彼女に電話して、浮気のことをぶちまけてやろうかと思った——だが子どもたちのことを思うと、そんなことなどできるはずもない。

体じゅうの細胞がなにかをぶちこわせと叫んでいる——そして電話の向こうのいやな女を首にしろと。しかしマイクはコンピュータに立てかけた写真をじっと見つめた——腕を子どもたちの肩にまわし、三人で笑っている。この子たちのために、かんしゃくは抑えなくてはならない。

彼は深呼吸をして呼吸を整えた。「いいかい、ロレッタ。きみの仕事はぼくを家庭裁判所で〝やさしいおじさん〟に見せることだ」

「それじゃあ、わたしの仕事をだめにするようなことはしないことね。少なくとも、次の評価まではお行儀よくしていてちょうだい。これ以上アンジェラに有利な情報を与えてはだめよ、いい？　毎週日曜日には必ず教会へ行き、適当な家を見つけるの。庭があって、それに白い塀もあったほうがいいわね。そうなれば、アンジェラにはなにも文句は言えなくなるわ。家は見つかった？」

「努力はしてるよ」

「もっと努力して」

「わかってるさ、ロレッタ」

マイクは電話を切り、髪を手でかきあげた。アンジェラがなぜ足を引っぱるような真似ばかりするのかわからない。いや、じつはわかっているのだ。彼女はいい母親だが、あきらかに子どもたちを使ってぼくをいいように振りまわそうとしている。自分のコントロールから離れても、あやつる方法を見つけたのだ。

たぶんそうに違いない。

アンジェラはサンドラの評判に異議を唱えた。サンドラをおおう疑惑の暗雲の下に子どもたちを置きたくないという。だがマイクは、ひょっとしたらその疑惑は見当違いのものなのではないかと考え続けていた。

彼は何本か電話をかけたあと、仕事着を着替えた。こんなことをして夕方を過ごす予定ではなかったが、せっつくようなプレッシャーが募りだしてもうずいぶんになる。いろいろ調べて、事故の空白を埋めようと努力してきた。直感はしだいに現実味を帯びて、彼の疑惑とぴったりとかみあいはじめている。サンドラはこんな行動をいやがるだろうが、彼女の秘密を突きとめるまではとても安心できそうにない。

たそがれが迫る頃、マイクは郡庁舎の別館に車を停めた。狭苦しく活気のない警察本部はべイ通りの端にちぢこまっていた。通りに面して一つしかない窓はブラインドが半分下ろされ、まばたきする途中の大きな目のように見える。洗濯ロープから下着を盗んだ二人の下着泥棒が一時的な犯罪の増加を引き起こすような地域では、地元の警察の仕事もあまり多くはない。

マイクは中に足を踏み入れる前にちょっとためらった。だが、これは彼の疑問を解決する――あるいは、必要としている答えを見つけだす唯一の方法なのだ。中に入ると、そこは用紙の散らかった受付カウンターだった。その向こうが、二つの机を向かいあわせに置いた事務所になっている。一つにはカーキ色の制服を着た女性が座り、電話で話しながらコンピュータでソリティアをしている。もう一方には、スタン・シェイが座っていた。彼の父親はマイクたちが子どもの頃、波止場で貯氷庫を経営していた。

ずんぐりして頭のはげた、陽気なスタンが立ちあがった。「マイク・マロイ。ほんと、久しぶりだな。電話をもらったときはうれしかったよ。それでどうしたんだ？　なにか困ってることでもあるのか？」

「電話で言ったように、訊きたいことがいくつかあるんだ。ヴィクター・ウィンスローの事故のことで」

スタンは筋骨たくましい腕をカウンターの上で組んだ。「ひどい事故だったよな？」

「事件に関するファイルをちょっと見てみたいんだ」マイクはすでにあらゆるニュース番組、新聞記事、ウェブ上で公開されている公文書を読んだり観たりしていたが、かえって疑問が深まるばかりだった。

スタンは肩をすくめた。「あれは公文書なんだ。おまえから電話をもらったあと、ファイルから出しておいたよ」彼はマイクを廊下の先にあるファイルや用紙が詰めこまれた部屋に案内した。重たい引き出しを引っぱりだすと、スタンは厚いファイルの束を取りあげた。そして、マイクに開示請求の用紙を渡して署名を求めた。「閲覧したい理由を訊いてもかまわないか？」

「ずっと気になっていたんだ。ヴィクとは昔仲がよかったから」

「覚えてるよ。おまえたち二人はでこぼこコンビだったよな」スタンは首を横に振った。

「ひどいもんだ」彼はまた言った。

マイクは彼がこれ以上詮索してこないことを祈った。規則でスタンは同じ部屋にいたが、もの静かな男で、ドアのそばの椅子に座ってクロスワードパズルに取り組んでいた。マイクは報告書や陳述書、図表、公文書のページをめくっていったが、まるで理解できなかった。これは自分の仕事とはまったく違う。生々しい写真に彼の神経はびくっと震える。そこには橋が写っていて、欄干は衝突した部分がもぎ取られている。車は先端がめちゃくちゃにつぶれ、フロントガラスは砕けてモザイク画のようだ。車は事故から数時間後に湾から引きあげられていた。

車内とトランクにあったものはすべて番号札がつけられ整理分類されていた――タイヤレバー、ティッシュの箱、ＣＤプレーヤーの中の『オペラ座の怪人』、サングラスが二つ、ダッシュボードの小物入れにあった書類、ロードアイランド州の地図、ボストンの市内地図、南フロリダの地図。誰の車にも見つかりそうなありふれたものばかりだ。ただ一つ違うのは、それがヴィクターとサンドラのものだということだった。

サンドラの写真と診断書に出くわしたとき、彼の心臓が一瞬止まった。非情な白黒写真が、ショックで生気を失った女性を写しだしている。顔は青白く、目は暗く大きい。医学用語や速記が文書を埋めつくし――あらゆることが審査され、調べられ、検査されていた。

大写しの写真もあった――ダッシュボードに開いた銃弾の穴、こなごなに砕けたフロントガラス。運転席側のエアバッグは泥で汚れ、ぐにゃっとシートの上に丸まっている。そして、女ものの冬用コート。

マイクは無意識になにか音をたてたに違いない。というのも、スタンが彼のほうを見たからだ。「刑事事件として立件できなかったなんて信じられないよな？　彼女の弁護士が、ヴィクターは事故で負傷したあと海に飲みこまれて死に、一方彼女は無事に泳ぎ着いたってことでうまく切り抜けたんだよ」

〝だが彼女は泳げない〟その事実をファットチャンス号で出かけた日に打ち明けている。サンドラは泳げなかった。だがヴィクターはかつて遠泳の八〇〇メートル自由型のチャンピオンだ。

マイクはスタンにはなにも言わなかった。いくつかの点についてじっくり考えてみる必要がありそうだ。「彼女は発見されたとき意識不明の状態だった」すでにインターネットで一〇〇回は見た証言記録を読んで、彼は言った。「また、事故現場から電話をかけてきた目撃者についてもその後まったく手がかりがない」

「なにもわかっていないんだ。通報者の会話を文字に起こしたものがそれだ」

マイクはすでにその短いやりとりを読んでいた。〝車が橋から転落した……そうだ、シコンセット橋だ。車は西へ向かっていた……早く、助けにきてくれ……彼がおぼれそうだ……〟通信指令係がこの通話を警察のコンピュータに保存したが、相手は成人男性で、電話は突然切れたと証言している。最初の救急車が到着したのは、電話がかかってきてから一三分後だった。

「通報者はどうして〝彼〟がおぼれそうだと言ったと思う？　〝彼女〟でも〝彼ら〟でもなく？」

スタンは両手を広げて、手のひらを上に向けた。「わかるわけないだろ？　〝彼〟は単に人間という意味だったのかもしれない。あるいは、その男が混乱していたってことも考えられる。あんな事故は……そうそう見られるものじゃないからな、そうだろ？」

「車は今どこにあるんだ？」マイクが尋ねた。

「ヤンシーの廃車置場だ」

「見せてもらえるかい？」

「いいとも」スタンは事務員にちょっと出かけてくると告げると、二人はいっしょに歩いて近くの空っぽの駐車場を横切り、塀をめぐらした廃車置場に行った。そこには破損の度合いがさまざまに異なる車が乱雑に置かれていた。雲のたれこめた空から、冷たい小ぬか雨がしゅーと音をたてて降ってきた。

ウィンスロー夫妻のキャデラックSTSはさびついた残骸の真ん中にうずくまっていた。ぐちゃぐちゃになったあわれな悲劇の記念碑は、捜査員がつけた蛍光オレンジのペンキで汚れている。片腕を屋根の上に置いて体を支えると、マイクは中をのぞきこんだ。こわれたハンドル、ゆがんだダッシュボード、エアバッグ、シートの上で固くなってねじれたシートベルト。反った天井から裏地がぶらさがり、沈泥と塩で固くおおわれている。

マイクはじっくり車を調べながら、運転席に座るサンディや、彼らしくなく酔っぱらったヴィクが彼女を怒鳴りつけるところを想像していやな気分になった。だがいったいなにを怒鳴っていたのだろうか？　あの夜二人が見たものをマイクは見ようとした。そして衝突の瞬間に二人が感じたことさえ感じてみようとした。

彼は台無しになった革のシートに座った。シートは塩を含んだ砂とヘドロが固まり、こわばっている。小さなみぞれの矢が、かつてフロントガラスがあった空洞から激しく吹きつける。古い家々であれば彼に話しかけてきて、遠慮がちにささやいたり、謎めいた手がかりを与えてくれたりしながら、過去のことを教えてくれる。だがこの車はなにも見通すことができないように思えた。車に取りついた幽霊が秘密を守っているのだ。

車から降りるとき、マイクは車内灯をちらっと見てはっと見直した。バッテリーは当然ずっと前に切れていたが、助手席側の灯りのスイッチが〝オン〟になっていたのだ。

「なあ、スタン」彼は声をかけた。「どうしてこのスイッチはオンになっていると思う?」

スタンは窓に頭を突っこんだ。「さあな。事故のときか、あるいは捜査のときにでもスイッチが入ったんだろう。捜査班全員がこの車に群がっていたからな」

パラダイスに車で戻りながら、マイクは心の中で事故のシナリオを何度も何度も繰り返していた――車が高い橋を突き破る場面を想像し、車が海面に衝突するときの激しい衝撃を感じてみようとした。暗い冬の夜、車がどんどん沈んでいくときに、ヴィクターは手を伸ばして車内灯をつけたのだろうか?

細部は重要ではない――捜査官たちはそれに気づいていたが取りあわなかった。だがサンドラの家の屋根裏に隠されたもののことはぜったいに知らないはずだ。

32

日記――四月一七日、日曜日

春の訪れを告げる一〇の兆候

八．ママとカーマインがサマーキャンプのパンフレットを取り寄せる。

九．カンディ・プロクターが、ビキニが着れるようにパイナップルダイエットをはじめる。

一〇．ケビン（またの名を、フジツボ頭）がリトルリーグに入る――ついに！

姉が日記を書いているのを見るのに飽きて、ケビンはノートをひったくると、頭の上に高く持ちあげた。「これ読んだことあるぞ」

ジークは波止場の端で日向ぼっこをしながら眠っていたが、目を覚ました。犬はあくびをすると、前足のあいだにあごをのせた。

「返してよ」メアリー・マーガレットは跳びあがり、ケビンにつかみかかった。「顔をぶんなぐってやる」

ケビンは恐くなかった。姉ちゃんはどうせでかいうすのろのおばさんだ。いつも秘密を隠している。このくだらないノートに書いてあることなどどうでもよかったが、彼女にとっては大切なものだ。だから盗む価値があるのだ。

「このノートにはビリー・ロートンへ捧げる愛の詩がいっぱい書いてあるんだ」ケビンは言った。姉の顔がトマトみたいに赤くなったのを見てにやりと笑う。

「このスパイ野郎！」彼女が叫んだ。「あんたはうじ虫よ！」

ケビンはノートを波止場を取り巻く暗く透明な海水の上に差しだした。父親の船がつながれている波止場だ。彼はノートを二本の指でぶらさげた。落としたほうが姉ちゃんのためなんだ。メアリー・マーガレットはこの頃とても変だ。これでようやくぼくに注意を向けてくれるだろう。

思ったとおり、姉は注意を向けてくれた。こぶしを突きだすと、弟のフード付きトレーナーの胸ぐらをつかんで強くねじった。そして自分のほうへ引っぱるかわりに、ぐいと押しやった。ケビンが波止場の端でよろめくと、眼下で澄んだ海水が一面に張った氷のようにちらちら光っているのが目に入った。

「おい！」ケビンは両腕を回転させてバランスを取り戻した。戦闘準備を整え、ジークが吠えはじめる。メアリー・マーガレットは振りまわしている一方の手からノートをひったくると、弟を放した。ケビンはタールを塗った鉄柱につかまってなんとか落ちずに済んだ。「もう少しでおぼれるところだったじゃないか。このいかれ女」

「そうしてやればよかったわ」教理問答のワークブックにある傷ついた殉教者のように顔をしかめながら、彼女は大事なノートを学校のバックパックにしまいこんだ。

姉にけんかを売ってももうあまり楽しくなかった。ケビンは棒切れをつかむと、海中の尖った岩にくっついているイソギンチャクの群れをつついた。「姉ちゃんはいつも書いてばっかだ」彼は文句を言った。「サンドラが書いているから、書かなきゃならないんだ」

「そんなことないわ」彼女はぴしゃりと言った。「自分のために書いてるのよ」

まるで聖者にでもなったような口ぶりだ。姉はあのくだらないノートに完全にいかれている。きっとあれが大学ノートで、いかす表紙で、万年筆もふつうのインクじゃなくて液体のインクだからだ。まったくわざとらしくて、いやみったらしいプレゼントだ。

「姉ちゃんはサンドラを崇拝してるんだ」彼は非難した。

「崇拝なんて意味も知らないくせに、低脳」

「あの大きなトートバッグを崇拝してるんだ。彼女みたくなろうとしてるんだ」

「違うわ」

「違わない」

「わたしは……」メアリー・マーガレットはハエをつかまえたカエルのように口をぱっと閉じた。ケビンの肩の向こうを見ながら、彼女は言った。「あっ、こんにちは」

「邪魔してごめんなさい」サンドラが波止場に降りたち、両手で大きなピザの箱のバランスをとっている。「二人ともすごい剣幕で口げんかしてたわね」

ケビンはタールのついた手をジーンズでぬぐった。「こんちは、サンドラ」

「昼食はどうかなと思って」

ケビンは犬をつかみ、メアリー・マーガレットはバックパックを拾いあげた。「お腹、ぺこぺこだよ」彼が言った。

「お父さんはどこ？」

「パパは港長の事務所よ。誰か男の人と話してるわ」メアリー・マーガレットは波止場の先端にある建物の群れに向けて親指を曲げた。「ママが迎えにくるのを待ってるところなの」

パパは最近あらゆる種類の打ち合わせをしていた。たぶん仕事の打ち合わせなんだろう。いつもなにかを修理していた。昔ニューポートでみんながいっしょだった頃、パパは瀟洒な邸宅や歴史的建造物を直している。今はすべてがまったく違う。もう秘書や助手や下請け業者に囲まれていないし、耳に携帯電話をくっつけていないし、朝から晩までひっきりなしにあった会合もない。この頃はぼくと過ごす時間も増えた。問題は、ぼくのほうにパパほど時間の余裕がないことだ。ぼくは決められた日に訪問するだけで、それだけでは二人にとってけっして十分な時間ではなかった。

「それじゃあ、ピザがその分多く食べられるわね」サンドラが言った。「外で食べましょう。一年でいちばんすばらしいお天気よ」

「折りたたみテーブルを用意するわ」メアリー・マーガレットはそう言うと、ファットチャンス号の甲板によじのぼった。

「手を洗ってくるのよ、わかった、ケビン?」サンドラは言った。「そのタールを落とすには石油スピリットがいるかもしれないわね」

ケビンは足を踏み鳴らしながら船に入っていった。サンドラはママみたいな言い方をしていた。どうしてそう感じたのか自分でもわからない。でもたいていはとても感じがよくて、やさしくて、ぜったいにいかさまをしない。彼女はぼくが知っているどの大人よりも愉快な人だ。子どもといっしょにいるのが本当に好きみたいで、仕方なく我慢しているという感じではない。そんな気持ちはときどきカーマインに感じることがあった。二人でバスケットボールかなにかをしている真っ最中に、カーマインが携帯電話に出るときがそうだ。ゲームを途中で終わらせるときに五ドル札をくれるのは最高だった。でもそれよりもゲームを続けたかったと思うこともある。

ケビンは自分は幸運だと思う。少なくともカーマインは、ほかの継父のように本当の父親ぶったりはしない。その違いがわからないほどばかな子どもには一度も会ったことがない。

手の汚れをこすり落としながら、ケビンはサンドラがいつの日か継母になることがあるのだろうかと思った。彼女とパパはケビンのまわりではいちゃいちゃすることはけっしてなかったが、ときどき二人が特別な感じで見つめあっているのを見ると少し不安になる。

外で三人は湯気をたててチーズが伸びるピザを食べ、パンくずを旋回するカモメに投げてやった。そのあいだ、ジークは吠えまくっている。そのあとメアリー・マーガレットは、髪をかわいい三つ編みにしようと決めた。そこでサンドラがくしを取りだして、仕事にかかった。退屈して、ケビンは網を見つけるとしばらく波止場で釣りをしていた。そしてカニを釣ったが、ジークがそれに狂ったように吠えついた。カニは波止場をちょこちょこ小走りで逃げていき、水の中に落ちた。三人で笑ったり話したりしているところに、母が現れた。

サンドラがメアリー・マーガレットの髪を編んでやっているのを見て、ママの顔が険しくなった。「パパはどこなの?」彼女は尋ねた。

「港長の事務所だよ」ケビンが答える。

サンドラは手をすばやく動かして、いきなり髪を編み終えた。

「荷物をまとめてきなさい」ママは言った。「家に帰るのよ」

ケビンとメアリー・マーガレットは自分たちの個室に下りていくと、ダッフルバッグにすべて押しこんだ。父親に会いに行くたびに荷造りするなんて、変な感じだ。ケビンはこのことに慣れつつあったが、好きかどうかはわからなかった。

「ねえ」彼は姉に言った。「ぼくのゲームボーイはどこだよ?」

「しーっ」メアリー・マーガレットはじっと首をかしげて、上の甲板で母とサンドラが話している声を聞いていた。

「……面会権を失うかもしれないのよ」ママの声。

沈黙。それからサンドラが言う。「そうするつもりなの?」

「家裁の担当者が決めることとよ。わたしが規則を作ったわけじゃないわ。わたしは子どもたちの面倒を見ているのよ。それが重要なことなの」それは、学校に来て先生に文句を言うときの言い方だった。感じよく聞こえるように努めてはいるけれど、その下にはとげとげしさが見え隠れしている。

サンドラがまたなにか言ったが、低くて聞きとれない。

「……あるいは、このことが次の親権評価のときに持ちだされるでしょうね。それはあなたしだいよ」ママが言う。

ケビンは顔をしかめた。「二人はなにを……」

「しーっ」メアリー・マーガレットはまた言うと、下唇をかんだ。なにかを懸命に考えているときの癖だ。

「……彼は選択を迫られるのね」サンドラが言った。

「いい、彼があなたの家の仕事をしていることと」ママは続ける。「このことは別の話なのよ……ねえ、人生ってむずかしい選択ばかりよね？」

「ママはなんか怒ってるよ。サンドラのどこが気に食わないんだろう？」ケビンがささやいた。

メアリー・マーガレットは肩をすくめた。「パパがデートするのが面白くないのよ。わたしはそう思うわ」

「パパはデートなんてしてないよ」ケビンが言った。「してるの？」

「もう、だからあんたは低脳だっていうのよ」彼女は弟にゲームボーイを投げた。

二人は荷物を詰め終えると、それを持って岸にあがった。母は車のそばで、トランクを開けて待っている。サンドラは空になったピザの箱をごみ箱に捨てた。彼女がさよならと言ったとき、その顔は血の気が失せてとても深刻そうだった。ケビンは胃がねじれるような感じがした。さよならなんて大嫌いだ。

33

サンドラはニューポートから車を運転して帰る途中、ミルトン・バンクスとの打ち合わせに気持ちを集中しようと努めた。彼は来るべき審問についてサンドラに指示を与えていた――ふるまい方、服装、言うべきこと、そしてなにより重要なこと、言ってはならないことについて。だが彼女は集中することができなかった。かわりに、訴訟が重々しい層雲のように前途に待ち受けていたにもかかわらず、マイクのことを考えていた。

彼とは一時ではあったが、本当に幸せな時をともに過ごすことができた。今それがよくわかる。だがどれほどそのことを彼に告げたかったとしても、自分の胸だけに秘めておかなければならない。彼を手放すことは身を切られるように辛い。それは、これほど短いあいだに積み重ねた希望や夢をすべて手放すことを意味したからだ。それは彼を、子どもたちを、手に入れるのは不可能だと思っていたすべてのことを無理やり忘れることに等しかった。そんなものはけっして手に入りはしないと初めから気づくべきだったのだ。

二度と彼の腕に抱きしめられないのは、彼の気取らない低い笑い声を聞けないのは、彼と愛を交わすときのめくるめく快感を味わえないのはいったいどんなだろう。だがこの関係は終わりにしなければならない。ほかに選択の余地はない。アンジェラははっきりとサンドラは有害だと言い放った。子どもたちに二度と近づくなと。

アンジェラ・ファルコは悪い人間ではない。実際とてもいい母親に思える――子どもの人生にかかわる人間について深く気にかけるのは母親として当然のことだ。彼女はサンドラからケビンとメアリー・マーガレットを遠ざけるためならなんでもするだろう。そしてマイクからも。サンドラが別れたくないと言い張れば、マイクは彼女か子どもたちのどちらかを選ばなければならなくなる。だが彼の性格を考えれば、選ぶ前から答えは決まっている。

彼にどう話したらいいのだろう？　わたしのために彼が子どもたちを失うのが恐いと説明するわけにはいかない。彼なら前妻の仕打ちをけっして許しはしないだろう。

彼を奪いたいという誘惑は、雲間からもれる午後の日の光のように激しく燃えている。サンドラはハンドルを握りしめると、その衝動を厳しく抑えつけた。ケビンとメアリー・マーガレットを思えばそんなことはできるはずもない。

彼女はブレーキを踏み、車を郵便受けの横につけた――マイクがブルームーンビーチで最初に直してくれたものだ。土台の近くには、スイレンの花が三つそよ風に揺れている。いったいいつのまに咲いたのだろう？

マイクとの対決を少しだけ先延ばしにして、サンドラは郵便物を調べた――カタログ、クーポン、クレジットカードの勧誘、スーパーのチラシ。それを車のシートに放り投げると、彼女は私道に入った。

職人たちはポーチの修理を終えていた。凝った装飾を施した白い手すりが糸状の糖衣のように家をぐるりと囲んでいる。頑丈で均整のとれた階段が正面玄関へと続き、アプローチも今では美しく温かな雰囲気にあふれている。一〇〇年以上前に最初のバブコックが新しい花嫁を連れて新婚旅行を過ごしにきた夏の日も、きっとこんな感じだったに違いない。

彼女は車から降りると、冬眠から目覚めたかのように目をしばたたかせた。マロイはついにやり遂げたのだ。見捨てられて朽ちはてた家を、当初の建造者が思い描いた秘密の別荘の姿そのままに修復したのだ。工事は徐々に進んだが、今日、暖かな春の訪れを予感させるまぶしい陽光の中に立って初めて、変化がこれほど劇的なものだったことに気がついた。

先週末には、彼女とマイクは造園職人といっしょに花壇をきれいにし、ライラックの茂みや野バラを剪定し、正面の歩道の両側を刈りこんだ。甘く執拗な春の息吹に誘われて、クロッカスが紫色のベルの形の頭を地面からのぞかせ、スイレンと早咲きのチューリップが庭じゅうに色彩をはね散らしている。

世界は白紙のページのように、明るく、真新しく、清潔で、未来の希望に満ちあふれている。だがいつものように慎重に考えれば、パラダイスの春は確かな期待に満ちたものではなかった。嵐の季節はまだ終わらず、ロードアイランドの沿岸地域の天候はけっして当てにできない。

二人の職人が脚立に立ち、今日は肌着になって新たに修理し塗装したアンティークのよろい戸を取りつけていた。そのうちの一人が彼女に手を振った。「配達の荷物がポーチに置いてありますよ」彼は大声で言った。

ドアのところに豪華なフラワーアレンジメントがあり、そばに宅配便の封筒が置かれている。サンドラはどきっとした。誰が花なんて贈ってくれたのだろう？　眉をひそめてカードを引き抜き、メッセージを読んだ。〝なんとすばらしい！　幸運を祈ります！〟担当の編集者の名前がサインしてある。混乱して封筒を開けると、全国図書館協会からの証書が入っていた。そこには『一日おきに』がアディー賞の最終選考リストに残ったと記されている。

サンドラははっと息をのんだ。アディー賞は児童文学に与えられる最高の賞だ。一生を通じて敬服してきた作家たちがこれまで受賞している――ビバリー・クリアリー、マデレイン・レングル、ロイス・ローリー。受賞はまた、アメリカじゅうの書店から認められることも意味した。この賞を受賞することは、出版社が彼女の本をより多く売ることができ、その結果より多くの読者を獲得できるということだ。それこそ、彼女が本を書く全理由だった――より多くの読者を感動させたいがために書いているのだから。

サンドラは便箋の浮き彫りになったレターヘッドに親指を走らせた。そして、ゆっくりと大きなガラスの花びんを持ちあげた。ほんの少しのあいだ、彼女は花や家の美しさを、受けとった知らせの満足感を味わった。だが一つだけ欠けていた。この喜びを分かちあう相手がいないのだ。家の中に駆けこんでマイクに抱きつき、この知らせを大はしゃぎで伝えたい。しかし今はそれはできなかった。

昔なら、ヴィクターのもとへ走っていっただろう。彼はサンドラを抱きしめ、キスし、どこか高級なレストランのディナーに連れていって、クリスタルガラスのボトルをオーダーしてくれたに違いない。

彼女は家に入ると、裏の温かなサンルームを通り抜け、キッチンテーブルにバッグを置いた。「マイク?」大声で呼ぶ。「どこなの、マロイ!」

「書斎だよ」

おそらく窓のコーキングをしているか、王冠模様の刳型《くりがた》を取りつけているか、あるいは作り付け戸棚の金具を取り替えているのだろう。かわりに彼は、サンドラがいつも仕事をしている机に座っていた。

マイクは彼女を見ると立ちあがり、机をよけて歩いてきた。「サンディ……」

「マイク」サンドラは彼をさえぎりながら、自分の決心をどうやって切りだそうかと考えた。「話したいことがあるの」

サンドラの口調に彼は眉をひそめた。「その花はどうしたんだい?」

彼女は花びんを置いた。「わたしの本がアディー賞にノミネートされたの……児童文学の大きな賞よ」話を切りだす勇気をそがれて、彼女はさらに続けた。「もちろん受賞は無理だろうけど、今日活躍している最高の作家たちと列記されたの」自分が興奮しておしゃべりしているのに気づいたが、どうすることもできない。「とにかく、尋ねてくれてありがとう」

「おめでとう」彼はM&Mの入った小さなボウルを差しだした。M&Mの話をして以来ずっと、彼女の机の上に欠かさず置いてくれていた。

いくつか手にとると、彼女を悩ませていた不安は——どういうわけか——いらだちに変わった。「マイク……」

「じつはサンディ、ぼくも話さなければならないことがあるんだ」

サンドラは彼の顔をしげしげと眺めて、ぎくりとした。彼女が書斎に押しかけてきたときからずっと、彼は恐ろしく深刻なようすだったことに気づいたのだ。ひょっとしたら彼もまた、前妻から最後通牒を突きつけられたのかもしれない。おそらく別れを切りだそうとしているに違いない。

「どうしたの？」

「椅子にかけて」

彼を警戒するような目つきで見ながら、サンドラは机の横の木の椅子に座った。「シロアリでも見つけたの？　この家は崩れ落ちてしまうの？」

「ヴィクターのことなんだ」マイクは机に腰をもたせかけ、ひどく気まずくなるような目で彼女をじっと見つめた——まるで、初めて彼女のことを疑っているように。「きみとヴィクターのことについて真実を話してほしいんだ」

そんなことを訊かれるなんて思ってもみなかった。突然の要求にサンドラは気が動転した。弁護士に半日きびしく質問攻めにされたあとで、今度はマイクなの？

その苦痛に満ちた青い目を見つめながら、彼の望みがいったいなんなのかサンドラは見つけだそうとした。彼はなにを探りだそうとしているのだろうか？　父親の警告が耳に響く。

人生は彼女に誰も信じてはいけないと教えた。愛する人々でさえも。マイクのことを信頼できるほど自分は彼を愛しているのだろうか？

「そのことはもう話したくないの」

マイクはこぶしを机にたたきつけた。こんな彼は見たことがない――いらだち、脅すような態度だ。サンドラはふいに彼が怒るのを一度も見たことがなかったのを思いだした。腹を立てられるまでその人のことを本当に知ったことにはならないのだろうか？

「もうこんなことはやめるんだ」彼の声は静かだったが、どことなく不吉な感じだ。「隠さないでくれ」

「わたしはなにも……」

「きみの結婚の真実について、もうぼくに話すべきときだ」

わたしの結婚。

「もう話したでしょ。わたしたちは結婚していて、そして彼は事故で死んだのよ」サンドラはヴィクターとの結婚生活を思った。あの夜、車の中で彼が言ったことを。そして彼女が言ったことも。ああ、ヴィクター。どんなに彼を愛し、そして憎んだことだろう。あと五分でもいっしょにいられたらよかったのに。

「あなたの目的はいったいなんなの？」サンドラは迫った。

マイクが目を細めると、目は氷のようにきらっと光った。「きみは最初から本当のことを話さなかった。それはわざとだったのかい？」サンドラが答えないでいると、彼の凝視はさらに深く突き刺さった。「彼が同性愛者だってことをいつから知ってたんだ？」

その瞬間、あらゆるものが動きを止めた――呼吸も、鼓動も、砂の上の波も、地軸上の地球も。とっさにサンドラは思った。マイクははったりをかけているに違いない。知っているはずがない。だがマイク・マロイはけっして嘘はつかないし、はったりをかけたりもしない。それは彼女自身がよく知っていた。サンドラの喉は凍りつき、否定の言葉は万力で締めつけられたように出てこない。口は動いても、沈黙だけが空間にぶらさがり、まるで今まさに最後の息をしようとしている人間のようだ。

これこそサンドラが恐れていた瞬間だった。けっして訪れないことを祈った瞬間。ずっと避け続けてきた瞬間。こうなってみれば、マイクを愛したのはやはり愚かで無益なことだったのだ。愚かさの点で言えば、ヴィクターを愛したのと同じくらいに。

彼女は前で腕組みし、攻撃から身を守るように前かがみになった。だがすでに遅すぎた。初めから知るべきだったのだ。マイクのような男性は彼女の人生に立ち入り、いずれは心の奥に閉じこめていた秘密を明るみに出してしまうことに。今、サンドラがずっと危惧していたことが確かなものになった――秘密を抱えこんでいるよりも、それを暴露することのほうがずっと辛いということに。

恥や罪悪感や欠点がけっして消えることのない過去から殴りかかってくる。できることなら硬直した状態に引きこもり、激しい苦悩を内密にしておきたかった。それは自分の魂とも言えるほど大きな部分を占めていたからだ。今たった一つの質問によって、マイクは彼女から暗い真実を引きだしてしまった。彼はそれを高くかかげ、直視しろと迫っている。

サンドラは立ちあがり彼から離れて、窓のほうへ歩いていった。たしかにいやな瞬間ではあったが、胸のすくような安堵を感じてもいた——おそらく誰かにようやく秘密を明かすことができたからだろう。そして立ち止まると、ヴィクターのサンキャッチャーの一つがゆっくりとまわるのを眺めた。青と緑のガラスでできたイルカは、日の光を炎の中心のような深く神秘的な色に変えている。しだいにサンドラの中に感謝の念ではなく、敵意がわきあがってきた。「あ、あなたはひどい人だわ、マロイ」彼女は苦しげにささやいた。

「それは違うね」彼は言った。そして彼女の腕をつかむと、自分のほうを向かせた。「ひどいのはきみのほうだ、サンディ。どうしてなにも言わなかったんだ?」

「言うわけがないでしょ」苦痛の泉から引きだした確信を持ってそう言うと、腕を彼から引き抜いた。「あなたには関係のないことよ……ほかの誰にも。どうしてあなたに言わなきゃならないの? わたしを責めることができるから? 同性愛者だから、あなたの親友を殺したって?」

ちょっとのあいだ、マイクは理解できないという顔をした。それからユーモアのない大きな笑い声をあげた。「ぼくがそんなこと思うわけないだろ?」

「この事実を知った人は誰でもそう思うわ」

「だから誰にも言わなかったんだな」

「わたしを責められるの?」

「ああ。きみは公式の捜査で事実を知らせず……」

「事実は苦痛を大きくするだけで、なにも変えてはくれないわ。わたしをさらに面倒なことに巻きこんで、より多くの人の人生にダメージを与えるだけよ」

「すでにきみの人生はダメージを受けているじゃないか」

「自分でなんとかしてるわ」

「きみはそれから逃げてるんだ。また言わせてもらうけど、これはきみの癖なんだよ。いつも自分の一部をぼくから隠している。みんなからも。人生からも。きみはこのことを言い訳にしているだけだ」

　呼吸をする努力が必要だった。「もう帰って、マロイ」

「そのほうが楽だからだろ？　いやだね、帰らないよ。いくつか質問に答えてもらうまでは。彼と結婚したときから知っていたのか？　まさか、だから彼と結婚したのか？　実際に誰かを愛することのわずらわしさに耐えなくて済むから？　腕を伸ばしたまま彼を抱いて、自分の心を壁で守ることができたからなのか？」マイクの顔は険しく決然としていた。怒りを必死に抑えているのはあきらかで、ゆっくり深く息を吸いこんでいる。「どうしてぼくを信頼して真実を明かしてくれなかったんだ？」

「それはまったくの誤解よ。あなたを信頼していないからじゃないの」そしてそれは真実でさえない。

「座れよ、サンディ。そのほうがいい。ぼくはどうせ帰らないんだから」

敗北感がサンドラの体を走り抜ける。それとも降服だろうか？　彼女にはわからなかった。胃がねじれるようで、彼女はクッションを置いた窓下の腰かけに座った。外では風がしだいに強さを増し、レンギョウの枝がアーチ状にしなってアンティークのガラス窓を引っかいている。ふっくらした黄色のつぼみが、ほんの数週間前には丸裸で枯れていた枝にしがみついている。

彼女のとなりに座りその両手を自分の手で包むと、マイクはこすって温めようとした。

「話してくれよ、サンディ。理解したいんだ」

「あなたにはけっして理解できないわ。わたしたちは幸せだったのよ、マロイ。わたしたちはいっしょにいるのが好きだった。なんでも分かちあったし、でも……彼にはもう一つの別の顔があったのよ」

「彼が同性愛者だっていう事実だろ」彼はひざの上に両ひじをついた。その目には信じられないといった表情があふれている。「どうしてわからなかったんだろう？」

「案外、わかっていたんじゃない？」サンドラは彼を射抜くように見た。「あなたたちは親友同士だったんだから」

「きみは彼の妻だったんだろ。そして彼はきみをだましていた。きみとぼくのどっちのおめでたさかげんのほうが上かな？」いらいらして、マイクは立ちあがると部屋の中を行ったり来たりした。部屋は急に彼には狭すぎるように見えてくる。サンドラは初めて、彼もこの事実に当惑していることに気がついた。自分の親友が、子どもの頃もっとも親密だった人物が、自分の思っていた人間とは違っていたと知ったらどんなに驚くことだろう。それはとてつもないショックに違いない。とくにマイクのような隠し事のなにもない人間にしてみれば。

「彼はいい人だったのよ、マロイ。どんなにいい人だったかわからないでしょう」

「気づいてやるべきだったんだ。だがあのヴィクターが相手じゃ、そんなこと思いもよらなかった」マイクは立ち止まると、机の上の写真をしげしげと見つめた——ほほえみを浮かべたヴィクターが、カメラに向かって笑うサンドラの肩に腕をまわしている。マイクの目は苦痛に満ちていた。「たぶんぼくに打ち明けようとしてたんだ。なのに、ぼくはまったく気づいてやれなかった。だからきっとほのめかすのをやめたんだ」

サンドラには彼の罪悪感が理解できた。だからといって、彼の詮索に憤る気持ちがやわらいだわけではない。だが気がとがめるのは彼女も同じだった。さらに愚かで盲目だったとも。彼女の鼻先で、夫は自分の性的衝動を否定し、追いはらい、抑えつけようと闘っていた。そして彼女を自分を罰する道具に使ったのだ。

「そのことを隠すために彼はできることならなんでもしたの」サンドラは苦々しくつけくわえた。「わたしもそのうちの一つなのよ」彼女の胸にまたあの激しい怒りがよみがえる。ヴィクターの愛と友情は、彼女を煙幕として利用する必要性の二の次だったのだ。「同性愛者の男性が自分の性的嗜好を隠すのに、女性と結婚する以上にいい方法がある？　さらにその結婚をおとぎ話のように幸せに満ちあふれたものにする以上に？」

サンドラは再びサンキャッチャーを見つめながら、記憶をたどり、あの無邪気で無知だった夏の日々を思い返した。初めから、あの観覧車が最初に一まわりしたときから、ヴィクターも同じくらい愛してくれているものと信じていた。あの最後の口論まで、サンドラとのセックスが彼にとって自分を罰するための苦行だったとは気づきもしなかった。彼女はヴィクターが自分自身を激しく打つためのむちだったのだ。

サンドラはきらきら光る透明な飾りから目をそむけて、身を震わせた。「彼の家族がどんな人たちか知ってるでしょ——自尊心が高くて、期待が大きくて。ヴィクターは一生を通じてそれに応えようと必死だった。持てるすべてをなげうって、本当ならけっしてなれなかった人間になったのよ。もしこのことが明るみに出れば、両親の愛と尊敬も、地域社会も、政界でのキャリアも、生涯をかけて築いてきたすべてを失うことが彼にはわかっていたの。だから犠牲をはらう覚悟だったんだと思うわ」

サンドラは両手を重ねてひざの上に押しつけると、この一年間で何度もしたようにヴィクターがなにを考えていたのか想像してみた。その輝かしい偉業も、彼という人間を特徴づける要素を放棄する埋めあわせにはならなかった。「でも時が経つにつれ、彼はだんだん混乱してきて、不幸になって、そして……自暴自棄になったの。肉体的にわたしを裏切ったことはないと言っていたけど、今思えば、欲求不満で消耗しきっていたのね。それに露見する恐怖と」彼女はあの最後の夜の、二人が交わした最後のひどい言葉を思いながらつけくわえた。「わたしはそんなことも知らずに、子どもがほしいとせがんで事態を悪化させてしまった。でも、本当に子どもがほしかったのよ。ときどきどうしようもないくらいに」

サンドラは目を閉じて懸命に感情を抑えると、マイクのほうを再び見た。「どうしてヴィクターにそれほど腹が立たないのか、どうしてそれほど裏切られたと感じないのか、ずっと不思議に思っていたの。それはたぶん、彼がわたしの理想の恋人ではなかったにせよ、特別でたぐいまれな人、わたしの友だちだったからなのよ。あんな友だちにはめったに出会えるものではないわ」

マイクが急に立ちあがったので、彼女はたじろいだ。「そんなものわかりのいい態度はやめるんだ」彼は言った。「ヴィクターがきみにしたことがわからないのか？」

「彼はわたしによくしてくれて……」

「へえ、そうなのか？　きみの性生活はどうだったんだ、サンディ？　答えてみろよ」彼はサンドラを乱暴につかんで立ちあがらせると、唇を彼女の唇のすぐそばまで近づけた。「ぼくらのようだったか？」

サンドラはなにも言わなかった。どのみち彼には答えがわかっている。マイクは彼女にとって思いがけない事件だった。彼に出会って初めて情熱がどんなものかを教えられた。だがマイクは一つだけ誤解している――わたしはヴィクターに腹を立てているのだ。ときどきあまりに腹が立って客観的に考えることさえできなくなるほどだった。結婚生活を通じて、サンドラは自分が彼にふさわしくなく、魅力的でもないと感じ、途方に暮れていた。ヴィクターは彼女にそう思いこませ、苦しむままにさせておいた。マイクの腕の中で見つけたもの――それこそ、ヴィクターが彼女から奪ったものだった。彼を許すことなど到底できそうになかったが、それが問題だった。今や彼は死に、対決することは二度とできなかったからだ。

「今さら恨んだところでなんの意味もないわ」サンドラは言った。

「理解できないよ、サンディ。真実を手にしているのに、どうしてそこまで訴訟や破滅やひょっとしたら破産にさえ甘んじようとするんだ？」

「ねえ、世間に夫が同性愛者だったことを話せばわたしの容疑が晴れるとでも思ってるの？」サンドラは首を横に振った。「そんなに単純な話じゃないのよ。今頃みんなに話してなんの役に立つの？　第一、誰もわたしの言うことなんて信じないわ。それに、彼の性的嗜好が明らかになれば、わたしの彼を殺す動機もさらに強まるでしょうね。わたしは嘘つきな日和見主義者で、障害から立ち直るのを助けてくれた恩人の評判に泥を塗った人間だと言われるのよ」

「きみはまだヴィクターの後ろに隠れているんだ」

彼女は立ちあがり、表面を新しくした棚に本をしまいはじめた。異常なまでにきちんと背表紙をそろえて。「幽霊の後ろになんて隠れられるわけないでしょ？」

「きみはたいした女性だよ、知ってたかい？　真実を隠すのがあたかもりっぱなことのようなふりをしている。だが本当のところは、自分自身を救いたくないんだ。むしろ世間から隠れて孤独に暮らしたいと思っているんだ。町から追いだされる殉教者を演じたいんだ。ここに残れば、きみの本の外にある現実の人生を生きなければならないし、生まれて初めて一人の男を思い切って愛さなければならなくなる。きみは危険を冒すのが恐いんだ。それに、自分がまぬけに見えることも……だってそうだろ？　相手が同性愛者だとも知らずに結婚したんだから」

　サンドラは彼に平手打ちをされたような気がした。いや、それよりもっと悪い。マイクは鏡をかかげて、ヴィクターへの苦悩に隠されたわたしの利己心をまざまざと見せつけたからだ。これまで一度も幸福な恋愛関係を経験したことがないという事実を直視させようとしている。ヴィクターとの関係こそまさしくそうだと思いこんでいたが、彼の人生の最後の日にそれが間違っていたことを思い知らされた。一人きりの今のほうが心は平安で、自分の小説の世界にぴったりと包まれて、家族や友人と愛情や目的を見つけた人々から切り離されている。もう二度と誰に求められたくも、触れてほしくも、同じ気持ちにされたくもなかった。だが今ここにマイクがいて、わたしを無感覚状態から無理やり引きずりだそうとしている。そして、憧れがもたらす熱くひりひりと焼けつくような苦しみを味わわせようとしているのだ。

「本当に帰ってほしいの」彼女の静かな懇願が部屋の沈黙を破る。「お願いだから……どうか帰って」

「それはできないよ、サンディ」マイクは机まで歩いていくといちばん上の引き出しを開けて、一束の手紙をわしづかみにした。ラベルのついたコンピュータディスクがそこから落ちる。「これに見覚えはあるかい？」

　一見、誰かの古い手紙のように見えた。だがそのどれもがヴィクターに宛てられたものだった。

サンドラの喉が締めつけられる。息をすることもできない。

「ど……」ひどい窒息が再び彼女の声帯を襲い、あとの言葉は気音となって口から出る。感じたことすべてが内側に閉じこめられ、逃げだそうと燃え盛っている。しかし話そうとすればするほど、筋肉が喉を締めつける。

マイクは待っていた。静かに、辛抱強く。たいていの人はサンドラが吃音で苦しんでいると気の毒がる。かわりに彼女の考えを言ってしまおうとする人もいる。だが彼はただ机のそばに立っているだけだ。ぞっとするほど深刻な顔をして、ただ待ち続けている。

どうか言葉が出てきますように。持てる力のすべてを奮いおこして、サンドラはようやく質問をしぼりだした。「ど、どこでそれを手に入れたの?」

「屋根裏だよ、箱に隠してあった。正確には古いスーツケースだ。偶然見つけたんだ」

燃えるような怒りがゆっくりとサンドラの体じゅう、骨の髄にまで渦巻いた。心と体をさらげた男性が突然に他人になったのだ。吃音はしだいに消えていった。「それで人の手紙を読んだっていうわけ? 隠してあった手紙を?」彼女の声は低くかすれ、言葉は震えている。

「いいや」彼は答えた。「最初に見つけたときじゃない。だが事故について考えれば考えるほど、これをそのままにしておけなくなったんだ」

「今ならまだ」彼女は言った。「わたしを放っておけるわ……わたしの人生も、家も、なにもかも」

「この手紙とディスクにあるデータは……多くのことを説明してくれている。だが新たな疑問もたくさん生まれたけどね」

「いいかげんにしてよ、マロイ」サンドラはいきなり立ちあがった。「あなたに詮索する権利なんてないわ」

「でも誰かがやらなくちゃならないんだ。まちがいなく、捜査官たちは彼を殺すのが早すぎたんだよ」

「彼らはヴィクターを殺してなんていないわ。死亡の決定を出しただけよ」

「ちょっと早すぎたと思わないかい?」

吐き気が波のようにサンドラを襲う。彼女はマロイをまるで他人のようににらみつけた。彼女の憤りはしおれた秋の木の葉のようにくるりと内巻きになった。「まあ、あきれたものね。あなた今、タブロイド紙で働いているの? とりとめのない想像をしてしまうのはわたしのほうだとばかり思ってたわ。州のあらゆる専門家がこの事件を調査したのよ。彼らはなに一つ見逃さなかったわ」

「だが彼らはぼくが知っているようなヴィクターを知らない。あるいは、きみが知っているようなヴィクターをね」

あらゆる良識に反して、サンドラの胸に希望が高鳴った。〝生きている。ヴィクターは、やはり生きている〟だがやがて冷たい現実――めちゃくちゃにこわれた泥まみれの車、レスキュー隊員の絶望した顔――がそんな希望を押しつぶす。

マイクの衝撃的な思いつきに刺激されて、悪夢の記憶が再びサンドラの脳裏によみがえる。

彼女はハンドルを握り、凍てつく冬の夜を猛スピードで疾走している。ばらばらになった印象がどっと押しよせてくる。一台の車が背後に迫ってくる。ヴィクターの声が高くなってヒステリックに響きわたる。パニックを起こして懇願するサンドラの声。誰かにハンドルをひったくられたような感じ、車が制御不能になってスピンするときのカーニバルの乗り物に乗っているような感覚。車が欄干に激突する瞬間の恐ろしい衝撃。エアバッグが爆発するしゅーという音、そのあとは……なにもわからない。緊急治療室のまぶしい光で目覚め、ヴィクターが行方不明になり、死亡が推定されているという報告に呆然とした。

事故のあと、彼がなんとか生き抜いてくれることを誰もが祈った。彼の母親は命取りになるほど長いあいだ、途方もない希望にしがみついた。ウィニフレッドは病院の礼拝堂に逃げこみ、ひざをついて神に懇願し、ついには疲労困憊して気を失った。彼女は息子が死んだことを信じようとはしなかった。彼女の夫が、あの極寒の海中では数分以上生きてはいられないと説明しても無駄だった。警察が発砲の証拠を報告したときも同じだった。捜査のとっぴなこじつけがサンドラに疑惑の目を向けたとき、ようやくウィニフレッドは息子が死んだことを理解したのだった。

「お願いよ、マロイ」恐怖と悲しみの冷たい谷間から言葉を引きずりだしながら、サンドラは言った。「もう蒸しかえさないで」

「そうしなきゃならないんだ」

「どうしてなの？」

「ぼくは正しいからさ」

「エルビスのファンもそうだったわ」彼女は言った。「それにジミー・ホッファの家族も」

「捜査は十分じゃなかったんだ」マイクは、彼女とヴィクターが白いドームのある州議会議事堂の前に立っている額入り写真を持ちあげた。二人は結婚生活を実際より長続きさせることになった共通の目的を胸に抱いてほほえんでいる。「ずっと独自に調べてたんだ」

サンドラは内臓がねじれる思いだった。マイクが証拠ファイルをいじりまわしている姿が目に浮かぶ――報告書、供述書、写真、最後の瞬間をともにしたがらくたを入れた密閉袋。あらゆる人の悲嘆と混乱が凝縮された公文書の赤裸々な供述。「あなたは大工でしょ、マロイ」彼女はぴしゃりと言った。「捜査官じゃないのよ。彼らはちゃんと任務を果たしたわ」

「でも、疑いの影がすべて取りはらわれたわけじゃない。だからウィンスロー家はきみを訴えているんだ」

「それはわたしの問題よ」

「それはぼくの問題でもあるんだ、今となっては」

「どうして？」

「気になって仕方がないからさ」マイクは二歩で部屋を横切ると、彼女の二の腕をつかみ自分のほうへ引き寄せた。「いいかい、すべての結論と異なる説を調べてみたが、ぼくには検死官たちにまさる利点が一つある。つまり、きみを知っていることだ。そしてヴィクターのことも。彼は死んではいないよ、サンディ。死ぬもんか。彼はきみを車から救出し、そのあと姿を消したんだ」

「そんなのばかげてるわ」サンドラは後ずさりしたが、マイクは彼女をしっかりつかまえて離さなかった。否定はしたものの、彼女の鼓動は速くなった。「岸辺の岩の一つひとつ、湿地の隅から隅まで、橋の両側に生い茂る雑草の一本一本を調べたのよ」

「立ち去ったってことだよ」

「歩き去ったってこと？」

「あるいは走って。バスか汽車に乗ったのかもしれないし、見知らぬ人の車に乗せてもらったのかもしれない」

「彼は家からも、家族からも、はなばなしい政界でのキャリアからも逃げだしたってことなのね」

「ああ、そうだ」

「じゃあ、彼はどこに行ったの？」

マイクはサンドラの目を探るように見た。だが彼女は視線をそらさなかった。どれだけ彼に恐怖を感じているか気取られたくなかった。ようやく彼は離れて立った。そして机の引き出しから手紙をかき集めると、彼女のすぐそばのテーブルの上に落とした。「おそらくこの中に答えがあるだろう」

サンドラの心臓が喉もとまでせりあがる。「あなたの仕事はわたしの家を修復することで、人のプライバシーを詮索することじゃないでしょ」

「これはぼくのプライバシーでもあるんだ」マイクは彼女に手を伸ばした。ほんの一瞬、鼓動が一回打つあいだ、サンドラは彼が欲しくてたまらなくなり体がうずいた。

彼女はドアのほうに後ずさりして、マイクから逃れた。「あなたを雇ったのはこわれたものを修理してもらうためで、台無しにされるためじゃないわ。わたしが彼を見つけたくなかったとでも言うの？　彼が事故で方向感覚を失ったり記憶喪失になったりした可能性を考えていなかったとでも？　州でもっとも優秀な捜査官たちが彼の痕跡をなに一つ見つけられなかったのよ。それがどうしてあなたにできるなんて思うの？」

マイクは手紙を身ぶりで示した。「行間を読めばね」

「ヴィクターが生きていたとしたら、わたしに接触してくると思わない？　こんなふうに放っておくなんてありえないわ」

マイクは彼女を信じられないという顔でじっと見つめた。「結婚しているあいだずっと彼はきみにそうしていたじゃないか」

サンドラはにらみ返した。「ある意味、こうして話ができてよかったわ。そうでなければ、あなたとの関係をいつまでも続けていたかもしれないもの。あなたがとんでもないろくでなしだとも気づかずにね」あまりに強く戸枠に手をたたきつけたので、指の感覚が麻痺した。「ここから出ていってほしいの、マロイ。今すぐに。わたしの家から、わたしの人生から。職人たちだけを残して工事を終わらせて。最終的な支払い金額がわかったら請求書を送ってちょうだい。でもあなたには二度と会いたくないわ。永久に」

サンドラは彼の顔にこれまで愛するようになったあらゆるもの――情熱や、やさしさや、強さ――を見ないようにした。見たところで、今は信頼することなどできなかった。この瞬間までマイクは気づいていただろうか。わたしが彼を避難所だと思っていたことに。拒絶された世界で唯一安全な場所だと思っていたことに。

だがすべては終わった。二人がともに過ごした時間は、巡回カーニバルで売っている綿あめのような見せかけの魅力だった。一口目は信じられないほど甘いが、最後には霧のように消え去り、なにも残らない。

「出ていって」求めてやまなかった愚かしいこと――自分自身のために、マイクのために、あの子たちのために――そのすべてを無理やり手放すように、サンドラは言った。「さもないと警察を呼ぶわよ」彼女はマイクが呼べるものなら呼んでみろと言うのを待った。地元の警察がブルームーンビーチの黒後家グモ《ブラックウィドウ》のためになにをしてくれるか見てやるよ、と。

かわりにマイクはしばらく彼女をまじまじと見つめてから、ドアのほうへ行った。「勝手にしろ」サンドラははっとした。これほど怒りに燃えた彼を見るのは初めてだ。「出ていくよ。話をまともに聞く気になったら電話してくれ」

〝どうか行かないで、わたしのそばにいて〟その言葉が口から出てしまわないように、サンドラは唇をぎゅっとかんだ。本当はほっとすべきなのだ。一日じゅうどうやってマイクと別れようか悩んでいた。これで彼を子どもたちと、あの子たちのために築いている新しい生活へと返してやれる。彼はまさにそのための完璧な理由を与えてくれたのだ。

34

ドリー・バブコックは車のドアのひじ掛けを指でこつこつとたたいた。煙草が吸いたくてたまらない。タクシーの後部座席に一人きり、止める者は誰もいない。タクシーの運転手はあきらかに同好の士で、茶色のフィルターのキャメルをニコチンで汚れた指のあいだにはさんでいる。すえた煙草のつんとする匂いが車の内装にまとわりつき、彼女をじらし、あざける。

背すじを伸ばして座り直すと、彼女は禁煙セミナーで習った演習——自己会話、視覚化演習、バッグに入ったガム——を繰り返した。そのすべてが失敗に終わったら、処方された錠剤がある。

運転手は〝煙草を吸わないでくれてありがとう〟と書いた看板を通り過ぎるとき、吸いかけのキャメルを車の三角窓からはじき飛ばした。ドリーは視線を窓の外へ向けると、景色がひゅーと音をたてて過ぎ去るのを眺めた。これほど長く留守にしたあとで戻ってくるのは妙な感じだった。それに家に帰るのも。出発したのは荒涼とした真冬の身を切るような寒さの中だった。それが今は萌えるような春だ。ライラックのつぼみはまもなくかぐわしい花をいっせいに咲かせるだろう。晩冬の嵐が通りや歩道を隅々まで掃除していた。下校途中の子どもたちが、ジャケットを腰のまわりに結びつけ、太陽を見あげている。

ドリーの旅は時間と空間の向こうへと彼女をいざなった。まだ夢見ることを知っていたかつての自分を掘り起こし、その中に再び帰るための旅だった。人生のどこかでその人物は失われていたが、南国の暖かな風に吹かれ、リゾートウェアを着て、それまで会ったことのない人々とつきあううちに、ドリーは再び自分自身を発見した。ほっとしたことに、自分がまだその人物を好きなこともわかった。

ダンスを習い、ブラックジャックをし、テキーラスラマーを飲みこんだ。戦利品の魚とともに日焼けした片腕をあげてポーズをとった。外国語のフレーズも舌から転がりでる。「お願いします」、「ありがとう」、「トイレはどこですか」を伝えるためのたくさんの言葉……。

だが夜になって、小さな特徴のない船室に横になっていると、深い孤独の痛み――夫のもとを去るという自分の決断の成り行き――に恐れおののいた。

旅に出たのは、夢見ることをもう一度思いだすためだった。だが驚いたことに、彼女の夢はいつもルーとともにあることに気づいたのだ。

ドリーは彼に会いたくてたまらなかった。静かな夕べにとなりあって座りながら、彼が新聞をめくる音が聞きたかった。夜ベッドのとなりに心安らぐ彼の存在を感じたかった。彼の匂い、彼女を見つめるときの目、シャワーあがりの彼女を見るときの驚きと歓喜にあふれる顔。それは彼女が若く引きしまった体をしていたときだけでなく、今でもそうだった。

不器用ながら一生懸命に家事を手伝い、妻から〝正しく〟できていないと文句を言われてちぢこまっていたときの彼さえ恋しかった。

キッチンの窓を掃除するのに〝正しい〟やり方などあるはずもないのに。

青緑色の海にゆったりと身を浮かべた経験は、彼女に劇的な影響をおよぼした。アルテミシア号の手すりに立ったとき、海と空の広大さに圧倒され、すべてが――家事を含めて――客観的に見えてきた。

煙草への渇望は予想どおり過ぎ去った。毎日少しずつ前より楽になっていく。何度ルーは妻の健康を心配して煙草をやめてくれと懇願しただろうか？　なのに彼女は世界のほかの人々が喫煙をやめたときでさえ、頑固に習慣にしがみついていた。

今ようやく、ドリー・バブコックは非喫煙者になった。その頑強な意志によって達成し、それによって禁煙を維持している。彼はまだわたしに煙草をやめてもらいたいと思っているだろうか？　それとももうどうでもいいと思っているだろうか？

タクシーがシカモア通りを曲がると、なつかしさが波のように押し寄せ彼女を飲みこむ。四〇年近く、この界わいは彼女の全世界だった――時代遅れのバンガロー式住宅が立ち並ぶ静かで気取らない通りには、子どもたちの笑い声が響きわたり、煮えるスープや焼けるパンの匂いが漂っている。かつてドリーもほっそりとした若い母親の一人で、歩道をぶらぶら歩いたり、クモの巣状の芝生用椅子に腰かけて小さな娘が庭で遊ぶのを眺めていた。夕食を作りながら、よくラジオに合わせて唄ったものだ。そしてルーのナガスクジラのようなクライスラーが家の前に停まると必ず、彼女の心臓は一瞬止まった――今もそれは変わらない。はてしない紺碧の海のかなたで、ドリーは若々しくて心やさしい女性に再会した。その女性はまだ彼女の中にいて、時が経つにつれて積もった小さな取るに足りない心配事の中にほとんど埋もれかけていた。それが生活と呼ばれるものだと彼女は気づいた。今のところそれを逃れた者は誰もいない。多くの人々が――ドリーも含めて――試してみたにもかかわらず。遠く旅している最中に、彼女はその女性をなんとか掘りだした。夫を愛し、彼とともに残りの人生を過ごしたいと願っている女性を。

タクシーが家の前の縁石に沿って停まったとき、ドリーは不安のあまり頭がくらくらした。運転手に料金を払うと、彼はスーツケースをドアまで運んでくれた。家はいつもの春と同じに見える。半分眠り、生垣や庭はまだ冬眠中で、球根がローム質の地面から顔を出している。

わが家。私道に立ち、彼女はじっと動かずに恐怖と喜びに引き裂かれていた。航海は彼女をもっとも予想しなかった行き先へと連れていったのだ。心が望むただ一つの目的地、わが家へと。

だが自信のないことが一つだけあった。ここでどんな現実を突きつけられるかわからないということだ。

離れていた時間はルーにとっても新たな発見の機会だったに違いない。そして、やはり離婚を望んでいる自分を発見したのかもしれない。

勇気が消えうせないうちに、ドリーは裏玄関に入っていった。ゴルフバッグが壁に立てかけられ、スパイクシューズがそのそばの新聞紙の上に置かれている。キッチンのドアの前に立ち、ちょっとためらってからようやく中に入った。

キッチンは奇妙な匂いがした。

とはいえ、ひどいありさまではなかった。カウンターはふいてあり、どちらかと言えば整頓されている。コーヒーキャニスターのふたが少し開いていたが、彼女はそれを閉めたいという衝動と闘った。シンクの上のはめ殺し窓には節くれだったリンゴの木の見慣れた風景が切り取られ、枝を飾る固く閉じたつぼみは近いうちに淡い色の花を咲かせそうだ。

ああ、この家でリンゴの花が咲くのを見ることができたらどんなにいいだろう。

シンクの上の飾り棚にはいつもと同じものが置かれている。ナイアガラの滝の形をした楊枝入れ。唯一の高価な花びん。ワンダおばさんのフィレンツェ土産のデミタス。ドリーはよく、この金メッキが施された小さなエスプレッソカップは、イタリアを旅行することがあったらまさしく自分が買いそうなものだと冗談を言っていた。

棚には新しいものがくわわっていた——額に入った写真。どきどきしながら見ると、それは彼女とサンドラが写ったルーのお気に入りの一枚で、ずっと職場の机の上に飾っていたものだった。裏庭で、八歳くらいのサンドラが古いリンゴの木にひざを引っかけて逆さまにぶらさがり、そのかたわらにドリーが立っている。母親と娘はほほえんでいる——なんということはない、ふつうの母娘だ。ルーはこの写真になにを見たのだろう?

家の反対側の私室から、テレビのおしゃべりが静かに聞こえてくる。希望がドリーの胸にわきあがり、彼女はキッチンを出た。「こんにちは？」彼女は大声で呼んだ。「ルー？」

夫は物音に気づいたに違いない。彼女が居間に入ったときには、すでに立ちあがっていた。

ドリーは部屋の向こう側の彼を見た。そこには彼のすべてが、心が求めるすべてがあった――彼女に生涯の愛を誓う花婿、女の子の赤ん坊を初めて抱く誇らしげな父親、家族を養うために明けても暮れても、毎年毎年、ひたすら辛抱強く出勤する男性《ひと》、数ヶ月前、思いつめた目で彼女を見つめ〝お願いだから行かないでくれ〟と言った男性《ひと》。

「ただいま」彼女は言った。なんて間の抜けた、無意味なセリフだろう。

彼はちょっとのあいだ身動きもせずに立っていた。ドリーは聞こえていないのではないかと思い、同じ言葉を繰り返そうとした。だが彼は手のひらを上に向けて、手を差しだした。

「ぼくは……うれしいよ」その声は以前よりも低かった。

バッグが床に落ちたが、彼女は落ちた場所を見ようともしなかった。「本当？」

「ああ」

「安楽椅子を動かしたのね」恐れと希望でじりじりしながら、彼女は言った。

「テレビに近すぎていやだったんだ」彼は説明した。「もとに戻してほしいなら、ぼくが……」

「いいえ、ルー」ドリーは泣きだした。涙がとめどなく頬を流れ落ちる。「もとに戻してほしいのは、わたしのほうよ」彼のほうへ一歩前に出る。「いい？　お願いできる？」

彼はなにも言わなかった。言えないように見えた。ドリーはがっかりした。聞こえていなかったのだ。

彼女は深呼吸をした。「こう言ったの……」

「聞こえてたよ」

彼女は補聴器のことを思いだした。サンドラが手紙で知らせてくれたのだ。ドリーはもう何年もそのことで夫にうるさく言っていたが、ついに聴覚学者に診てもらいにいったのだ。

彼は部屋を横切ると、妻を腕に抱きしめた。慣れ親しんだ夫の抱擁がドリーを包みこむ。妻を強く抱きしめながら、ルーは顔を彼女の髪に埋めた。「ずっと待っていたんだ、ドリー」彼はささやいた。「きみを愛さずにはいられなかったんだよ」彼はキスで妻の頬から涙をぬぐい去り、唇を重ねた。ドリーが目を閉じると歳月は消え去り、彼らは結婚した頃の二人に戻った——希望と、愛と、夢にあふれた二人に。二人の愛の堅固な中心はけっして変わらないことをドリーは知った。時が経てば経つほど絆は深まっていくことを。

ドリーは身を引いて、両手を彼の肩に置いた。「あの船に乗って五〇〇〇マイルも航海したのよ」彼女は言った。

「でもわたしがいたかった唯一の場所はここだったの。あなたの腕の中」

ルーは再び妻にキスすると、なにか耳にささやいた。

彼女は眉をひそめた。「なんて言ったの?」

「これはスペイン語の……」彼はかがんで、そのみだらな言葉を翻訳してささやいた。疑うような笑いがドリーの口からもれ、頬と耳がほてって赤くなる。

「スペイン語を勉強してるんだ。そんなにむずかしくはないよ。もう耳が聞こえるからね」

彼はまた妻にキスをすると、彼女の手をとり二階へと連れていった。

35

日記——四月九日、火曜日

母が教えてくれた一〇のこと

六．世界でいちばんおいしいドーナツのレシピ。

七．ドーナツ一つにつき一ポンドのベーコンよりも多くの脂肪が含まれている。

八．ストッキングの穴や伝線はぜったいにわかる。

九．男の子の本当の性格を知りたかったら父親を見よ。

一〇．結婚が楽なものだとは誰も言わないが、しないよりは楽だ。

「あなたの両親を見てごらんなさいよ」ジョイスがサンドラをひじでつついた。「まるでバイアグラのコマーシャルみたいじゃない」

サンドラは裁判所の駐車場の真ん中で足を止めた。ジョイスはバブコック家のグランド・マーキスを指さした。車はつぼみを持ったハナミズキの木の陰に停まっている。父は妻のためにドアを開けてやると、気づかうように彼女の腰に手を置いた。夫と並んで歩きながら、ドリーは離れるのが耐えられないとでもいうように彼にぴったり体を押しつけている。母は新しい鮮紅色のコートを着て、二人とも顔が輝いている。両親がそんなにも明るく生き生きとしているのは春の陽光のせいばかりではない。

「わたしが言った意味、わかるでしょ?」ジョイスはまたサンドラをひじでつついた。

「やめてよ、二人はわたしの両親なのよ」

ジョイスは裁判所の幅の広いコンクリートの階段のほうを向いた。「じゃあ、中で会いましょう、いい? 幸運を祈るわ」

「ありがとう。あそこでは得られるかぎりの支援が必要なの」ジョイスが行ってしまうと、サンドラは急いで駐車場を横切った。「お母さん!」

次に瞬間、サンドラは両親に抱きしめられていた。ほんの少しのあいだ、彼女は二人の変わらぬ愛に包まれて心から安心した。ほんの少しのあいだ、これからウィンスロー夫妻と対決しようとしていることを忘れた。

「お帰りなさい」彼女は母に言った。母の顔は少しふっくらし、南国の太陽がわずかに肌を金色に染めている。「とても会いたかったわ」

「わたしもよ」ドリーの目がこみあげる涙で輝き、彼女は娘と夫の両方にしがみついた。

温かさと感謝の念がサンドラを包みこむ。二日前、母が電話で帰ってきたことを知らせてきた。その知らせはサンドラが期待した以上にすばらしいものだった——母は家に戻り、離婚は取りやめになったのだ。サンドラは二人にしっかりつかまりながら、安心のあまり身も心もとろけてしまうのではないかと思った。だが、この知らせがまったく意外なものだったわけではない。二人の愛が本物で、これまでもずっとそうだったことはどんな愚か者の目にも明らかだったからだ。うってかわって暗い日々を過ごしているサンドラにとって、両親の和解は唯一の明るい話題だった。マイクを家から、人生から追いはらって以来、彼とは会っていなかった。この追放に抵抗しようという気は彼にはないらしい。サンドラが命じたとおり立ち去り、職人たちを残して家の工事を終わらせるよう手配しただけだ。

「わたしの妻はすてきだろ？」父が尋ねた。

「二人ともすてきよ」サンドラはジョイスの言葉を思いだして顔を赤らめた。

「お互いに妥協することにしたのよ」母がウィンクした。「わたしはゴルフをするけど、外国に行ったときだけ。そして彼はアンティークショップと美術館めぐりにつきあうの」彼女は夫の折り曲げたひじの内側の手を押しこんだ。「スキューバダイビングとスカイダイビングはまだ交渉中なの」

サンドラの心は喜びにはち切れんばかりだったが、一方では悲しみに張り裂けそうだった。両親の絆は傷ついた部分を修復することで強化され、今やよりいっそう頑丈なものになった。どうして両親は多くのカップル——サンドラを含めて——が失敗することに成功できたのだろう？　それは二人に勇気があったからなのだ。愛を守り続けるために自分自身を変えることもいとわないほどの勇気が。

母のきゃしゃなしみのある手と、父の丸く柔和な顔をまじまじと見つめながら、この二人のどこにそれほどの勇気があったのだろうかと、サンドラは不思議に思う。そんな勇気や強さを奮いたたせようとしてきたが、電話に手を伸ばすたびに、パラダイス波止場を車で通り過ぎるたびにおじけづいてしまう。マイクに別れを告げたあとに感じた心の痛みにまさるものなど、彼といっしょにいる喜び以外はなにもなかった。自分が恐怖によって衝き動かされていたことに、ようやく彼女は気づいた。心のすべてを彼に、彼の子どもたちに、彼の厄介な犬にささげないかぎり、自分自身を危険にさらさずに済んだからだ。

「二人を誇りに思うわ」サンドラは言った。「今回のことはそう簡単なことではなかったはずよ」

「困難な時をともに乗り越えること、それこそが本物の試練なのよ」母は真顔で言った。「愛しあう二人というのは本当にどこまでも愚かになれるものよね？　わたしたちが間違っていたのは、定年退職を二人の関係の完成だと思ってしまったことなの。人生のゴールに到達したとね。むしろそこから、ともに進むべき新しい道や、互いについての新しい発見をいっしょに探さなければならないのよ」

「うれしいわ」サンドラは言った。「わたしには二人がこれから必要なんだもの」

三人は側面のドアから裁判所に入り、ドアに真鍮の飾り板のついた会議室に向かった。ミルトンと二人の助手はすでにそこにいて、メモや書類に目を通していた。彼らはサンドラたちが到着したことに気づいたようには見えなかったが、彼女の服装はしっかりチェックしていた。

「いいね」ミルトンは彼女の濃紺のスーツを見て言った。「保守的で、派手すぎない」彼はサンドラの両親に手を振った。「娘さんが不正利得で買い物しまくっているなんて判事に思われたくないのでね」それから二人をしげしげと眺めた。「まだ離婚を考えているんですか？　サンドラからお二人が別れることになったと聞いたんですが」

「気が変わったんですよ」ルーが言った。

「いやあ、われわれくらいの年になれば、長年連れ添った悪魔とくっついてるほうがいいですよ」

「そのとおりね」サンドラは両親の無言の問いに答えて言った。「ミルトンはいつもこんなふうに口が悪いの。じゃあ、審問室でね、いい？」

「マスコミはここでなにをしてるんだ？」通路の人だかりをにらみつけながら、父が尋ねた。

「ただの審問じゃないか。誰かが呼んだに違いない」

　コートニー・プロクターだろうか？　いや、彼女がほしいのは独占スクープだ。だがすし詰めのロビーや林立するマイクロフォンを見るかぎり、サンドラを取材したがっているのは間違いない。しかし妙だ。この一件は古いニュースだというのに、マスコミの興奮ぶりはあたかも特ダネでもあるかのようだ。

「ウィンスロー夫妻にも、マスコミにも、傍聴人にも一言も話をしないでください」ミルトンは警告した。「娘さんを助けることができるのは、わたしが審問を完全にコントロールで分になった。

いった。二人がいなくなるとサンドラは心にぽっかり穴が開いて、無防備で落ち着かない気

「きっとすべてうまくいくわ」母が請けあった。両親は順に娘を抱きしめるとドアから出て

「本当に最高なんですがね」ミルトンがつけくわえる。

「彼を信頼して」サンドラは言った。「わたしの知るかぎり最高の弁護士よ」

きた場合だけですから」

ミルトンが今回もうまくやってくれることを彼女は祈った。会議室に戻ると、サンドラはまたマイクのことを考えた。残りの人生を孤独に生きるかわりに、彼と愛情に満ちあふれた人生を歩めたらどんなにいいだろう。

マイクと心を通いあわせたのはほんの短い期間だったが、彼のおかげで彼女は今までとは違う人間になった。もうこれまでと同じように人生を見ることはないだろう。こんなにも喜びに満たされて生きられるなんてまったく想像もできなかった。以前の彼女は半分生きているだけで、人生というジェットコースターの急激な浮き沈みも、愛してくれる男性との満ち足りた生活もまったく知らなかった。

だがあの狂気が、ヴィクターに関してマイクが信じている途方もないことが、彼を見つけだそうとするその無益な妄想が、障壁を築いてしまった。マイクはわたしの願いを聞き入れて、離れていってくれたのだ。そのうち、かつて長いあいだ引きこもってきた無感覚状態に戻ることができるかもしれない――愛からも、傷つけられることからも守られた場所に。

ヴィクターと出会ったことでサンドラの人生が変わったのは事実だ。だがマイクがおよぼした影響はそれよりももっと深遠なものだった。彼は彼女の心の風景を変えてしまったのだ。しかしその繊細な地形は時間という試練を受けることも、それによって鍛えられることもなく、手からすり抜けていった可能性だけがいつまでもつきまとって彼女を苦しめる。

心のどこかではマイクが戻ってきて、間違いを認め、自分に許しを請うことを望んでいる。だがその一方で、彼が子どもたちと暮らすことをなにより望んでいるシングルファザーだという現実も理解していた。そのことに関してはマイクに選択の余地はなく、サンドラは彼と子どもたちとの関係を危険にさらすつもりはなかった。

マイクは彼女の人生から去っていった。ケビンとメアリー・マーガレットも。アンジェラには最初からそれがわかっていたのだ。じきに、サンドラ自身もパラダイスを去ることになるだろう。

「準備はいいか？」メモをかき集めながら、ミルトンが尋ねた。

サンドラはドアのほうへ歩いていった。「なんだか、待ちきれないわ」

ミルトンは手を止め、彼女に向かってにやりと笑った。

「なに？」彼女は訊いた。

「変わったな」

「そう？　髪を段カットにして……」

「そんな意味じゃない。本当に変わったってことだよ」彼は後ろに下がって、目を細くした。

「以前のきみは自分自身の影におびえていた。だが今はずっとたくましくなった。今にも連中の尻をけとばしそうじゃないか」

「ほめ言葉だと受けとっておくわ」

「もちろんほめ言葉だよ」

記者とカメラマンが通路の両側に立ち並んで集中攻撃を浴びせる。サンドラと弁護団が法廷に向かって歩いていくとカメラのフラッシュが花火のようにたかれ、質問が雨あられのように彼女に降りそそぐ。サンドラはマイクが忘れさせかけていたことを思いだした——彼女は観覧車に乗った少女だと。永遠にまわり続け、なにも彼女に触れることはできない。なにも彼女を止めることも、速度を落とさせることもできないのだ。

目の隅に、見覚えのあるブロンドと、つやつやした赤い唇、糸のようなマイクロフォンのワイヤーを襟にはさみこんだアルマーニのブレザーが目に入った。コートニー・プロクターだ。彼女はWRIQニュースのマイクロフォンを乱暴に前に突きだした。

「ウィンスロー夫人、この事故を保険金目当てで仕組んだという告発に対してどう答える予定ですか？」

「じつはプロクターさん、あなたに訊きたいことがあるの。わたしがあなたのボーイフレンドを奪ったという事実をいつになったら克服するつもりなの？」サンドラはすれ違いざまに言った。「そんなことにこだわっていないで、今回はきちんと真実を報道するよう努めてほしいわ」

ミルトンは低く口笛を吹いた。

「わたしったら、あんなことを言うなんて」サンドラは床のきしむ静まりかえった法廷に足を踏み入れた。ミルトンは彼女にきょろきょろするなと念を押していた。だがサンドラはそこに集まった顔ぶれを見ずにはいられなかった。ロナルドの教区民がベンチにひしめいて、非難するような目で突き刺すようにこちらをにらみつけている。総菜屋のグロリア・カーマイケルのトレーナーにはこう書いてあった。〝弁護士の九九パーセントが残りの弁護士の評判を悪くしている〟被告人席側の法廷柵の後ろには、サンドラの両親とジョイス。彼女はマロイの職人たちも座っているのを見て驚いた。ペンキの飛び散ったオーバーオールを着ていないので誰が誰だかほとんど区別がつかない。職人たちは髪をなでつけ、仕事で荒れた手をそわそわとこぶしに握りしめてひざの上に置いている。奇妙なことに、フィル・ダウニングが原告席の後ろ、カーマイケル夫妻のそばに座っていた。サンドラは一瞬、傍聴人は通路を隔てて二つに分けられているのではないかと思った——花婿の友人と、花嫁の敵とに。ヴィクターとの結婚式では座席案内係が通路の両側に均等に人々を座らせていた——誰も理由を教えてはくれなかったが、それはサンドラの友人と家族が片手に余るほどしかいないという事実を隠すためだと彼女にはわかっていた。

サンドラはスパーキー・ヴィトコウスキがいるのに気づいてさらに驚いた。彼女はコバルトブルーのパワースーツを着て、携帯電話を耳にくっつけている。部屋越しに目が合うと、スパーキーは短剣のような手の爪で空気を突き刺し、口の動きで〝話があるの〟と伝えてきた。

不動産について話しあうには向かない日だわと思いながら、サンドラは低いスインギングゲートを通り抜けて長い耐熱性のテーブルについた。ウィンスロー夫妻のほうは見なかったが、彼らがいることはわかった。誰かが見えない窓を開け放したように、まぼろしの寒気を感じたからだ。

サンタッチ判事が入廷して全員が立ちあがると、サンドラは無感覚のよろいで身を固めた。往年の歌手、トニー・ベネットにそっくりな判事は裁判長席に座ると、全員に着席するよう身ぶりで示した。読書用眼鏡を鼻にのせて眼鏡の縁の上からのぞきながら、判事は弁護士たちに向けて、審問に先立って説明した指示によっていまだ拘束されていることを忘れないようにと念を押した。

サンドラは手を使ってなにかすることを見つけようとした。そしてペンをとると、黄色のリーガルパッドにこう書いた。〝誰も知らないわたしに関する一〇のこと……〟。

リストのどの項目もマロイを思いださせた。彼はさびついた古いピックアップトラックでサンドラの人生に乗り入れ、絶望のどん底にあった彼女を見つけてくれた。背を向けるかわりに平然と仕事にかかり、彼女の傷に包帯を巻き、彼女の家と心を修理し、彼女の人生を満たしていった。数ヶ月ぶりに彼女を笑わせ、めまいがするほどの高さから落下するような激しさで愛へと導いた。それはなぜ恋に〝落ちる〟という表現がふさわしいかも教えてくれた。

サンドラが愛したのは彼だけではない。彼が象徴するすべて――人生を生きるに値するものにする小さな日常の奇跡——だった。彼の子どもたちばかりか、彼の犬さえ大好きになった。マイクがふつうの人で、有名人でないところも好きだった。手が器用で、穏やかでたくましくて、マイクこそ、彼に会うまで抱いていたことにも気づかなかったサンドラの夢の実現だったのだ。彼は安全の保証を体現する緩衝材であり、救命胴衣だった。

だが今サンドラは証人台に向かって歩き、手をあげて真実を語ることを宣誓しながら、自分がおぼれかけているような気がしていた。

いったい誰の真実？　わたし自身の？　それともヴィクターの？

ミルトンからは、たとえ原告側の弁護士に話しかけられているときでも、尋問のあいだずっと自分からぜったい目を離すなと指示されていた。彼女はミルトンに注意を集中し、ヒントを待ちかまえた。彼は岩の上で日向ぼっこをしているトカゲのふりをして、彫像のようにじっと座っている。

予想したとおり、ウィンスロー夫妻の弁護士はあたりさわりのない礼儀正しい質問からはじめた——育った場所や通った学校について少し。弁護士のねらいは、夫の保険金を貪欲に求めるあまり自暴自棄になった女をあざやかに描きだしていくことだ。

「ウィンスロー夫人、ヴィクター・ウィンスロー氏との結婚生活はどのようなものでしたか？」

「わたしたちは幸せでした」彼女はそれ以上言わなかった。ミルトンが禁じたのだ。それに、これは嘘というわけではない。たしかに二人は幸せだった。時が経つにつれて、ヴィクターはしだいに混乱し、怒りっぽくなり、そして自暴自棄にはなったが。サンドラは彼のことを心配していた。だが当時、彼女にわかっていたことと言えば、彼がまったくの他人に思える瞬間があったことだけだ。

「あなたは出版業界でのキャリアがありますね」

この質問は想定していなかった。ミルトンのほうを見ると、顔をしかめてから肩をすくめた。

「そのとおりです」

「正確には、偽名で五冊の本を出版していますね」

「わたしの旧姓です」サンドラは言った。

「たいていの人は作家は裕福だと思っています。答えてください。あなたは自分の本の収入で裕福になりましたか？」

「裕福の意味を定義してください」

「生活するだけの収入を得ていますか？」

「異議あり」ミルトンが言った。言葉はヘビの舌のようにさっと出た。「この一連の質問は無意味だと考えます」

「裁判長、われわれの目的は、ウィンスロー夫人が出版の仕事だけでは生活できないことを証明することなのです」

「質問を事故を取り巻く状況に限定しなさい」

「この質問は動機に関係するものです、裁判長。ウィンスロー夫人、あなたの不成功に終わった本からのごくわずかな収入以外に、結婚生活を送っていたあいだのあなたの生活手段はなんですか？」

「夫の州議会議員としての給与です。彼の収入は公文書に関わる問題です」

「なぜあなたのご主人はあんな高額な生命保険をかけていたんですか？」

「夫は若くて健康だったので、保険料は小額でした」

「あなたには好都合ですね」

「異議あり」ミルトンがさっと言う。

「異議を認めます。発言を慎みなさい」

弁護士は両手の指先を合わせて頭をたれた。悪魔と対決する勇気を奮い起こそうと、祈りをささげているかのようだ。「ウィンスロー夫人、二月九日の夜に戻りましょう。あの夜なにが起こったのか、ご自分の言葉で説明してください」

ミルトンはこの質問を予想していたので、サンドラは返答を何日も練習していた。とはいえ、マイクロフォンに身をかがめたとき、恐怖の冷たい潮流が体の中を流れていったのは予想できなかった。また、最後に会った日にマロイが彼女から無理やり引きだした真実を、不意にどうしようもなく口走りたい衝動にかられたことも。

「わたしたちは、ヴィクターとわたしは、あの夜ニューポート・マリーナで開かれた晩餐会に出席していました。それは政治資金集めのパーティーで……」サンドラは、マイクがあの夜の説明を聞きたがったときに話したのと同じように事実を暗唱した。ヴィクターの短い演説を説明し、彼がひどく酔っていたことを認め、ダンスフロアに置き去りにされたときの屈辱感を詳しく述べた。あのときはなぜ彼が激怒したのか理解できなかったが、今ならわかる。あの夜、彼の中でなにかがぷっつりと切れたのだ。ヴィクターは自分自身の人生にがんじがらめになっているように感じていたが、サンドラもそのわなの一部だった。だがきっかけは彼女ではなかった。

サンドラは即座に会場をあとにしたこと、家へ車を運転して帰ろうとしていたことを説明した。車のエンジンをかけたとき、あの男が近づいてきたことは言わなかった。彼のことは一度も口にしたことはない。マイクにさえも。

〝ご主人とは今夜会う約束をしていたんですが忘れてしまったようなんです。マックスがそう言っていたと伝えてください〟。

マックスという名の見知らぬ男は陰鬱な夜の闇に溶けていき、あとには困惑し気が動転したサンドラが残された。ヴィクターはそのすぐあとに会場を出て、途中マックスにつかまった。彼とマックスは決闘する敵同士のように離れて立っていたが、二人のあいだに奇妙で静かな電流が流れているのをサンドラは感じた。会話は聞きとれなかったが、マックスが進みでてヴィクターの腕をつかむのが見えた。ヴィクターはその手を振りはらうと、大股で歩いて車まできた。彼のすらりとした長身を駐車場のナトリウム灯が金色に染める。

記者やカメラマンがカメラをかかげて建物から押し寄せると、ヴィクターは助手席に飛び乗った。無意識にサンドラは加速し、キャデラックは左右に横すべりしながら冬の夜を疾走していった。彼女はマスコミを振りはらいたくてスピードを出しすぎていた。その横で、ヴィクターは他人に豹変したのだ。

そのときでさえ、サンドラはまだ完全には理解していなかった。それが起こったのは、マックスの車があとをつけてきているのに気づいたすぐあとのことだった。ヴィクターは突然ばらばらにこわれ、暗い車内を恐ろしい暴露で満たした。彼の秘密の生活と心の葛藤、耐えがたいほどのプレッシャー。そしてそれはついにマックスへの情熱を燃えたたせ、抑えきれないほど激しいものになっていったと――。

すっかり語り慣れた事故の話をそらんじながら、彼女はあの陰鬱な夜を、吹きすさぶ風を、雨ですべりやすくなった路面を思いだしていた。事故、エアバッグの爆音、ひどい耳鳴りを残した爆発。今でさえ、たとえ真実がわかっていたにしても、話しているうちにサンドラの頬に涙が伝って落ちた。一呼吸ついて水を一口すすり、自分の立場を思いださなければならなかった。

あの夜マックスがどうなったのか、サンドラにはまったく見当もつかない。電話で助けを求めたのはおそらく彼に違いない。だが彼には見つかってもらいたくなかった。そうなれば、ヴィクターの秘密を暴露してしまうだろう。それに、事故をわざと引き起こしたと言って彼女を訴えさえするかもしれない。

ウィンスロー夫妻の弁護士は、彼女がどうして橋の上で車のコントロールを失ったのか尋ねなかった。これまでも誰にも尋ねられたことはなかった。

「ウィンスロー夫人」サンドラが話し終えると彼は尋ねた。「ご主人の州議会での仕事を誇りに思っていましたか？」

「もちろんです」

「HR七二八はどうですか？　それについて話していただけませんか、よろしければ」

彼女の内部が氷のように冷たくなった。「それは銃規制法案です」

「あなたはその法案を支持していましたね？」

「そのとおりです」

サンドラはミルトンから目を離さないという誓いを守ろうとしたが、法廷の後方の動きに気が散らされた。裁判所の職員がドアのところで誰かに話しかけている。折りたたんだメモが長いテーブルをすべってミルトンと、原告側の二つ目の椅子の人物に渡された。

「もしそうなら、ウィンスロー夫人、理由を説明してもらえませんか？　なぜ昨年の一月五日にインターネット経由で拳銃を購入したんですか？　具体的には」彼はメモを見た。「コブレイ半自動小銃、九ミリ口径、銃身長五インチ、装弾数一〇発。サイレンサー装着可能な銃身を持つ、現在は禁止されているモデル」

法廷にいるすべての人々――サンドラを含めて――がショックでいっせいに凍りついた。そのあと部屋はこの新事実を話しあう傍聴人や、この瞬間をとらえようとやっきになる記者やスケッチ画家で騒然となった。サンタッチ判事の小槌の音が騒音を切り裂き、再び重く、期待に満ちた沈黙が戻った。ミルトンは身動き一つしなかったが、その目には不安の色がありありと浮かんでいる。これはまったく想定外のことだったに違いない。

ショックでサンドラの心の奥底の反応はさえぎられ、言葉が出てこない。

「ウィンスロー夫人、質問を繰り返しましょうか？」

彼女は首を横に振った。唇は言葉の形になっていたが、やはり音が出ない。

「質問に答えなさい」判事が命令する。

彼女の舌は萎縮し、喉はふさがっている。言葉をともなわない空気だけが口から勢いよく出る。まるで窒息しかけているように目が飛びでている気がした。

「これは十分に簡単な質問ですよ」弁護士が言う。「あなたはガンエクスチェンジ・ドット・コムで拳銃を買ったんですか、それとも買わなかったんですか？」

サンドラは話そうと、抗議しようと、説明しようと必死だった。だがなにも言葉が出てこない。彼女はサンディ・バブ・バブ・バブルコックになっていた。自分の人生がかかっているというのに、一言も言葉を発することができないのだ。

部屋の後ろのほうでまたざわめきが起こり、彼女の混乱に拍車をかける。

両親が前かがみになって、ミルトンの助手に話しかけている。

ミルトンが急に立ちあがった。「裁判長、よろしければわたしが……」

「わたしに直接答えなさい、ウィンスロー夫人」判事が勧告した。

いったいどう言えというのだろう？　サンドラは恐怖におびえる目でフィル・ダウニング

のほうをちらっと見た。彼には古いラップトップコンピュータをただであげたのだ。家の修復がうまくいくように願って……。

「ただ〝はい〟か〝いいえ〟で答えてください。取引のデータは把握しているんです。あなたの旧姓で発行されたクレジットカードの番号、あなたの偽名サンディ・バブコックで登録した私書箱への配達記録も。なぜ拳銃を買ったのか答えてください」

「彼女は拳銃を買ってはいない」部屋の後ろのほうで声がした。

サンタッチ判事の小槌が再び振りおろされる。「静粛に！」

「ぼくが買ったんだ」

黒っぽいスーツの男が出入り口から入ってきて、制服を着た警官のとなりに立った。サンドラは動くことができなかった。顔から血の気が引いていく。

彼の髪は今は黄色で、短く刈られている。あきらかに、顔には殴りあいのけんかの跡が残っていた――あごはあざができて腫れあがり、唇の裂傷は治りかけで黒っぽく変色している。それでも日に焼けた顔はほっそりとして以前にも増してハンサムで、思わずつりこまれそうな目は重々しく真剣な色をたたえている。彼は依然としてエネルギッシュな存在だった。部屋全体をその独特の忘れがたいエネルギーで満たすだけのパワーを持っていた。麦畑を吹き抜ける風のように、ささやき声が群衆のあいだをさらさらと音をたてて通り過ぎながら、しだいに力を増していく。人々が座ったまま体をよじって見つめあう。

ウィニフレッド・ウィンスローがうめき声をあげて、夫にしがみつこうとしている。

そしてようやくサンドラの喉は束縛から解放され、話すことができるようになった。彼女がマイクロフォンを通して一つの言葉を発したとたん、部屋全体が大混乱に陥った。

「ヴィクター」

36

ヴィクター・ウィンスローは最善の行動をとった——記者会見を開いたのだ。質問の猛攻撃に備えながら、彼は意外なことに——だがまぎれもなく——抑えがたい興奮が高まるのを感じた。なんとなつかしい感覚だろうか。

マスコミに注意を喚起するというのが彼の考えだったが、それが骨の折れることになるのはわかっていた。パラダイスを去ってから、ヴィクターは苦しみについて多くのことを学び、傷つくことよりももっとひどいことがあるのも知った。

たとえば、ほかの誰かを傷つけること。彼を愛する以外、なにも悪いことをしていない誰かを傷つけること。

サンドラの苦しみは公文書にかかわる問題だった。したがってその記録を正すには、考えうるかぎり公的な方法で行なうつもりだった。彼の帰還は失踪と同じくらい劇的なものでなければならない。

ヴィクターはすぐに原告席の両親に気づいたが、二人の顔に衝撃が刻まれているのをたちまちのうちに見てとった。喜びと安堵のあまり呆然とした表情に、彼らを守るためにどれだけ長いあいだ苦しい努力を続けてきたかが思いだされる。

〝どうして放っておいてくれなかったんだ？〟皮肉にも、両親のおかげでこの茶番を続けることができなくなった。もしサンドラをそっとしておいてくれたなら、戻ってくる必要はなかっただろう。しばし新たな種類の苦しみが根を下ろし、それは裏切りと嫌悪で鋭さを増す。だが少なくとも、嘘にまみれた逃亡生活はこれで終わりを告げるだろう。

法廷を出ると、彼とサンドラは激流の中の木の葉のように押し流された。マスコミが裁判所のロビーで場所を争っているあいだ、ヴィクターは階段にのぼり、そこを演壇に見立て、サンドラの手をとった。氷のように冷たい。

「わたしに触らないで」彼女はささやくと手を引っこめた。そしてあわてふためいて周囲を見まわしたが、傍聴人たちがすべての退路をふさいでいたため、仕方なく彼のかたわらに立っていた。結婚していた頃とまったく同じように。

彼女をこんな目にあわせようとはわかるはずもなかった。あの夜マックスと車で走り去ったときには、すべてがとても単純に思えた。ああ、サンドラ、なにもかもが悪いほうへ運んでしまったんだ。

照明のまぶしい光の下で、マイクロフォンがカメラと記者の大軍からずらりと突きだされる。昨日の殴りあいほどの切り傷や打撲を負わされなければいいが――だが、それはまた別の話だ。ヴィクターはかつてのように手慣れたようすで記者会見を取り仕切った。そしてポケットに手を入れると、用意してあった声明を取りだした。飛行機でプロヴィデンスに向かう途中に書いたものだ。そこには彼のトレードマークである誠実さと巧みな言いまわしがあふれていたが、どんな如才ない言葉づかいも彼の本質的なメッセージを変えることはなかった。

「みなさん、これは勇気についての物語です。いえ、わたし自身の話ではありません。この点についてのわたしのいたらなさはすぐに明らかになるでしょう。こうして戻ってくることも、再びサンドラのとなりに立つこともまったく考えていませんでした。しかしわたしは自分の犯した間違いに立ち向かい、記録を正すために戻ってきたのです」

歓声とカメラのフラッシュがいっせいに起こり、サンドラはたじろいだ。ヴィクターは片手をあげ、ずらりと並んだ不明瞭な顔を見わたしながら、質問の嵐が静まるのを待った。

「妻はなにも悪いことはしていません」彼は言った。「彼女の唯一の誤りは、沈黙を守ったことです」

「ウィンスロー夫人はあなたの死をでっちあげるのに加担したということですか？」群衆の中から一人の女性が迫った。

コートニー・プロクターだ。ヴィクターは彼女用にいくつか用意している言葉があったが、それを言うのはもっと先だ。「生命保険金をだまし取ろうというのは彼女の考えですか？」プロクターは彼が口を開くのも待たずにまた質問した。

「あなたはここに事実を知るために来たんですか？　それとも噂を立てるために来たんですか？」ヴィクターはぶっきらぼうに言い返した。あつかましいジャーナリストが赤面ししどろもどろになるのを見て、彼は意地の悪い喜びを感じた。州議会議員をしていた頃は、記者たちを怒らせることなどとてもできなかった。今はもう愛想のいいふりをする必要もない。

「ちょっと前まで、妻はわたしが死んだものと思っていました。あの二月九日の夜、わたしは初めから失踪するつもりだったわけではありません。しかしあの状況下では、それしか選択の余地がなく、自分でもそう感じたのです
「じつのところ、この悲劇全体がサンドラと出会う何年も前にはじまったことなのです。わたしは過去にかかわるある人物と話をつけるため拳銃を購入しました……その人物とはわたしのかつての恋人、マックス・ヘンショーという男性です」

ヴィクターは一呼吸置いてその発言を聴衆に理解させてから、質問が予想どおりどっとわきあがるのを待った。「あなたには男性の恋人がいたんですね？」、「あなたは同性愛者なんですか？」、「マックス・ヘンショーとはどのような人物ですか？」

彼はサンドラがかたわらで屈辱を感じているのがわかったが、彼女のほうは見なかった。人々の注意をすべて自分に向けさせたかったからだ。「ヘンショー氏とわたしは一九九二年に恋愛関係にありました。わたしはその出来事は過去に葬ったとばかり思っていました。しかしこうして今日みなさんの前に立っているという事実が、なにものも永遠に葬っておくことできない、という古いことわざを証明しています。別れて何年も経ってから、彼は再び交際を迫ってきました。しかし、わたしは妻に対して誠実でいるつもりだとはっきり断りました。けれど彼の要求はしだいに……執拗になっていったのです。こうした要求にできるかぎ

り自分一人の力で対処していたのですが、ついに状況はわたしの手には負えなくなってしまったのです。わたしは妻の旧姓でクレジットカードを取得し、なにも質問しないインターネットのディーラーから拳銃を手に入れました。実際に使う気などまったくなく、それで彼を脅して手を引いてもらおうと思ったのです。事故の夜、ヘンショー氏はわたしに会おうとしました。マリーナをあんなに急いで出たのはそのためです」

ヴィクターは思い切ってサンドラのほうをちらっと見た。彼女は凍りついたように立ちつくし、逃れることができずにいた。「問題の事故は妻が説明したとおりに起こりました……わたしたちは口論し、そして彼女は車のコントロールを失ったのです。彼女が口にしなかった事実が一つあります……わたしたちはあの夜、ヘンショー氏の運転するレンタカーに追跡されていたのです。橋から救助を求める電話をかけたのは彼です。車は海中に沈み、電動式の窓は開かなくなりました。妻は意識を失っており、わたしは脱出するためにフロントガラスを拳銃で撃ったのです。わたしたちが岸までたどりつくのを、ヘンショー氏が助けてくれました。次にわたしがとった行動は突発的で衝動的なものでした。ショックと低体温でまともに考えることができなかったからかもしれません。いずれにせよ……すべての責任はわたしにあります。わたしはヘンショー氏と車で走り去ったのです」ヴィクターは一息つき、言葉が理解されるのを見守った。彼は聴衆の心をつかんだのを感じた――聴衆は今これまで以上に彼に魅了されている。母親は両手に顔を埋め、父親はじっと座ったままで、花崗岩でできた戦争記念の彫像のようだ。

「わたしは同性愛は道徳的に悪いことだと教えられて育ちました。強い心が持てるよう毎日祈り、心の葛藤を両親から、友人から、妻から、神から隠し続けました。そう、自分自身以外のすべてからです。自分自身に正直になることは、家族の愛や尊敬、地域社会、政界におけるキャリアを失うことを意味していました。だからわたしは犠牲をはらう覚悟をしていたのです。長いあいだ、それはうまくいきました。しかし結局、その代償はあまりに大きなものでした。人の意志だけではどうにもならないことが世の中にはあるのです。わたしは自分のことをもう恥じてはいません。ただ解決の仕方を間違えただけです。当然のことながら、犯した法に関するいっさいの責任はとるつもりです」

ヴィクターは言葉を切ってから、つけくわえた。「今日のちほど、みなさんの質問にお答えします。今はやらなければならないもっと重要なことがあるのでご理解ください」

裁判所の警備員が記者やカメラマンでごった返す中を、ヴィクターとサンドラ、そして彼の両親を護衛して、関係者以外立ち入り禁止の会議室へ案内した。カメラのフラッシュがたかれ、質問が激しくぶつけられたが、ヴィクターは無視した。サンドラは彼の後ろで人に押されながら疲れきっているように見えた。いつもこんなふうだったのだろうか——彼が先頭を行き、あとに残した残骸にほんろうされながら、彼女が後ろからついてくる。

会議室のドアが閉められると、母親は息子のほうへ進みでて、ちょっとためらった。目には思慕とショックがあふれている。父親にはまったく躊躇するそぶりはなかった。低いぶーんという電子音をたてて、車椅子は会議テーブルのずっと端まですべっていくとくるりと向きを変えた。

ヴィクターは心臓が締めつけられるような思いだったが、決意はけっして揺らぐことはなかった。この苦しい体験でなにかを学ばなければ、両親から一生不当にさげすまれることになるだろう。二人の痛みを軽減し、ウィンスロー家の評判を保つためだけに、本当の自分自身を隠すつもりはもうなかった。

サンドラはドアにいちばん近い椅子の端に腰かけ、今にも逃げだそうとしているようだった。「わ、わたしに言いたいことがなにかあるでしょ」彼女は言った。

ヴィクターは彼女の声帯が緊張しているのを見て、いたわりの気持ちがわきあがるのを感じた。彼女はまだ吃音と闘っているのだ。その苦闘の雄々しさは、最初に彼女をいとおしく思った理由の一つだった。サンドラは二人が出会った日を呪っているのかもしれないが、彼は後悔していなかった。これからもけっして後悔することはないだろう。「ぼくのことは耐えてくれ」この言葉がいかに彼女に皮肉に響くか承知のうえで彼は言った。彼女はあまりに長いあいだ彼に耐えてきたのだ。

彼女の向かい側に座ると、ヴィクターは話しはじめた。過去に戻って事故にいたる経緯について語り、サンドラと両親を彼が秘密にしていた世界へといざなった。すべてはマックスがかけてきた最初の電話からはじまった。それ以降彼は再び連絡してくるようになったが、心の奥底ではヴィクターにはその理由がわかっていた。

最初マックスに感じた激しい欲望はそれまで以上に暗く、予想のつかない、抑えがたいものになっていった。このままいけば二人は互いを滅ぼすことになるのはわかっていた。そしてあやうくそうなりかけた。

手紙が郵便やインターネットを通じてヴィクターのオフィスに届き、彼は逃げ道のない場所へと追いこまれていった。発覚することの冷たい恐怖とけっして忘れられない情熱は、絶望に変わった。すっかりパニックに陥った彼は拳銃を手に入れた。実際に使うことなど考えられなかったが、これまで築きあげた人生——州議会での仕事と名声——を手放すことも考えられなかった。とりわけ耐えがたかったのは、真実が明らかになったときの父親のショックと嫌悪だった。マックスが駐車場で近づいてきた瞬間、ヴィクターの人生はそのあと橋の上でスピンした車のように制御不能になった。

セダンが橋の欄干に激突し、突き破ったときのものすごい衝撃は今でも覚えている。車は水面に激しく衝突した。その衝撃で彼は歯を強くかみしめた。体を動かせないまま座っていると、熱い血がだらりとあごにしたたり落ちてくるのがわかる。車はゆっくりとぎこちなくトランクから沈みはじめ、ぼんやりした白いヘッドライトが空を指す。だが彼は不思議なほど冷静で無関心だった。身をよじると、水没したテールランプが輝く血の池のように水面下でちらちら光っている。

死につつあるという考えに彼は恐怖を感じなかった。自分自身に強いてきた人生を考えれば、それはほとんど救いだった。両親や故郷の人々は嘆き悲しむことだろう。だが死のほうが、息子の真実を知らされることよりもはるかに情け深い打撃に違いない。父親の教えによれば、あれはいまわしい行為なのだ。ヴィクター自身もまたそう信じていた。

夢のような静けさが彼を満たす。拳銃が手の中で冷たく重い。マックスの秘密ももはやどうでもよくなった。これこそ完璧な解決策だ……ほとんど。

だがなにかが混乱のもやの中をさっと駆け抜けた。とっさに彼は手を伸ばし、車内灯をつけた。サンドラ。彼女はエアバッグに半分埋もれ、にじみでてきた海水にほとんどおおわれようとしている。顔に触れると頬がかすかに温かく、ヴィクターはほっとした。サンドラ。彼女にはなんの罪もない。ぼくにはぜったいになれない誰か――夫、恋人、子どもの父親――になってほしいと望んだ以外は。もったいないほど忠実に愛してくれた以外は。

彼女をここから助けださなければ。麻薬の力でも借りたかようなアドレナリンの高まりとともに、ヴィクターは彼女のシートベルトを引き抜いた。彼女はぬいぐるみの人形のように彼の腕の中にどさっと倒れこんだが、生きているのか死んでいるのかわからない。

電動式の窓はこわれていた。力いっぱい押してもドアはびくともしない。初めて、彼は本当のパニックに陥った。そして拳銃を取りあげると、その固く不吉な重みを手に感じながら引き金を引いた。

耳をつんざくような銃声が響いたが、弾丸は目標からそれた。震えながら、彼はもう一度発砲した。フロントガラスが内側に向かって破裂し、水圧でこなごなに砕け散る。ガラスの破片が彼の顔と手をひっかく。その瞬間、冷たい海水がどっと流れこんで彼を内側へたたきつけ、背中をシートにはりつけた。エアバッグがぶかっこうな浮力のポケットになる。酸欠の胸が痙攣しはじめ、彼はあやうくサンドラから手を離してしまいそうになった。だが海のそばで生まれ育ったヴィクターは、つねに屈強な泳ぎ手だった。彼はサンドラをがっしりつかむと、あたかも産道を押しわけて進むように破壊された窓から脱出した。

速い潮流と闘いながら、彼は岸に向かって泳いだ。マックスはすでに、彼を助けるために途中まで水の中に入ってきていた。車のヘッドライトが水面下深くでなおも薄気味悪く揺めいている。二人は黙ったまま、サンドラを岩の多い砂浜に引きあげた。彼女の鼻と口からは白い泡がぶくぶく吹きだしている。だがやがてむせると、息をしようとあえいだ。

ヴィクターは震えながら立ちつくしていた。足もとでは波に洗われた砂がさらさら音をたてている。低体温症の兆候が、奇妙にも自由で無関心な気分にさせる。彼は死に公然と抵抗してサンドラの命を救ったのだ。

ついに真実を知ってしまったサンドラを。

「救急車を呼んだよ」マックスがヴィクターの腕をとる。「怪我は？」

「いや」

遠くでかん高い音が暗く湿った空気を満たす。サイレンの音だ。

マックスは身じろぎもせず、腕をつかむ手は熱く力強い。「ぼくといっしょに行こう」

「なんだって？　そんなばかなことできるわけ……」

「わからないのか、ヴィクター？　ここでのきみの人生は終わったんだ。このあとは、同じものはなに一つない……公職は辞さなければならないし、妻からは離婚されるだろう。それにきみの両親はどうするかな？　それがきみの望むことなのか？」

「いや、だが……」

「フロリダのぼくの家に行こう。さあ、今夜にも。誰かが来る前に。救急隊がここいる女性を発見してくれるだろう……だがきみではなく」

ヴィクターは意識がもうろうとした。体はぶるぶる震え、ふらついている。「かんべんしてくれよ、マックス」

「この瞬間は贈り物だ。ぼくらが二度と手にできないチャンスなんだよ」

ヴィクターは氷のような興奮に身震いした。情け容赦のない海の洗礼を受けて、新しい人間に生まれ変わったような気がした。自分がなにを手放すことになるのかはわかっていた。後ろを振り返ることも、戻ってくることも二度とできない。愛する人々と連絡をとることも、嘆き悲しむ家族を慰めることもけっしてできないのだ。

この場所ですべてが終わるとはなんて奇妙なことだろう。霧の濃いぬかるむ湿地に手のこんだ隠れ家を設計したり、漁師の平底の軽船を拝借して午後の冒険に船出したりしたものだ。このあたりの地形の秘密をヴィクター以上に知っている者はほとんどいない。何日でも姿を隠して見つからずに済むことができた。

極寒の夜の中、彼はサンドラの名を呼んだ。だが彼女には聞こえない。「愛してるよ」彼の声は風と波と近づいてくるサイレンの音にほとんど飲みこまれた。「でも、もうぼくには無理なんだ」ヴィクターは一度だけ彼女の額にキスをした。あたりは暗かったので、彼の血がサンドラの濡れたコートに染みこんだことには気づかなかった。それから彼はまったく卑劣で許しがたい選択をした――マックスの車に乗りこみ走り去ったのだ。意識不明のサンドラを放置し、救助隊に発見させるままにして。

一週間後、二人はマイアミに到着した。そして地の果て――キーウェストに向かった。シュガーハウス・ローにあるマックスのバンガローで暮らしながら、ヴィクターは完全に自分自身を創造し直し、インターネット経由でいとも簡単に新しい身分を手に入れた。彼は名前にロバート・チャンスを選んだ――この名前の意味を理解する者はほとんどいないだろう。ウォーターフロントの歴史的な貯氷庫にあるマックスの繁盛するギャラリーで、彼は色とりどりのサンキャッチャーを観光客に売った。

それはずっと夢見ていた暮らしだった。彼はヴィクター・ウィンスローとはまったく違う誰かになり、かつての人生を忘れてしまうこともときどきあった。

だがまるっきりというわけにはいかなかった。インターネットのニュースを通じて、死因捜査が暗転したことを知った。何度も割って入りたくなったが、そのたびにマックスに事態の成り行きを見守ろうと説得された。事故死の決定が下されたとき、自分は正しいことをしたのだと認められた気がした。だが新たな進展――両親の民事訴訟――にはただ驚いた。

自分から進んで名乗りでたと思いたかったが、はたしてそうだろうか？

ヴィクターの話のあと、部屋には虚ろな沈黙がこだましていた。彼は不規則な深呼吸をして、汗をかいた手のひらをテーブルの上に押しつけると、サンドラを見た。彼女に触れたかったが、そうする勇気がなかった。今はずいぶん違って見えたが、あいかわらず美しい。そう、彼女はいつも美しかった。黒っぽい髪に、不安げな目、そしてもろさと弾力性との独特の組みあわせ。だが今、かすかな変化が彼女の態度や物腰を力強いものにしていた。彼の両親のすぐそばに座り、しりごみすることを拒絶する態度も、初めて見る姿だった。とはいえ、そんな彼女の物腰はたいへんな努力をしてやっと手に入れたものであることは、ひざの上で握りしめたこぶしの白さでわかる。

「なにが起こるか予想することはできなかったんだ」彼は言った。「姿を消すことで、きみにふさわしい機会を与えられると思ったんだよ。生命保険金詐欺はぼくの罪の中でも最悪のものだ。あの人間は死んだんだと自分に納得させていたんだからね。そしてきみは自分のための新しい人生を自由にはじめられると思ったんだ……」

「そんな話をわたしが納得するなんて思わないで」以前には一度も聞いたことのない口調で、サンドラは言った。「ただ逃げだしておいて、まるでわたしのためにそうしたようなことを言わないで。どんなにたいへんだったかわかる？　あなたを失って、あなたのために深く悲しんで、非難と憎しみに耐えるのがどんなに辛かったか。そのあいだ、あなたはボーイフレンドといっしょにキーウェストに行っていたのよ」

「みんながきみに責任を負わせるなんて思いもしなかったんだよ」

「サンドラ、本当にごめんなさい」彼の母親が言った。「あなたのことを理解できてさえいれば……」

「わたしのことを理解したくなかったのよ」サンドラは静かに言った。ウィニフレッドに直接話しかけたのは、部屋に入ってから初めてだった。彼の父親はサンドラをちらっと見てから、罪悪感に顔をゆがませてひざに視線を落とした。

ロナルド・ウィンスローの頭は祈りのためにたれているのではなかった。祈りがどんなものかヴィクターは知っている。何時間もひざをついてよく祈ったものだ。異性愛者にしてくださいと神に懇願しながら。

父親がようやく息子を見あげたとき、その目には苦悶——許しではなく——の色が浮かんでいた。「なぜ戻ってきた?」彼は問いかけた。妻の恐怖のあえぎを無視してつけくわえる。「なぜさらに苦しめるんだ?」

ヴィクターはさっと立ちあがった。「あなたのせいですよ。あなたとあなたのばかげた訴訟のせいだ。あなたが望むような人間になれなかったから、ぼくは姿を消したんです。同性愛者の息子を持つより死んでくれたほうがましだと思っていたんでしょう。だからそのとおり、死んであげたんですよ。そのままにしておくべきでしたね」

無言でサンドラはドアのほうへ行った。だがヴィクターが行く手をふさぎ、押しとどめた。

「待ってくれ」

「行かせてちょうだい」彼女は言った。

「もちろんそうするよ。そうしなければならないことはわかっている」人々の話し声が外の広い廊下から聞こえてくる。「外は、きみにとって違う世界なんだね」彼は言った。

「そうよ」

サンドラを見つめながら、ヴィクターは彼女が恐れていないことに気がついた――マスコミと顔を合わせるかもしれないと思っただけでおののいていたこの女性が。彼女はもはやヴィクターが結婚した消極的な傍観者ではなかった――彼女は強く、自分に自信を持っている。そしてヴィクターとその両親から去っていこうとしている。彼らはもはや古い人生と関心事の一部でしかなく、彼女になんの影響をおよぼすこともなくなったのだ。

「きみを苦しめるつもりはまったくなかったんだ。どうか信じてほしい」彼は言った。「あれが最善の解決策だと本当に思っていたんだ。マイクが……」

「マイクですって？」あきらかに衝撃がサンドラの体を駆け抜け、頬から血の気が引くのがわかる。

「マロイだよ」

ようやく事情がわかりはじめたという表情を浮かべて、サンドラは彼のあごの生々しい傷あとをじっと見つめた。昔のようににっこりほほえもうとすると、裂けた唇に痛みが走った。

「彼がぼくを連れ戻したんだよ、サンドラ。これからぼくはいろいろ告訴されるだろうけど、まっこうから立ち向かうつもりだ。後始末をするために戻ってきたんだからね。きみが負担した弁護料もすべて支払うし、生命保険会社とも話をつける。ぼくがめちゃくちゃにしたものすべてを元通りにするよ」

「わたしの人生も？」

「ああ、どんなことをしても。なんでも言ってくれ、誓うよ」

「あなたにしてほしいことは一つだけよ、ヴィクター」

「なんだい？」

「離婚してほしいの」

37

マイクは凍った豆の入ったビニール袋を目から持ちあげると、鏡をのぞきこんだ。腫れはいくらか引いたが、打撲の跡は黒く変色している。ヴィクターに幸運なパンチをお見舞いしたと思いたいところだったが、実際にはそうではなかった。マイクは練習不足だった。どんなやつでもとことんぶちのめすことができたのはずいぶん昔の話だ。

彼はペンキの飛び散った腕時計に目をやったが、あきらかにこわれていて針が動かない。テレビかラジオで地元のニュースを聞いてみようかとも思ったが、その考えを念頭からはらいのけた。そんなことをすればいっそうやきもきするだけだ。じっとしていられず、彼はファットチャンス号を降りると、小型船造船所の駐車場を行ったり来たりしながら裁判所に行くべきかどうか迷っていた。

ヴィクターからはマスコミのばか騒ぎが起こるぞと警告されていたし、自分が行けば混乱が大きくなるばかりか、さらなる疑問をあおることにもなりかねない。それにぼくの弁護士も激怒するだろう。なにより避けたいのは、子どもたちが夕方のニュース番組で同性愛者の逃亡者に関する報道に、目のまわりに黒あざを作った父親の姿を目撃することだ。おとなしくしていたほうがいいというヴィクの忠告がおそらく正しいのだろう。だからといって、待つことが楽になるわけではない。

　両手の親指をジーンズの後ろポケットにひっかけて、マイクは海をじっと見つめた。海は遅い午後の強い日差しに照らされきらめいている。ヴィクターとの再会はほとんど夢の中の出来事のようだった。やっとのことでキーウェストにたどり着いたとき、マイクはくたくたに疲れ、うんざりし、いらいらしていた。ヘンショーの家をようやく見つけだが、留守だった。近所の人がウォーターフロント地域にあるギャラリーへの道を教えてくれた。暑さとマロリースクエアの喧騒の真ん中で、彼は、観光客やサーファー、同性愛者のカップル、新婚旅行者、貧乏画家、大道芸人、そしてまじめな学生たち——匿名性の海を通り過ぎていく、短期滞在のくつろいだ人々——の世界に足を踏み入れた。

　胃薬ペプトビスモルのようなピンク色に塗ったバーから、マイクはそぞろ歩く見知らぬ人々がときどきカンパリのパラソルの下に飲み物を求めて立ち寄る姿を眺めていた。通りの向こう側の美術工芸ギャラリーでは、南国の太陽の光が陳列窓に吊るしてある数十個もの手作りのサンキャッチャーをきらきら輝かせている。ギャラリーには人々がのんびり出たり入ったりしていたが、やがて閉店の時間になると、背の高い男が電動式のセキュリティ・キーパッドで戸締りをした。

　マイクは最初それがヴィクターだとはわからなかった——黄色い髪、ジーンズを切りっぱなしにしたショートパンツ、サンダル、日焼けしたつややかな肩があらわになった袖なしの

Tシャツ。だが長い足とゆったりとした歩き方、その自信に満ちた物腰に、すぐに誰か気がついた。

マイクにわきあがったのはただ一つの感情——激しい怒り——だった。彼は通りを大股に歩いてわたると、ヴィクターを護岸に押しつけた。護岸は数世紀にわたる激しい嵐でえぐられ、くぼみができている。「よお、ヴィクター。久しぶりだな」

日焼けした顔が青ざめる。「マイクか？ まさか、マイク、きみじゃないか？ ぼくになんの用だ？」

「それはおまえが知ってるだろ、ヴィク」

ヴィクターのこぶしがいきなり飛んできて、マイクの左目をとらえた。星が飛ぶのを見ながら、彼はヴィクターをつかむと振りまわし、親友の顔にげんこつをお見舞いした。その衝撃でこぶしが裂け、ヴィクターの頭は横向きに折れた。彼は壁を背によろよろと後ずさりすると、ゆっくりと沈みこんだ。やがて再び立ちあがり逃げようとする。

マイクの二発目のパンチが血を呼び、ついでにやじ馬も呼んだ。見物人はざわめきながらひとかたまりになっている。マイクは気にもかけなかった。「今すぐ荷造りしろ、ヴィクター。それとも、その短い髪をつかんで空港まで引きずっていってやろうか？」

ヴィクターは片ひざを立て、マイクは片側を打つ真似をした。「ぼくはどこにも行かない……」

「それはだめだ。おまえは戻って妻をいざこざから救いだすんだ」

「彼女はぼくを必要とはしていないよ、マイク。なにもかもうまくいくさ、そのうちわかるよ」

マイクは血で汚れたTシャツにこぶしをねじこんだ。「そんな話を聞く耳は持たないね。おまえは彼女をけっして幸せにできないとわかっていて結婚した。そして姿を消したんだ。この腰抜け野郎」

「サンドラのために姿を消したんだ」ヴィクターはマイクのこぶしをかわしながら抗議した。「彼女がほしかったのは――」

マイクは彼を舗道に放り投げた。肺で風の吹きすさぶ音がする。「彼女はまともな夫がほしかったんだよ。あと子どもとな。このろくでなしめ」

ヴィクターはがに股で後ずさりした。「彼女を傷つけるつもりなんてこれっぽちもなかったんだ。彼女は……ぼくにぴったりだと思ったんだよ」

「ばらされる危険がなかったからだろ。それをおまえは利用したんだ」潜在的なフェアプレーの精神から、マイクは彼が再び立ちあがるまで待った。興味津々の観光客たちが二人を遠まきに見物している。「おまえが彼女にぴったりだったたって？」マイクは迫った。「よくもそんなことが言えたものだな？」

「本当にそう信じていたんだ。彼女はとても純真で、孤独だった。そんなところが……ぼくの心を動かしたんだ」

マイクの次の一撃はでたらめに振りまわしたので、的をはずした。「彼女は岩だって感動かわからなかったのか？　彼女は全部自分のせいだと思っていたんだぞ」

「だから失踪したんだ。それが答えだったんだ」

「離婚というものがあるのを知らないのか、ヴィク？　簡単なことじゃないか。この国では離婚はまったく合法的だろ」マイクは再び彼を壁に押しつけると、今度は前腕でヴィクターの喉もとを押さえつけた。二人とも汗と激しい怒りで湯気がたち、ヴィクターの唇からしたたり落ちる真紅の血が日の光を受けて不気味に光る。

「ウィンスロー家にはこれまで離婚した人間は一人もいないんだ。だが若くして死んだ人間ならたくさんいる」彼はマイクの腕に喉を締めつけられ、激しく息を飲みこんだ。顔色が黒ずみ、酸欠で苦しそうにぜいぜいあえいでいる。殴りあいでもう抵抗する力も残っていないのだ。

　腕の力をゆるめると、興奮でもうろうとしたマイクの頭はゆっくりと晴れていった。見物人の好奇の目と、南フロリダの太陽の熱を背中に感じる。「話をしよう」彼は言った。

　ヴィクターは警戒しながら、彼から一歩横に寄って離れた。「見世物は終わりだよ、みなさん」彼は言った。観光客が肩越しにうさんくさそうな視線を投げかけながら、のろのろとちりぢりに散っていった。ヴィクターは手のひらをしげしげと見つめた。皮がすりむけ、青黒くなっている。「まさかなにもかもが彼女の面目をつぶすことになるなんて、まったくわからなかったんだ」彼は認めた。「考えもしなかったんだよ……失踪したとき、ぼくはこの新しい人生を手に入れたくて、どうにもあきらめることができなかったんだ」

今のマイクには彼のその気持ちが理解できた。自分自身、さまざまなものをあきらめるのにたいへんな辛い目にあってきたからだ。

ヴィクターはしばらく立ちつくし、日差しが水面に反射してきらきら光るのを見つめていた。あごを伝う血のリボンが乾きつつあるのにも気づかないようだ。「わかった」彼は言った。「行こう」

故郷へ向かう飛行機の中で、ヴィクターはマイクにすべてを打ち明けた――秘密の情事、家族の名誉を守り、政治家としての目標に集中するため〝まともに〟生きる誓いをたてたこと、マックスとの再会、発覚することへのたえまない恐怖と、事故の夜に与えられたチャンス。「人生をやり直すチャンスこそ、彼女にとって必要だと思ったんだ」彼は言った。「サンディはやり直しなんて必要としていないよ」マイクが言った。「彼女はきみを必要としているんだ」マイクが親友について知っていたと思いこんでいたことのすべてがくつがえされた。とはいえ初めて、ヴィクターをようやく今までにはけっしてなかったように理解することができた。マイクには彼に尋ねずにはいられないことが一つあった。そのことに気づいて以来どうしても脳裏から離れない問いだった。「いつわかったんだ?」

ヴィクターおなじみのユーモアが目にきらきらと輝いた。「つまり、ぼくたちがキャンプに行ったり外泊したときに性的に興奮したのかってことかい？　よしてくれよ、マイク。そんなはっきりいつとわかるようなものじゃないんだ。自分ではなんとなく気づいていたんだが、無視するように自分を訓練したんだ……ブライスホールをやめたあともね。あそこでなにが起きたか話したことはなかっただろ？」

「話したくないのかと思ったんだ。ぼくはまだばかな子どもだったんだよ、ヴィク。でも男子だけの寄宿学校での異様な出来事について噂を聞いたあとでさえ、なにも気づかなかった。あんなことはイギリスの小説の中だけの話だと思っていたんだ」

「あれは一種の青年期の通過儀礼なんだと思っていた。ウィンスロー家の家風に対する否認だってね。まともに生きていける自信はあったんだ。自分なりに精一杯努力したし。でもぼくの家族の中では、義務と欲望のあいだで迷ったときにはいつも、義務を選ばなければならないんだ、議論の余地なく。選択の自由があるなんて考えたこともなかったよ」

「たくさん選択したじゃないか」マイクはぶっきらぼうに言った。「サンディもその選択の一つだ。まったく、きみはもう少しで彼女を破滅させるところだったんだぞ」

ヴィクターは黙ったままじっと考えこんでいた。そしておもむろに言った。「きみは彼女を愛しているんだ。これはみんなそのせいなんだろう？」

「きみのせいで彼女との縁がむちゃくちゃになったんだ」

「なにを言っているんだ、ミッキー」ヴィクター本来の落ち着きが輝く。「ぼくはたくさんの罪を犯したが、それはぼくの罪じゃない。だめにした人間関係の責めは負うが、きみと彼女の関係はその中には入っていないよ」

この言葉は今も心に残っている。一日の終わりに日の光は深まり、夕方の寒気が空気を研ぎ澄ます。マイクはジャケットの襟を立てた。今頃はもうヴィクターは出頭して、公式の声明を発表していることだろう。二人を無理やり対面させるなんて、はたして正しいことだったんだろうか？　それともなにもかも台無しにしてしまったんだろうか？

　できることは、待ち続けて希望を持つことだけだ。彼はブルームーンビーチの家のことを、分かちあえなかった過去を、二人で実現する機会のなかった夢を思った。サンドラとの関係は、ハイカーが原生林を分け入っていくのに似ていた――自分がいったいなにを探しているのかわからず、かりになにかを見つけたとしても、それを失うようなことをあえてするしかなかった。だがそれでも、前に進み続けなければならなかったのだ。

　静かに、おそらく無意識に、サンドラは彼に愛へと戻る道を示してくれた。だが彼女を好きになることはマイクにとってこれまでもっとも強烈な体験であったにもかかわらず、それははかないものだった。サンドラへの愛を守りたいという思いは、妻にはけっして感じたことのないものだった。かつて一生懸命働いて成功することこそ、アンジェラへの責任を果たすことだと考えていた。サンドラの場合、それは彼自身のもっとも深い部分を危険にさらすことを意味していた――そしてその結果のすべてを。

　指を唇にあて、彼は口笛を吹いてジークを呼んだ。犬はまだ少し彼の好みとしてはきれいに刈られすぎていたが、駐車場を全速力で走り抜けてトラックの後ろに跳び乗った。

38

日記——四月九日、火曜日

残りの人生でしたい一〇のこと
一・ヴィクター・ウィンスローに与える一〇の拷問を考える。
二・講演の仕事をはじめる。
三・暴露本を書いて、トークショーを巡回する。
四・薬局に立ち寄って、家庭用の妊娠検査薬を買う。

サンドラが裁判所の混乱状態から脱出するのには、かなりの時間がかかった。これほどのことが起こったにもかかわらず、ヴィクターに関するいくつかのことはまったく変わらない。彼の近くにいることは、ロックスターのグルーピーになったようなものだ。誰もが彼の燃えるような、ほとんど気違いじみたエネルギーに飲みこまれてしまう。マスコミにみずからの魂をむきだしにしたときでさえ、彼はすべての注意を吸いとる術を心得ていた。

だが今日だけは、すべての注意がサンドラに集中していた。誰もが彼女と話したがった――ヴィクター、彼の両親、彼女の弁護士、スパーキー、マスコミ。人々の注目になかばおぼれそうになりながら質問攻めにされ、両親に必死の形相で助けを求めた。ジョイスは彼女を女子トイレに押しこむと、ドアの前に立って見張りをした。それから二人は帽子とコートを取り替え、サングラスをかけたままうつむいて建物の裏口から出た。

両親はサンドラの車に乗ってジョイスとともに走り去り、ニュース番組のワゴン車がそのあとを追う。そのすきにサンドラはグランド・マーキスを運転して、こっそりどこの誰だかわからないようにブルームーンビーチに戻った。

家に向かう車の中で彼女は泣いた――その涙は悲しみのせいでも喜びのせいでもなく、ひとえに激しい安堵感からだった。彼女は自分が空っぽで、すっかり洗い流されたような気がした。

美しく修復された家に足を踏み入れたときには、もう午後も遅い時間だった。家はぽつんと孤立して美しく、それは人けのない砂浜に取り残された一つの完璧な貝殻を思わせた。

電話がひっきりなしに鳴っていた――受話器をとるかわりに、サンドラはすべての内線のプラグを引き抜いた。きしむ音だけが響く古家の静寂の中、自分の心臓の鼓動だけが聞こえる。借りたコートと帽子を窓下の腰かけに落とすと、彼女はすばらしい景色を映す大きな窓から外を見ながら、これからどうしたらいいのかもの思いにふけった。

彼女の人生は再び方向を変えた。もはや殺人を犯した妻ではなく、問題を抱えた男性の犠牲者だった。彼の最悪の犯罪はあまりに情熱的に愛しすぎたこと、そして本当の自分を恐れていたことだ。いつの日か彼を許すことができるだろう……今日は無理だけれど。今日はただ、過去一年の悪夢がついに終わったという事実に慣れなければならない。

だが彼女がサンディ・バブコックであることに変わりはない。物議をかもす本を書き、話すときにときどき言葉がつかえるサンディに。

サンドラの目はファックス送受信機にじっと注がれた。送受信機からは長くつながった感熱紙の垂れ幕が吐きだされ、机のわきにたれさがっている。彼女はぼんやりと最初のページにざっと目を通した。

なんと、彼女の本がアディー賞を受賞したのだ。この名誉はサンドラのキャリアにおいて最高位の実績を意味したが、このすばらしい知らせも今は彼女の中で空しく反響するだけだった。今の彼女は空っぽで、幸運の味わい方を知るものが内側になにもなかったからだ。サンドラは机の上のボウルからM&Mを二つ三つ手にとった。本当なら家族に電話して、この喜ばしい知らせをともに分かちあうべきなのだろう。だが……ヴィクターの劇的な復活がほかのすべてを取るに足りないものにしてしまった。それに彼を出頭させたのがマイクだったという事実が――切り傷や打撲の跡が乱闘を物語っていた――世界のほかのすべてのことにまさっていた。

もう一方のファックスは賞とは関係なかった。スパーキーのレターヘッドの下にメッセージが走り書きされている。〝今日はあなたに近づけなかったわ。文明を受け入れて、留守番電話をつけなさいな。ニュースよ！　買い手が見つかったの。午後六時にあなたに会いにいくわ。きっと気に入るはずよ。申し込み価格は以下のとおり。承諾、契約の付帯条項その他についてはのちほど説明〟

サンドラは時計を見た。ああ、もうすぐ六時だ。彼女は誰にも会いたくなかった、どうしても今だけは。彼女はジャケットをひっつかむと、急いで外に出た。庭を横切り、砂丘をゆっくりと越えていく。さらさらの砂が上等な靴の中に入りこんだが、気にならなかった。自分が再び逃げていることも、問題に直面するよりむしろ避けていることも気にならなかった。

波打ち際に立つと、風が体を通り抜け、波のささやき声が聞こえる。大きな雲に夕日の色が反射し、水平線の上に冠のように盛りあがっている。なにもかもがあまりにめまぐるしい速さで起こっていたが、変わることのない海のゆったりとしたリズムが、その永遠に絶えることのない鼓動で彼女の心を落ち着かせる。

家を売り引っ越すことは彼女の目標だった。とはいえいざ達成してみると、ほろ苦い勝利感があるだけだ。これからどこへ行けばいいのだろう？　マンハッタン？　メンドシノ？　アテネ？　香港？　コペンハーゲン？

自分が去ったあと、ここにどんな人が住むのだろう？　結婚生活をはじめたばかりの幸せなカップルだろうか、それとも、子どもたちのためにおとぎ話のような環境を求めている若い家族？　陽気な退職者の夫婦かもしれない。おそらく、毎朝ポーチに並んで座り朝日がのぼるのを眺めるのだろう。こうして実際に申し込みが来てみると、言いようのない悲しみが胸にわきあがる。この家を手放すと思うと身を切られるように辛い。ここで暮らしたすべての時間、荒れはてた古家の修復に注いだすべてのエネルギー、照明具やドアの金具をめぐってマイクと闘わせたすべての議論、天井の高い寝室ではてしない海を見おろしながら愛しあったすべての時間——知らず知らずに家は思い出で満たされ、手放すことなどとてもできそうになかった。

サンドラは胸の痛みに耐えながら、こみあげる感情を無理やり抑えこんだ。これはあらかじめ決めてあったことなのよ。そう自分に言い聞かせる。だが心の奥底では、なにかが間違っていることに気づいていた。どこでも好きなところに行ける時がようやく訪れたというのに……彼女が住みたい唯一の場所はここ、パラダイスなのだ。

軽やかな夕暮れの海風がかすかに夏の気配を運びながら、砂の表面をかすめていく。気持ちをかき乱す思い出が心によみがえる。彼女はメアリー・マーガレットとケビンのことを思った。たとえ冬であっても、どんなにあの子たちがここを訪れるのが大好きだったかを。ここで遊び、歓声をあげ、寄せくる波から逃げ、犬に棒切れを投げてやっていた二人。彼女はまたダンスのレッスンで、初めてマイクの腕に抱かれたときのことを思った。あるいは、彼が砂浜でたき火をたき、その手で彼女の手を包んで温めてくれた日のことを。たぶんあのとき、あの日から彼を愛しはじめたのだ。

マイクは彼女の崩れかけた虚ろな廃屋をわが家に変えてくれた。ブルームーンビーチは彼女の一部であり、おそらく最善の部分だった。だがこの家を愛するようになることは、彼女の予定にはなかったことだ。

マイクと恋に落ちることもまた、予定外のことだった。彼女の家に、人生に招き入れたことで、マイクは彼女の心にいたる道を発見したのだ。

かすかなエンジン音に、サンドラは肩を丸めた。スパーキーと買い手がどうかここにいることに気づきませんように。たぶん二人は立ち去るだろう。しばらくのあいだは、全世界に立ち去ってほしかった。

砂丘の上で鋭い吠え声がして、彼女ははっとした。数秒後、ジークが舌をだらりとたらしながら、白っぽいすじのように砂の坂を跳ねるように駆けおりてきた。彼女の心臓は跳びあがった。だが体の中のすべてが、マイクを見た瞬間に凍りついた。夕暮れの太陽に背後から照らされ、彼はまるで赤色と金色の後光から現れたかのように見える。サンドラは目を細めて、光をさえぎった。

喉もとに熱い涙がこみあげてくる。どれほど彼が、彼のすべてが恋しかったことだろう——部屋の向こうから目にほほえみを浮かべてこちらを見つめる彼が、仕事をしながら口笛を吹いている彼が、朝ベッドを出たあとの彼の枕の残り香が。愛しあうひと時はあまりに深く誠実で、サンドラは今まで知らなかった自分を発見した。マイクはついに彼女の氷の壁を割ったのだ。二度ともとの自分に戻ることはないだろう。

だがあれほどのことがあったあとで、いったいなんと言えばいいのだろう？　どうやって仲直りしていいのかわからない。

「こんにちは《ハロー》、マイク」信じられない。もっとも苦手な言葉――こんにちは《ハロー》――が口ごもらずに言えた。「それとも、マロイ探偵と呼ぶべきかしら？」

「便利屋にしては悪くない仕事ぶりだったたろ？」

かすかな日焼けが――フロリダの日焼けが――どことなく彼をいっそう無骨に、そしてわずかにエキゾチックに見せている。彼の左目は腫れあがり、黒っぽいあざが取り囲んでいる。

「忙しかったのね」

「きみに首にされたあと、ぼく自身に関係のあるなにかを見つけなければならなかったんだ」彼は腰を片側に傾けると、ジーンズのウエストバンドに親指をひっかけた。そのとき初めて、サンドラは彼が緊張していることに気づいた。「それで、うまくいったのかい？」彼が尋ねた。「裁判所でってことだよ、つまり」

「ヴィクターに関してはすべてうまくいったわ。マスコミの面前でした告白さえもね。実際、記者たちに涙まで流させたのよ。彼はあらゆることを約束してくれたわ――すぐに離婚してくれるそうだし、経済的な問題を解決して、保険金詐欺の訴えに対処して、裁判にかかった費用もすべて支払ってくれるって。結局のところ彼はやっぱりヴィクターで、主導権を握るのがあいかわらず得意なのね」

「彼なら当然だろう」

「それで……ここでなにをしてるの？」彼女は思い切って訊いてみた。

「忘れものをしたんだ」

「なに？」考えをめぐらしながら、彼女は尋ねた。たぶんなにかの工具か、束ねていないワイヤーか、バスルームにある歯ブラシか、いずれにせよ彼のちょっとした一部分でこれからも必要なものなのだろう。

彼はためらい、深呼吸をした。「ぼくの心だよ」

サンドラはポケットに手を押しこんで、後ずさりした。「まあ、マロイ。あなたっていつもこんなことをするのね」

「こんなことって？」

「わたしを……」〝次の息をするよりもあなたを欲しくさせる〟目をあわててぱちぱちさせたが、もう泣きくずれる寸前だった。「話しあわなければならないことはたくさんあるけど、今は都合が悪いの。人を待っているところなの」

「知ってるよ」マイクは彼女のほうへ一歩進んだ。海風が彼の黒っぽい髪をとらえ、日の光が彼のほほえみをきらめかせる。サンドラは目のまわりの黒いあざをじっと見つめていたが、ふと感動で体が震えるのを感じた。これまでわたしのためにけんかしてくれた人はいない。

「スパーキーが家の買い手を連れてくるの」ついに涙が一粒こぼれ、彼女は手の甲でそれをぬぐった。だがまたすぐにもう一粒こぼれ落ちる。

「それも知ってるよ」このうえないやさしさで、マイクの親指が彼女の頬に触れ、涙をとらえる。

彼の愛撫にサンドラは今にもばらばらになりそうだった。「どうして？」

「サンディ」マイクは彼女の両肩をしっかりつかんだ。

サンドラは身を投げかけて、彼の中にそのまま溶けていってしまいたかった。だがどういうわけか、不安が彼女をこわばらせた。「なに？」

「その申し込みはぼくがしたんだ」

「なんですって？」

「ぼくが家を買おうと申し込んだんだ」

「マロイ……ああ、マイク」

「きみがパラダイスから去ろうとしているのは知っている。でもなにもかも前とは違うんだ。町の住民はヴィクターのことを許すだろう。あるいはそうでなくても、それは彼らの問題だ。彼はきみの容疑を晴らした。だからもうきみが出ていく理由はないんだよ」

サンドラは岸に打ち寄せる波の音と、上空を舞うシギの悲しげな鳴き声に耳を傾けた。それから深呼吸をして尋ねた。「とどまる理由があるの？」

マイクは彼女の手をとると、冷たい指をしっかりと握りしめた。彼がほほえみながら見おろしたとき、サンドラは息を詰めた。「スパーキーから契約について説明されたかい？　これは不測の事態なんだ」

「どういうこと？」

「つまり、家の契約とは少し違うんだ。これは結婚の申し込みなんだよ」

突然耳鳴りがして、波も、風のうなりも、すべてをかき消した。ただマイクの言葉だけが反響して、彼女を驚きと魔法で満たす。しばらくして、サンドラは自分の声を聞いた。「マイク。信じられないわ」

「愛しているよ、サンディ。子どもたちもぼくも、ぼくらはみんなきみを愛しているんだ。ここにとどまって、ぼくと結婚してくれ。いや、ぼくたちと結婚してくれ。いっしょに家を完成させよう。塗装やしっくいや作り付け戸棚の金具のことでけんかしよう……二人であの家を歩いたときのきみの顔に浮かんだ表情を見たんだ。あれこそきみが求めているものなんだよ、サンディ」

「きっとうまくいかないわ。だってアンジェラが……」

「彼女のことは気にするな」マイクがにべもなく言い捨てたので、サンドラは驚いた。

「アンジェラはあなたの子どもたちの母親よ。彼女はこれからもずっとあなたの人生の一部であり続けるわ、マイク。強力な一部よ。それにわたしを子どもたちに近づけたがらないし」

「これはアンジェラが望んでいることとは関係ないんだ。しばらくすれば彼女も慣れるだろう。前妻に選択の自由を与えるつもりはない。彼女はただぼくがほかの誰かを見つけるとは思ってなかっただけだ」風が吹いて一房の髪が彼女の頰にかかると、マイクはそれを手でそっとはらった。「アンジェラは知らなかったんだ……ぼくがこんなふうに誰かを愛せることが。だから恐かったんだよ」

彼の言葉はベルベットのような一撃をサンドラに与えた。彼が火をつけた情熱にはまだ慣れていなかった――燃えたつような彗星と制止できない旋風が彼女を敏感にし、消耗させ、危険ではかない無上の幸福で満たす。彼への愛はサンドラを焼きつくし、恐怖さえ感じさせる。だから、この関係に身を投じるずっと前から失うことは覚悟していたのだ。

「わたしも怖いわ」彼女は思わず正直に言った。「あなたへの想いはとても……とても大きくて、抑制がきかないの。どんなものでも犠牲にするだろうし、マイク、犯罪さえ犯しかねないほどなの。これは健全な愛とは言えないわ。こんな激しい愛は破滅を招くことになる。暗く恐ろしい愛よ。そのためにヴィクターがどうなったか見てごらんなさい」

「ヴィクターの場合は自分自身に嘘をついたことが原因だよ。彼がしたような気違いじみたことをする必要なんてないさ。真実の愛に対処するには合法的な方法がちゃんとあるんだよ」マイクは両手をサンドラの肩から腕へとなでおろすと、指をからめて彼女のポケットにすべりこませた。「ヴィクターはきみを最優先にしなかったが、ぼくはそうする。きみは彼にとって都合のいい存在だったんだ。だがぼくはきみのことをそんなふうには思っていない。愛しているよ、心から」――彼はちょっとにやりと笑った――「きみは必ずしもぼくを最優先にしてくれなくてもいい。でもそうしてくれたら、よりいっそうきみを愛するようになると思うよ。日を追うごとにね」

サンドラは観覧車のことを、どんなに乗るのが恐かったかを思いだした――だがどのみち乗ることができた。そして両親のことを思い、愛とはけっして完全なものではないことにも気がついた。「それでもまだ恐いわ」彼女は言った。

「わかるよ、よく。でもみんなそうなんだ。人が生涯最大の愛を手放してしまうのは、どんなに相手を求め必要としているかを示すのが恐いからなんだ。だがきみはもうそんな人々とは違う」

サンドラはこれまでもしばしばそうであったように、また彼の率直な英知に心を打たれた。マイクのような男性が人の心を、とりわけ彼女の心を見抜く能力を持っているとは思ってもみなかった。だが彼にはあるのだ。ほんの少し前には、彼とともに生きることは不可能に思えたのに、今はとても簡単なことに思える。

マイクはサンドラのためらいを彼への不信だと勘違いして、彼女を抱き寄せた。「人生から目をそむけることはできないし、あらゆる害からきみを守ることもぼくにはできない」身を引いて、彼はうっすらほほえむ。「その必要もないし、きみだってぼくにそうしてほしくはないはずだ」

マイクの言うとおりだ。日々、目の前に展開する人生はあまりに豊かだ。サンドラはそのすべてがほしいと思う――喜びと、苦しみと、笑いと、涙を。そのすべてを彼とともに分かちあいたいと。

「いっしょに家を完成させよう」彼は言った。「赤ん坊も一人か二人つくって……」マイクは彼女の涙を後ろポケットから出したバンダナでぬぐうと、その額に、頬に、唇にキスをした。そしてそのあいだずっとささやき続ける。「お願いだ。愛しているよ。お願いだ」

これこそが本物の取引だった。もっとも恐ろしく、もっとも心躍る乗り心地の。

「イエスと言ってくれ」マイクが彼女の耳にささやく。「ほしいものはなんでも、どんなものでもあげるから」

サンドラは幸せが痛みをともなうものだと初めて知った――それは突き刺すような喜びだった。これまで感じた中で最高に甘美な感覚が体じゅうにわきあがり、彼に向かってあふれだす。「もう答えはわかっているはずよ」

そっと腕をまわすと、マイクは彼女をしっかりと抱きしめた。冷たい海風から守るように。

訳者あとがき

この作品は、先にライムブックスより刊行された『ずっとあなたが』に続く、スーザン・ウィッグスによる現代もののラブストーリーです。もともとヒストリカル・ロマンスを得意とする作家ですが、近年は現代ものを精力的に執筆しており、〝ロマンスのジャンルを超える作品〟と絶賛され、好評を博しています。

たしかにこの『海風があなたを』も、ロマンス小説のくくりには収まり切らない奥深さを感じさせる作品です。『ずっとあなたが』ではモンタナの美しい大自然を舞台に、家族や男女の愛の再生がすがすがしく感動的に描かれていますが、本書は一転して、〝夫殺し〟の嫌疑をかけられる謎めいた女性がヒロインという、ややミステリー仕立ての内容となっています。それは冒頭、ダフネ・デュ・モーリアのサスペンス小説『レイチェル』から一文が引用されていることにも暗示されています（『レイチェル』の邦訳は東京創元社より務台夏子氏の訳で刊行されていますが、本書では訳者が独自に訳させていただきました）。この小説は、急死した従兄の多額の遺産を相続することになった主人公が、夫を殺害したのではないかと疑いながらも従兄の美しい未亡人レイチェルに心を奪われるというストーリーですが、どうやらウィッグスはこの『レイチェル』にインスパイアされて、本書を執筆したようです。とはいえ、そうしたサスペンスフルな要素を効果的に取り入れながら、温かく希望あふれる物語へとみごとに昇華させていく力量はさすがウィッグスとうならせられます。

物語は、主人公のサンドラが交通事故で州議会議員である夫ヴィクターを失うところからはじまります。極寒の夜、彼女の運転する車が橋の上でスピンし海中に転落します。夫は行方不明となりますが、引きあげられた車のダッシュボードに銃弾の跡があったことから、彼女は夫殺しの嫌疑をかけられます。結局、遺体も拳銃も動機も発見されないまま、一年後、事故死の決定が下されますが、ヴィクターの故郷、海辺の町パラダイスの住民や彼の両親は、サンドラが保険金目当てに夫を拳銃で撃って殺害したのだと信じて疑いません。人々から〝黒後家グモ《ブラックウィドウ》〟と呼ばれ、町を追われた彼女は海辺の崩れかけた夏の別荘に身を寄せます。一〇〇年前に建てられたこのヴィクトリア朝様式の別荘は、本作品の中の重要なモチーフになっており、この別荘を縦糸として物語は綴られていきます。この幽霊屋敷のような家で、周囲の冷たい視線やいやがらせに一人孤独に耐えるサンドラの痛ましい姿がじつに印象的に描かれ、胸に迫ります。はたして彼女は本当に夫を殺害したのか？　悲壮感漂う暗くミステリアスなムードをたくみに盛りあげながら、筆者は読者を物語の中にぐいぐいと引きこんでいきます。やがて、サンドラが夫の死に関するある秘密を胸に秘めていることがわかってきます。その秘密とは？　なぜ彼女はその秘密を誰にも明かそうとはしないのか？――サスペンス・ムード漂うその謎解きを軸として、家族や男女、さまざまな形の愛とその行方がこまやかに描かれていきます。別荘を売って町を去る決心をしたサンドラは、偶然チラシで見かけた建築業者、マイク・マロイを雇います。子どもの頃、ヴィクターの親友でもあったマイクは、離婚ですべてを失ったばかりで、前妻と親権訴訟中の身。俳優のラッセル・クロウに似た、無骨ながら誠実でセクシーな魅力にあふれるマイクと、〝石けんのコマーシャルに出てくるような美人〟で、子どものように純真な心を持つ内気でおずおずとしたサンドラ。互いに重大なトラブルの渦中にある二人が自分自身を抑制しながらも、運命に導かれるように強く惹かれあっていく姿は切なささえも覚えてしまうほど胸を打ちます。しかし、サンドラが決して明かそうとしないヴィクターの死の秘密が二人の前に立ちはだかります。そして彼が知った真実とは？　ストーリーは意外な結末へといっきに展開していきます。

ここに登場するブルームーンビーチの別荘が、サンドラ自身を象徴していることにお気づきでしょう。朽ちはてた幽霊屋敷のような別荘が、マイクの手によって建てた当初の美しさを取り戻していくさまは、絶望の縁にあったサンドラが、温かな人間味あふれるマイクによってこわれた部分を〝修理〟され、本来の自分と人生への希望を取り戻していく過程にほかなりません。

ストーリーはほかに、熟年離婚の危機に直面するサンドラの両親や、離婚後もマイクに執着する前妻アンジェラ、両親の離婚に傷つき悩むマイクの二人の子どもたち、メアリー・マーガレットとケビンの心模様もからめて描かれます。とくにこの子どもたちの視線から率直に、ときにユーモラスに語られる大人たちの姿が作品に奥行きを与えています。離婚した両親に対して抱く、寂しさや複雑な気持ちには思わずほろりとさせられます。くわえて、マロイの飼っているプードルらしくないプードル、ジークの元気いっぱいの存在も笑いを誘います。

冷たい海風、波のざわめき、冬シギの悲しげな鳴き声——ニューイングランドの荒涼とした冬の海の風景を味わいながら、このミステリアスで、それでいてしっとりと情感あふれる大人の愛の物語をお楽しみいただければ幸いです。

ライムブックス

海風があなたを

著　者　スーザン・ウィッグス
訳　者　伊藤 綺

2006年4月20日　初版第一刷発行

発行人　成瀬雅人
発行所　株式会社原書房
〒160-0022東京都新宿区新宿1-25-13
電話・代表03-3354-0685　http://www.harashobo.co.jp
振替・00150-6-151594
ブックデザイン　川島進（スタジオ・ギブ）
印刷所　中央精版印刷株式会社

落丁・乱丁本はお取り替えいたします。
定価は、カバーに表示してあります。
 ISBN4-562-04307-5 Printed In Japan